Staread
星文文化

上京春事

（下册）

著 —— 白鹭成双

江苏凤凰文艺出版社

愿我如星君如月,
夜夜流光相皎洁。

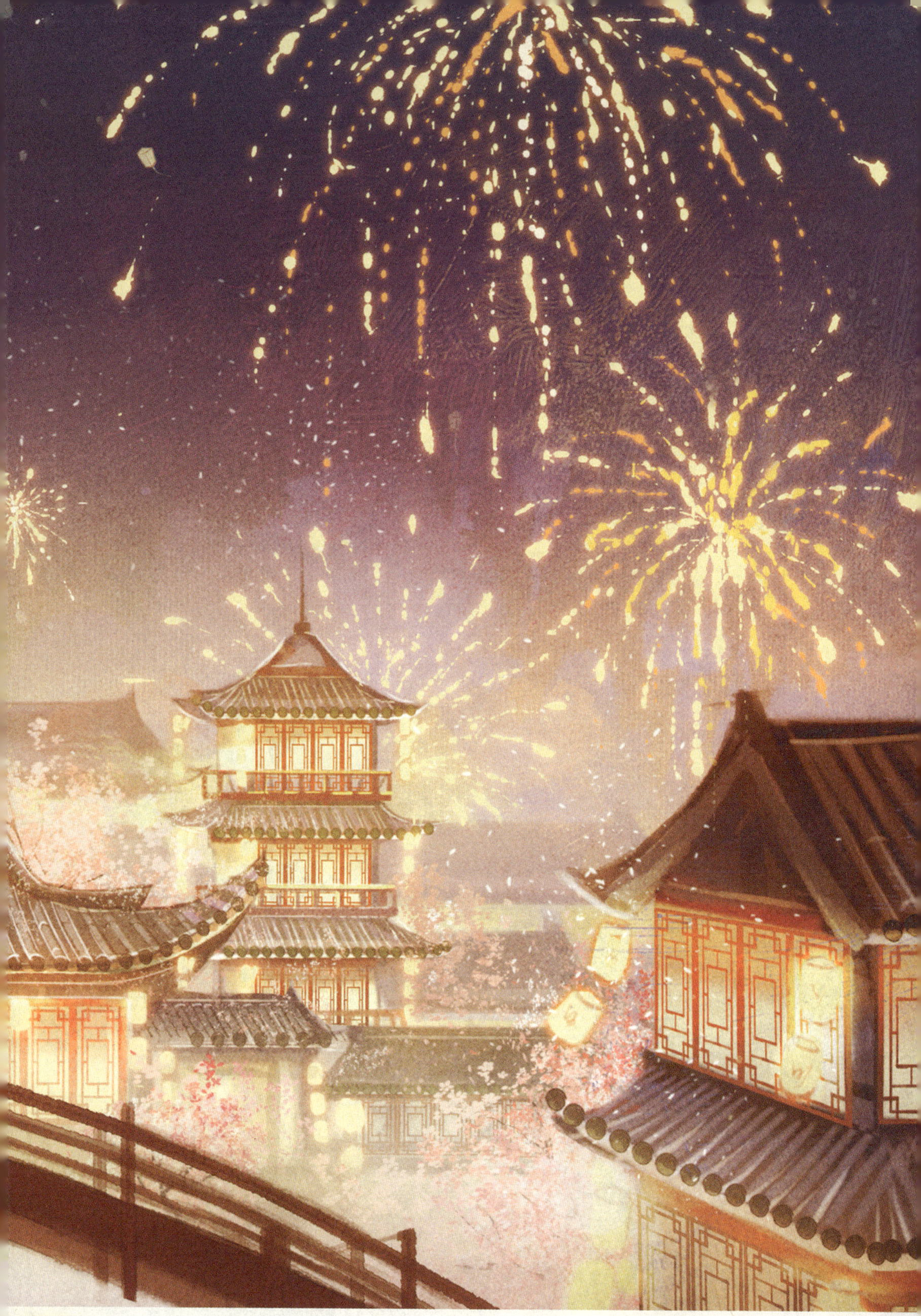

春心莫共花争发，
一寸相思一寸灰。

第二十一章
宁大人发脾气了

高兴?

李景乾看着她那深不见底的眼眸,很想反驳。但他还没来得及张嘴,身子就控制不住地往后倒。

"《风尘吟》可学会了?"她将他推在床榻上,伸手撑着床栏问。

他轻吸一口凉气,低声答:"刚练了一小段。"

白天在朝堂上义正词严地争着青州刺史、工部侍郎,背地里却练着邸深人静快春宵的艳曲。

宁朝阳低头睨着他那滚动不停的喉结,伸出指尖就轻轻摸了摸。

"嗯……"他不适地躲避。

"别动,"她不悦,"躺回来!"

他一僵,万分不情愿地在她身下重新躺正,宁朝阳这才满意地点头。

她凑近他些,唇瓣几欲相触,手上跟顺狸奴似的顺着他的喉结:"练到了哪一段?"

李景乾无措地看着她，脖颈泛起绯色："花叶曾将花蕊破，柳垂复把柳枝摇。"

"哼给我听听。"她勾唇，指腹往下，顺着他的锁骨划开了衣襟。

李景乾的脸上已经红得快滴血了。他不安地伸手，想捉住她游走的手腕，但还没碰到，这人就陡然沉了脸色："你这次若拒我，那绝不会再有下次！"

他指尖一颤，飞快地缩回来，将手放在了枕边。

面前这人又笑了，凑在他耳边道："哼啊！"

李景乾下颌绷得快与脖子成一条线了，咬牙闭眼，僵硬地哼出了一个调子。

按理说，嘴哼比弹琴容易，他熟背曲谱，该不会走调了才是。但前头都哼得好好的，宁大人的手却突然往下，他不受控制地闷哼了一声。

宁朝阳愉悦地笑起来，笑声如铃，入耳温热潮湿。

李景乾喘了几口气，难耐地与她道："我错了。"

"小江大夫一整天都在东院里，还未与我见面呢，能有什么错？"她唏嘘，带着浅浅的叹息。

"真错了。"他用下巴抵住她的锁骨，眼神略微有些涣散，"但我以为你应该能理解。"

各为其主，与她作对的是定北侯，不是李景乾。

"我怎么会不理解你呢？"她亲昵地蹭了蹭他的侧脸，"这不就来宽慰你了？"

这是宽慰？

他喉咙里咕出两声渴意，背脊战栗，想按住她的腰肢，手却在半空有所顾忌地僵住。

"宁朝阳，"他喃喃，"不要折磨我！"

"我这是在帮你。"她勾唇，将胭脂抿成了好看的线条，再低头印在他的锁骨上。

下一瞬，身上的温热与重量都骤然消失，宁朝阳已经平静地走下了凉榻。

"炎炎夏日，我这府中又没有冰块，两人待在一起还是太热了些。"她以手作扇，轻轻扇着风道，"我还是得回主院。"

说罢，不等他做出任何反应，人就已经消失在了门外。

额上汗水滴落，李景乾闷了好一会儿，才抬手挡住了自己的双眼。

好生气！

但是没什么办法。

他长叹一声，坐起来拢上衣衫："陆安。"

陆安在门外应了一声。

"将宫里分的冰块搬到这边来，"他道，"多搬些。"

夏日之冰昂贵，非侯爵之上无有赏赐，本来以她先前的圣宠，也是能分冰的，但不巧她最近才获罪，还罚了俸。

李景乾气着气着，倒是又笑了。

宁大人在跟他发脾气。

她很少发脾气，但今天对他发了。

也挺好。

他似叹似怅，起身走去浴室，将半湿的衣衫褪了，整个人都埋进温水之中。

宁朝阳沐浴之后准备就寝，突然发现房内分外闷热。她开门透风，皱眉嘀咕："这个夏日怎么比往年更难熬了？"

许管家拿着账本盘算道："外头的冰也不是买不起。"

只是花销很大，五两银子一块冰，还只能用一个时辰不到。

"罢了，"宁朝阳摆手，"前途未卜，还是省着些花为好。"

正说着，风里突然拂来了一股沁人心脾的凉意。

宁朝阳不由跟着风走了两步，觉得实在凉快，又往外走了几步。然后她就看见一辆木板车运着巨大的冰块，正在往东院的方向走。

"站住！"

陆安闻声停步，嘴角抽了抽，不得已地拱手："见过大人。"

宁朝阳走过去默默地蹭了会儿凉气，而后才问："你家主子的？"

陆安点头："是今年上头的赏赐，主子让我都拿过来。"

"行了，去吧。"她摆手。

许管家看着那冰山慢慢没进东院大门，不由得说道："您又何必苛待自己，真不想买冰，去与小江大夫一并歇了也好。"

"我也不觉得很热，"宁朝阳嘴硬地道，"心静自然凉。"

比起身体上的凉，降官罚俸更让她心里发凉，想想这糟心事，也就不觉得热了。

她吐了口气，回去主院，就着窗边的竹榻便闭上了眼。

子夜时分，有人越窗而入，宁朝阳察觉了，但她没动。

来人身上有一股冰凉之气，先是在她榻边站了一会儿，而后伸手擦了擦她额上的汗。

"大人？"他轻声试探。

宁朝阳长气吸入，缓气呼出，恍若熟睡。于是李景乾就放心地动手，将她抱了起来。"

　　看着那么厉害的人，抱起来却轻得很。他拢起臂膀，她身上的雪纱就从他手腕旁垂坠下去，像一弯半沉在水里的月亮，拖着浮银长光。

　　他不由得想起沙场上的无数个夜晚，天地间什么也没有，只有一轮月亮。就是这轮月亮，为他照亮地上的图纸，给他指示着行军的方向。

　　月亮是摘不下来的，但怀里的人他可以抱紧。

　　李景乾唇角微抬，带着人越窗而出，步伐稳健，一路都没有将她惊醒。

　　东院里一片凉爽，冰化下去的水被清理走，铜鼎里又放上了新的碎冰。宁朝阳很想舒一口气，但她又不想被这人发现，就只能佯装翻身，将脸埋在臂弯里。

　　身边这人抬起手来，像是想拥着她一起睡，但只一瞬，他好像又顾忌起了什么，手指一节一节地缩回去，克制地躺在了离她一尺远的地方。

　　凉气怡人，宁朝阳睡了个好觉。醒来的时候身边已经没人了，她兀自打了个哈欠，倚在枕上发了会儿呆，才漫不经心地收拾起身，更衣上朝。

　　朝堂上的定北侯依旧很讨厌，打压下卢英之后，他顺利地将庞佑给扶上了尚书之位。为感念定北侯的恩德，庞佑上位的第一天就批下了中宫扩修宫殿之事。

　　荣王一派弹冠相庆，好不畅快。淮乐殿下却是神不守舍，下朝的时候还差点儿摔着。

　　"殿下。"宁朝阳扶住她，神情略有自责。

　　淮乐回神，拍了拍她的手："不必往心里去。"

　　都这样了还不往心里去？宁朝阳沉默。

　　淮乐轻叹，将她拉到自己的凤车上："本宫不是在为工部之事烦忧，定北侯推举之人的确是堪用的，就算与他们亲近，也未必就不愿替本宫办事。"

　　"那殿下方才？"

　　"本宫近来总梦见一个故人。"她垂眼，"奇怪的是，现实中分明是他负我，在梦里，他却问我为何负他。"

　　许是终于给人扫了墓的缘故，她开始想起一些往事的细节，比如萧北望死后，北漠郡主不知所踪；再比如她去江州时，扬言要她做妾的萧北望竟然毫无防备地对她敞开了臂膀。

　　她原本是不可能那么轻易地将他绑回来的。临近上京之时，看守萧北望的人甚至已经被下了迷药昏倒在门外，但她冲进房间，那人却好好地坐在椅子上，甚至问她为什么跑得这么急。

但要说误会……淮乐抿唇。

她当时直接问过他，为一个女子谋反，值得吗？

他答的是，值得。

他知道自己在做什么，也知道眼下是什么局面，他只是落在了她手里，没有任何挣扎的余地。

淮乐觉得自己未必是放不下他，她只是放不下曾经那个为爱不顾一切、傻得可怜的自己。

"朝阳，"她道，"你一定不要耽于情爱。"

先前听这话，宁朝阳还觉得问心有愧，但眼下再听，她却是分外笃定："殿下放心，我不会。"

比起她，定北侯的症状看起来要严重得多。

夏日炎炎，知了聒噪，整个大地都被晒得发白。李景乾捏着折扇，状似无意地扇着冰块，却恰好将凉风都送到了她怀里。

宁朝阳漠然地坐着，手里文卷翻页，恍若未察。

他频频看她，右手时而落笔，时而停顿。半个时辰之后，他将一页画纸放在了她眼前："如何？"

长卷舒展，美人娉婷，看得出来下了功夫。

但宁朝阳只瞥了一眼，就敷衍地道："甚好。"

多一个字也不夸。

李景乾满心欢喜冷却了一半，抿唇道："今日朝堂之上，定北侯并未与大人起争执吧？"

是没有，甚至难得地替卢英说了几句话，才让他没被贬去雷州。

但是——

宁朝阳慵懒地抬起眼皮看他："要我与你谢恩？"

"没有。"他垮下双肩，收拢画纸，沮丧地坐回了远处的椅子里，身影看起来有点委屈。

她想了想，放下书卷，拍了拍榻沿。

李景乾原是有些恼的，但一见她在唤他，身体还是不受控制地就凑了过去。他意识到自己比旁边窗台上的狸奴还听话，有些哀怨地抬眼看着眼前的人——都这样了，你连两分怜惜都要吝啬于我？

宁朝阳清楚地从他的脸上读出了这句话。

她撑脸低笑，将他散落的发丝拢了起来："乖，大人有些忙。"

同在一个朝廷，他都没说忙，她到底在忙什么！

他鼓了鼓脸颊，凑上前去看她手里的东西。不看还好，一看就看见了沈晏明的字迹，他的脸唰地就沉了。

"做什么？"宁朝阳好笑地道，"你不是已经知道了我与他没什么？"

"大人对他是没什么。"他沉声道，"但此人的心思分明不清白。"

"我这是公事。"

"什么公事非得他来说？"

宁朝阳抬眼，似笑非笑地道："徐统领中毒之事，他是诊脉的御医，自然要与我说清楚情况。"

面前这人不但不觉得心虚，反而更愤怒了："大人不还怀疑我……怀疑定北侯是凶手吗？问定北侯不比问他强？"

她唏嘘摇头，道："你是不知道，定北侯那个人脾气差，又总是拒人千里，可不是什么好打交道的人。"

他起身，骤然贴近她的脸。

宁朝阳瞳孔微缩，身子却没动，翘起腿坐在高椅上，微微后仰。

他伸手扶住了她的腰身，委屈地闷声道："他没有。"

军中的定北侯脾气很好，是出了名的待人和善，也就这次回京与她误会连连，才会一直失控。

面前这人表情是了然的，但眼神里分明就是不信。

他很难受，松开她，在屋子里转了两圈，想了想，招来陆安一顿吩咐。于是，原本已经被淮乐殿下压下去的徐统领被害一事，突然就有风声传进了圣人的耳朵里。

太后寿庆已过，圣人就毫无顾忌地让刑部严查。有圣人的旨意，云晋远不得不亲自去了一趟大牢，与部分人证对质。但结果出乎宁朝阳的意料，牢里传话的小厮说，当晚看见的人不是云晋远，声音没那么苍老。

宁朝阳脑子里有根弦突然响了一声。她面上不动声色，背地里却让宋蕊搬来了百官简要，逐一圈想。

右手虎口上的刀疤这么明显的特征，就像只有江州才有的千尾草一样。若能落实罪名，那便的确是铁证。可若有一处不符合逻辑，那这所有的事都有可能是骗局。

李景乾没有察觉到她的动静，他以为宁朝阳只排除了云晋远的嫌疑就要作罢，不由得有些着急。

"花明山上风景甚好，"他低声道，"大人可愿与我一起去看看？"

宁朝阳故作不在意地别开头："没兴趣。"

他抿唇："不耽误多少工夫，去去就回。"

"累得很，不想动。"

"我背你。"

"又没什么看头。"她懒洋洋地道。

李景乾真急了，几乎快把目的摊牌了，但他还是忍了忍，耐着性子与她哄道："有很好看的山花，我采回来给你做花囊可好？"

宁朝阳从书卷里抬头，定定地看了他一会儿，然后问："是绣出来的那种花囊？"

李景乾的额角跳了跳。

他一个大男人，绣什么花囊！拿个袋子给她装一装不就好了？

但是，迎上她"不是绣的有什么稀罕"的目光，他沉默片刻，还是艰难地道："是、是吧。"

宁朝阳这才满意地勾唇，放下书卷道："我让许叔去准备马车。"

"好。"

不知道是不是他的错觉，他总觉得宁朝阳今日好像格外娇气。

往常坐车去花明村，也不见她说什么，今日快走到的时候，她却不高兴地说："路真陡，骨头架子都要散了。"

别人跟他这么说，他一定想也不想就把人扔下车。但这人说着，眼尾微微耷拉，眼眸里半含水色，手还轻轻捶了捶自己的腿。

他无奈抿唇，还是自己下车，站在车辕旁边背朝着她，双手微微后伸。

宁朝阳毫不客气地就压了上去。

山风凉爽，吹得他雪白的衣袍与她绯色的长裙拂作一处，她故意压在他身上晃悠，他却没嫌她重，只抬眼道："花都落尽了。"

原本繁繁灼灼的桃林如今已经变成了青绿的叶片，树叶掩映间还挂了不少的果实。宁朝阳嘴里说着春花夏叶理之自然，眼睛却忍不住往前头那片空地上多看了两眼。

当初这里站着的人清清瘦瘦的，被人一撞就侧过身来，衣袍都跟着泛起涟漪。可如今这人稳稳当当地背着她，分明是双臂有力，下盘极稳。

她不由得眯眼，而后又抓着他的肩狠狠晃了晃。

李景乾好笑地摇头，配合地脚下踉跄了半步："大人想自己下来走？"

"不，"她哼道，"有人先前自己说的，要背我上去。"

"好。"

他当真应下，踩着石阶一步步地往上。

宁朝阳知道他想去哪里，那地方，即使是晴天路也不好走，更别说身上还背一个人。但他没有反悔，也没有停下，只低声道："抓紧些。"

山路崎岖，他背上逐渐有了热气。她倚着他，隔着两层衣料都能感觉到他背上紧绷的筋肉。

半个多时辰后，他将她放在了一处坟冢前。

宁朝阳故作不知："带我来这儿做什么？"

他呼吸有些沉，缓了片刻之后才轻声道："前些日子我有缘遇见了沈大学士。"

她轻哼道："沈裕安？先前不是还有人拿他来吓唬我？"

"因为据我当时所知的来看，大人的确有构陷萧将军之嫌。"他垂眼，"但沈裕安说，是萧将军先将一个北漠郡主带回上京，不肯舍弃，所以才有了后头的忤逆之举。"

北漠郡主？

宁朝阳听得一愣，脑海里七零八碎的信息突然开始拼凑起来。

当时她为其写罪状，的确是因为揣摩了圣人的心思。但萧北望此人横行上京、欺压良民、侵占田庄，短短一月，身上就担了二十多条无辜人命，这些也都是不争的事实。

她以为圣人是想杀鸡儆猴，才拿他来给武将们立规矩，但这怎么又冒出个北漠郡主来？

"沈裕安之言听起来很是合乎情理，但只这一点我觉得不对。"他道，"因为萧北望也是花明村的人。"

与胡山一样，萧北望的祖祖辈辈也都是死在战场上的，胡山心有国恨，萧北望自然也有。他也许会看上一个普通农女，也许会爱慕同行的女将军，但无论如何，他都不可能沉迷于一个北漠郡主，甚至为她与朝廷对立。

宁朝阳抬眼看着前头墓碑上的名字，突然福至心灵："六月廿八那日，你来这里有没有遇见淮乐殿下？"

六月廿八是萧北望的忌日，那天他大张旗鼓地上山祭祀，没有及时进宫问询圣人遇刺之事。

碰巧的是，淮乐殿下也在那天消失了，连公主府的人都找不到她。

有没有一种可能……

李景乾抬眼,略带困惑地问:"你怎么知道?"

还真有。

宁朝阳愕然地看着那墓碑,终于明白了过来:淮乐殿下曾经的心上人是萧北望!

武功高到能越过守卫进宫中,又在后来凯旋回朝,听来的确像是萧大将军。只是,北漠郡主是从哪儿来的?殿下只说他带回一个有身孕的女子,想娶为正妻。后来萧北望因公事回去了江州,殿下恰在那段时日里生了场病不见任何人,病好之时,萧北望已经被推上了断头台。

所以,当时其实是殿下亲自去江州把人绑了回来?那自己岂不是手刃了殿下的心上人?

想起淮乐殿下提起这事时的平静和坦然,宁朝阳觉得万分佩服,又有些不安。她抬眼看向对面这人:"北漠郡主之事是沈裕安说的?"

"是。"李景乾道,"但我派人查过,除了他在说,旁的不见任何证据。"

包括北漠,似乎也没有任何有关的风声。

宁朝阳拢着裙角蹲下来,在地上写了三个代称:一个代圣人,一个代殿下,还有一个代萧北望。

她没说话,只捡了树枝在中间比画,但李景乾站在旁边,竟是看懂了。

"圣人原先很器重萧大将军,也不曾因他功高就忌惮。你这个设想应该是不成立的。

"淮乐殿下心胸宽广,就算姻缘难成,也不会这般去污蔑一个有功之臣,这个设想也不成立。

"对于萧将军,我了解不多,但他在军营里的时候并不沉迷女色……"

几条线画完,宁朝阳皱眉问:"北漠郡主的身份是被谁发现的?"

"沈裕安说是吏部核查。"

"吏部真要核查,就得去北漠,抑或从边关打听消息。"

"两年前我打过天河山之后就驻守在了北漠边境,不曾听过任何风声。"

宁朝阳抬眼看他,两人对视之后,都皱起了眉。

往好处想,这可能是因为中间人传递不当造成的误会。可若往坏处想,那就是有人蓄意作梗。

误会易成,但若要作梗,却是要瞒过吏部、礼部、兵部、刑部,再瞒过凤翎阁、淮乐殿下，最后还要利用好圣人的心绪，在最合适的时机快准狠地了结这一切，且不引起任何人的怀疑。

山风拂来，原本是清爽宜人的，但宁朝阳手背上却起了一层鸡皮疙瘩。

她问李景乾："陷害胡山通敌卖国之人也是你麾下的？"

提起这茬儿，李景乾神色暗了暗。

"那人叫唐慕，镇远军旗下有八个分支，他是其中一支的将领。他原本性子就急躁，还总与胡山起冲突。"

姓唐？

宁朝阳想了想前些天自己看过的百官简要，唐姓的人甚多，光三品以上就有二十余位。

"他陷害胡山是因为嫉恨？"她问。

"武人大多冲动易怒，况且他本就是个睚眦必报、不顾后果的性子。"他叹息。

听着是顺理成章，但是……

宁朝阳严肃地与他道："不瞒你说，胡山一案若是落定，我就打算参奏包括定北侯在内的七八位将领。"

李景乾眉心一跳："为何？"

"因为我要保命。"她道，"在你们眼里，我是害死萧北望的凶手，不压下你们，我自己就会遭殃。更何况，灰雁这两年找到了非常多的把柄，我不用白不用。"

也就是他来救了胡山，镇远军风头太盛，她才按下了那些东西，打算避其锋芒而后动。

李景乾反应了过来。

与其说是唐慕嫉妒心切，不如说唐慕是倒下来的第一块岩石。以他为起始，胡山入狱、宁朝阳打压镇远军、镇远军失势后不得已与青云台联手反击，双方带着新仇旧恨，斗争和厮杀会远比现在更激烈。

哪怕现在他提前来上京救人，挽回了一些局面，但青云台和凤翎阁之间的嫌隙依旧越来越大，像一排并立的岩石，在禁军统领之事和运河一事的推动下，一块接一块地往后倒。

以两人原本的立场来说，是绝不可能一起站在这里的。她不会知道萧北望之事有蹊跷，他也不会发现背后还有人想对付镇远军。那样，两人就会像那幕后之人手里的棋子，撕咬拼杀，还都觉得自己是对的。

但是宁朝阳看向对面这人，微微抿了抿唇。

并不是幕后之人算有遗册，而是这天下恐怕没有谁能想得到，堂堂定北侯爷，竟愿意来给她这个女官当外室。

他这么着急地拉她过来说这个，就是想告诉她，他们两人之间有误会。有人在挑拨圣人殿下和萧北望的关系，自然也会挑拨他们之间的关系。

徐若水不是他杀的，齐若白也不是。那人不想让他们在一起，可他偏就想跟她在一起。

但凡这人是自己麾下的，宁朝阳都得把淮乐殿下的话写下来贴在他脑门儿上，痛心疾首地说上一句"情字误人"。

但她一抬头，蓦地就对上了他的目光。清眸如石上流泉，干干净净地映出她的影子。

天光乍破，盈盈灿灿。

他说："劳大人回去再查一查，云晋远没有嫌疑，我亦没有。"

宁朝阳那颗在乌泱泱的铠甲之间死寂下去的心，突然又动了一下。她绷住脸上的严肃之色，沉声道："大难临头，你竟只想着这些小事？"

"小事？"他抿唇，朝她迈近半步，不悦地道，"这还只是小事？"

"相较于家国大事，的确是小事。"

"大人此言差矣，"他下颌绷紧，"眼下执棋之人尚未现身，你我若不能相携一心，便还是孤掌难鸣之势，而后任人唯亲，党同伐异，使名士抑郁不得志，使百姓苟生于水火。若如此，天下危矣！"

宁朝阳听得眼皮跳了一下："你我之间的事还关乎天下？"

"是。"他斩钉截铁地点头。

她觉得荒谬，但一时也找不到什么话来反驳。

树影摇动，山色青蒙，李景乾紧张地站在她面前等着她的回答。

他怕宁朝阳冷淡，也怕她依旧不信自己。但良久之后，宁朝阳回过神来，漂亮的桃花眼里已经没了先前的抵触。

她只抬眼问他："那花囊上可不可以绣字？"

李景乾愣怔："绣什么？"

"风尘吟。"

他走这么远，是想来听这个的吗？

他负气地甩袖，恼恨地往山下走："区区外室，要什么君子做派？不绣！说什么我也不会绣！"

话是这么说，几日之后，宁朝阳还是收到了一个花囊。也不知他从何处寻来的晒干了的桃花，鼓鼓囊囊地塞满了一整个锦袋，袋子上用十分简陋的针线绣了一堆旁人绝对看不清的字。

宁朝阳捏着看了一会儿，微微勾起了唇角。

她没有回礼，也没说任何话，但李景乾这日在暗桩的铺子里换好衣裳出来，却看见宁府外的仁善堂重新挂上了招牌。

"真是……"

他好笑地摇头，又觉得今日清风和煦，甚是令人愉悦，然而这并不妨碍两人继续在圣人面前唇枪舌剑。

"番邦来朝，看的就是大国气象，自古长幼有序，荣王殿下身为幼子，如何能排在淮乐殿下之上？"

"长幼有序，嫡庶也有分，荣王乃中宫嫡出，本就该在淮乐殿下之上。"

"嫡庶是前朝糟粕，两位殿下都是圣人的血脉，若要以尊卑来分，那又将陛下满怀的慈爱置于何地？"

圣人坐在两个人中间，眼神都有些恍惚了。

他按着额角道："二位爱卿啊，孤瞧外头天气甚好，二位不如一起出去赏赏景、散散心？"

"恕微臣不敢！"李景乾唏嘘，"满朝文武，谁堪配与宁大人赏景？"

"谢陛下关怀。"宁朝阳撇嘴，"举国上下，无处能散定北侯之心。"

圣人狠狠抹了把脸。

当初若不是宁朝阳有了正室，他还想着撮合这二人，没想到相处越久，这二人的关系反而越差。

"礼仪之事还是交由内官们去商定吧。"他匆匆起身，"孤想起后宫里还有事，这便先行一步了。"

"恭送陛下。"

两人齐齐行礼，却又在圣驾走后继续吵，从正殿一路吵出了永昌门，一路上，谁都听得见那互不相让的争执声。

来禀事的首辅瞧见了，不由得觉得好笑。

"爱卿，"圣人唤他，"你今日要议何事？"

唐广君回神，拱手道："中宫扩建多有花销，臣想遣派户部两人，去西边三州催一催上半年的课税。"

修宫殿花销甚大，圣人心里很清楚，但中宫先前为救他而受了伤，又与他是多年的结发，圣人也想哄她开心。于是思忖片刻之后，他还是点头："让薛晨和品鸿去，他俩办这事妥当。"

"是。"唐广君应下。

宁朝阳回府，坐下就灌了好几口茶水。

许管家来禀她："先前东院里清出去的那些粗使杂役，有一个最近常在安永坊出没。"

安永坊里有很多药材买卖，也有十几处官邸。

宁朝阳淡声问："没敢跟近？"

许管家摇头："那人很警觉，下头的人又不会武，只能远远打量。"

宁朝阳点头表示知道了，取了衣裳就进了湢室。

李景乾一进门就被蒸腾的雾气扑了满脸，他愣怔了一下，而后就在屏风外道："不是说要去凤翎阁？"

她竟比他回来得还早些？

屏风后头没有回应，连沐浴的水声都没有。

"大人？"他疑惑地唤。

水雾缭绕，寂静无声。

该不是泡晕过去了？李景乾心里略微一紧，抬步就越过了屏风，然后就看见一双桃花眼泛着潋滟的光，定定地落在他身上。

他飞快地转过了背。

浴桶里响起了水声，似乎是宁朝阳朝他这边靠近了些。湿润的手指轻轻捏住他的指尖，她漫不经心地把玩了一下，而后便伸着手指与他交扣："害羞？"

"不是，"他抿唇，"我是怕你不高兴。"

再亲密也已经是先前的事了。她看他可以，他看不该看的，就未免有些冒犯。

宁朝阳轻哂了一声，软绵绵地道："今日太累了，我动不了了。"

他有些僵硬地侧了侧头，这人趴在桶沿上看着他，眼眸里的戏谑粼粼泛光。

"抱我。"她伸手。

清亮的水珠顺着她的手势四溅，飞出来落在了他雪白的衣袖上。

他有些无措地往旁边找了找干巾。

她蹙起眉，不耐烦地道："手臂酸，快点。"

他步子顿住，喉结滚了滚。

氤氲的雾气里带着一股暖香,他手刚张开一寸,面前这人就哗然而起。水与人一并入怀,他身上那薄薄的白衣几乎一瞬就湿透了。

肤如凝脂清露落,发若藤枝缠细腰。

她攀着他,不适地呢喃:"要掉下去了。"

他这才慌忙将张着的两只手落在她身上,碎冰在铜鼎里散发着凉气,这人抱着她,身上却是如火一般发烫。

她忍不住揶揄:"满朝文武,谁堪配与我赏景?"

李景乾放在她腰侧的手紧了紧,道:"你才答应了不将朝堂上的事拿回来与我计较。"

"我是答应了。"她挑眉,"但今日那是在御书房,不是朝堂上。"

"你……不讲理。"

"讲理谁养外室啊!"她轻轻咬了咬他的耳廓,"是不是,侯爷?"

李景乾眼眸一暗,他轻吸一口气,将人抱起来就大步往内室走。

角落里的冰鼎做证,这是她先动的,不能怪他。

但是今天,李景乾感觉这人有话要说。他亲昵地抵着宁朝阳的鼻尖,柔声问她:"你想知道什么?"

宁朝阳双眸慵懒,困倦地亲了亲他的唇角,张口问的却是:"你当初安插在东院里的人是一个还是两个?"

突然提起这茬儿,李景乾有些不悦:"一个,就负责洒扫的那个,怎么了?"

"嘴边有痣的那个不是你的人?"

"不是。"

那就是他了。

宁朝阳打了个哈欠,握着他窄瘦的腰,含糊地道:"睡吧。"

"睡什么?"他没好气地道,"你刚亲我那一下,是因为觉得我好,还是因为想替齐若白查出下毒的凶手?"

"都有。"

什么都有!他气得想掐她,但手都放上去了,却没舍得用力。

哪有这样的人!

宁朝阳是真困了,抱着他就睡了过去,留他一个人靠在枕边,半晌也没有想通。

"许管家,"第二日,他忍不住抓人来问,"齐若白比我好?"

许管家先茫然了一下,而后了然地拍了拍他的肩:"未必是他好,只是他去得早。小江大夫您要明白,活人是争不过死人的。"

李景乾更生气了:"随便谁死在这院子里她都要管?"

"也怪不得旁人,"许管家摊手,"谁让您给了人机会,让人住进来了呢?"

这天上朝,定北侯的脸色难看得可怕。

满朝文武没人敢招惹他,只有不怕死的宁大人依旧与他顶撞。程又雪在后头看着,都怕定北侯暴起伤人。但出乎意料的是,早朝结束,宁朝阳全须全尾地跨出了大殿。

"又雪,"她道,"你住在永定坊是不是?"

程又雪乖乖点头:"租的一处小院,离悬壶堂不远。"

宁大人用一种十分器重她的眼神看了她一会儿,而后让她附耳过去,好生嘀咕了一阵。

程又雪脸都皱了起来:"不好吧,我不熟啊。"

"事成之后,我给你拨钱买一处离凤翎阁近的院子。"她道。

"再……不熟,那也不会比上天还难。"程又雪登时精神地拍了拍自己的胸脯,"包在我身上!"

宁朝阳欣慰地看着她,觉得程又雪真是长大了,比从前成熟稳重了不少。她看着程又雪雄赳赳气昂昂地走出宫门,又看着她胸有成竹地走向尚书左丞的马车。

再看着她,以猝不及防、防不胜防的姿势,猛地摔在了官道上。

宁朝阳扶额,快步跟着往前走。但她距离有些远,还不等她走到,旁边就伸出来一双手,将疼得脸都发白的程又雪给扶了起来。

"程大人,"叶渐青面无表情地看着她道,"你我往日无冤,近日无仇,何故要这般摔于我车前?"

程又雪疼得说不出话来,她只能拉着他的衣袖,眼泪汪汪地摇头。

不是想摔你这儿的,我的目标是前头的尚书左丞。

但这小姑娘生得水灵又可爱,含泪做这个动作,就很像是在向他求救。

叶渐青不是个会心软的人,跟凤翎阁交道打得不少,他觉得里头没两个好人。但也不知怎么,看着程又雪,他想了一会儿,竟扶着她坐在了自己的车辕上,道:"送你一程吧。"

第二十二章

没头脑和不高兴

　　程又雪眼睁睁地看着尚书左丞的马车从自己眼前驶走,又眼睁睁地看着宁大人被叶渐青的马车甩在身后。她仿佛看见一座属于自己的小院子正捏着手绢含泪朝她作别。

　　那可是上京的小院,离凤翎阁近的、独属于她的小院!

　　一滴晶莹的泪水落在衣裙里,程又雪转身,想瞪他,又觉得人家没做错什么,甚至是好心在帮她。

　　她吸了吸鼻子,软下眼神,鼻音浓厚地与他道:"多谢。"

　　这扭扭捏捏的小女儿姿态,倒是与凤翎阁其他的女官全然不同。

　　叶渐青端正地坐在车厢里,淡声道:"顺路而已。"

　　"大人也住永定坊?"她纳闷儿道。

　　叶渐青被噎了一下,他神色复杂地看着这个就住在自己隔壁的人,很难不怀疑她是在装傻。

　　每隔几日他都会碰见她一次,她还笑着与自己见礼呢,现在就全然不记得了?

没等到回答，程又雪也不甚在意，朝中每位大人都有自己的脾气，总不能要每个人都像宁大人那般知礼守礼。

碍于两人不熟，她没进车厢，寻思着就坐在车辕上也不错。

许是定北侯刚在朝堂上没吵过宁大人，官道上的武将们都有些暴躁。胡山远远地看见她，就策马跟了上来，沉声问："你们宁大人呢？"

程又雪缩了缩晃悠着的腿，老实答："在后头些的位置。"

胡山往后看了一眼，嘟囔道："罢了，你替我给她吧。"

那是一封密信，用火漆封了好长的口子。她接过来，刚要应下，旁边又来了个武将，大声嚷嚷道："胡副将，你怎么在这儿调戏小姑娘？"

胡山一噎，反手就给他一鞭子："瞎说什么！"

那人笑嘻嘻地躲开："这路这么宽，你非挤着人姑娘走，这不是调戏是什么？"

程又雪小声解释："他是来说事的。"

"说什么事？"那人挑眉，"他是武将，你可是凤翎阁的文臣。"

胡山瞥一眼那密信，顿时急了："就你话多，舌头不要了就给爷割下来泡酒！"

"哟，恼羞成怒喽！"

程又雪无措地看着他们，正想再解释解释，却发现自己身后的帘子突然被掀开了，叶渐青面无表情地出来，撩袍坐在了她身侧。

打闹着的武将愣了一瞬，接着有些不好意思地策马走了。

胡山看了他们一眼，也抱拳先行。

"哇，"程又雪忍不住感慨，"大人您这么吓人啊？"

这不是吓不吓人的问题好不好！

可是面前这小姑娘全然不觉得哪里不对，甚至用崇敬的目光看着他说："我什么时候能学会这功夫就好了。"

就是因为她气场太弱，所以才总是容易遇见凶恶之人。

叶渐青看了看她手上的密信，眼神微动，他慢条斯理地道："你想学，我教你。"

"真的？"她亮起了双眼，立马学他的模样背脊挺直，双手放在膝盖上。

叶渐青点头："手掌放松。"

程又雪想也不想就将密信放在了自己身边，而后学着他的模样放松。

"眼神凶一点。"

"再凶一点。"

她凶恶地龇牙,眼角都挤成了一堆,瞧着却还是有点……楚楚可怜。

叶渐青抿唇,没说什么,依旧耐心地教了她一路。

等到了永定坊,程又雪跳下车就朝他拱手:"多谢大人!"

"不客气。"他摆手。

天真无知的女官就这么蹦蹦跳跳地走了,完全不记得自己的密信还没拿。

叶渐青指尖熟练地一划,很轻松就将信纸从信封的另一侧拿了出来。

胡山不愧是武夫,字写得那叫一个难看。他看了半晌才看清,竟通篇都是斥骂之言。

就这也值得叫一封密信?

叶渐青觉得不对劲,还想再看两眼,却听得一声:"叶大人!"

叶渐青手一抖,飞快地将信纸塞了回去,正打算用话搪塞她,却见程又雪捧着一包银子,满眼期盼地看着他道:"明日上朝,我可以也坐一坐您的车辕吗?"

嗯……还是没发现东西掉了。他抿唇,神色复杂地看着她手里的碎银包。

凤翎阁的女官俸禄也不高,她竟能攒这么多银子下来。

扫一眼她什么首饰也没有的发髻,再看一眼空空的手指和手腕,他冷淡地道:"不用给我银子,明早我来接你便是。"

程又雪禁不住"哇"了一声。

好好的人哦!

但是人家好是人家的事,坐车哪有白蹭的道理。她想了想,还是从袋子里抠出两块碎银子塞给车夫道:"给马买草料吃。"

车夫愕然地看着她。

小姑娘给了银子自己心里就舒坦了,开开心心地跑回家,等着明日蹭车时可以多睡一炷香。

叶渐青在窗边看着她那欢乐无畏的背影,倒是莫名有些不太自在。

人傻是会挨板子的。

但是,与他有什么干系?

叶渐青收回目光,拂袖回府。

第二日,程又雪跳上他的车辕时哀叹了一声。

"怎么?"他掀帘看她。

终于想起密信不见了?

她摇头,凄凄楚楚地靠在门框上道:"每天都要起这么早去上工,真的好累哦。"

她眼睛都没睁开，声音也迷迷糊糊："要是能住在凤翎阁旁边就好了，至少能睡到卯时。"

放在平时，叶渐青是不会轻易跟人聊天的，但这人的要求实在是太低了，低到他万分不解："凤翎阁四周没有民居租赁？"

"有，"她撇嘴，"但租不起。"

月俸才四两银子，那边的租钱就要三两。

叶渐青对她这装清廉的行为很是不齿："下头的铺子收不上来租？"

随便两间的租钱也够了吧？

谁料程又雪睁开了眼，满眼困惑地问："铺子？朝廷还给分铺子？"

朝廷当然不给分。

叶渐青抿唇："你自己没开？"

她傻愣愣地摇头。

叶渐青有些看不下去了，没好气地将密信还给她："你昨日落下的。"

程又雪一凛，立马接过来看了看。

火漆完好，没有被拆过的痕迹。

她松了口气，感激地朝他行礼："多谢大人，您真的太好了，若不是我有官身在，定要给您送一块大匾额！"

接触过太多心机深沉又凶巴巴的大人，程又雪是发自内心地觉得叶渐青好。

但宁大人收到她交上去的密信，捻着信纸看了一眼，却问她："拿信的时候是不是见着了谁？"

程又雪立马将叶大人的助人为乐和拾信不昧之举给夸了一番。

宁大人听完，眼神很古怪，她温柔地摸了摸程又雪的发顶，斟酌着道："还是要有些防人之心才好，外头的坏人实在太多了。"

这话很有道理，程又雪认真地点头表示记下了。

除了叶大人和宁大人这样的好人，别人她谁也不信。

"让你盯的人呢？"宁大人问。

程又雪立马道："昨儿回去的路上就瞧见他了，下官没打草惊蛇，只借着买果子的空隙向旁边的铺面打听了一番。那人眼下正在方宅，混了个侧门门房的差事。"

方宅，尚书左丞方叔康。

宁朝阳有些烦躁。

若真是一般的小官小吏，她还能将人提到齐若白的坟上去杀，可这种大官牵扯其中，一时半会儿很难有个结果。

"大人可还用我做什么？"程又雪兴致勃勃地问。

宁朝阳和蔼地拍了拍她的肩，道："照顾好你自己。"

"好！"

胡山的信用了藏字密语，解开来说就是告诉她，新上任的钱统领并非表面上那般好拉拢，淮乐殿下与荣王殿下的礼他都收，但都置之旁边，反而与不太受宠的五皇子麾下的副将以兄弟相称。

宁朝阳这才想起宫里还有个五皇子，没有封号，没有开府，番邦来朝时，他连正殿都进不了。若放在以前，她绝不会在意这样的角色，毕竟人的精力有限，若是事无巨细，那早晚死而后已。

但现在，她想了一会儿，还是决定进宫拜会一二。

五皇子已是二十有一的年纪，却还屈居在皇子殿里。陛下似乎已经将他忘记了，任由他跟一群六七岁的皇子公主混在一起。但难得的是，这位皇子眉宇间竟没有什么怨气，看见她们来，颇为感激地道："难得还有人记得我的生辰。"

宁朝阳笑着与他寒暄，说自己从前与他的母妃良妃有故，又说最近外头正热闹，若有恩典，五皇子也能去看看番邦来的客人们云云。

程又雪在旁边瞧着，只觉得五皇子温润谦和，与淮乐殿下和荣王都大不相同。

出来的时候，宁朝阳问她："你怎么看这个人？"

程又雪老实地道："长得俊朗，人也彬彬有礼，比之荣王殿下，要更让人舒坦些。"

她觉得自己说得很中肯，但宁大人听了，半晌没说话，还抬手扶了扶自己的额头。

"怎么了？"她很不安，"我看错了？"

"你不是看错了，是看少了。"她叹息，"五皇子久与稚儿在一处，谈吐却不俗。稚子吵闹，他也能泰然处之，不见厌烦。衣裳虽不新，却是整整齐齐、干干净净。这样的人，自律自持，心性坚韧，比荣王可有出息多了。"

若不是母妃自戕惹怒圣人，他也不至于落到这个境地。

程又雪听得恍然，接着又皱眉："可他没有圣宠，看样子是无法翻身的，大人怎么连他也要防？"

"朝局瞬息万变，谁知道明日的圣人会有什么心思？"宁朝阳摇头，"我们做臣子的就得多思多想些才好。"

　　宁朝阳真的好厉害，她跟在宁朝阳身后满眼崇拜，总感觉大人的世界里是一片刀光剑影、尔虞我诈，而她的世界里只有要交的租钱和看不完的文卷。

　　程又雪不甘心地想为自己的宅子再努力一下。

　　她与永定坊的药铺掌柜们还算熟络，找个借口请众人吃饭，那些掌柜倒也没怀疑什么，都欣然赴约。

　　吃饱喝足之后，程又雪说起了自己治病需要千尾草做药引。

　　几个掌柜纷纷道："这东西江州才有，拿来做药所需也少，一般的药铺里也就二钱那么一点。"

　　"哎，我记得梁掌柜两个月前倒是进了一些。"

　　"可别，我那点药草早被人买走了。"

　　程又雪乐呵呵地听着，也没有追问，但这之后，她就往梁掌柜的药铺里跑得勤了，就算不买药，也总要在四周转转。

　　这日她路过药铺，看见大人要她盯的那个小厮进去买药了。梁掌柜与他很熟络，甚至少收了他两个铜板。

　　她不动声色地跟上去，想看他要去何处，但七拐八拐的，那小厮转眼就没了影子。而自己回过神，才发现眼前是一条无人的小巷，巷子里凉风习习，吹得人后颈发冷。

　　她暗道一声不妙，转身就跑。

　　方才还毫无察觉的小厮，眼下竟拎了刀来追，她半点武功也不会，眨眼就要被人追上了。

　　"叶大人！"生死关头，她大喊了一声。

　　叶渐青从巷子口路过，就见好端端的一个女官吓得双眼通红、小脸发白，二话不说就朝他扑来。

　　他不喜与人亲近，更别说是不熟的女人。但是她看起来当真很害怕，仿佛被猎鹰追击的兔子，逃无可逃，一头就扎进了他怀里，他的鼻息间莫名就多了股甜香。

　　他僵硬地站着，好一会儿才道："程大人这是何意？"

　　"有人要杀我。"她带着哭腔道。

　　叶渐青抬头看了看那空荡荡的巷子，又低头看了看这人将他抱得死紧的双臂，无声地叹了口气。

　　"起来，没人了。"

程又雪哆哆嗦嗦了好一会儿才敢回头,见那小厮当真没了影子,才骤然松气,腿一软就坐了下去。

"多谢叶大人,"她道,"在下胆子小,有所冒犯,还请见谅。"

"无妨。"他道,"我要回家。"

回就回呗,为什么还要跟她说?程又雪纳闷儿地抬眼看他。

叶渐青沉默地与她对视,直到忍无可忍,才动了动自己被她死死压在屁股下的靴子:"借过?"

"哦哦。"她连忙起身,又挪去了旁边的台阶上坐下。

好歹是个女官,虽然年纪小,也不能一点气势都没有吧?叶渐青有些嫌弃,拂袖就想走,但余光瞥了一眼那巷子里藏着的人,他抿唇,还是没好气地道:"在下有些文卷之事想请教程大人。"

程又雪跟着叶渐青跨进了他家的门槛。

上京这地方寸土寸金,他竟然能盘下个三进三出的大宅!

她满眼艳羡,小心翼翼地问:"叶大人,这儿的租钱一个月得多少啊?"

叶渐青脚步一顿,神情都跟着呆了呆。

"租?"

面前的小女官连连点头:"我在旁边租了一间小房,一个月都要一两五钱呢。"

这宅子少说有八十多间房,一八得八,五八四十……

他拂袖道:"这是陛下赏的,不用交租钱。"

"哇!"程又雪更震惊了,"咱们陛下一向小气……不是,陛下一向奉行节俭,很少给人赏宅子,就连宁大人都只是得赏了一块匾,大人您这么厉害,难不成官居三品以上?"

叶渐青眼角跳了跳,他不可置信地转头说道:"你我为邻已有一载,你不知我官居几品?"

程又雪自觉失礼,连忙与他拱手:"凤翎阁事务繁忙,下官又早出晚归,是以……"

是以压根儿没有注意到他?

叶渐青深吸了一口气。他分明记得程又雪每回遇见他都双眼放光,甚是欢喜,行礼告别之后还总频频回头看他。有两回,她还特意在他车边等他,可见着他了,又害羞地扭头跑走。

这般明显的表示,连他那损友方叔康都看懂了,怼着他的胳膊肘叫他早些给人家姑娘一个台阶。可他是个怕麻烦的人，想了这大半年才想通些，朝她伸出了手。

结果却是，她连他的官职都不知道？

叶渐青心头火起，拂袖就走。

程又雪以为自己说错了话，惶恐地跟上他，边走边致歉道："下官不是有意冒犯大人，大人面相这般俊朗，一看就是心胸宽广之人，千万不要与下官计较。"

"面相俊朗？"他冷声道，"真要俊朗，你会不知道我的官职？"

"大人与凤翎阁来往不多，下官不知道实属情理之中呀。"

谁稀罕跟那帮奸臣来往！

不过，她这么一说，叶渐青倒是想起来了，他与凤翎阁那群人不太对头。她就算是有心跟人打听，那些奸臣也未必会告诉她关于他的事。

叶渐青唇角抿了抿，停了下来。

他看着她，认真道："本官是当朝尚书右丞，官居正二品，祖上有功，才蒙圣人恩赐此宅。"

哦，原来是这样。程又雪点头，腰杆直了直，神色倒是没先前那般惶恐了。

叶渐青觉得纳闷儿："怎么，这官职小了？"

"大人这是哪里的话，大盛一共才几个正二品。"

"那你……"

那你为什么是这个反应？

程又雪也不瞒他，坦荡道："我这辈子最佩服的人就是宁大人，原以为大人比她还厉害，所以我有些害怕。但一听大人是蒙祖荫得的宅子，宁大人可是靠自己拿的府邸。"

所以，还是宁大人更厉害些。

叶渐青脸色沉了，他不服气道："不论祖宅，就论官衔，我不也比她高？"

"那不一样。"程又雪摆手，"宁大人不但没蒙祖荫，她家里人还为难她，她是从狱吏一步步爬上来的。而大人你，既是世家，想必是从五品开始做起的。"

"五品做起怎么了？我也是凭本事当上的尚书右丞。"他阴沉着脸道，"宁朝阳刚上三品还被贬了官。"

提起这茬儿，程又雪耷拉了眉，眼眶没一会儿就红了。

叶渐青指节紧了紧："哭什么？"

"宁大人好可怜，"她蹲下来，哽咽地往喉咙里咽唾沫，"别人唾手可得的东西，她要努力好久才能够得到，原本已得到了，因着些无妄之灾，竟又要被牵连贬官。"

"谁唾手可得……不是,你还心疼她?"叶渐青气笑了,"她有自己的府邸,你可还租着民居呢!"

一听这话,程又雪眼泪当即就落了下来:"谁让我没出息,一点小事都办不好,原本很简单的案子,追凶手追不到就算了,还差点儿被凶手杀掉。"

她越说越难过,呜呜咽咽地就哭了起来。

这要是在凤翎阁,各位大人早就习惯了。华年抱着公文经过,会顺手给她一条手绢,宁大人拿着案卷下楼,也会有条不紊地给她倒杯茶,让她哭会儿就好了。

但叶渐青哪里见过这等场面,他一看她那跟溪水一样的眼泪就有些无措,手都不知该往哪儿放。

"自己办不好案子,哪有来我这里哭的道理?"他绷着脸道,"我难道还会帮你不成?"

面前的女官直摆手,可压根儿没有停止啜泣,眼泪掉在地上,像下雨似的将石砖打湿了一块。

叶渐青瞪她,瞪了一会儿又觉得无奈。

"什么案子的凶手?"他蹲在她跟前,没好气地问。

她抽泣着摆手:"跟您说了也没用。"

没用?他冷笑道:"你真以为我这官职是吃白饭混来的?"

程又雪抬头,犹犹豫豫地看着他,半晌才道:"是一个叫风七的小厮,瞧着是尚书左丞大人家的,但又不确定。我与那位大人不熟,又不好上门去问。"

就这?

叶渐青一把将她拽起来,扭头就带人往外走。

于是,程又雪目瞪口呆地跟着他跨进了尚书左丞方叔康家,又目瞪口呆地看着他半点不客气地将方叔康家翻了个底朝天。

"叶大人……"方叔康哭笑不得,"一个小厮,也值得你这般大动肝火?"

叶渐青没理他,只拎住了风七放在她面前问:"是这个吧?"

程又雪呆呆地点头。

他转头看向方叔康:"杀得杀不得?"

方叔康苦笑道:"他倒不是什么有身份的人,但怎么说也是唐首辅府上门客的亲戚,人家托着人情放我这儿混口饭吃,你总不好喊打喊杀的。"

程又雪把这话记了下来。

出门的时候，叶渐青脸色依旧冷冷的，但身边的人显然是高兴了，笑着与他连连作揖："叶大人真的好厉害，多谢您相助！"

谁也不是个乐于助人的性子？叶渐青冷哼，眼角余光还是忍不住瞥她："不哭了？"

她不好意思地挠了挠头，又与他道："等搬了新家，下官一定请大人吃酒！"

宁朝阳原本的打算是让程又雪就近与方叔康搭话，套一套他府内的情况，也好确认他与风七之间的关系。没想到的是，程又雪错摔一跤，挡住了叶渐青的路。

挡住就挡住了吧，叶渐青那个人自诩清高，一向不爱掺和公务之外的杂事，过几天就好了。

然而几天过后，程又雪与叶渐青一起出现在了她眼前。不但一起出现，叶渐青甚至亲手把风七的相关信息送到了她手里。

一时间，宁朝阳很想扭头去看窗外太阳升起的方向。

"大人快看看，这东西对不对？"程又雪兴奋地望着她。

宁朝阳欲言又止，展开文卷看了一眼。

不看还好，这一看，她又想伸头去看外面的太阳了。

叶渐青，当朝二品尚书右丞，与唐广君来往最多的人，眼下居然亲自把风七与唐广君府上门客之间的关系告诉了她。

这些灰雁都没能查到的消息，全都轻巧地在文卷上列得整整齐齐。

"大人放心，"程又雪拍着胸脯与她保证，"下官核查过了，这些都是真的。"

风七是受唐广君的门客指使去给齐若白用的千尾草，连千尾草的来历都一并写在了上头。

宁朝阳沉默片刻，将程又雪拉到了一旁。

"你威胁他了？"她小声问。

程又雪瞪大眼摆手："怎么会，我对叶大人一直是以礼相待。"

"那他为什么要给你这些？"

"因为他人好。"程又雪一本正经地道。

宁朝阳抹了把脸。

她如约给了程又雪一处宅子的房契地契，但拿着文卷回府，却没敢轻信上头的东西。

叶渐青不是傻子，他没有任何理由突然帮她们，其中应该有什么阴谋。可是，将风七和唐广君的关系告知她，除了让她注意到唐首辅对自己有敌意之外，还能谋得什么?

正想得出神,旁边突然就欺近了一股药香。

"宁大人。"他唤她。

宁朝阳回神,下意识要合拢文卷,他的手却伸了过来,将那上头的字一一展抹开。

"唐广君。"李景乾略显疑惑。

"当朝首辅,"她与他解释,"三年前才继任,你许是没见过。"

不但没见过,甚至没听过与这人有关的任何事。

李景乾有些不解:"庸臣?"

"那倒未必,他只是深居简出,鲜少出什么风头。"宁朝阳道,"办事妥当,倒也深得君心。"

这样一个人,他的门客居然会跟齐若白过不去?

李景乾多看了两眼,而后就着她的手将卷宗合拢:"总归是与我没干系了。"

只要能查明人不是死于他手就行。

面前的人显然没他这么无所谓,宁朝阳将卷宗合拢,甚还仔细地夹进了书页里。

他突然就不太高兴:"大人在意的到底是人命,还是齐若白这个人?"

宁朝阳听得好笑:"有区别?"

"有。"他捏紧她身边的扶手,下颌微紧,眼神凌厉,"人命是人命,人是人。"

"这便是你不讲理了,"她好整以暇地往后靠,"人是你送来的,都进我后院了,你还要我把他当陌生人?"

也就是,没当陌生人。

他心里不大舒坦,努力想说服自己人之常情云云,但到底就是不舒坦。

"我都没有别人。"

"你与我那时已然分开,我管你有没有别人。"

"宁朝阳!"

"我在。"

她懒手端起茶,撇开碗盖抬眸睨他:"恼我?"

自己自己一手造成的事,凭什么自己又来恼?

道理他都懂,可李景乾还是双眼微红,低下头来狠狠咬了一下她的脖侧:"你不要这般对我!"

她闷哼一声，微微侧避开他："死者为大，别闹。"

当真是像许管家说的，因为人死了，所以才会变得重要？

李景乾垂下眼眸，打算努力地说服自己。但一转头，他瞥见宁朝阳用来夹那文卷的书册里露出了另一外一页纸，开头两个字便是若白。

他微微眯眼，伸手就将它抽了出来。

宁朝阳倚在旁边看着，没有阻拦。

她漫不经心地瞥着李景乾读那封自己给齐若白的回信，又饶有兴味地看着他皱起眉，嘴唇渐渐发白。

信上其实没有写什么，她只是许诺等他病好了，便带他去放风筝。可惜齐若白的病没有好，她的回信他也始终没有等到，这是她的遗憾。

但对李景乾来说，这便是一把刀子，直直地往他心窝子戳。

他有些痛苦地抬眼看她。

眼前这人分明与自己已经和好了，她分明肯再与他亲近，分明还在天明之时轻轻吻了吻他的侧脸，但为什么，她为什么还要惦记别人？

堂堂定北侯是不可能与一个死人争风吃醋的。但他现在不是什么李景乾，而是那个满心都只有她宁朝阳的江亦川。

他捏皱那一张信纸，欺近她，双眼湿漉，眼神却有些幽暗："宁大人想为他报仇？"

"嗯。"她垂眼看他，嘴角微勾。

"我可以帮你。"他轻轻吻了吻她的耳侧，"但是，你先求我。"

宁朝阳似乎早料到他会这么说，想也不想就嗲声嗲气地道："求求你了……"

李景乾心里莫名一刺，捏紧了她的腰肢。

他讨厌看她这副将自己玩弄于股掌之间的模样，很讨厌，但他又舍不得走。

上一回走他已是后悔莫及，这一回，他说什么都不会再让她的院子空出来。

"这里是书房。"宁朝阳挑眉提醒，"不合规矩吧？"

他恼声道："我与你，还顾什么规矩？"

谁能想到，在朝堂上天天吵架的两个人，私下竟然苟且至此。为了能掩盖自己的行踪，他甚至命人天天假扮自己下朝回将军府。

这种麻烦又荒诞的事，放在从前，谁跟他说他会这样做，他都一定会打那人二十军棍，治个妖言惑众之罪。

但现在，他死死地抱紧怀里的人，甚至有些不想去明日的早朝。他就想跟她两个人待在一起,没有第三个人,也没有乱七八糟的事,她眼里心里都只有他,不与他算计,也不与他提齐若白。

然而宁朝阳被他抱得骨头都疼,忍不住道:"你先把给若白的信放回去。"

若白?李景乾绷着一张脸,伸手就想将信撕了。

宁朝阳看出他的企图,也没拦,只微笑道:"撕了我就得重写一封,重写一封,我就得再想他一遍。"

他手上的动作一顿,抬眸看她。

漂亮的丹凤眼,清澈又惹人怜爱,里头水光盈盈,干干净净地映出了她冷漠又戏谑的表情。

"你骗我,"他低声道,"你这压根儿不是心悦于我。"

"心悦长什么样?"

"叶渐青对程又雪那样。"

原来是因为心悦又雪,才给她这些东西?

宁朝阳恍然,又有些不太能接受:"跟傻子有什么区别……"

她可以喜欢一个人,但前提一定是先把自己照顾好,为旁人放弃利益实在不值当,就算是爱人也不行。

她这么想着,又转头看他:"定北侯也不傻。"

他还会与她当堂论礼呢,又何尝像叶渐青那般了?

他意识到自己举错了例子,微微别开头:"我不是什么定北侯。"

宁朝阳皮笑肉不笑道:"你不喜我精明,我又为何要坦然接受你的逃避?"

李景乾哑口无言,沉默良久之后,还是低头亲了亲她的嘴角:"不想了。"

"你说不想就不……唔。"

宁朝阳其实没有说错,他选两个身份,就是在逃避与她的冲突,避免在她和自己的亲人之间非要做出选择,这已经是他能想到的唯一办法了。

定北侯不可以与她有私情,但江亦川可以。

又是一日御书房觐见。

宁朝阳没有来,只有定北侯与青云台众人站在圣驾前,商议钦差在巡税途中遇见的一些麻烦事。

强龙难压地头蛇,朝廷想收拢人心,就得多纳一纳边远州郡的秀女。但圣人不是很乐意,他转头问众人:"朝中就没有别的什么尚未婚配的官员了?"

边远州郡来的人,多是不知礼数且蛮横之辈,在场的众人肯定不愿接这烫手山芋。常光灵机一动，突然就说："臣看宁朝阳宁大人那院子里还空着呢。"

李景乾面无表情地看了他一眼。

黄厚成跟着拱手："不妥，宁大人刚丧夫，还在守丧呢。"

"以宁大人的身份，未必要纳什么正头夫婿，迎个侧室也无妨啊。"

"这种事还是等宁大人在场时再提为妙。"

常光扭头瞪他。

就是要她不在的时候才好提，她若在了，哪还能将这屎盆子扣她头上？

正争执着，唐广君突然道："臣觉得这个提议不错。"

当朝首辅，说话有分量。

他一开口，圣人也跟着点头："是可以思虑思虑。"

此时的定北侯是不能开口的，他没有合适的理由阻止。那么照圣人的态度来看，多半要成事了。

炎炎夏日，知了从宫里一路吵到宫外。

"天哪！"程又雪一溜烟跑进凤翎阁，啪啪地拍起桌沿，"各位，好大的热闹。"

"怎么了？"秦长舒等人纷纷抬头。

"听说定北侯在御书房里跟青云台的人吵起来了，发了好大的火，吓得常光那几个人话也不敢说。"

宁朝阳从案卷里抬起了头："因为何事？"

"不知道哇，里头没有咱们的人，就听守宫门的人说，侯爷离开时脸色可难看了。"

华年觉得稀奇："他竟然会当众不给青云台的人颜面？"

"许是出什么大事了？"沈浮玉道，"都支使人去打听打听。"

众人纷纷点头，派出了自己最得力的亲信。但宋蕊凑过去的时候，却听自家大人道："你歇着吧。"

"大人有别的亲信了？"宋蕊委屈。

"不是，"她摆手，"没必要。"

她自己去问比什么都快。

宋蕊一步三回头地走了，宁朝阳收拾了一会儿，出门上马，先去了一个地方。

唐广君她现在是动不了的，其一不太熟悉，其二不知他这是何意，所以她就只抓来了风七和他的门客亲戚。两人排排捆，马背上一边挂一个，很快就到了齐若白的坟前。

风七的嘴被堵得严实，眼里满是惊恐。他呜呜喊叫着，企图再说点什么，但宁朝阳没给他机会。

一杯千尾草汁喂下去，宁朝阳将他提到齐若白坟边靠着，含笑道："畏罪自尽，算你良知未泯。"

风七连反应都来不及，眼前就是一黑。

"该你了。"她转身看向旁边的门客。

那门客一开始还想叫嚣两句，毕竟自己是首辅的人，哪轮得到她这个四品女官来处置。但看完宁朝阳那干脆利落的动作，他慌了，连连摇头想蠕动身子逃走。

宁朝阳将他抓过来按在了墓碑前头，道："我给你三句话的机会，若能说到我想听的东西，我就留你活命。"

说着，她扯开了他嘴里的布团。

门客第一句话喊的是"救命"，第二句是"我说，我说"，到第三句，他才号啕道："我只是奉命行事！"

送到他嘴边的杯子停住，宁朝阳满眼不信："唐首辅与我无冤无仇，何故要费这么多周折来杀一个小人物？"

"岂止是他，还有徐统领！首辅大人记恨大人您良久，他想让您与定北侯爷互相残杀，他好坐收渔利！"

这人大喊着，裤子里传来了一股子腥臊的臭气。

宁朝阳嫌弃地扔开他，故作不悦："大胆刁民，竟敢妄语挑拨朝臣！"

"小的所言句句属实！"门客哆嗦着道，"这话说出来，小的也回不去唐府了，只求大人高抬贵手，让小的回乡下去保一条命！"

"最后一个问题，"宁朝阳拿出帕子来擦手，漫不经心地问，"你家大人去过几次皇子府？"

门客脸上露出了惊愕的神情。

怪不得，怪不得大人非要除掉她！这人怎么连皇子府的事都知道？

不用接着往下问了，这人的反应已经给出了她想要的答案。

宁朝阳换了一杯迷药给他，又吩咐灰雁亲自将人送去十万八千里之外的乡下。做完这些，她才跪坐在风七的尸体旁，将回信拿出来放进火盆里。

"你原该活得更长些。"她轻轻叹息，"再不济，当初拿了他的银票走也是好的。"

第二十三章

打工人不容易

坟前凉风习习，齐若白的名字安静地躺在石碑上。

宁朝阳知道他喜欢钱，带来的纸钱堆得有小山那么高。她安静地一点一点地给他烧着，烧完又倒了一盏酒在他坟前。

"抱歉，"她道，"我现在能做的只有这么多。"

待她再努力些，权势再大些，便将唐广君那儿的仇也替他报了。

齐若白在这个世上没有亲人，那她就是他最后的亲人。

李景乾站在远处的树后，安静地看着她的一举一动。

陆安劝他说，齐若白是个可怜人，无依无靠，死于非命。但风拂纸钱起，他听着宁朝阳的话，总觉得齐若白未必有遗憾，有遗憾的是他。

纸钱化成的灰烬飘荡在整个山间，宁朝阳起身，上马回城了。李景乾兀自在原处站了一会儿，终于是吐了口气，对陆安道："收拾干净些。"

"是。"

黢玉色的袍子穿林而过，走回宁宅时，已变成了一袭雪衣。李景乾闷头踩上台阶，站在门口晃啊晃，不知怎的就往阶下一跌。

身后飞来一袭红袖，倏地将他的背抵住，而后一转，站在台阶上半抱他入怀。

"怎么了？"宁朝阳挑眉，"跟人吵架太费力了？"

他眼眸半合，抿唇道："什么吵架，我听不懂。"

她有些不悦："竟不打算告诉我？"

"小事而已，你听了也无益处。"他站直身子，脚下却还是有些晃悠。

宁朝阳戒备地扫视他，而后才踮起脚来摸了摸他的额头。

好像是有些烫。

她轻叹一声，拉过他的胳膊往屋里走，一边走，一边道："我手脚很干净，唐广君不会起戒心。倒是你，好端端跟青云台的人吵起来，白让他猜忌。"

他不太高兴地嘟囔："他算什么东西！"

"当朝一品的首辅……"宁朝阳瞥他一眼，"根基很深，岂容你这个多年不曾回京的武将小觑？"

李景乾嗤了一声，喃喃道："根基再深，不也满是破绽？"

"什么破绽？"

他不说话了，只不甚舒服地扶着额头，躺去软榻上。

宁朝阳拿了两颗药丸给他，又端些温水来送到他嘴边，想趁机再问问那话是什么意思。结果杯沿都碰着嘴唇了，李景乾也没张口。

他只抬眼，略带怨气地问："你先前照顾他也是这般？"

宁朝阳眼角一抽，皮笑肉不笑道："那哪能啊，比这个体贴多了，我还哄他呢。"

李景乾心尖针扎，抿唇垂眼道："好，那你也哄我。"

"不吃拉倒。"

"不哄我，我就不告诉你唐广君的破绽在何处。"

宁朝阳抬起的屁股又坐了回去，微微眯眼道："侯爷贵庚啊？"

"你再叫我侯爷，我也不说了。"

好生小气哦。

宁朝阳深吸一口气，耐下性子软声道："先吃药，人生病了就是得吃药对不对？更何况这药丸比药汤更好入口。"

这语气温柔如水。

李景乾以为自己听了会舒坦，但莫名的，他竟觉得更难受了些。

"你就是这般哄他的?"他问。

宁朝阳捏着碗沿的手紧了紧,实在想不通,外表看起来那么正经的一个人,在私下怎么这般婆婆妈妈?

"爱说不说吧,"她放下碗,冷声道,"我自己去打听。"

言罢,她就起身,可是袖口被人拽住,力道很大,动弹不了。

宁朝阳黑了半边脸回头,却见床榻上那人又已经红了眼:"对我就这么没耐心?"

她没好气地坐下来:"侯……你自己看看这像话吗?"

难道在战场上,他也是边哭边提刀砍人的不成?

他不语,垂眼沉默良久之后,朝她张开了双手。宁朝阳抬手捂眼,实在无奈,一边叹气,一边爬上榻去靠进他怀里。

李景乾这才哑声开口:"他插手了中宫扩建之事,吞了大半款项,又借中宫之名去巡税,做得算是滴水不漏,可惜还是让庞佑找到了蛛丝马迹。"

贪污之事乃圣人大忌。

宁朝阳倏地抬起头:"蛛丝马迹?证据充分吗?"

"只可证猜想,不可做呈堂。"

"哦。"她又躺了下去。

两人齐齐沉默片刻之后,突然又一起开口:"要不……"

宁朝阳抬眼:"你想说什么?"

李景乾低眸看她:"你又想说什么?"

马脚都露出来了,不抓着试探一番怎么行?唐广君既然贪财,那不如让他被财撑破肚皮。

宁朝阳在他眼里看见了与自己一样的心思,当即点头:"你不要拖我后腿。"

"大人说笑,谁拖谁还不一定。"

院子里的花都没了,一茬茬的新鲜药材重新长了起来。

宁朝阳半夜被渴醒,翻身下床想倒杯茶,谁料身边睡得很熟的人突然也坐了起来:"你去哪里?"

她哭笑不得,茶都差点儿呛着:"解解渴罢了。"

李景乾似醒非醒,就那么抿唇坐着,直到她喝完茶回来躺下,他才一并倒下来,将手放在她的腰间。

她好笑地拍了拍他的手背,侧过身,背对着他继续入睡。

第二日清早，御书房里又吵得炸开了锅。

"都说了庞佑年纪太轻不会做事，侯爷一意力荐，结果呢，才动工几日，宫里就见了血光了。"

"宁大人注意措辞，劳工是砸伤手臂，不是丢了命，这样的事处处都有。"

"处处都有便不是罪过了？陛下以万民为子，侯爷却要分出三六九等来不成？"

一点小事两人就大动干戈，还差点儿在御前动手。圣人颇感头疼，连连叹气。

唐广君在旁边看了好一会儿的热闹，见着场面差不多了，才拿官腔打了一句圆场："宁大人、侯爷都请息怒，此事吵来吵去也不会有什么结果。"

"首辅大人言之有理。"宁朝阳拱手。

李景乾皮笑道："旁人说就是有理，我说便是没理，宁大人就是要与在下过不去是吧？"

"侯爷这便是胡搅蛮缠了，唐大人一品文臣，说的话难道没理？"

"这么有理，那扩修后宫之事你让他来！"李景乾气道，"他难道就能不伤一人地完工？"

"侯爷瞧不起谁？首辅大人自然是能。"

"大话谁不会说，唐大人不妨明日就接手过去看看！"

话音刚落，御书房里所有的目光都落在了唐广君身上。

唐广君下意识地摇头："老夫手里事务正多，眼下怕是……"

"听见了吗，唐大人也忙不过来。"李景乾往前一步。

"唐首辅最近正闲暇，几句谦虚话，侯爷难不成也当真？"宁朝阳也跟着往前。

眼看两人又要怼在一起了，圣人连忙喊："好，二位爱卿言之有理，此事不如就交给唐爱卿。"

"陛下？"唐广君连连摇头，"此乃工部之责，臣如何能专管……"

圣人的脸都皱在了一起："无妨，你管吧。"

你再不管，明儿这两人还要为庞佑来吵一架，就算他们受得了，他这个老人家也受不了了。烦了，赶紧结束吧。

圣人这话一出，一直在旁边等着的庞佑立马上前，当着圣人的面将账册和一些重要印鉴与唐首辅交接。

宁朝阳安静了，李景乾也安静了，两人齐齐将手揣进袖子，分站圣人两侧。

有那么一瞬间，唐广君觉得自己可能是被坑了。但是抬眼望去，宁朝阳压根儿没看他，定北侯更是漫不经心，满脸无辜。

中宫扩建之事刚起了个头,账目却已经不太清晰,其中有他的手笔,也有下头人的手笔。这事很麻烦,虽不是不可解,只要巡税的人一回来,这窟窿就能被补上,但多少还是要让他出点血。

这样想着,唐广君不悦地抿了抿嘴角。

小会散去,李景乾正打算出宫,却突然听宫女传话:"娘娘请您过去一叙。"

他脚步停下,问:"不是昨日才去过?"

宫女浅笑,还是与他作请。

李景乾突然有些烦闷。他与中宫其实并不亲厚,若无相互扶持的利益牵扯,两人甚至是有仇的。他母亲嫁与父亲为发妻,多年无子,父亲嘴上安慰说无妨,实则却纳了妾。

妾进门生女,不顾礼法,肆意妄为,常年压着他的母亲过日子,更是在他母亲好不容易怀上身孕之后,屡屡惊她的胎,导致他母亲生他时难产,撒手人寰。而他也因为没了母亲,幼时便被送去边关,由舅舅照拂。若不是他战功赫然,得赐李姓,这一家人未必会认回他。就连他那名义上的父亲,眼下再与他相见也是一脸陌生。

李景乾觉得自己已经过了需要亲人的年纪了,偏这个时候中宫还要凑上来,挤出一脸长姐的和蔼问他:"先前云家那个姑娘你看得如何了?"

眼下四周没有外人,他连笑也懒得挂,只垂眼淡声道:"没空去见。"

中宫一噎,不由得皱眉道:"每日下朝都挺早的,你忙什么去了?"

李景乾没有答。

宫殿里安静下来,中宫的脸色也一点点难看起来。

"我是为你好,"她寒声道,"圣人已无东伐之心,你一介武将想在上京立足,便得配个名门闺秀。"

"多谢娘娘好意,"他颔首,"景乾心领了。"

中宫冷笑:"你这是心领了?你这分明是心里在怨我。自打回京,你就一身反骨,不帮扶荣王不说,还屡次与凤翎阁的人走得近。荣王那孩子心思单纯,不曾防备你,本宫却是有话要说。所谓家族,便是一荣俱荣、一损俱损的血脉,你真以为不用靠我,凭自己就能拿这李家大姓?圣人疼宠我,故而也偏爱你,一旦我失势,你以为你的下场会好到哪里去?"

李景乾安静地听着,眼前莫名浮现出沙场上逆着光溅出三尺艳血的场面。

他杀过很多人,剑豁口了用刀,刀卷刃了用矛,每一场仗回去,自己都浑身是血。午夜梦回，他时常看见自己被围在重重敌军之中，一丝生路也无，窒息之感从子夜一直蔓延到天亮。

饶是如此，第二日他依旧能冲头阵，依旧长枪指天，为大盛打回来一张又一张的求和书。

大盛的山河是用无数将士的尸骨铺开去的。

但现在，眼前这个穿金戴银的女子说，他靠的是她。

李景乾笑了一声，他说："我还真挺好奇自己会以什么样的形式死去。"

中宫愕然地看着他。

眼前这人不过将要弱冠，身上的气息却死气沉沉，一双眼不带任何感情地看向她的脖颈，指尖还微微动了动。

"来人！来人！"中宫惊叫。

外头的禁卫一股脑儿地冲了进来，为首的廖统领却在看见李景乾之后拱手："侯爷？"

"娘娘心绪不稳，"他似笑非笑地道，"尔等可得好好守着才行。"

"是。"

他拂袖起身，慢吞吞地道："长姐，愚弟这便告辞了。"

皇后捏着扶手，脸上震惊未散，一时都忘了应声。李景乾倒也不在意，施施然转身就往外走。

七月骄阳当空，炙热的光落在他身上也不见什么温度，陆安在一旁嘀嘀咕咕地与他说着朝事，他漠然地听着，思绪却开始飞远。

方才那话不是冲着吓人去的，而是他的心里话。与别人都想着怎么长生不同，李景乾时常会想到自己的死。他手上沾的鲜血实在太多，料想自己的下场也不会太好。

在那之前，他想送镇远军踏上东伐之路。

皇后说圣人没有东伐之心，那他就努力让他有。如果努力还是不行，那他就给自己找个最轰轰烈烈的死法，五马分尸，或是凌迟处死。

他生来不凡，死也应当不平静，甚好。

路上的宫人像是被谁吓着了一般，在前头纷纷回避朝墙，就连身边聒噪不已的陆安也渐渐安静，且刻意落后了他几步。

他觉得奇怪，但也没多问，一路出宫，去暗桩换了衣裳，再从仁善堂一路回宁府。

刚跨进东院，他就看见宁朝阳正在给花坛里的紫苏浇水。她不会养药材，那么大一壶水浇下去，紫苏的根都要被泡坏了。

但光从她的另一侧照过来，照得她的侧脸恬静又温柔。他站在门口怔怔地看着，一时没有挪步。

宁朝阳察觉到门口有人，回过头，接着就是眉心一跳："你怎么了？"

李景乾对她这反应有些莫名："我怎么了？"

他不是好端端的吗？

宁朝阳皱眉走近，缓缓抬手按上他的额角。

这温热又柔软的触感，瞬间将他一直紧绷着的筋给松了下来。

李景乾这才发现自己的情绪不太对。

"无妨，"他捏住她的手，垂眼道，"缓缓即可。"

向来要他主动的宁大人，在看了他一会儿之后，突然牵起了他的手。她引着他进屋在软榻边坐下，又给他倒了一杯热茶。

"中宫为难你了？"她问。

他摇头。这些情绪每隔一段时日就会冒出来，中宫那一番话不过是诱因，真正的症结在他自己。

见他不想说，宁朝阳便伸了一根食指给他。他茫然了一会儿，而后伸手握住她的食指，乖乖地跟着她起身。

宁朝阳带着他去沐浴，宽大的浴池里，两人一人一边，中间隔了一道纱帘。

李景乾想不通这个纱帘是做什么用的，但对面那人没说话，他也就没动。

沐浴之后，他的心里似乎轻松了些。他抱扇入帐，轻轻与她送着凉风。

"时辰还早，我与你讲个故事。"她道。

李景乾嗯了一声，不是很感兴趣，但她的声音很好听。

"从前有一处森林，里面住着很多小鹿，它们以花为食。可是到冬天的时候，花就少了，大家都饥肠辘辘，变得沮丧又绝望。这时，一头最快乐的小鹿出现了，它活蹦乱跳，给大家唱歌，给大家引路。大家都很羡慕它，也很喜欢它。但是同行一段路程之后，这头小鹿突然被大家揍了一顿。"

李景乾听得愣住："为何？"

宁朝阳一本正经地道："因为它很早就找到了一片花谷，但没有告诉其他的小鹿。"

李景乾沉默。

他开始思考她这个故事是想告诉他人不能太自私，还是想教他要合群，但是身边这人接着就道："那头快乐的小鹿后来终于明白了，想要一直快乐，就得有花就说。"

有话就说，不要憋在心里。反正他们这个东院里什么规矩也没有。

李景乾呆滞地抬眼看她。

宁朝阳与他对视，良久之后也有点不好意思，道："是不是太直接了些？"

如果改成小鹿爱嗦花好像更好，有花就嗦什么的。

呆滞片刻之后，李景乾倏地笑了出来，他伸手抱住她的腰身，额头抵在她的肩上，笑得整个软榻都在抖。

宁朝阳恼了，狠狠地掐他一把："我想半天呢，方才泡澡都一直在想！"

怪不得一直不说话。

他胸口温软，抿唇问："大人想知道什么？"

"随便，"她挣扎了一下，见无法从他手臂间挣脱，便干脆舒服地躺着，"说什么都行。"

他认真地想了一会儿，低声道："我一直想不明白，杀人犯法，但沙场上杀人为何却是有功？"

宁朝阳拍了拍他的背："因为弱肉强食。你不杀那些人，就会有更多的大盛子民死在别人手里，所以你对别国来说有罪，对大盛来说就是有功。"

"那对我自己来说呢？"

宁朝阳低眸看他。

她现在还记得当初的永昌门下定北侯是何等意气风发，一将功成万骨枯，他这样的将军竟也会心里有愧吗？

她轻轻摇头，道："每个人都有自己该做的事，就算你不是武将，而是文臣，也还是会有人唾骂你，不要妄图去成为所有人心里的好人。天下未平，所以需你提刀而起。待天下太平时，你自可以卸甲焚香，告慰亡灵。所以，不要折磨自己。"

李景乾定定地看着她，突然问："你以前也是这般安慰自己的？"

她一顿，接着就撇嘴："我从来问心无愧。"

想达到自己的目的，就得为之付出一些东西，只要能得偿所愿，她从不在意自己付出的是良知还是廉耻。

"不对，"他道，"你问心有愧，只是不敢去想。"

宁朝阳微微眯眼，推开了他。

她没好气道："我宽慰你，你反过来戳我心窝子？"

"没有，"李景乾低笑，"我只是觉得，你太豁得出去了。有时不做那么绝，也未必不能成事。"

说得轻巧！宁朝阳冷哼。

官场如战场，她不对别人绝，那就该别人对她绝。

她才不要为人鱼肉。她翻身背对着他，气哼哼地扯了凉被裹身。

这人欺身上来，将她整个人抱在怀里，宽大的手掌抚上她的头顶，温热地摩挲了几番。

这……意外地让人觉得安心。

宁朝阳眯眼看向远处猫窝里打着哈欠的狸奴，心想她才没那么好驯服，随便给人摸一摸脑袋就消气，但凉风拂身，她竟很快有了困意。

"程又雪她们说，你那日在御书房里与青云台的人吵架，是因为看上了边州的哪个小郎君，不想让他来给我做侧室。"她迷糊地喃喃。

李景乾扇着扇子，哼声问她："你信？"

"不信，"她含糊地道，"你怎么会看上小郎君，你看上的应该是……"

未说完的话渐渐没在了平稳的呼吸声里。

他等了一会儿，没好气道："这时候倒睡得快了。"

怀里的人双眸平和地闭拢，鼻翼几不可察地微微张合着。

手里的扇子未歇，他埋头抵在她后颈上，略带怨气地道："知道我看上的是谁，还总爱磋磨我，宁大人真是好生恶劣！"

说是这么说，手却抱着人不肯松开。

他有很多个家，打仗的时候一天换一个帐篷，在上京也有将军府和别院。

但宁朝阳不会知道，他真正意义上的第一个家是她给的，他也不打算让她知道。

他抵着她慢慢闭上眼。他很清楚，只要在她身边睡着，他就不会再陷入被围攻的噩梦之中，他会有一个平静且温柔的梦乡。

以前他总给她开药方，但后来李景乾发现，她才是他的药方。他至今为止还是觉得，成婚是一件很没有必要的事，麻烦且虚伪。热闹都是给旁人的，自己只有疲惫。

可是，他想，如果捏着同心结另一头的人是她的话，那还挺好的。

扩修中宫之事交给了唐首辅，庞佑一边遗憾，一边偷摸在自己的宅子里摆了酒席，宴请亲朋一起庆贺。

作为被定北侯一手保下来的人，庞佑很是懂规矩，开宴之前，特意将宾客名单往侯爷那儿送了一份。

定北侯沉默地看了一会儿之后问他："你跟凤翎阁的人不太熟？"

庞佑连连摆手道："那怎么能熟呢？下官虽然不才，却也是清流世家子弟，凤翎阁那些女官狂妄且不知礼数……"

瞧着侯爷的眼神越来越不对，他的声音也越来越小。

背后的陆安轻轻咳了一声。

庞佑恍然，接着就道："……却更显豪放不羁！下官就算有心想结交，也没有路子，不知侯爷可否引见一二？"

定北侯不甚在意地抿唇："有什么好引见的，她们不来倒也清净。"

话是这么说，捏着名单的手指却是卷了卷纸角。

于是，庞佑马不停蹄地就往凤翎阁各位女官的府上送了数张请柬。

程又雪一接到就"哇"了一声。叶渐青站在她隔壁的侧门边，对她的反应实在是无奈："有什么好哇的？"

"庞大人耶，祖上三代都是状元，代代清流名门，他家的宴帖可难拿了，黑市上都卖二十两银子一张！"她双眼放光，"我现在拿去卖，今年的租钱就都有着落了！"

叶渐青嘴角一抽，道："庞佑的请柬，你想拿去卖？"

"我倒是也想去。"程又雪撇嘴，"但这院子下个月就涨租钱了，去了我就得搬家，没法儿蹭大人的车辕坐，还要起得更早。"

那也太惨了。

叶渐青抱着胳膊看着她，还是觉得很离奇。堂堂女官，为那么一点租钱就跌坐在门口，凄凄惨惨的，可笑又可怜。

"我租你一间房。"他开了口。

话一说出去，他就有点后悔，他向来不喜麻烦，更不喜有外人在自己家走动。

可程又雪一听，当即就跳了起来，越过小道冲到他跟前，满脸欣喜地问："真的吗？"

问完后，她又自我否定："怎么可能呢，大人的院子比我住的这个还大还漂亮，人家都涨租，大人给的价我应该住不起。"

叶渐青无奈地摇头，道："是不便宜，要一两银子一月。"

才一两？

程又雪双眼又亮了起来，点头如啄米："租租租，我租的！"

她现在住的这个小屋都要一两五钱呢，叶大人家人少，说是一间屋子，但其实整个院子都只有她，这个价钱可真是……

程又雪兴奋之后渐渐冷静下来，后知后觉地环抱住了自己，愕然地看着他道："这个价钱，大人不会是别有所图吧？"

叶渐青满头问号：他不防备她就不错了，竟被她反咬一口？

他气极反笑，拂袖进门："不租了。"

"叶……"程又雪有些遗憾，抠着他家的门框，很是难过。

要早起了，要走路去凤翎阁了。

要睡不饱觉了！

她哀哀怨怨地转身，捏着自己的请帖，打算第二日就去黑市卖了它。

大抵是因着涨租的缘故，院子里其他人都比平日要吵闹些，程又雪刚打算掌灯完成宁大人交代的案卷，房门就突然被人撞开了。

"程大人，你是当官的，你出来讲讲理，一年涨三回租，这东家厚不厚道？"

那人是个做生意的员外，人生得瘦弱，说话却带了一股酒气。

程又雪被吓得直往角落里缩："我、我、我不知道啊。"

对她这反应很不满意，员外跨门而入，伸手拉她："人都在外头，你躲着像什么话。来，咱们一起来与东家讨公道！"

这人平时就爱在她窗外张望，有了今日这由头，手更是直接往她胳膊上捏，还顺着她胳膊想再往上。

程又雪激烈地挣扎起来，下意识地就学当初宁大人的动作，抬脚踹了他一下。但她力气太小了，踹上去以后，对方不但没跌摔出去，反而抓住了她的脚踝。

"哎哟！好疼。"他醉醺醺地道，"踢伤了，你这可得赔我啊！"

程又雪死命挣开他，扭头就往外跑。

那员外不依不饶地跟出来，嘴里开始骂骂咧咧道："搔首弄姿的，不就是想勾引老子？骚娘皮，这时候装什么清白圣洁！"

程又雪气得红了眼，却只能埋头往外冲，正要冲到正街上去找城防，却在门外撞着了个人。

那人一把将她揽去身后，抬脚就将后头追来的人给踹飞了出去。

程又雪猛地抬头，以为是宁大人来了。等她泪花四散，眼前逐渐变清晰的却是叶渐青的脸。

叶大人看起来很生气，踹飞了人还想上去补两脚，程又雪边哭边给他背："城防条例第三章第九条，防卫致人轻伤无罪，防卫致人重伤以斗殴惩处。"

"大人，您年底的奖俸不要啦？"

叶渐青压着怒气转头问她："这是什么人？"

"我隔壁的商贩。"她小声道，"往日都还正常，今日恐怕是喝多了酒。"

正常？

他嘴角僵直："正常的人，酒前酒后都正常。"

不正常的人，酒后暴露的就是本性！

面前这女官懵懂地看着他，那神情仿佛他刚刚说了一段复杂的绕口令。

叶渐青拽着她就往自家院子走："多说无益，去我那儿住。"

"可是大人，您方才还说不租了呀。"

"我自己的院子，我爱租就租，你管得着吗？"

"……哦。"

她又回头看了一眼。

叶渐青有些暴躁了："怎么，还怕我将人伤重了？"

"不是，"她摇头，"我行李没有拿。"

他身子一僵，慢慢放缓语气："我待会儿过去，你就在这里等着。"

"好。"

叶渐青家的宅子真的又大又干净，小院里是东南西北四间大厢房，没有隔开，也没有乱堆放的杂物和土灶。她想大大地"哇"一声，但又怕他说自己没见过世面，于是双手捂着嘴，只小小地"哇"了一下。

叶渐青将人安顿好，就去收拾她的行李了。

路过那倒地还没起的员外身边时，他很想再踩上一脚，但又觉得自己这怒意来得莫名其妙。

无缘无故的，他这么生气做什么？

根据弱肉强食的规矩，程又雪这样的人就是注定要被欺负的，她太爱哭了，人也老是软绵绵的一团。今日就算他能在这儿救她，改日在官场上，他也是爱莫能助的。

叶渐青面无表情地想，他的宅子真的很大，收留一个可怜人实在是举手之劳，甚至每月能收租钱。

这么想着,他的台阶有了,脸色也好看了起来。然而下一瞬间,当他跨进程又雪所住的屋子时,眉头又皱了起来。

一丈不到的长宽,里头只放得下一张小榻,墙边空地上堆满了书册,还放了一张破旧的长案。

堂堂女官!到底是怎么让自己落到这个地步的!

他心头的火又冒了起来。

有地方住,租钱还少了,程又雪开开心心地拿上请帖,打算去赴庞大人的约。结果刚出门,她就见叶大人已经一脸阴沉地坐在了车上,还朝她招手:"上来。"

"大人也要去啊?"

"嗯,"他点头,"原是有些不想动,但我听说你们宁大人也会去。"

"是的!"程又雪愉悦地道,"我原本还有些怕生,但宁大人在,待会儿我就可以去跟她一起坐啦。"

说完,她又有些好奇:"大人找我们宁大人有什么事?"

"也没什么,"叶渐青皮笑肉不笑地道,"本官只是想去问问她,是不是贪墨了凤翎阁的女官俸钱。"

哦,问问她是不是贪墨……

啥?

程又雪猛地掀开了他的车帘:"大人此言从何而来?"

风灌入内,叶渐青不悦地看着她:"帘子放下。"

她依言松手,又忍不住气愤地掀开一个角:"我们宁大人才不会贪墨,她自己有钱!"

叶渐青看着那缝里露出来的眼睛,凝噎了一会儿才道:"你就不能进来说?"

程又雪看了看车辕,又看了看车里头,有些犹豫。

叶渐青捏了捏自己的眉心:"里外一样的价钱,不会要你额外买草料。"

嘁!这怎么不早说,车辕硌得她屁股怪疼的。

程又雪登时就坐去了他身侧,接着大声辩驳:"我们凤翎阁的月俸都是按时按量发的,没有少过,也没有拖过!有一年朝廷实在缺钱,宁大人怕我吃不起饭,还先用自己的钱给我垫发了。大人你没有证据就不要污蔑人!"

叶渐青哦了一声,冷着脸问她:"那你为何这般拮据?"

程又雪气势顿弱,含糊地道:"我也想多攒点钱嘛。"

"你那屋子,左右都住的是男子,你也不害怕?"

"可它便宜呀！这附近的租钱都老高了，就它我还住得起。"

叶渐青气得胸口疼。

程又雪意识到自己的话可能得罪了他，耷拉了眉梢，小心翼翼地找补道："能住在大人那样的好宅子里，那是大人宅心仁厚泽被同僚，大人的宅子自然是不会比那小破屋便宜的。"

这是在说什么？

叶渐青觉得自己压根儿跟不上这女官的念头。

他索性闭眼，眼不见为净。

程又雪倒也识趣，见他不开心，也不说话了，只好奇地打量起他的马车，一边打量，一边点头。

好贵的装饰，好奢华的茶桌，好好闻的书卷香。等她以后大富大贵了，一定也要买这么一辆车！

马车很快到了庞佑的府外，出乎意料的是，宁朝阳站在门口没进去，似乎在等谁，而在离她不远的台阶上，定北侯也靠在石柱上与周围的人有一搭没一搭地说着话。

这场面乍一看挺对，宁朝阳就该被排挤，无人搭理。可叶渐青再一想，要真想排挤她，庞佑又怎么会给她发帖子？还连程又雪这样的小女官都捎带上了。

"宁大人！"程又雪想得可没他这么多，看见熟悉的身影，她笑着就扑了上去。

宁朝阳转身，准确无误地接住了她，而后道："不是让你早些来？"

程又雪干笑："起、起晚了。"

小屋子住习惯了，突然给她来个大房间，她光翻跟头都兴奋到了子时，更莫说后头还仔细看了看叶府的陈设，感叹了一番叶大人的上等品位。

宁朝阳了然地点头，而后道："进去吧。"

程又雪眨眨眼："大人是怕我害怕，才在这里等我一起进去的？"

"没有，"她抿唇，"我刚到。"

"哦。"

大人说什么她都信，毫无负担地就跟着宁朝阳一起跨进了门。

她们一动，一直没往这边看的定北侯也动了，带着身边的人一起进宅，到二门就看见庞佑来迎了。

今日说是私宴，到场的却有许多名臣清流。

宁朝阳原本是不想来的，她不喜欢清流们那副众人皆醉我独醒的模样。但既是庞佑主动相邀，又能与一些从未打过交道的人熟一熟脸面，来自然是更好的选择，只是开场可能会有些不愉快。

这念头刚起，席上就安静了下来。

对面坐着的方叔康先开口了："子成，你这宴上怎么来了苍蝇？"

此话尖锐，众人纷纷看向凤翎阁那边的人，以为她们会当场垮脸。

但没有，宁朝阳好整以暇地饮着清酒，眼尾都没抬一下。她旁边的女官抬袖往四周挥舞，还天真地问："在哪儿？我怎么没瞧见？"

"你对面不就是吗？"宁朝阳轻笑道。

方叔康自己的脸色沉了，他按着桌沿想发作，旁边的叶渐青倒是嗤他一声："先招败给后招，你好意思站起来，我都不好意思拉你。"

"你看她们这是什么形状。"方叔康很生气，"咱们几个的私宴，做什么要带上她们？"

"那你得去问子成。"叶渐青给他让开了位置，"去吧，当着这么多人的面，给这位新上任的工部尚书一个下马威。"

方叔康觉得，自己这位损友最近不太对劲，可能是跟那凤翎阁的小女官来往多了，心思都被带偏了。

方叔康痛心疾首地摇头，看向另一侧的定北侯，觉得还是这位恩怨分明，最为公正。

于是他道："今日虽说是私宴，传出去叫人知道咱们跟凤翎阁的人混在一起，也实在有损清誉。侯爷，您看呢？"

第二十四章

月亮也喝醉了

　　最为公正的定北侯闻言就叹了口气。他转头看向方叔康，眼里有将见山崩似的担忧："连左丞大人你也这般想吗？"

　　方叔康一愣，不明所以："侯爷何出此言？"

　　"四年前我归朝时，朝中风气清正，无党派之争，无清浊之论，上下齐心，各司其职。"他长长叹息，"现在为何却变成了这般景象？"

　　方叔康左右看了看，有些迷茫："变了吗？"

　　党派相争，官相鄙薄，朝中不是一贯如此吗？

　　他这话一问出去，定北侯的神情又痛心了两分，那清眸里的沉沉郁色，看得他都忍不住跟着担忧起来。

　　定北侯隔了四年才回来，自然比他们这些久在朝局中的人看得更明白。党争之事就算一直都有，但近些年的确是愈演愈烈，这才逼得他们这些清流自成一派。

　　他轻叹一声，忍不住摇头："不管是谁开的头，也不管争端是自何而始，形势一成，便如窄河行长舟，没有掉转的余地。"

"若是人人都像左丞大人这般想，那本侯就不奇怪形势为何会如此了。"李景乾轻抬酒盏。

一品的左丞尚且觉得自己置身事外，更遑论别的官员。

方叔康闻言大震，胸口如被木鱼诘问一般，咚咚咚地响个不停。

是啊，党派不是他区分出来的，但他不也在鄙薄凤翎阁的人吗？再联想往昔，因为自己的一些成见，与凤翎阁交接的事务大多办得不太顺心，为难的是凤翎阁吗？不是，是低阶的同僚，更是黎民苍生。

将来凤翎阁若真与青云台闹大闹崩，他们这些清流真的能独坐高台吗？就算他们能，那下头的人呢？与其说形势如此，不如说是他们推波助澜，形势才不得不如此。

党同伐异，他亦有罪！

恍然间，方叔康好像明白了庞佑为何要办这一场宴，才不是什么好友相聚！子成思虑得一向比他们远，他是想化干戈为玉帛，在这混乱的朝局里拧回一丝祥和的场面。

他不但没理解，反而口出恶言，太不应该了！

先前的抵触消失得干干净净，方叔康有些不安地看了看对面的凤翎阁众人。

宁朝阳还等着他的后招呢，但等了半响也不见方叔康再大声说话，他只跟李景乾小声说着什么，李景乾有一搭没一搭地点着头。又过了一会儿，方叔康突然捏着酒盏站了起来："今日天热，我说话也没太注意，冒犯各位了，先给各位赔个不是。"

他是清流这边官职最高的人，平日里，众人一向都以他马首是瞻，他突然如此，其他还嬉笑着的官员就纷纷收敛了神色。

宁朝阳什么也没说，但也算是起身举杯，回敬了这一下。

席上气氛登时缓和。

庞佑好酒，这宴席上菜是其次，酒是极为上等的。宁朝阳原本打算找几个用得着的官员好好聊聊，争取下回别再有故意为难之事，但不等她找到人，面前就挤了一堆划拳赌酒的。

"初次与宁大人同席，不先喝点都说不过去。"几个尚书省的人笑道，"干喝也无趣，来猜谜可好？"

席间灌人酒等于下马威，谁先醉了谁就输了。

宁朝阳故作为难道："我酒量浅，怕是喝不了几轮。"

后头的华年一听这话，就把嘴里的茶喷了出去。众人疑惑地看向华年，后者却镇定地拿帕子擦了擦嘴："一时呛咳，失态了，各位继续。"

宁朝阳轻叹一声，接着道："我也没猜过什么谜语，怕是要让各位见笑了。"

"这玩法不好。"定北侯道，"不会喝酒和不会猜谜的人参与不了，席间冷清一大半，有什么意思？不妨让在场的各位两人一席，一人负责猜，一人负责喝，两人搭伙，谁都能来。"

"侯爷这提议好！"方叔康连连拍手，接着就扭头，"那渐青，我与你……"

方才还站在他身边的叶渐青，一转眼就没了影子。

他愕然抬头，却见远处的偏席里，小女官咬着杯沿就想往旁边的竹林里缩。

"去哪儿？"叶渐青低眸看她。

程又雪干笑，无辜地眨眼："今日凤翎阁就来了四位大人。"

宁大人面前已经站着一个定北侯了，华年大人也已经在与秦大人商议谁喝谁猜，她没有同伴，也不想认识陌生人，不如钻去林子里躲一躲。

叶渐青好笑地道："我不是人？"

"啊？"她怔怔地看着他，"可是我不会喝酒，也不会猜谜。"

"你的宁大人也不会，她不是也已经坐下了？"

"那不一样，"程又雪摇头，"宁大人那是谦虚，她的酒量比海还宽，参加过这么多宴席，我就没见她醉过。可我是真不会。"

说着，她又想继续往林子里钻。叶渐青抬步两下，站在她前头挡住了她的去路。

"我会。"他抱着胳膊道。

哇！

程又雪伸出手给他拍了拍："大人好厉害。"

就只夸他厉害？叶渐青气乐了，半蹲下来戳了戳她的额头："知道我厉害，还不快请我与你同席？"

"按理说，下官是该这么请的。"程又雪皱了脸，"可是，我有些羞愧。"

区区一个五品的小女官，何德何能与他这个一品大员同席？人家是善良才愿意帮她，她总不能这么理所应当地接受吧。

钱财好还，人情难还。

程又雪正想婉拒他，背后突然传来了定北侯的声音："程大人。"

程又雪心里一跳，立马转身，哆哆嗦嗦地行礼："侯爷！"

"你与我同席。"他沉声道。

嘎？

程又雪膝盖一软，差点儿跌去地上。她看了看后头正朝自己走来的宁大人，下意识地想伸手求救。

结果定北侯轻声道："只需三炷香，之后你幼妹去城南私塾之事，本侯便替你做主了。"

"好的。"她嘴比脑子反应快，当即就应了下来。

叶渐青黑了脸。

后头的宁朝阳过来，刚想找程又雪同席，结果就见尚书右丞迈了出来，面无表情地与她道："在下有一事不解，还望宁大人赐教。"

宁朝阳本就不可能与李景乾同席，不管私下如何，在这些外人眼里，他们还是死对头。所以狠狠拒绝了这位拎不清的侯爷之后，她走向了程又雪。但没想到的是，程又雪好像找到同席了，心虚地避开了她的目光。

也罢，只要不跟李景乾一起，那跟谁合作都一样。

宁朝阳与叶渐青一起入席，纳闷儿地问他："右丞大人有何事不解？"

她以为这人会问最近朝中热议的政事，抑或哪里的民情。

但叶渐青坐在她右后方，开口说的却是："凤翎阁的五品，俸禄为何那般少？"

宁朝阳眼皮跳了跳。

这事该问她吗？这事不该去问吏部和户部吗？平时看着挺深不可测的一个人，脑子这是突然被驴踢了？

"大盛官俸本就少，这是从上至下统一的规矩。"她道，"大人若是觉得不公，不如去上两本折子。"

"在写了，"他颔首道，"就是措辞方面恐怕不如宁大人圆滑，还望大人指教。"

这是在夸她还是在挤对她？

宁朝阳撇了撇嘴，但转念一想，他这抱怨多半跟程又雪有关。

"行，"她道，"有空给我看看。"

两人目标一致，这边的气氛就尚算缓和。但对面坐着的两个人，情况就不太好了。

定北侯纳闷儿地问程又雪："你抖什么？"

程又雪强作镇定："我没、没抖啊。"

话是这么说，手里的酒壶都被她晃得哐当直响，酒还没开喝，就要洒出去一半了。

这真不怪她胆小，定北侯平日看起来就不好惹，眼下心绪不佳，就更像一团闪着雷电的乌云。虽然为了幼妹能念书，她想拼一拼，但恐惧这东西跟喷嚏一样，是很难忍住的。

更何况，定北侯还说他来猜，让她来喝。客气这东西，他是一点也没有啊！

不过好在这位侯爷十分聪慧，谜语比了两轮，他都猜中了上家的答案，并且没有让下家猜中他的。

她庆幸地抬眼看向对面，然后就看见叶大人坐在猜谜的位置上，面无表情地吐出了一个错误答案。

宁大人倒也没说什么，端了酒杯仰头就喝。

定北侯爷分明没往那边看，但嘴角突然抿直了。于是接下来，他突然就既答不对上家的题，也难不住下家的人了。

程又雪顿觉大难临头，她硬着头皮给自己倒了一杯酒，刚想喝，坐在下首的雷开籍雷大人就喷了一声："程大人这点酒是洗杯子用的？"

意思是没有满杯。

她干笑，硬着头皮继续添酒，然后闭眼就想一口闷。

突然，有人捏住了她的手腕。

程又雪以为是定北侯爷，浑身汗毛都要倒竖起来了，但睁眼一看，面前杵着的却是脸上略有薄怒的叶渐青。

他捏着她的手腕，眼睛却看的是定北侯："那边的风水克我。侯爷，换个位置？"

定北侯回视他，神情看起来不太高兴："她喝了我再换。"

"方才一时走神，侯爷又何必这般计较？"

"不巧，我这人计较惯了。"

气氛越来越不对，程又雪连忙拿开叶渐青的手，将杯中酒一口灌完。

"你……"叶渐青想拦都来不及，只能眼睁睁看着这小女官眉毛胡子都皱成一团，而后脸上就飞上了两朵红霞。

"三炷香到了。"她眼眸晶亮地道。

定北侯颔首起身："本侯明日便会履约，多谢程大人。"

言而有信，不拖不推，这位侯爷也是个好人！

一想到自己的幼妹可以从那个吃人的村子里出来，有机会念书考功名，程又雪兴奋地在原地跳了一下，而后抓着叶大人的手朝他挥舞："侯爷慢走！"

酒气从她身上散发出来，莫名地没有旁人身上的臭味，而是温温软软的，像过年蒸出来的雪白糖糕。

叶渐青瞥了一眼她捏着自己手腕的手，抿了抿唇，顺势就在她身边坐下。

桌上众人对这个位置的更换颇有微词："侯爷怎么能跟宁大人在一起呢，这我们还猜什么？程大人这边是不是也忒好欺负了些？"

宁朝阳也看了身后这人一眼，皮笑肉不笑地问："侯爷，不累吗？"

折腾这么一大圈，就为了跟她同席？

她就想不明白了，两人私下做什么事不成，怎么非得在人前还凑在一起，白白增加被人察觉的危险。

但身后这人好像很满足，落座下来便道："不累，换宁大人来猜吧，本侯也想沾沾酒气。"

想沾酒气是吧？

行。

宁朝阳当即就看向下一个人："画时圆，写时方，有它暖，没它凉，打一字。"

这种街上稚子都知道的谜语，拿来羞辱人的？

下一个人心情复杂地答："日。"

"喝吧。"宁朝阳把酒杯端给了李景乾。

后者看了她一会儿，安静地接过来一饮而尽。

"风里去又来，峰前雁行斜。"上家出题了。

叶渐青淡声就答："'凤仙'二字。"

接着，他转头看向坐在下首的雷开籍二人："大人听好，一点一点分一点，一点一点合一点，一点一点留一点，一点一点少一点。"

雷开籍茫然地问："打什么的？"

"字谜。"

憋了半晌没有猜出来，同伴将酒给雷开籍满上了。

叶渐青撑着侧脸瞥着，轻轻摇头："雷大人这杯子，给蚂蚁喝的？"

雷开籍看了看程又雪手里的酒杯："这不都一样？"

"虽说是喝个高兴，但这塞牙缝的量有什么意思？"他看向庞佑。

庞佑大手一挥："管家，换酒盏！"

二指宽的细杯顿时都换成了四指宽的酒盏，叶渐青拿过程又雪手里的酒壶就给他满上:"早就听闻雷大人海量,难得有机会,不妨让我等开开眼。"

一杯酒而已,雷开籍倒是不在意,既然大家都换成了一样的,那喝就喝嘛。但是不知为何,接下来叶渐青出的谜题一个赛一个地难,问得繁杂不说,还偏,他一盏又一盏地喝,没一会儿就眼前发晕了。

与他一起喝的还有对面的定北侯爷。这位侯爷果然与传闻中一样与宁大人不合,宁大人死活答不对题,他也就沉默地跟着饮酒。

酒过好几巡,雷开籍咬着牙问叶渐青:"这下没新的题了吧?"

叶渐青温和地看着他,然后张口,吐出了一串番邦语。

雷开籍蒙了:"什么意思?"

后头晕乎乎的程又雪扑哧一声笑了出来:"是远丹话。他问大人,远丹人如何称呼自己的父母。"

谁没事去学远丹话?那么偏远的国度!

雷开籍委屈地问:"在下可是何处得罪叶大人了?"

"私宴就是图个开心,雷大人如何会这般想?"叶渐青一脸坦荡,坦荡得雷开籍都开始反思是不是自己想多了。

他又喝下两盏酒,整个人就不受控制地往后头的草丛里一摔。

"雷大人不行啊。"方叔康笑他,"侯爷比你喝得还多些,人也好好地坐着呢。"

好端端坐着的侯爷,脸色却不是很好。他又接过面前这人递来的一盏酒,面无表情地饮尽。

宁朝阳撑着下巴看他,觉得这人喝酒的样子很好看。他不像别的武夫那样,一盏酒从嘴边漏下去大半,而是缓慢地吞咽着,喉结上下滚动,一滴也不漏。

只是,他好像确实喝得多了些,脖颈开始泛红,眼里也起了雾。

庞佑看不下去了,开始主动与宁朝阳攀谈,从最近的扩修中宫之事说到凤翎阁还执掌着的城墙修筑。

这一聊,宁朝阳分了神,随口去答的题倒是突然全对了。

李景乾安静地坐在后头看着她。她说起正事来眼神很笃定,身上会突然冒出来一股有些压人的气势。不过大概是跟庞佑不熟的缘故,她有意收敛,话也说得含蓄。

聊了一会儿之后,庞佑倒是解开了心结:"这么说来,不是你故意为难,而是中间的人有误会。"

她也颔首:"下回再有交接,我便请大人喝一顿上好的花雕,仔细来聊聊。"

"好说，好说。"

席至尾声，宁朝阳又猜错了一道题。

这时候的众人已经没了最开始的防备和拘谨，个个起着哄与她笑道：

"大人这凤翎阁第一文臣的名头怕是跟谁诓来的吧？"

"瞧瞧咱们侯爷喝的，就算御前多有争执，也不至于私下还计较嘛！"

"侯爷要生气啰！"

四周人声喧闹，宁朝阳略微有些晃神。她不爱热闹，对人也防备，好在旁人也都戒备她，每次去大宴，至多与她寒暄两句，不会与她打闹玩笑。

但今日，这些人好像都喝高了，叽叽喳喳地说着，丝毫不怕她，旁边的方叔康还顺手给她倒了一杯热茶。

她僵硬地将热茶递给李景乾，李景乾定定地看着她，直接开口问："不舒服？"

"这话该我问你。"她小声道。

"你若不喜欢，"他道，"我可以带你走。"

"侯爷这话说的，谁带谁走？"她忍不住嘀咕，而后抬手，将最后一盏酒拿过来，仰头饮尽。

"时候不早了，"庞佑道，"我送各位回去吧。"

众人纷纷应下起身，嘻嘻哈哈地闹腾着往外走。宁朝阳负手行在其中，突然就见那些人与她挥手作别："明儿朝上见了，宁大人，宁大人慢走啊。"

她有些不适应，抿唇半晌，才点了点头。

李景乾和她都有单独的马车，不用与别人挤，是以两人都走得很慢。

人声消散，只余了天上皎月依旧明朗。宁朝阳走在前头，李景乾跟在后头，两人之间隔着半丈远的距离，她步子迈得慢，他便跟着迈得慢。她小跳了一步，后头那人竟也跟着小跳了一步。

宁朝阳玩心顿起，踮起脚尖，轻快地在原地转了一圈。苏黄色的长裙飞旋起来，腰间缀着的珍珠磕碰作响。

他定定地看着她，而后竟当真也学着一转。本就眩晕，再这么转圈，他身体几乎是不受控制地往旁边跌去。

长裙飞过来，牢牢地将他接进了怀中。李景乾迷茫地睁眼，只看见她满眼都是愉悦的笑意。

"你又欺负人。"他不高兴。

"是你自己想喝，我不过是成全你。"她挑眉。

"成全我?"李景乾轻哼,"我想与你一起将他们杀个片甲不留,你怎么就不成全我?"

还灌他酒!帮别人来灌他酒!

夜风习习,他听见了宁朝阳清脆的笑声,连着她的胸口都在震动。他突然就消了气,盯着她看了一会儿之后,骤然伸手扣住她的后颈。

宁朝阳猝不及防被他按下去,嘴唇覆上他的唇瓣,温热摩挲。

这还在别人家里呢!

她一个激灵跳起来,飞快地往左右看,希望此时夜深人静,不会有什么别的——好的,还真有。

宁朝阳神色复杂地看着远处的叶渐青和程又雪。

程又雪的眼睛被捂住了,懵懂地问:"月亮怎么不见了?"

叶渐青慢条斯理地答:"因为月亮也不胜酒力。"

"那怎么办,我看不见路了呀。"

"我看得见,跟我走就是。"

叶渐青神色自若地经过宁朝阳与定北侯身边,仿佛压根儿没看见他们一样,带着程又雪离开了院子。

李景乾站在一旁,像是压根儿不知道发生了什么一般,仍旧定定地看着她。

宁朝阳沉默良久,只感觉自己的脖颈和耳根都烧了起来,一路烧到天灵盖。

"你在害羞?"李景乾有些意外。

这么久了,他好像还没见过她脸红成这样。

"再不知礼,也不能在别人家这样!"她咬牙瞪他,然后扭头就走。

方才还醉得站不稳的人,眼下却突然清醒了似的,跟着她大步离开庞府,一路追上她的马车,像是想解释什么。但刚一进车厢,他就被她整个压在了软垫上。

"喜欢亲?"她桃花眼微眯,手压着他的锁骨,抬声朝外吩咐,"去上京里绕上一圈。"

"是。"车夫应下。

李景乾还没来得及说什么,就感觉身下颠簸了起来。

今日是月圆之夜,上京宵禁大开,街道上挤满了人,他能清晰地听见孩童叫嚷着要吃糖人的声音,能嗅到街边燻肉铺子里飘出来的卤香,还能感觉到别的马车交错而过带起的凉风。

宁朝阳就在这片俗世之中,欺身重重地覆上了他的唇瓣。

程又雪只喝了那么一小杯，但回去的路上，她一直在傻笑。

"单笼金乳酥真好吃，大人可尝到了？"

叶渐青看她一眼："没有。"

程又雪嘿嘿一笑，从袖子里掏出一个油纸包："给。"

纸包散开，里头还包了两层，再打开，最中央是一个完完整整的金乳酥。

叶渐青抿唇："该回去告诉庞尚书，他府上遭了贼了。"

程又雪小脸一垮，委屈地看着他，像是想指责他不识好歹，又像是想求饶。但很快，她灵机一动，将那金乳酥抢过来就塞进了自己嘴里。

"你完蛋喽，你没有证据啦。"她鼓着腮帮子叉腰。

叶渐青想忍住，但眼前这人实在是滑稽，他坚持了片刻就破功失笑，而后抬手挡住了她的眼睛。

"做什么？"程又雪不解，"月亮又喝醉啦？"

"不是，"面前这人闷声道，"太亮了。"

"月亮不亮的话，那还叫月亮吗？"

他说的不是月亮。

叶渐青指尖有些发颤，移开视线，掩饰似的道："不能喝酒，下回就别喝。"

"可是今晚的宴席很好耶，"程又雪道，"那些大人以前都没跟我们打过交道，真玩在一起才发现，他们好像也没有传闻里那般目中无人。"

"你们也叫他们看见了，凤翎阁并不都是道德败坏之辈。"叶渐青顿了顿，补了一句，"除了程大人你。"

程又雪万分悔恨："我知道错了，明儿还庞大人一个金乳酥不就好了嘛。"

叶渐青收回手，平静地与她道："仙人顶出品的单笼金乳酥，五钱银子一个。"

程又雪突然猛烈地呛咳起来。

他慢条斯理地替她顺气："现在吐出来也来不及了。"

"我……"她怔怔抬头，接着眼眶就红了，"早知道，我就不留出来给你，自己在席上吃了就好了。"

他指尖一顿，抬眼道："留给我的？"

"你一直在出神，都没怎么动筷子，我不给你留，你吃什么呀。"她愤愤不平道，"这么贵的东西都摆在眼前了，大人你居然还在想别的！"

叶渐青沉默，而后终于软声："在宴席上拿吃的东西不算偷。"

"你刚才还说要去告状！"

"不告了，"他低声道，"是我的错。"

眼前这人酒气未散，一双眼红得跟兔子似的，又带点水雾。

她坐直身子，很是严肃道："理不随情直，大人不必因为愧疚就偏袒我，我敢作敢当，明日就还五钱银子去给庞大人。"

叶渐青想解释，但怎么开口都会暴露自己在诓骗小孩儿的事实。

他只能沉默。

程又雪气呼呼地下车回家，下意识地往旧院子的方向走。叶渐青三步并作两步地上前挡住她："走错了。"

她茫然了一会儿，这才转动脚尖朝向叶府，回到自己的院子里就开始洗漱。

他就没见过这么乖巧的人，分明酒意都上头了，却还按照规矩先漱口，再洗脸，而后梳齐自己的长发，动作一板一眼，姿态也规规矩矩。

眼看着灯熄了，叶渐青放下心想走。但下一瞬，他就听见院子里传来一阵撕心裂肺的号哭："五钱银子啊——"

从小生在钟鸣鼎食之家，叶渐青真的不太能理解这世上为何有人会为一点碎银难过成这样，但他有点后悔了，他不该那么骗她的。

程又雪整个晚上都没有睡好，她梦见自己攒下来的银子都插上了翅膀往外飞，不管她怎么追，它们都一个接一个地掉进了深不见底的大河里。所以第二天早上醒来，她眼睛都哭肿了。

程又雪眯着两条缝去打水洗漱，一端起木盆，却发现里头躺着一小块碎银。

她愣了一会儿，欣喜地将银子揣进了袖袋里。

暗处有人松了口气。出门上车的时候，叶渐青脸上恢复了笑意。他看着后头上车来的人，刚想说什么，却见她掏出那块碎银子放进了他手里。

"大人！"程又雪兴奋地道，"你家偏院里的那口水井下可能有银矿！"

叶渐青低头看看这碎银，又抬头看看她："捡到的？"

"对，在脸盆里。"她认真地道，"照这个分量和纯度来看，若能往下开掘，必定是一座大银矿。"

叶渐青抹了把脸，问："你捡到的，给我做什么？"

"在大人家里捡到的，那自然是大人的东西。"程又雪戒备地后退了两寸，"大人别想再给我扣个偷银子的罪名。"

叶渐青试图跟她商量："我不给你扣罪名，这银子瞧着刚好五钱左右，我帮你拿去赔给庞大人吧？"

"不用，"程又雪大方地掏出自己身上的银子，"我给得起。"

若不是听见那一声撕心裂肺的哀号，他还真就信了。

瞧着她那紧绷的小脸，叶渐青抿唇，在下车的时候，借着擦肩而过的机会，将碎银扔进了她的袖袋——这总成了吧？

他拍拍手，施施然去上朝。

不知是不是昨日宴饮很开心的缘故，今日早朝的气氛很好，除了最前头的唐首辅脸色不佳之外，其余人都是乐呵呵的。

散朝之后，庞佑得到了五钱银子。他很茫然地拉住路过的叶渐青："这是个什么说法？"

叶渐青一脸无辜："我也不知道。"

正想甩袖走人，已经走去了前头的程又雪却突然转过头："叶大人。"

"嗯？"

她跑回来，把另外五钱银子放进他手里，机灵地道："你的银子掉了吧？还好我清楚自己身上有多少钱。喏，多出来的定是你的。"

叶渐青的嘴抽了抽。

连这点碎银子，她都数得那么清楚？

他心里沉了沉，看着人扭头又跑走，突然觉得手里这对他而言可以当石子儿的东西，其实很有分量。

程又雪觉得可能是自己知错就改的缘故，她今天一整天运气都极好。先是在脸盆里捡到了银子，而后在回去的马车车辕上也捡到了银子。

不过这些都归属叶大人，她丝毫未昧，悉数都塞回了叶大人的袖袋。只是叶大人看起来心情很差，马车走到一半就说要去集市上买东西，还问她去不去。

她倒是想回去看案卷呢，但不等她回话，马车就开始朝集市的方向飞奔。

第二十五章

她是胆小，不是蠢

东市热闹，在坊口就需弃车步行入内。

程又雪远远看着那边攒动的人头和热闹的吆喝声，手脚就开始往回缩："我要不在车上等你？"

叶渐青点头："这边确实没什么值得你看的，不过就是些一文钱就能买到的鲳鱼和三文钱的厚棉被，还是我自己——"

话没说完，面前就卷起了一阵风。

叶渐青瞥眼，就见程又雪边跑边分外熟练地从袖袋里扯出一个巨大的细网兜，一双眼左顾右盼，兴奋地搓了搓自己装满铜板的钱袋："大人你走快些！"

这么便宜的东西，去晚了肯定就没有了！叶渐青抿唇，侧头朝车夫吩咐了几句话，才抬步跟上她。

程又雪看着柔弱，动作倒挺灵活，在人群里如一尾小鱼般穿梭自如，很快就找到了他说的卖厚棉被的地方。

的确是三文钱，但是要玩关扑——花三文钱跟掌柜的赌骰子，连赢五局才能将被子买走。

程又雪试探着问:"直接买是多少钱?"

"三两银子。"

她当即就退缩了。

叶渐青站到她旁边捋了捋袖口:"试一下?"

"不不不!"她哭丧着脸道,"我不会玩骰子,这不是白将三文钱扔水里?还不如去旁边买个小肉包吃呢!"

叶渐青顺手就将刚买的小肉包塞进她手里,而后朝她伸手:"承惠,三文。"

程又雪困惑地看着这热气腾腾的肉包,又困惑地看了看叶大人的手,呆呆地掏出了三个铜板。

叶渐青将铜板给了掌柜的,而后就拿起了骰子扔进骰盅里。

"客官看大还是看小?"

"大。"

"客官运气不错,再来。"

五局之后,叶渐青轻轻松松地将那床厚棉被放进了程又雪的怀里。

她的眼睛已经瞪得比肉包还圆了:"这就赢了?"

对面这人不屑地拍了拍她的肩:"小意思。"

程又雪没忍住,大大地"哇"了一声。叶大人那一向镇定冷漠的脸,在这夸张的长音里泛起了些许愉悦。

他道:"我同你说的价钱就是能买到的价钱,你只管看自己想要什么。"

此话一出,程又雪觉得四周所有的人都变成了灰蒙蒙的背景,唯独叶渐青一个人站在最高处,周身都迸出耀眼的金光!

她抱着被子,双手合十:"鲷鱼,咱再买点鲷鱼!"

叶渐青揣起手带着她就走。

先前叶渐青研究关扑之术,是为了了解他国的生活习俗。他从未想过自己要来集市上扑买货物,毕竟这些东西就算是按原价,对他而言也不算什么。

但眼下,他突然觉得这手艺很有用。

一文钱一斤的鲷鱼,十文钱一件的冬衣,程又雪看他的眼神从震惊到敬佩最后几乎就是仰望了。

"大人真的好厉害,"她喃喃,"为什么都不会输的?"

"唯手熟尔。"他从容地拂着自己的衣袍,刹那间,身上的金光更耀眼了两分。

不过，叶渐青低头看了看程又雪手里的东西："就这些？"

好不容易抓着他这么厉害的帮手，不该多买点吗？这人那么贪便宜，但一文钱的鲳鱼却只买了一斤。

"够啦，"她道，"人家做生意也不容易，得给人留点饭吃。我买这么多东西才花十四文钱，已经赚翻啦。"

叶渐青微微一怔，多看了她一眼。

程又雪满脸都是知足的快乐，抱着东西就想离开集市。

"等等，"他指了指前头，"那边还有一个有趣的摊子。"

"我把过冬的东西都准备好啦，不缺什么啦。"她摆手。

"缺钱吗？"他问。

程又雪立马回头。

那摊子远看是个卖灯笼的，但走近才发现每个灯笼上都写着对应的银钱，从十文到百文依次列开，最高的奖赏是五钱银子。

"你来试试。"叶渐青道。

程又雪正在想这摊位合不合法，冷不防被他推上前，整个人都摇成了刚从水里爬起来的猫："不行，不行，不行！"

"试一下，赢了归你，输了算我的。"

"可我不会呀。"

"那就赌运气。"

运气？程又雪皱着脸想，除了今天，她以前的运气可都糟糕透了。不过，今日她买这些东西照原价来说要花上五两多，还回去十文钱好像也还可以接受。

抱着这念头，她才终于将叶渐青手里那装满竹签的竹筒给接了过来。

这家的关扑玩的是摇签，一百根签里只有十根有赏钱。程又雪随便晃了晃，便有一根签掉了出来。

那掌柜捡起来一看，当即吼了一嗓子："头奖！姑娘好运气！"

啊？

程又雪一脸不信地看了看掌柜的，又凑过脑袋去看签。

五钱银子，还真是头奖？

旁边的叶大人学着她的语气"哇"了一声："程大人厉害！"

掌柜的不食言，当真拿了五钱银子给她，还将她付的十文钱也一并放进了她的兜里。

程又雪呆站了片刻，嘴角咧了咧道："今日的运气果真是我这十几年来最好的一回。"

"恭喜。"叶渐青颔首。

她深深地看了这位大人一眼。

宁大人曾说，朝中官员多狡诈，以青云台的人首当其冲，其次就是尚书省。可她仔细看过了，叶大人当真是个好人。

就为这五钱银子，他已经折腾了快一天了。不想伤她自尊，又想把银子给她。

她只是胆子小，又不是蠢。

程又雪暗叹一声，还是装作不知情地对他笑："谢谢。"

新鲜的鲳鱼放在马车上，有股不好闻的鱼腥味。叶渐青不喜欢这味道，甚至可以说是讨厌。但他没吭声，就这么回府了不说，还纵容她在小院里宰鱼。

"这是做什么？"他不解地看着她将鱼放进坛子。

"腌鱼。"程又雪高兴地道，"这样鱼不容易坏，可以吃上许久。"

就那么一斤，还要存起来吃？

挥金如土的叶大人头一回对自己的奢靡生活进行了反思：昨儿中午的肉汤是不是不该倒了？没吃完的点心是不是也不该浪费？后院里新买的那只异域骆驼，价钱够她腌上一万坛鱼了——所以他到底为什么要买那么贵的骆驼？

第二日清晨，叶渐青还收到了程又雪送来的一小碟咸鱼，她说就粥吃很好吃。

管家看着那粗糙的碗碟和巴掌那么大点的鱼肉，嫌弃得当即就要扔掉，可叶渐青拦住了他。

他将碟子接过来，深吸一口气，夹了鱼肉放进嘴里。

倒也没有想象中那么难吃，甚至可以说一点腥味都没有。他眼眸亮了亮，让管家拿了一碗清粥来，就着鱼吃了个干净。

"大人，"管家道，"西门的绸缎庄新上的料子送来了，您看？"

叶渐青抬眼："去年买的都做完衣裳了？"

"没。"

"那就不买新的了，"他道，"圣人推崇节俭，我等做臣子的如何能这般铺张。"

管家下巴差点儿掉去了地上。

节俭？这两个字哪一个跟他们这府上有关系？

叶渐青吃完早膳，就捎上程又雪去上朝了。程又雪看起来很困，抱着一卷账册，走着走着，头都要埋进册子里去了。

他瞥了她好几眼，终于忍不住道："你们凤翎阁是不是太没人性了，公务还要带回家来做？"

她一听就睁开了眼，站直身子连忙解释："这是我自愿的。"

叶渐青摆明了不信。

程又雪坐上车辕，嘀嘀咕咕地与他道："我资历太浅了，若想多拿俸禄，就得多干活。宁大人是个好人，这些活都给我额外的贴补，我做得很开心。只是没想到中宫扩建的账目会那么杂，同样是修东西，凤翎阁修筑的城墙用料与中宫那边相差无几，木材石材的价钱却差了三倍。算得我头晕眼花的，昨儿就多耽误了些时候。"

叶渐青听得眼皮一跳，他道："你们凤翎阁偷拿中宫扩建的账目，你也敢直接告诉我？"

程又雪一惊，这才发现自己说漏嘴了，当即就将怀里的账册抱紧，惶恐地道："我、我说错了，大人也听错了，没有的事！"

他伸手："账目给我。"

程又雪连连摇头，身子跟着往旁边缩，险些要掉下去。

叶渐青扶她一把，没好气地道："只是帮你看看哪里没算清。"

她将信将疑地看着他。

叶渐青抿唇："你方才那话已经可以让你被吊去午门了，我若想害你，压根儿用不着多此一举。"

好像也是。

程又雪犹豫良久，终于还是坐进车厢，将账本摊开，一半给他看，一半牢牢捏在自己手里。

不看不知道，一看，叶渐青就沉了眼神。宫里修建的账目简直是又虚又乱，好几处他一看就知是有人昧了钱了，做账的人偏偏敢大大咧咧地写整数。

怪不得，这差事能交出去的时候，子成会那么高兴。

要是以往看见这种东西，他不会有什么反应，朝中蛀虫一贯是有的，见多了也就不奇怪了。但是一想到程又雪坛子里那一点腌鱼，再一看这上头斗大的数目，叶渐青的火气一下子就往头顶上蹿。

他替她找平了收支，阴沉着脸一路进宫上朝。朝上圣人问起中宫修建之事，唐首辅信誓旦旦地保证着一定会在年底前完工。

叶渐青冷脸听着，没有出列，但下朝之后行在圣人身侧，他却说了一句："陛下英明。"

突然被夸，圣人很是意外，问道："叶爱卿什么时候也这般会说话了？"

"臣是有感而发，"他道，"原想着陛下突然扩建中宫，是劳民伤财之举，臣还有两本折子欲上。但昨日突然查了查今年上京的行情，臣才发现陛下的良苦用心。"

"哦？"圣人听得心虚，"此话怎讲？"

"往年的三丈梁木要价是五两银子，今年木材丰盈，价跌至了二两。上好的方石往年是三百文一块，今年也跌至了一百文，的确是修筑宫殿的好时候。"他道，"陛下决意在此时扩建中宫，能替国库省下一半的银钱。"

一听这话，圣人乐了："台谏官昨儿还与孤唠叨，说此事使国库亏空，是不善之举。叶爱卿你这话倒是宽了孤的心了。"

宁朝阳走在圣人的另一侧，很是意外地瞥了叶渐青一眼。

她正愁该让谁去做这个铺垫，没想到这人竟主动站了出来。

但他不是一向不管这些的吗，竟愿意开这个口？

"宁爱卿，"圣人唤她，"照你的估算，这么修下来需得多少银钱？"

宁朝阳答："五十七万两千八百九十六两四钱。"

圣人沉默了。

说是估算，这不是就算下总账来了？他有些好笑："爱卿怎么知道得这么清楚？"

"这是修筑上京东南西北四面城墙所花的银子。"她拱手道，"中宫虽没有那么宽大，但奇花异草、怪石珍器也都是花销，臣估摸着，折算下来，应该与城墙修筑的费用相差无几。"

这么一说，圣人倒是有些愧疚了，扩建一个院子竟能与上京的城墙花销等同。

他叹了口气，摇头嘀咕："就这一回，以后万不会了。"

两人伴驾了一段路后，就各自退下了，圣人在御书房里坐着，还是有些不安，便让人召来了李景乾。

身为皇后的幼弟，他应该能说些令自己宽慰的话。

圣人刚想起个头，结果李景乾却先开口了："臣想与陛下要个恩旨。"

"什么恩旨？"

李景乾轻叹一声，垂眼道："秋过便是冬，边关严寒，将士们大多家境贫寒，穿不起棉衣，每年冻死者都逾百。臣想请陛下恩准臣将先前的御赐之物换成银钱，给弟兄们添点炭火衣裳。"

"准了。"圣人听得难受,"孤再与你加赏十万件棉衣。"

李景乾行大礼谢恩,却也有些犹豫:"这么大的开销,国库那边怕是……"

"尚还可承,"圣人道,"大盛故土能复,是靠他们用命换回来的,孤不能亏待他们。"

"多谢陛下。"说完此事之后,他才起身,"陛下召臣来可是有何事?"

圣人将话都咽了回去,笑道:"也没什么,就是想问问你在上京习不习惯。"

李景乾沉默,眼帘半垂。

在战场上厮杀惯了的人,怎么可能习惯这温软堆金之地?

圣人明白他的意思,却没有顺着往下说,只移开视线道:"有空就多去看看你姐姐,她近来忧思深重,时常患病。"

李景乾敷衍地去了一趟中宫,一听皇后在休息,当即就去正在扩建的后院里转了一圈。

同行的嬷嬷与他轻声抱怨:"陛下虽然节省,但这宫闱之地怎么能用这么差的木材,若有个差池,伤着的不还是咱们娘娘。"

他沉默地听着,顺手去捏了捏堆放在旁边的木头。

质地松软,的确不是上品。他若无其事地收回手,在那极为宽阔的院子里转了一圈便离开了。

凤翎阁内,程又雪一脸严肃地与宁大人禀告了唐首辅与其麾下的人在各处欠下的账目,而后就皱起了脸:"我想不明白。"

宁朝阳撑着下巴看她:"想不明白什么?"

"唐首辅明明知道这坑已经这么大了,他怎么还敢继续挖?"程又雪道,"真不怕掉脑袋啊?"

"他是觉得有找补的机会,所以才不急。"宁朝阳哼笑,左手里捏着的毛笔点了点案卷上的"税"字。

巡税一事油水极大,基本是巡税的那群人得七,朝廷只得三。唐广君将这差事揽着了,他不怕填不上宫里的窟窿。

"可万一被人告发呢?"

"告发讲证据。"宁朝阳摇头,"在咱们陛下的心里,唐首辅是一个一心为他效力的好臣子,每年巡税给圣人私库里分钱不说,差事也都办得妥当。你若是圣人,你会轻易处置他吗?"

"我会,"程又雪一脸正色,"国之蛀虫,不可留也。"

意识到自己问错了人，宁朝阳轻咳了一声，她换了个话茬儿："你是不是跟叶大人提了这件事？"

程又雪心里一沉，当即就给她行了个大礼："是我的疏忽，还请大人恕罪！"

宁朝阳将她拽了起来："谢你还来不及，你何罪之有？"

程又雪愣怔道："您不是说此事机密，不能外传？"

"的确不能外传。"她勾唇，"但这位叶大人，看起来倒不像个外人了。"

"什么意思？"程又雪茫然。

叶渐青与唐广君的来往不少，他听说了此事，按理说该装不知道，抑或替唐广君遮掩。但他没有，不但没有，还与她一起告知了圣人原本的修筑行情。也就是说，他与唐广君的关系并不像传闻中那么亲密，甚至他对其可能是有怨的。

宁朝阳先前压根儿没想过要拉拢叶渐青，主要是难度太大，一旦失败，便得不偿失。但没想到的是，这人自己送上门来了。

宁朝阳不由得拍了拍程又雪的肩："这个月的贴补，我多给你发五两。"

五两！

程又雪当即跳了起来，比她的月俸都多了！

"你的宅子我也让人收拾好了，"宁朝阳道，"钥匙给你，你随时都可以搬过去。"

双喜临门！

程又雪很想矜持一些，但实在太高兴，嘴角都咧到了耳朵根。她抱着宁大人蹭了蹭，又豪爽道："搬进去之后我请客吃饭，请大人务必赏光！"

"好说。"宁朝阳颔首。

程又雪飞也似的出门，叶大人的马车刚好经过，她立马就跳上了车辕："大人，跟你说个好消息！"

叶渐青原本因为唐广君的事有些烦闷，眼前的车帘突然被掀开，接着那小女官就跟一道骄阳似的照了进来。

他不由得跟着勾唇："谁家铺子里的东西又便宜了一半了？"

"不是，不是！"程又雪欣喜地道，"是我的院子收拾妥当了，明儿我就可以搬过去啦！"

叶渐青嘴角的笑意一点点敛下来，垂眼道："哦？在哪儿的院子？"

"就在和昌坊，步行到凤翎阁只要四炷香的工夫！"

叶渐青淡淡地道："恭喜。"

"同喜同喜！"她笑得灿烂，"我回去给你做个爙肉吃！"

马车骨碌碌地前行，叶大人坐在主位上却有些气闷。

有自己的宅子是好事，一直住在他这里也不像话。

他想了一会儿，突然问："和昌坊的宅子，租一间屋是多少钱？"

程又雪很了解地答："八钱银子一小间。"

"你那宅子有多大？"

"宁大人说不太大，但也有七八间房。"

叶渐青了然颔首："也就是说，你若是将它租出去，一个月能赚六两多钱。"

程又雪愕然，脑子一时间僵住了："租出去？"

"是啊，"他垂眼道，"你住我这儿单独一个院子，一个月才一两。算上收的租，你一个月能净赚五两银子。再者说，你若是搬去那边，我就无法顺路送你了。你步行要四炷香，但乘车从这里过去也才三炷香的工夫而已。"

"对哦！"程又雪眼眸大亮，猛拍自己大腿，"这我不是发财了？"

但刚兴奋没一会儿，她又为难地道："可那毕竟是我自己的宅子，大人的宅子我住久了也不太好吧？"

"你的宅子什么时候都是你的宅子，想什么时候收回来都可以。"他淡声道，"你现在的要务难道不是攒钱？"

是！太是了！

程又雪当即就道："我明日就去跟宁大人商量商量。"

"跟她商量做什么？"叶渐青皱眉。

"这宅子是她送我的，虽然已经归我了，但毕竟是她的心意，我总要跟她商量好了才能租出去，不然宁大人可能会难过。"她道。

宁朝阳那种铁石心肠的人，才不会因为这点小事难过，她只会打着算盘跟人做交易。

叶渐青没好气地翻了翻眼皮，道："也行。"

于是程又雪欢快地回院子里去算账了，隔着两道墙，叶渐青都能听见她兴奋至极的笑声。他僵硬地在墙外站了许久，还是认命地换了常服，去了一趟宁府。

宁朝阳似乎早料到有人会来，花厅里的茶都多放了一盏。但见他真来了，她倒是唏嘘摇头道："情字真是误人。"

"宁大人这话，在下听不明白。"叶渐青冷着脸道，"不过是看她可怜想帮她一把，哪扯得上个情字？"

宁朝阳抬眼看他，又将手里捏着的宣纸翻过来给他看："我在念这上头的字，叶大人说的'她'是谁？"

还没交战就先输一城，叶渐青的脸色实在不好看。不过话已经说破，他也就懒得与宁朝阳兜圈子了："唐广君不是什么良善之人，眼下也对大人的动作有所察觉，程大人孤身独居有些危险。"

宁朝阳听懂了。她端起茶盏吹了吹，慢悠悠地道："她可以住我这儿来。"

叶渐青往门外瞥了一眼："怕是不方便。"

她正想说这有什么不方便的，结果就见有人戴着面具进来，白衣飘飘地给她添茶。

"大人慢用……"李景乾捏着嗓子道。

宁朝阳的手几不可察地抖了一下，然后若无其事地垂眼，拂袖道："你先退下吧。"

"大人可是嫌我卑贱，上不得台面？"李景乾突然难过起来，虽然面具遮住看不见表情，声音却是低哑哽咽，"我只是在东院等了许久也不见大人，便想过来看看。"

对面的叶渐青有礼地抬袖，遮住了自己的眼睛。

宁朝阳咬着牙笑道："是我不好，我待会儿就过去寻你。"

"大人说话可要算话……"

"嗯。"她僵硬地点头。

人飘飘然走了，叶渐青这才放下衣袖，诚恳地重复："的确不方便。"

宁朝阳指节咔咔作响，也不想与他周旋了，径直道："大人若愿意替我说话，我自然也愿意替大人说话。"

"好说。"叶渐青颔首，"鱼已进网，大人想收之时，在下自然会搭把手。"

干脆利落。

宁朝阳点头起身："成交。"

她送客出去，走到门口的时候，叶渐青突然道："既然有侧室在府上，大人何必捂那么严实，往外放出消息去，也会少很多麻烦。"

他指的是前段时日提到的边州的联姻之事。

宁朝阳觉得这个建议不错，顺口就道："那有劳叶大人了。"

叶渐青有些不可思议："你当我是什么长舌妇不成？"

"那院子与人租住会很麻烦，"她道，"不过我都可以替又雪办妥。"

叶渐青什么也没说就走了。

宁朝阳面带微笑地转身，然后沉着脸回去，一脚踹开了东院的大门，随着她的动作卷进来的风吹得李景乾的眼眸微微眯起。

他一手捏着面具，一手捏着浇花的水壶，俊逸的脸上满是无辜："怎么了大人？"

"你不怕叶渐青将你认出来？"她有些生气。

李景乾眨眼道："叶大人与我并不相熟。"

"万一呢？"

"那他也只能怀疑，没有证据。"

宁朝阳胸口起伏，问他："你图个什么？"

面前这人的嘴角抿了起来。

图什么呢？李景乾垂眼想。他一早就来了宁府，她也答应了要陪他一起给花坛翻土，结果一有事，她转身就走了，也没说什么时候能回来，他当真只是想去见见她。

这人半点不心疼不愧疚也就算了，竟来指责他。

他不悦地鼓起腮帮，将头别到了旁边。

"大人，"许管家捏着一样东西进来，"宋蕊大人送来了加急的信。"

宁朝阳回神，接过来拆开看，眉目慢慢舒展。

因着扩建的窟窿越来越大，唐广君也是急了，使着各种手段逼迫边州交税，甚至动用了驻扎在附近的镇远军。他意识到了危机，打算及时收手，但他手下的人可没这个觉悟。已经吃进去的肉，谁也不愿吐出来，山高水远的，唐广君也不能去掐他们的脖子。于是现在永州那边已经出现了一支起义军，规模倒是不大，有两百余人，但影响极其恶劣。州郡上来的折子一大半在提此事，但全被唐广君给压住了。

宋蕊在信后附言问她该怎么办。

宁朝阳大手一挥，让许管家取了她的十万两私银，以钱庄的名义放给唐广君。

"大人疯了？"宋蕊收到信，满是不解，"那人都被逼到这个分儿上了，咱们不痛打落水狗就算了，怎么还能拉他一把呢？"

收到消息的司徒朔也觉得宁朝阳疯了，他趴在宁府墙头上问自家将军该怎么办。

结果将军回他："我们也出十万私银，一并放去钱庄。"

司徒朔惊得张大了嘴。

果然是同一张床睡久了，脑子会一起坏掉吗？

将军府的人对此颇有微词，胡山和云晋远就算不记恨宁朝阳了，也难免觉得她是个祸害，竟带着他们主子一起犯蠢。

凤翎阁的人想法也差不多，但毕竟是私银，谁也不敢去宁大人面前嘀咕。

秋夜微凉，宁朝阳与李景乾背对背地侧躺着。屋子里很安静，只有琉璃缸里的宝石蚁在勤劳地挖着洞穴。

她闷了半晌，终于开口道："下回再做这么冒险的事，你就回你府上，莫要来牵连我。"

李景乾也很生气："你满脑子就只想着牵连不牵连？"

"满脑子情爱的人是傻瓜。"

"嘴硬的人才是傻瓜。"

风吹得长案上的宣纸翻了翻，将"唐广君"三个字露了出来。

宁朝阳突然眯眼："说傻瓜，这人是不是更傻些？"

"是。"李景乾点头。

不注意到他还没什么，一旦将目光都放在他身上，这人简直浑身都是破绽。

"不像是他。"他道。

没头没尾的四个字，宁朝阳却听懂了。

她突然问："你有没有见过五皇子？"

"没有。"李景乾抿唇，"那位尚未开府，非节庆不会露面，但就算是遇见节庆，他的位置也非常靠后，是以阴差阳错的，我一直不知他的长相。"

"我见过。"宁朝阳道，"无论是荣王殿下还是淮乐殿下，眉眼都很肖似陛下，但五皇子似乎更像他母妃些。"

宁朝阳自然是不可能见过早逝的宫妃的，这么说只能代表五皇子长得与陛下完全不相似。

"这可能也是他不受宠的原因。"

"是。"宁朝阳道，"旁人都说不用担心他，他无权无势，也不曾在人前露脸，就算圣人当真要立东宫，他也不会在候选之列，但我……就是觉得不安。"

李景乾知道她的意思，深吸一口气，还是翻过身来将她抱进怀里："老实歇息吧，宁大人，明天还有得忙呢。"

私银可不是白借出去的，宁朝阳抿唇，又看了远处的琉璃缸，才闭上了眼。

半睡半醒间，身后的人轻轻揉了揉她的头顶。

"天塌下来，也落不到你头上。"他道。

第二十六章

收网

这话其实不对，覆巢之下无完卵，以她的性子，一定会在天塌下来之前准备好一切。但不知道为什么，能听见这么句话，宁朝阳还是觉得心里一松。

所有人都觉得她很厉害的时候，这人竟想着要护她，真是傻里傻气。

十万私银放在钱庄里，有线人牵头，很快就到了唐广君的手里。

宁朝阳和李景乾都没有什么动静，两人照常上朝下朝，照常时不时在圣人面前争执。直到这天，中宫后院刚修好的月门倒了下来。

好巧不巧，当时皇后正带着两个嬷嬷经过，皇后命大躲过一劫，其中一个嬷嬷却是护主心切，命丧当场。皇后悲哭不止，圣人当即大怒。

"臣已与工部的庞尚书一起查验过，月门所用砖石低劣，再加上连日的秋雨浸软了基底，这才突然倒塌。"宁朝阳拱手，并奉上了一些碎砖石，"臣也将工部的账目都清理了出来，账目是对得上的，但这些木材石材都由唐首辅及尚书省的几位大人采买，还请陛下过目。"

圣人狠狠瞪着下头跪着的唐广君，瞧见账目来了，才压了压火气，接过来细看。可圣人不看还好，一看更觉眼前一黑。

"二百二十七万两？"

唐广君强自镇定："回禀陛下，今年上京的木材和石材价格都一路飞涨，臣实在是……"

圣人合起那厚厚的账册就砸在了他身上："飞涨？孤前些日子才微服出宫，问过码头上押运货物的力夫，上好的楠木三丈也不过二十两，普通的梁木更不过二两。你上头写的多少？七十二两！这些砖石，你再来看看这些五百文一块的砖石，一捏就碎！今日是中宫命大，才躲过一劫，但倘若她走慢了一步呢？孤让你修的是景园，不是皇陵！"

最后一句话说完，圣人已经拍案而起。饶是再镇定，唐广君脸色也白了。

"陛下，"他道，"刚修好的月门不可能说倒就倒，臣怀疑是有人暗中使诈，置中宫安危于不顾，只为污蔑于臣，实在是其心可诛！"

"污蔑？"圣人提起龙袍走到前头来，抓一把托盘里放着的砖石就往他脸上按，"东西和账目都放在这里，你跟孤说是污蔑？"

唐广君目露惊恐，却不敢躲避，只能任由那些碎石在自己脸上划出血来。

"孤给你十日，"圣人冷声道，"十日之后，要么你将这账目给孤填平，要么你全家老小一起去刑场上团聚！"

唐广君背脊颤抖，连连磕头。

宁朝阳知道他是有退路的，只要边州的税银一运达上京，他再变卖些家产，这窟窿怎么也能填上。但问题是唐首辅一直装作两袖清风，这银子就算有，也不能从他这儿交上去。

于是，五六日之后，宁朝阳将御赐的宝石蚁放了两窝出去。这宝石蚁是番邦进贡的，因尾部颜色鲜艳而得名，多被贵人养在琉璃土缸中观赏。它们只爱吃番邦特有的香料，圣人觉得麻烦，所以都赏了下来。

她家里这两窝已经饿了许久了，一开盖子，就摇动着触角往外爬。宋蕊带着人在府外等着，瞧着宝石蚁开始四散，就将人分成十几队，挨个儿去跟。

几日之后，宁朝阳得到了一本住址簿。几十个宅院，多分布在平宣坊和永定坊附近。

她觉得很稀奇："我放出去的不过十万两，怎么会这么多地方都有？"

宋蕊摇头："定北侯那边也放了十万。"

…………

宁朝阳恍然想起，李景乾手里好像也有三窝御赐的宝石蚁。

她有些好笑道："这人怎么总是知道我想做什么。"

不但如此，竟不动声色地也往私银上抹了番邦特有的香料。

"大人不是跟侯爷商量好的？"

宁朝阳摇头道："一字未曾提过。"

正常人都会觉得大人这举动无法理解，侯爷到底是怎么理解的，甚至搭了个顺风船？

"不管怎么说，东西我是拿到了。"宁朝阳道，"让钱庄那边催唐首辅还钱吧，若是不还，便闹去长安门外，我会替他们做主。"

这才是真正的雪上加霜、落井下石，宋蕊兴奋地应了就往外跑。

唐广君已经是焦头烂额，他将银子都分送出去，让自己的人再层层交上来，这样自己就可以重做一本账，对陛下也有个交代。但屋漏偏逢连夜雨，现钱凑不齐那么多不说，边州运银子的队伍还被当地的山贼给扣下了。

情况紧急，唐广君不得不托人去借兵，让士兵乔装打扮，快速将他的这份银子送抵上京。

十日之后，运银的船堪堪抵达码头。唐广君换了一身素衣，一步一叩地进宫请罪，到圣人面前时，额头已经流血，配着他那苍老又颤抖的模样，很是让人心软。

圣人看了账册，上头已经将花销平到了一百三十两，并着十几封请罪折子，说是采买不严，让奸商钻了空子。唐广君一夜白头，虚弱地与圣人道："臣已将祖宅变卖，换得了三千余两银子，待从钱庄里兑出来就一并交给工部。"

圣人终于缓和了眉目。

唐广君是个能用之臣，已经做到这个分儿上了，也不全然是他的过错，正想让他起身回话，旁边的定北侯突然开口了："臣有一事不解。"

"讲。"

"先前萧大将军获罪，其中一条罪名是妄自调动边州屯兵。"他道，"边州多有贼盗之事，临时借用兵力难道也不成吗？"

圣人正纳闷儿他怎么突然提这个，旁边的宁朝阳就立马接了话："大盛之兵，在外听将令，在内只听皇命。贼盗之事自有官府差役能使，何以成了调动屯兵的借口了？"

"以宁大人之意，此举是重罪？"

"自然，萧将军就是前车之鉴！"

李景乾恍然点头，而后就将手里的记录呈了上去："这是从边州到青州一路的屯兵调用摘记，请陛下过目。"

圣人一惊，连忙拿过来看。

唐广君心里一沉，虎口有些发麻。他是遣着层层关系去调动的屯兵，照理说没有留下把柄，李景乾告不到他头上来。

但不知为何，他突然有种不好的预感。

圣人越看越纳闷儿："江州、青州、泾州、凉州……这些州郡怎么不约而同地先后调动屯兵？"

"这一路是直往上京来的。"李景乾呈上地图，"臣开始也纳闷儿，以为这些州郡想造反，但问过才知道，竟只是为了运货。"

"荒谬！"圣人皱眉，"什么人的货能让孤这几个州郡都齐齐为之拿命开路？"

一直没吭声的叶渐青突然喃喃："难道是……"

"叶爱卿？"圣人看向他。

叶渐青立马出来行礼道："臣今日一早就在运河码头上看见了许多人，其中不乏一些城防官吏。臣觉得好奇，便上前询问缘由，不料对方态度蛮横，说都是首辅大人的私船，不许任何人靠近。"

说着，他又道："臣远观了一眼，有十艘左右。"

唐广君慌了，当即道："叶大人岂能凭道听途说栽赃在我的身上？我将祖宅都变卖了，何处来这么多私船？"

宁朝阳作恍然状，接着就拿出了城防录记和码头摘要："赶巧了，臣正带着这些东西打算回凤翎阁处理呢。"

李景乾瞥一眼她那无辜的眼神，嘴角上扬，却又克制地压了下来。

圣人接过两份东西看了一会儿，突然道："景乾。"

"臣在。"

"你先前说，边关将士没有棉衣，每年冻死者逾百。"

"是。"

圣人点头，扶着他的手起身："那你便随孤去看看，若那十艘是无主的船，就充了公去给将士们买棉衣。若是有主的船——"他定了定，语气陡然森冷，"便也充了公，拿去给将士们买棉衣……带上他一起。"圣人指了指唐广君，"再将今日替他说过话的人都一并带上。"

"陛下！"唐广君面无人色。

"陛下息怒，保重龙体。"李景乾嘴里这么说着，脚却已经开始往外走。

宁朝阳和叶渐青一并跟上。

圣人没有换衣裳，也没有布仪驾，只调了在上京的镇远军和护城军来，围成两道人墙。他就这么抓着唐广君，一步一步地从龙车上走到了码头边。

原本挤满了人的码头，眼下只剩萧瑟的秋风。圣人就在这秋风里，打开了刘公公带人从船上搬下来的木箱。

满满当当的官锭，银光闪闪耀人眼。

圣人问："是你的吗？"

唐广君察觉到圣人的杀意，几欲昏厥，被刘公公赏了两个嘴巴，才勉强回过神来答："不是，臣不知这些船是谁家的。"

"录记上都说是你唐府的。"

"朝野里姓唐的人很多……"

圣人拍手道："好，那便让朝中姓唐之人都来认一遍，看这如山一般的银子到底是谁家的！"

都这么说了，朝中自然不会有人敢来认领，这十船银子可以名正言顺地归于国库。但圣人的怒气丝毫没有减少，当即将唐广君打进天牢不说，还让宁朝阳严查其同党。

宁朝阳很清楚陛下在气什么，一个上位者可以信任一个堪用的臣子，但他绝不会允许这个臣子的势力大到能让各州为他违令调兵，还能转眼就囤积如此巨额的现银。

圣人痛恨官员贪墨，尤其是在边关将士还穿不暖的时候，此举就更显可恶。

宁朝阳欣然领命。

唐广君一入狱，平时与他来往甚多的人就纷纷闭门称病，割袍断义。

淮乐殿下担心夜长梦多，私下派了五十多个探子来给宁朝阳，好让她能尽快揪出唐广君的所有同党，但宁朝阳一个也没用。第二日，她就将利用公权替唐广君办过私事的人的名单交了上去。

圣人很意外："你怎么查得这么快？"

宁朝阳轻叹一声："唐首辅之行径，坊市孩童皆知，查起来并不困难。"

这话是胡说的，唐广君掩藏得很好，若没有宝石蚁，她也没法儿这么快顺藤摸瓜。但是，她就得这么说。

果然，陛下听完之后更加愤怒，手一挥就让朝野上下开始了长达两个月的清查，所有与唐广君沾边谋私之人统统获了罪。

可是……宁朝阳看了一眼那名单，人虽然多，但没有任何一个与五皇子有关，就连新上任的禁军统领竟也好好地置身了事外。

当真是她误会这个人了？她皱眉，半晌也没想明白。

首辅一职由叶渐青暂代，宁朝阳因查案有功，终于恢复了三品的官衔。

定北侯站在宫门口与她说的是："运气而已。"

回到东院，他却是将她抱起来转圈："恭喜大人。"

宁朝阳被他转得头晕，哭笑不得道："回到先前的位置上而已，也不是什么大喜事。"

说是这么说，眼角眉梢的笑意压根儿就藏不住。

李景乾仰头看着她，喉头微动，很想将人放下来亲一亲，但念头刚起，外头就传来许管家的声音。

"大人，不好了，荣王来了！"

宁朝阳一惊："为何？"

"说是府上不见了人，来咱们这儿看看。小的们身份低微拦不住他，眼下人已经进庭院了。"

宁朝阳倒吸一口凉气，挣开李景乾的手，想也不想，将他往内室一推。

做完这个动作，她觉得好像哪里不对，但来不及多想，外头就响起了荣王的声音："宁朝阳，出来！"

她理了理衣裳，抿唇开门，神色严肃道："此举不合礼数，若告知台谏官，殿下怕是要吃两道参奏折子。"

"别给我说什么参奏不参奏！"荣王恼道，"袭月呢，在不在你这儿？"

荣王妃？

宁朝阳觉得好笑："她与下官已经多年没有往来，如何会在下官府上？"

荣王看了看她扶在门框上的手，状似无意，实则有些怕他进屋。

他不由得眯眼道："袭月无亲无故，除了你们这些曾经的同僚，在上京也不认识谁了。你让本王进去找找。"

宁朝阳将门框捏紧："里头是我的侧室，怕生，不便见王爷尊驾。"

侧室？

荣王冷哼道："侧室有什么不好见的，你让他出来。"

宁朝阳抹了把脸。

谁都可以发现李景乾的身份,就荣王不可以。此人猜忌心重,又心胸狭窄,真让他看见里头的人,那就算是完了。

"王妃何故离开王府?"她岔开话头,"殿下不妨先说一说,臣手下人多,还能帮着找找。"

荣王听了这话不但不感激,反而恼了:"本王的家事为何要同你交代?淮乐不把本王放眼里也就罢了,你算什么东西,滚开!"

虽说龙生九子各有不同,但这位殿下跟淮乐殿下……差得是不是忒远了些?

她沉了脸色正想回怼,就听得屋子里哐的一声,似乎是有人撞在了屏风上。

荣王一凛,拨开她就往里冲。宁朝阳守着礼数没有上去拉扯,只看着他穿过外堂,冲进内室,围着空空的屏风四周跑了两圈。

"人呢?"他恼恨地问。

宁朝阳跟着他进来,瞥了一眼他后上方的房梁,微笑:"什么人?"

"你说什么人!"荣王恼道,"我告诉你,她可是本王宝册正封的王妃,你若擅自藏匿,那是重罪!"

"王爷说笑了。"她颔首,"下官鄙薄,与王妃没有任何交情,断不可能冒着获罪的风险藏匿她。"

荣王一愣。

宁朝阳接着道:"不只是下官,整个凤翎阁的人这么多年来都未再高攀荣王妃,王爷大可去别处找找。"

郑袭月与程又雪一样出身乡野,原是淮乐殿下的心腹,却突然爱上了荣王。她不顾一切地要嫁给他,哪怕凤翎阁上下反对,哪怕朝臣非议,她硬是跪在淮乐殿下面前,一个头一个头地磕得满地是血。

淮乐殿下不忍心,终究放了她嫁进荣王府。

出嫁那日,郑袭月还特意来到公主府行礼,信誓旦旦地保证就算是嫁过去,也依旧会效忠凤翎阁。然而刚嫁过去不到一个月,她就将自己知道的秘密全告诉了荣王。至此,凤翎阁腹背受敌,连遭打击,折损多位干将不说,还近一年没有任何官员升迁。

郑袭月不但不惭愧,还在华年去质问她的时候,扶着金钗道:"出嫁从夫,你们这些没嫁过人的人哪里知道我的难处?我也是不得已。"

有这样的梁子在,凤翎阁里自没有人会再与她来往,上回也是碍着荣王的颜面,宁朝阳才会放她进府来看望。

荣王将信将疑地看着她，又将旁边的木柜打开，挨个儿翻了一圈。

在他头上半丈高的地方，李景乾形似壁虎，屏息凝神，本是不会有任何岔子的。但好死不死，他扎在腰间的衣摆突然掉了下来，雪白的颜色在漆黑的房梁间一晃。

荣王余光瞥见不对，下意识地要抬头，宁朝阳眼疾手快，立马将旁边木柜顶上搁着的棉被一扯。

咚的一声，他什么都没来得及看清，就被厚重的棉被砸跌在了地上。

"哎呀！"宁朝阳连忙去扶他，"殿下怎么这般不小心？这上头堆着物件呢，还好这是床被子，若是什么摆件，可就不得了了。"

荣王晕乎乎地站起来，一时没想明白刚才自己哪里不小心了，复又抬头，往刚刚有异样的地方看。

房梁间空荡荡的，刚刚的动静好像只是他的幻觉。

宁朝阳瞥了一眼另一方的房梁，额头上渗了一滴冷汗：这个角度，荣王若是要出门，岂不是一抬眼就瞧见了？

她看了看自己的拳头，开始思索是被荣王发现李景乾更危险，还是现在就往他眼睛上打两拳更危险。

"你这窗户……"荣王又来精神了，起身过去撑着窗沿往外看，"有脚印！"

废话，外头是沙土地，能没有脚印吗？宁朝阳看着他翻出窗沿往外追，倒也没拦，她只负手站在窗边问："这样的人，真的能成为明主吗？"

声音很轻，似叹息一般，但李景乾知道，她是在问他。

无论是胸襟还是气度，抑或用人的本事，荣王都赶不上淮乐殿下。

李景乾抽身落地，衣袂飘飘间，深深地抬眼看向她："我也有问题想问大人。"

"什么？"

他抿唇靠近，低头看她："方才你那般紧张，是怕我被他发现对我不利，还是怕大人你自己被无端卷进风波里？"

宁朝阳被问得一愣，而后就垂眼："自然是怕自己被卷进风波里。"

多一事不如少一事，很符合她的作风。

但面前这人听完，却咬着牙捏住了她的手臂："没有一成的念头在我身上？"

"没有。"她老实地答。

李景乾气笑了，他手上收紧，咬着牙问她："你就不能骗骗我吗？"

骗他说有一成又何妨呢？

宁朝阳看了他一眼，轻轻抚了抚他垂顺的墨发："乖。"

李景乾整个人都轻颤起来。他知道是自己在强求，但这人怎么能这么无赖，高兴起来抱着他亲吻，利益当头时又像从未爱过他一般。

更可气的是，自己都气成这样了，也还是不想甩开她的手。

"宁大人，本王的人在外头进不来，你看要不让他们来搜一圈，也好——"荣王去而复返。

宁朝阳背脊一凉，下意识地将人往外堂一推。

但动作慢了，荣王还是瞧见了有人，当即大喝："谁！"

他翻窗而入，三步并作两步就追上了李景乾，捏着他的肩将他往后一扯。

柔柔弱弱的小大夫，被他这动作，扯了一个踉跄。

宁朝阳的心都提到了嗓子眼儿，一时间，脑海里涌出了无数个主意。但不等她选一个出来，那边的李景乾就已经转过了头，一双清澈无辜的眼从面具的孔洞里露出来，与荣王对了个正着。

"殿下。"他捏着嗓子喊了一声。

不是郑袭月。

荣王骤然松手，嫌弃地后退了半步："这就是那个侧室？"

"是。"宁朝阳上前，将李景乾护去后头，脸色已然不太好看，"殿下找够了吗？"

"没有，本王是想让人——"

"下官鄙薄，却还是朝廷命官。"宁朝阳冷声打断他，"殿下并无搜查文书，却执意强闯我的宅院，里外里都搜了一通也不罢休，还企图带随侍进府！"她越说越生气，"殿下是真龙之子，想做什么，下官自是无权阻拦，但此事得先呈报陛下，再知会台鉴，若各位大人和陛下都觉得殿下有理，下官自会府门大开，恭迎殿下搜查。"

宁朝阳此人一向圆滑，以往面对他，即使心里不满，也从未失过态，所以荣王今日才敢径直上门来。

但没想到的是，方才还好好的，一眨眼，宁大人竟动了怒。若非有王爷的身份在，荣王觉得自己很可能被她直接扔出去。

他抿唇道："这点小事，何至于惊动父皇，本王再去别处找找就是了。"

"殿下慢走。"她伸手作请。

荣王不由得又朝她身后那侧室看了一眼。

腰肢纤纤，姿态柔软，一看就是以色侍人的伶人抑或小郎君，没什么大不了的。

但是，不知道为什么，他总觉得这人身上有种熟悉的感觉。

不等他想明白，宁朝阳就亲自将他"护送"出了宁府。

大门一关，宁朝阳伸手就将李景乾脸上的面具取了下来。

"太危险了，"她严肃地道，"你以后还是少过来几趟。"

李景乾垂眼站着，墨发错落，嘴唇紧抿。

宁朝阳意识到自己有些不识抬举，缓和了语气："凤翎阁有一个郑袭月就够了，我不想再步她的后尘。"

"你不会步她的后尘，"他轻声道，"她压根儿拿不住荣王。"

而她一贯将他玩弄于股掌之间。

他这话里带着浓浓的自嘲，但面前这人就像没听懂似的，抬头眨眼道："你怎么知道她拿不住荣王？"

李景乾一噎，无奈道："上京里没有我不知道的事，更何况从辈分上来说，他是我外甥。"

宁朝阳挑眉，而后就拉着他回去东院，摆上瓜子茶碗："展开说说。"

把他当作说书的不成？李景乾眉头一皱，当即就想发作。

结果对面这人剥了第一颗瓜子，顺手就喂到了他嘴里。

第一颗都喂给他了，说明她心里还是有他的。

李景乾嘴角抿了抿，将瓜子嚼了，慢吞吞地道："你知道当初郑袭月是怎么搭上荣王的吗？"

"她说是宴上相遇一见钟情。"

李景乾摇头道："当时荣王有心上人，以郑袭月的出身，其实够不上王妃的宝座。但她很聪慧，研习了荣王所有的喜好，还利用自己在凤翎阁的职务之便，帮了荣王一些忙。"

宁朝阳眯了眯眼。

"荣王和中宫都觉得她远比一个世家姑娘有用得多，加之当时荣王正与淮乐殿下闹得水火不容，为了气一气殿下，荣王干脆将她迎娶进门，当了王妃。婚后不久，荣王就纳了四个妾室，个个都肖似他原先的心上人。郑袭月在府里闹过好几回，甚至闹到中宫里去过。但可惜的是，她与淮乐撕破了脸，知道的秘密也说得差不多了，荣王便渐渐地不再将她当回事。荣王妃并非主动出走，而是被荣王赶出了王府。原因是她在一个妾室的汤药里动了手脚，一尸两命。"

宁朝阳愕然，嘴里的瓜子都僵住了："这不是前朝才有的后宅戏码？"

李景乾点头道："如荣王所说，她除了你们这些曾经的同僚，在上京没有别的熟人。荣王以为她在外头待片刻就会回去，谁料半日过去，人就不见了影子。到底还是正头的王妃，走的时候甚至带走了宝册宝印，荣王殿下这才气急了，亲自出来寻。"

宁朝阳听乐了："郑袭月也是个厉害角色。"

李景乾看了她一眼："你不讨厌她？"

"讨厌。"她点头，"她背叛了凤翎阁，辜负了殿下的信任，有这样的下场是应该的。但我与她没那么熟络，厌恶的情绪也没那么浓厚。"

"若她真的敲门向你求助，你会如何？"

宁朝阳想了想，刚打算回答，却见许管家当真擦着冷汗进来道："大人，门外有个人……说想见您一面。"

宁朝阳眼皮一跳，问："郑袭月？"

"是。"

她收拾好桌上没磕完的瓜子，拉起李景乾就直奔后门："我有三日休沐，且去花明山逛逛。不管什么人来，你都说我不在，也不要放任何人进门。"

许管家错愕地看着她："大人，行李不拿？"

"不拿，再拿跑不……不是，再拿就来不及出门了。"

李景乾被她捏着手腕往外带，本想说明日自己还有事。但看她那一脸"再不跑就倒大霉了"的表情，他不由得失笑。

去偷得两日清闲也好。

临出城前，宁朝阳给程又雪送去了一封急信。凤翎阁里别的人她都不担心，不会上郑袭月的当，但又雪心软，她觉得要提点一二。

但不巧的是，信交得急，送信的人路上马虎，布袋里一堆信件，拿着拿着就弄混了。

程又雪看着手里的信沉默。

"什么东西？"叶渐青捏着毛笔瞥了一眼。

他今日要画初冬仕女图，特意让她坐在这里供他比照，每一炷香的工夫付她一钱银子的酬劳。

程又雪对此是很高兴的，甚至笑得露出了两个甜甜的梨涡。可那信一来，她细眉都快皱成线团了。

"说是宁大人给的。"她翻着信纸，"但宁大人为什么要告诉我，她家母鸡下了蛋？"

叶渐青挑眉，接过信纸来看，还真就只写了"家里母鸡产蛋二十余"几个字。

"她闲得慌。"

程又雪不悦地皱眉："你不许这么说我们大人，大人举止一向有深意，断不会平白消遣人。"

"哦？"他哼笑，"那可能就是特意写信来提点你，让你早日寻个心上人。"

"啊？"程又雪很纳闷儿，将信纸翻来覆去地看了两遍，不解地道，"怎么看出来的？"

"蛋嘛，谐音不就是'单'。她看你形单影只太久了，觉得不合适。"叶渐青一本正经地道，"而二十刚好是双数，这不就是暗示你还是成双成对为好？"

乍一听挺有道理的，程又雪托腮认真地思考起来。

信纸还在她指间捏着，她倚坐梨木倚，双腿交叠，莫名生出了几分媚意。

叶渐青怔了一瞬，手里的笔在纸上点开一个墨团。他莫名觉得嗓子痒，好似这嗓子自己想说点什么，但理智克制住了他，只将废掉的画纸抽走，又重新铺上一张，道："恐怕还得几炷香的工夫才行。"

坐着就能赚银子的差事可太难找了，程又雪完全不介意，眼珠一转，甚至与他道："大人慢慢画，不着急。"

这种奸商行为是应当被谴责的，但叶渐青什么也没说，甚至笑了笑。

笔墨重落，这宅院一角里，岁月静好。

然而，没静好两个时辰，程又雪那宅子里的管事就跑来了。

"大人，"他道，"有位姓郑的姑娘找您，小的拦她不住，便只能引她过来见您。"

这是宁大人分给她的管事，专管将她那院子租出去收钱以及平时的洒扫。程又雪听得迷茫了一会儿，后知后觉地反应了过来："郑……袭月？"

"是这个名字。"

"我不想见她。"

"为何不想？"后头已然传来了郑袭月的声音。

叶渐青脸上的笑意一扫而空，他冷眼看向旁边的管家："我这府邸是集市还是菜市？"

管家一怵，当即躬身："是小的疏忽。"

郑袭月还打算上前与他见礼，冷不防就碰了个软钉子，她不悦道："叶大人这是什么意思？"

叶渐青面无表情地看着她："王妃是荣王府的后眷，岂有私自出入臣子府邸的道理？"

郑袭月解释："我来找又雪。"

"找鹅毛大雪也不行。管家，送客。"

"是。"

郑袭月急了，扭头看向程又雪："你当初是被我提拔到上京来，才有了入凤翎阁的机会，眼下我有难，你竟袖手旁观？"

程又雪抿了抿唇，上前几步，走到郑袭月跟前，认真地问她："你当初让我来上京，究竟是提拔我，还是想利用我？"

两人出生的村庄相隔不远，同在一个私塾念书，都是女夫子的得意门生。郑袭月先到的上京，站稳脚跟之后回村，说要带人去上京建功立业。在一群姑娘当中，郑袭月一眼就挑中了程又雪。

彼时程又雪很感激她，对她言听计从，过了科考之后，还将得到的全部赏钱给了她，足足有五十多两。然后她就被郑袭月带去了不知谁家的酒宴上，硬要她去巴结当时的散骑常侍。那人一听她的名字就笑，道："郑大人一直说要给我个惊喜，原来真真是个不错的美人儿。"

说着，就要来攀她的肩。

程又雪当场就变了脸色，推开人转身就走。郑袭月追上来，一改先前的和蔼，恼声骂她不识抬举。

"你知道那是谁吗？你以为谁都能攀得上他？不这么上位，你想从狱吏做起？那可不是什么好活！"

程又雪气得连膝盖都在发抖，她把身上最后一点饭钱掏出来塞给她，咬着牙道："你我两清了！"

郑袭月当时是不屑的，她居高临下地看着程又雪道："你一路颠簸挨饿受冻地来上京，就是为了去看大牢的？那我成全你。"

而眼下……

程又雪仰头看着这个比自己高一截的女子，冷声问她："王妃有何指教？"

郑袭月被她这眼神吓了一跳。

印象里那个任劳任怨的小姑娘不知何时竟有了女官的气势，自下而上地看着她，让她有些发怵。

她抿唇道："也没什么，只是想借你的地方住上一段时日。"

堂堂王妃，要搬出王府来住？

程又雪道："我自己尚且寄人篱下，恐怕帮不了你。"

"你不是有个院子……"

"那院子租出去了，"她道，"一两银子一间小屋，倒还有一间空的，娘娘要租吗？"

郑袭月噎住，半晌之后才恼道："我就知道你们没有一个靠得住的，花团锦簇时人人都恭维我，待我落难，竟无人愿意相帮！"

"谁当初恭维了娘娘，娘娘便去找谁，"程又雪道，"反正我是没有的。"

"你——"

"娘娘当年那句话说得很好，现在下官想还给娘娘。"

郑袭月愣住。

面前的小姑娘看着她，一字一句地道："你多年寒窗苦读、宵衣旰食，就是为了嫁进高门看人脸色过日子的？"

郑袭月大怒，她一把推开程又雪，恨声道："我再落魄也是宝册正封的王妃，一品的诰命，你区区五品小吏，敢这般欺辱于我？"

叶渐青负手站在一旁，似是不太在意她们说的话，但见程又雪被推，他却是立刻伸手将人接住。

"娘娘还知道自己是一品的诰命？"他抬眼，眼底冰凌渐起，"如此行径，是当得了命妇表率还是能教得了闺阁女眷？"

"我……"郑袭月皱眉，忌惮地看他一眼，又接着看了看两人的动作，随即恍然，"你们两个……该不会是有什么私情？"

"娘娘好歹是女官出身，怎么也学起了嚼舌根的做派？"程又雪挣开叶渐青，正色与她道，"我只是租住在叶大人家，此事与叶大人没有任何瓜葛。"

她竟然想也不想地就否认了。

叶渐青侧眸看她，企图从她脸上找出一丝不自在抑或欲掩盖的慌张。

但是，没有。程又雪脸上只有不可思议和厌烦："下官这便知会宗人府的人过来接娘娘回去。"

郑袭月这才发现自己找错了人，眼前的程又雪已经不是当初那个满脸泥巴的小姑娘了，她欠她的已经还清，也有了自己的主见，再度与她相逢，哪怕官阶低上几品，也再不会有丝毫的畏惧。

她惶然转身欲走。

叶渐青朝管家挥手，后者立刻去引路，却没将郑袭月直接引出去，而是带着在府里绕了好几圈。几圈之后，宗人府的人和荣王一起来了。

荣王双眼喷火，一见着人就想上前动手。郑袭月往后缩了缩，前头的宗人府官员连忙将他拦下："家事家毕啊，王爷！"

荣王忍了一口气，这才斜眼看向叶渐青："她为什么来找你？"

程又雪在后头想说话，叶渐青却挡住了她，只道："王妃娘娘似乎迷了路，见有官邸，便进来询问。门房见娘娘气度不凡，这才去知会了宗人府。"

言下之意，他们没有见过荣王妃。

这台阶给得不错，正常人就着就能下。

但荣王依旧怒气难消，抓了郑袭月就来对峙："是他说的这样？"

郑袭月冷眼瞥了瞥这两人，嘴皮一撇，便道："不是。"

就这么被荣王带回去，她左右是要挨打的，恶心一起，郑袭月就想把面前这两个见死不救的人一起拖下水。

"我来找程大人，不料竟撞破了她与叶大人的奸情，这两人方才还冒犯于我，丝毫没将王爷您和大盛皇室放在眼里。王爷，妾身惹您不开心了，自是当罚，但这二人行止不合礼数，还忤逆犯上，您也该替妾身讨个说法。"

荣王原本是怀疑她与叶渐青有什么勾当，一听这话倒是松了眉，不在乎什么忤逆不忤逆的，他摆手："回去再说。"

"王爷？"郑袭月有些不可置信。

堂堂皇储，连两个文官都压不住？

荣王气归气，但是不傻。叶渐青现在是尚书右丞代掌首辅，没事去惹他干什么？

"走了。"

郑袭月气得胸口起伏，捏着袖口的手都发起抖来。

她一直觉得自己的选择没有错，当一个四五品的女官哪有当一品的诰命来得风光优渥。可没想到这荣王面上上进，私下却是一摊烂泥，对她凶狠，遇见外人欺负她，却不敢吭声了。

孬种！

然而气成这样，她也没有别的选择，只能跟在他后头，咬着牙往外迈步。

程又雪看着他们的背影，面色有些沉重。叶渐青以为她是被吓着了，轻声安慰道："没事了。"

"今日接到宁大人的信时，我当真想过要不要寻一个人成婚。"她开口说的却是另外一件事，"但现在我明白了，这婚成不得。"

"嗯？"叶渐青皱眉。

程又雪转过头来，认真地看着他道："将一生荣辱都寄托在一个靠不住的男人身上，实在是没有必要。"

叶渐青抬手按了按自己跳动的额角，试图辩解道："也不是所有的男人都那样。"

"不是所有，那也有。我既能自己好好过，又为何要去赌这运气？"她越想越笃定，"还是该学宁大人那般，等自己官职高了，再寻些乐子就好。"

第二十七章

我倒也没盼着你死

荣王原本觉得将人找回去就没事了,谁料第二日,叶渐青就同台谏官一起上折,将他与荣王妃大闹多个官宅之事禀告了圣人。

圣人原本还在为唐广君一事生气,再来这么件糟心事,当晚就咳嗽卧床不起。中宫欲去照拂,谁料圣人竟只留下了花贵妃。

收到这个消息的时候,宁朝阳正坐在花明山的山顶上。她不动声色地撕碎了信纸,顺手将信鸽放飞了。

李景乾撑坐在她身侧,没有问她出什么事了,只眯着眼看向远处云层里缓缓升起来的朝阳。

宁朝阳的时间很宝贵,哪怕是出门避难……不是,是出门远游,她也能一封又一封地接着各种信函。车顶上漂亮的铜铸已经落满了鸽子毛,一动就跟下雪似的。

她竟若无其事地与他道:"还是山间舒坦!"

李景乾都气笑了:"大人先前还与我说过'有话就说'的故事。"

"是,"她点头,"今日这信上若只是我的私事,那我一定不会隐瞒你。"

可惜了，全是公事不说，还都是关于朝局变化的大事。宁朝阳轻舒一口气，也学着他的动作将手往后撑："再看会儿吧，等日头彻底升起来，我们就该下山了。"

"不是说休沐有三日？"他不悦，"这才第二日。"

"花明山山顶太高，就算有车，下到花明村也得四个时辰的工夫。"她道，"这么算起来，晚上还能在村里住一宿。"

李景乾不说话了，嘴角微微抿起。

"想在这里多待会儿？"她挑眉。

"不是，"面前这人垂眼，冷声道，"在哪里都一样，你总归不会将心放在我身上。"

宁朝阳抬袖挡脸，呵呵笑道："怎么会呢，我的心一直都在你身上。"

撒谎！

他被她放在心上过，知道那是什么样的感受。

只可惜，当时他没珍惜。

李景乾胸口突然不适，撑地起身，拂袖道："既然很想快些赶回去，那便走吧。"

宁朝阳跟着上车，略显心虚地问："你怎么知道我想快些赶回去？"

"大人一着急，就会频频往自己的右后方看。"他没好气地道，"自己不知道？"

还真不知道。宁朝阳暗暗记下这毛病，打算回去就改。

山路崎岖，宁朝阳却将车赶得极快，于是李景乾明白，上京应该是出大事了。自己与青云台的瓜葛不深，青云台有他没他都一样，但她却是凤翎阁之首，得快些回去主持大局。

看她这甩缰绳的频率，真是恨不得扔下他和马车，自己飞回去。

他扶稳窗沿，恼恨地吐了口气。

车轮突然磕在了岩石上，接着整个车厢都控制不住地往一旁侧倒。

嘭！

宁朝阳坐在车辕上，反应还算快，当即跳车，一手捏住车辕，一手抱住旁边的树干。但马车太沉了，细碎的石子沙土顺着斜坡往下滚落，车厢也随之下跌，拉车的骏马挣扎嘶鸣，刨得泥土纷落不止。

李景乾撑着门沿从车厢里出来，只觉眼前一片花白。

有人在焦急地喊他的名字，他怔了半晌才抬头看。

宁朝阳松开了车辕，伸手来拽他，像梦里的场景一样。她看向他的眼神里没有防备和算计，只有担忧和着急。

"快上来！"她低喝。

额角上有什么温热的东西在往下淌，他蒙蒙地将手伸给她。

这坡很陡，近乎悬崖，宁朝阳一松开车辕，那车厢和骏马就无可避免地滑了下去，越滑越快，翻滚碰砸，最后车厢哗地散开，砸进了浅浅的河水里。

这要是人掉下去，必死无疑。

有那么一瞬间，李景乾甚至觉得，以宁朝阳趋利避害的本事，此时就应该松开他的手，这样她不但能攀着树上去，还能少一个劲敌。

宁朝阳也的确快抓不住他了，他脑袋在车厢里磕得全是血，人也不太清醒，高大的身子实在沉得厉害，交握的手指在一点点地往下滑。

"放手吧！"他平静地道。

宁朝阳扫了他一眼，而后真的放了手。

失重感接踵而至，李景乾平静的脸上起了一丝波澜。他愕然地看着上头那人松开手——不是抓着他的手，而是抱着树干的那只手，而后她就抱紧了他，将他的脑袋完全护进了怀里。

视线静止的那一刻，他看见的是她耳边飘起的发丝。两人抱在一起翻滚跌落，手臂被碎石擦破，骨头撞在凸出的岩石上，脸上也刮出了口子。

宁朝阳这时候最该做的应该是护紧自己的脑袋，但她没有，她的手放在他的后脑勺上，磕碰到岩石时，他甚至能听见她掌骨的裂响。

李景乾倒吸一口凉气，猛地伸手死死抓住了旁边的一根树干。

与此同时，宁朝阳也瞧准了这棵树，她抬手一拉，落势也戛然而止。由于滚下来的速度太快，这一下的拉扯自然伤筋动骨，她抿唇忍着，没哼出来。

李景乾又气又急，攀身坐上树干，将这人也抱了上来。

"你做什么！"他急喝，"不要命了？"

宁朝阳抿唇，缓了两口气才与他解释："方才那棵树太细，承不起你我太久，只能放手一搏。我算过路径，从上头到这里有八成的把握，便打算——"

"我是在说这个？"他恨声打断她，抓起她刮碰得满是伤口的手背，咬牙道，"刚刚为什么不放开我？"

这是什么鬼话？宁朝阳很不能理解："放开你，那你不就掉下去了？"

"我自己能攀得住！"

"不能吧，你方才头上磕出血了，人瞧着也不太清醒，万一没攀住，不就丢命了？"

"丢命怎么了？"他抬眼看她，嘴唇都气得发颤，"我死了不是正合你意？总归你只是拿我当玩物，总归有我在，便会碍着你们淮乐殿下的路。"

"还挺押韵的。"

"宁朝阳！"

"哎……"宁朝阳低笑，收回自己的手道，"我倒也没盼着你死。"

甚至在刚刚那一瞬间，她觉得两个人都掉下去比一个人掉下去划算。

面前这人被她这几个月来一直若即若离的态度折腾得有些疯魔了，听见这话仿佛也不明白是什么意思，只呆呆地坐在树干上，额角的血还在不停地往外流。

她撕了一截衣料下来，勉强替他缠了缠。缠到第四圈的时候，这人终于抓住了她的手腕。

"你选择的是我。"他喃喃道。

"嗯。"她敷衍地点头。

"你分明有急事要回上京，却还是救了我。"

"已经发生的事，用不着重复一遍。"宁朝阳看了看周围还在不断往下滚动的沙石，没好气道，"现在好像不是说这个的时候。"

这位置不上不下，要回到正路上实在很困难，加上马车已经损毁，别说四个时辰，十个时辰他们都不一定能到花明村。更麻烦的是，她的脑袋开始昏沉了起来。

宁朝阳知道自己大概是磕到哪儿了，但眼下的形势不允许她细看，她只能假装什么都没有发生，才有可能坚持到脱离困境。

正想着，身边这人突然将她抱了起来。不是勾膝揽脖的抱法，这人是直接用单手将她托抱起来，护在了右肩与脖颈的位置上。

她觉得心慌，下意识地扯住了他的衣襟。下一瞬，这人就借树干的力腾空而起，越过一丈远的距离，落在了右下方另一棵树的树干上。

风起石落，宁朝阳的心都悬到了嗓子眼儿。但不等她说危险，这人就再度腾起，接连三次下跳，然后停在一段树干与泥岩的卡槽间喘气，此处离最下头的平地还有十多丈的距离。

寒风吹得人浑身疼，宁朝阳挣扎了一下，试图帮他看下一处在哪里落脚比较安全。

但刚开口说了一个字，这人就冷声问她："大人是闲不下来吗？"

"嗯？"

"你脑袋后面在流血，"他肩骨都轻颤起来，"就不能老实些吗？"

宁朝阳哭笑不得，扶额道："你以为我想撑着看这些，我还不是怕死——"

"不会死，"他沉声道，"只要有我在，你就不会死。"

血腥味夹杂在风里，被吹散了又继续涌上来。李景乾抱起她，休息了片刻，就接着往下跳。宁朝阳能清晰地感觉到他绷起来的强健筋肉，也能感觉到他因疼痛而不太稳的动作。

但半个时辰后，她还是被他好好地放在了河边平整的岩石上。

伤口混着沙石，如同蚂蚁在咬。宁朝阳抬眼看着那极其陡峭的斜坡和零零散散的树木，不由得感叹："侯爷厉害。"

江小大夫是没法儿这样救她下来的，面前这人是李景乾。只是，分明该一脸骄傲的定北侯，看着她的眼里竟全是惶恐。

"我带你回京。"他道。

宁朝阳喘了口气，指了指前头嶙峋难走的山路："很远，不如我在这里等你，你去搬救兵。"

"少废话！"他拿自己的衣料给她包住脑袋，而后就将人重新背了起来。

这山路有多难走呢，就好比一块三尺宽的绸布，下头全是一双双乱抓的手，人行其上，慢就算了，还极易摔倒。

这人自己都受了伤，是没法儿一直背着她的，宁朝阳已经做好了走一会儿就被放下来的准备。

但是这人没放。不但没放，甚至尽力将她背得平稳不颠簸。

半个时辰好说，到第二个时辰的时候，宁朝阳嘴角就抿了起来。

她道："我自己下来走，这样两个人都轻松些。"

李景乾没有理她。到第三个时辰的时候，宁朝阳有些恍惚了。

宁肃远的行径在那儿放着，让她打小就觉得男人靠不住。他们总是在情浓时对人山盟海誓，但鲜少有人能熬过平淡而乏味的后半生。

可现在，热气透过这人的后背传来，她能清晰地听见他粗重的喘息声，偶尔一个晃神，他脚下也会跟着一闪。饶是如此，他的手依旧牢牢地勾着她的膝弯，半点也不松。

日头从正中到了偏西，四周的景物也从竹林变成了树林。李景乾就这么背着她，重复着一下又一下的步伐。

第四个时辰的时候，宁朝阳终于睡了过去。她这一觉睡得很长，梦里梦到的人也很多。有打骂她的宁肃远，有跪着求她的宁家大伯，有提拔她的淮乐殿下，也有无数或好或坏的同僚。

可是，在梦境的最深处，她看见了李景乾。他站在繁繁灼灼的桃花林里，笑着与她道："大人，又是一年春光至。"

纸笔浸染墨香，混着纷飞的花瓣，自他衣袖间拂来，盈满了她的鼻息。

宁朝阳满足地翻了个身。下一瞬，意识回笼，她猛地睁开了眼。

这不是她的府上。

漆黑的木头装饰，铁气森森的床架和摆件，宽阔但冷清的房间。

她打量了一圈，蓦地闻到一股熟悉的药香。

将军府？

宁朝阳背脊稍松，刚打算叫人，却隐隐听得外头好像有什么人在争执。

"你要与我闹到这分儿上是吧，好！"皇后一身常服，冷脸站在院子里道，"本宫会请圣人收回赐给你的李姓，也会收回这次班师回朝的所有私赏。"

李景乾坐在旁边的石桌边，不为所动。

"你是不会在意这些东西的，本宫知道。但你麾下的人呢？没了赏赐，丢了官衔，他们可还会心甘情愿地跟着你？"她嗤道，"不把亲情血脉当回事的人，能得什么拥戴？人家可不会觉得你是割袍断义，人家只会觉得你冷血无情，与那宁朝阳一样，是个不择手段的小人！"

李景乾终于抬眼看她。

皇后一顿："怎么，本宫说错了？"

"我只是好奇，"他纳闷儿地道，"娘娘看人这么准，怎么就没看出来荣王殿下打小就是个庸才？"

皇后脸色一白，错愕地看着他。

"淮乐殿下三岁背古诗，五岁能管账，七岁便能议政。而荣王殿下，三岁才会说话，对政事一窍不通，沉迷女色，不思进取，这么明显的对比，娘娘未必看不见。"他似沉思，似恍然，"可能只是不愿承认。"

"你、你放肆！"

沈晏明不知为何也在旁边，闻言皱眉起身："侯爷，荣王殿下也有他的长处。"

"哦？"李景乾转头看他，"是指在病榻前与圣人争执起来时，嗓门儿格外大吗？"

沈晏明噎住。

"若非有这个长处，二位今日倒是不必走这一趟了。"他唏嘘，"说是血缘骨肉，我刚刚才死里逃生醒转过来，长姐登门却毫不关心，开口就只让我帮忙，不帮就要撤我的封姓。"

说完，李景乾转头看向自己的长姐，又道，"娘娘当真觉得跟别人姓是光宗耀祖之事？"

中宫后退了半步。

"荣王如此犯上，却只被罚禁闭三个月，娘娘该庆幸才是。"李景乾道，"换作哪个不受宠的皇子身上，就该处死了。"

中宫后知后觉地气得发颤，捏着裙摆道："好，好，你狠心至此，那就休怪本宫不留情面！"

说完，她拂袖就走。

沈晏明是被拉来赔话的，见状只能跟着往外走。不过他走慢了两步，停在李景乾身边道："没想到，像你这种杀敌无数的人，竟然也会有优柔寡断的时候。"

李景乾越过他的头顶，看向院子另一侧的万年青，淡淡地道："有人做决定倒是果断，一下子就选择了要为自己的舅舅讨回公道。可惜，公道是错的，自己的选择也是错的。"

沈晏明脸色一沉，捏紧了手："你与当初的我有什么两样，不都是与她对立，又何必五十步笑百步？"

正说着，后头的房门突然吱呀了一声。

沈晏明下意识地回头，就见宁朝阳探出个脑袋来，满眼茫然地问："什么时候开饭啊？"

李景乾原先还凌厉无比的眼神，瞬间变得春风和煦。他三步并作两步地走过去，看了看她头上包扎着的伤，又把了把她的脉。

"饿了？"

"嗯。"

"我给你备好了鸡汤，因着要补血，还是加了当归。"

宁朝阳鼻尖皱了皱，想拒绝，但面前这人接着就道："熬了好几个时辰了。"

"行。"

李景乾说完，这才看向院子里僵站着的人："沈御医方才说什么来着？院子里风大了些，本侯没有听清。"

沈晏明错愕地看着宁朝阳，刚想问她为什么会在将军府，又为什么会受伤，结果旁边跟着就冒出来了一群人。

"汤?哪里有汤?"华年左顾右盼,"我闻着味找了一圈也没见着。"

程又雪将手里的托盘塞给她:"咱们吃这个。"

"又是爊肉饭?"

"叶大人,你要来点吗?"程又雪问。

叶渐青盯着她,目光深深:"都好。"

一群人在庭院里支开桌椅,就这么摆碗放菜地吃了起来。

沈晏明看傻了眼。

沈浮玉抿唇,将他拽出了庭院:"外头有门,这就不送了。"

"你们怎么会在这儿?"他终于想起来问。

沈浮玉道:"侯爷请我们来商议棉衣分制和运送之事。"

"那叶渐青怎么也在?"

"哦,他说家里厨房突然炸了,想跟着又雪来蹭一顿饭。"

沈晏明还想再问,沈浮玉却将他推了出去。

"没戏了。"她唏嘘道,"先前就没有,以后更没有。念在人家救了咱们不少回的分儿上,您别再折腾了。"

沈晏明愣怔地看着侧门在自己眼前合拢,许久没回过神来。

同样没回过神的还有里头的宁朝阳,她看着周围这些熟悉的脸,抱着头闷想了许久,又伸长了脖子想去看外头的门楣。

"别看了,"华年拍了拍她,"这就是将军府。"

"为什么?"她喃喃,"你们在这里做什么的?"

"说来话长。"程又雪道,"得从七日前开始说起。"

"等等,"宁朝阳眯眼,"我睡了七日?"

"也不算,中途有两次您都醒转了,又吐又晕,接着就继续睡过去了。"程又雪道,"从您跟侯爷从花明山上下来那日算起,的确已经过去了七日。"

她可能没法儿忘记那一天了。宫里传来了圣人独留花贵妃侍药的消息,接着淮乐殿下就被传进了宫里,凤翎阁群龙无首,大家都在找宁大人。

结果第二日的傍晚,宁大人回来了。不是走着回来的,而是被定北侯给背回来的,两人都浑身是血,宁大人昏迷,定北侯的意识也不太清醒。

饶是如此,侯爷也还是背着她,不管谁去卸,他都不肯松手。最后两个人是一起被抬进宁府的,宫中御医都忙于救驾,她们只能在上京别处请大夫来看。

好在他们都是练家子,虽然伤势可怖,但命还是保了下来。

一日之后,侯爷醒了,但宁大人没有醒。她脑袋上的伤有些重,大夫说可能几日后就醒,也有可能一辈子都醒不过来了。

程又雪当时听着这话都快哭了,结果旁边的定北侯嗤了一声就道:"你会不会看病?"

他撑着身子起来给宁大人把了脉,又写了好几张药方,每日都亲自去熬药,再亲自给大人喂下。一开始,大人不肯喝药,喂多少吐多少,侯爷不知与她说了一句什么,大人突然开始乖乖喝药。

如此到第三日,大人醒来了两次,吐了一些秽物之后又继续睡了。

侯爷见状松了口气,与她们道:"没事了,再睡几日就好。"

程又雪看呆了,华年、秦长舒等人也看呆了。

她们不知道这位定北侯为什么突然对宁大人这样好,但那一刻,谁都没觉得侯爷会图谋不轨,以为他只是想让宁大人醒过来。

宫里频频传出将立东宫的消息,这个节骨眼儿上,宁大人昏迷的消息若是传出去,不知会引起什么风浪,于是她们对外只称凤翎阁阁内修葺,都转到宁府来办公务。

但宁大人一直不露面,也就始终有人想来府上看。身份低的还好说,身份高的人真是防得众人心力交瘁。

第五日时,淮乐殿下突然请侯爷进了一趟宫。两人不知聊了些什么,侯爷很快就得了任务,要监运边关的二十万件棉衣,并校正宫中巡防部署,事务繁杂,便由凤翎阁从旁协助。

于是,定北侯便顺理成章地邀各位女官去了将军府。他这将军府的门槛比宁府高,就连中宫来,他也能将人拦在门外,只在庭院里说话。

如此挨到第七日,宁大人终于醒了。

程又雪觉得欣喜,又忍不住鼻尖泛酸,哭道:"您下回可不能这般吓唬人了。"

华年见她要哭,连忙打趣道:"宁大人什么大风大浪没见过,这点小事也就你会吓着,来,吃菜。"

叶渐青替她夹了一筷子菜,头也不抬地道:"侯爷不也被吓着了?"

众人的筷子皆是一顿。

宁朝阳好奇地抬眼,正好撞进对面那双深不见底的墨眸里。

李景乾神色如常,闻言也没有什么波澜。

于是宁朝阳喊了一声道:"侯爷什么大风大浪没见过,还能被这点小事吓着?"

"嗯,"对面这人却应了她一声,"确实吓着了。"

宁朝阳想斥他胡言乱语,但看了看这人的表情,他好像不是在开玩笑。

李景乾当真是吓着了,虽然他斥责人家大夫不会看诊,但捏上她脉搏的那一瞬,他心里也是没底的。

他甚至已经想过,如果她一直醒不过来,那自己就把她的宁府烧了,再顺理成章地负责照顾她的余生。

许管家一听他这个想法就猛地摇头,说宁大人醒来一定会打死他,于是他才多等了几日。

桌边一直沉默的司徒朔突然开了口:"宁大人可知,我等行军打仗出生入死之人是鲜少信鬼神之说的?"

宁朝阳回神,轻轻点头:"知道。"

他们手上的人命多,若真信鬼神之说,那第一个活不下去的就是他们自己。

司徒朔神色复杂地指了指后头的那间小屋:"我们将军前日在里头供了菩萨。"

哈?

满桌子的人都不可置信地转头,齐齐看向李景乾。

李景乾被看得不太自在,沉声道:"我看它太空了,随便买点装饰放里头而已。"

宁朝阳顺口就问:"早晚几炷香?"

"三炷。"他想也不想就答。

李景乾意识到自己说漏了嘴,捏紧了筷子:"都是管家去拜的。"

桌上众人震惊又茫然地看着他,看了一会儿,好几个人没憋住,闷笑出声。

手握重兵所向披靡的一品军侯,居然也会拜菩萨?他先前还说府里众人大惊小怪,对他的医术没信心,原来他自己也没多少信心嘛!

嬉笑声渐大,李景乾沉着脸想拍桌。不料对面坐得好好的那个人,突然端起凳子朝他走了过来。

"你做什么?"他皱眉看着她的手,"伤还没好呢,刚结的痂。"

宁朝阳没理他,只朝旁边的司徒朔努了努嘴。

司徒朔十分有眼力见儿地往旁边挪了挪。他一挪,左边的一圈人都跟着挪。

一阵木头与地面的摩擦声响起,接着宁朝阳就在李景乾身边坐了下来。

李景乾睫毛轻颤,不太适应地看着她。

"大人为什么要换位置？"程又雪小声问叶渐青。

叶渐青装作掩唇，但声音极大地答："因为她心疼定北侯爷了。"

程又雪吓得一激灵，想去捂他的嘴。但来不及了，满桌人都听得清清楚楚。她哭丧着脸转头，想跟宁大人说自己不是故意的。

但出乎意料的是，大人没有恼，脸上神色从容而自然。倒是旁边的定北侯爷努力想装从容，耳根却抑制不住地红了起来。

"吃、吃饭。"他甚至连说话都结巴了。

宁朝阳若无其事地给他盛了一碗汤，轻声道："吃完之后，在下有事想与侯爷单独谈谈。"

李景乾下意识地绷直了背脊。

她可能会说要搬回宁府之事，也可能要责怪他自作主张，将凤翎阁这些人都引到将军府，白惹外头非议，甚至可能直白地说想跟他一刀两断……

他心思纷乱，一筷子夹空，最后一块香酥排骨就掉下去，被叶渐青给抢到了。

宁朝阳面无表情地看着，抬筷作势去夹旁边的菜，筷子碰巧磕在了叶渐青的筷子上。

排骨松落，她当即一接，顺势就放回了李景乾的碗里："好好吃饭，不要耍花枪。"

贼喊捉贼？

不知道李景乾在想什么，没有回过神，垂眼就依言吃饭。

排骨是怎么来的他不知道，对面众人互相挤眉弄眼地揶揄着什么他也没察觉，他沉重地吃了一会儿之后，就撑着桌子起身，跟宁朝阳一起往旁边的厢房里走。

外头那一桌人不知为何在哄笑，笑得他有些暴躁——他都这么难过了，这群人怎么还能这么开心？待会儿出去就给他们加大任务量，叫他们晚上统统不能早睡！

气愤着，气愤着，一对上面前这人的眼神，他的肩又重新垮了下去："大人想说什么？"

房门合拢，宁朝阳将他抵在了门上。

李景乾屏住呼吸，脑海里已经想出了好几个为自己开脱的理由。

然而，面前这人欺近他，却是吻了吻他的下巴。

"辛苦侯爷了。"她道。

胸口像是被一盆热水撞上来，水囊破开，突如其来的暖意激得他起了一层鸡皮疙瘩。

李景乾不可置信地看着她，眉心接着就皱起，怕她是先礼后兵。

宁朝阳看着他这战战兢兢的模样，突然觉得自己很过分。她叹息着抵住他的锁骨，闷声道："若不是你，我就死在花明山上了。你都不怪我连累，我又怎么会怪你别的？"

"当真？"

"当真。"

"我只是好奇，你答应了殿下什么条件，她竟肯让凤翎阁来协你办事。"

李景乾避开她身上的伤口，小心翼翼地托着她的腰肢，嘴上却是生硬地道："也没什么条件，殿下只是在替圣人分忧。"

"撒谎，"她扯住了他的衣侧，"说实话。"

实话这东西，她让说就说？

李景乾觉得宁大人这拷问很没有技巧，有负在外头的盛名。但不知为什么，他的嘴跟着了魔似的开始道："陛下病重，留花贵妃写了遗诏，要立淮乐殿下为太子。中宫不服，多次面圣无果，荣王觉得自己储君之位无望，便去找圣人大吵了一架，气得圣人卧榻不起。在你昏迷的第五日，宫里起了一场动乱，以钱统领为首的五千余禁军围住了圣人的寝宫。他们虽没有什么动作，但来势汹汹，淮乐殿下担心荣王逼宫，便要我护主勤王……我答应了她，条件是你要留在我的府上。"

宁朝阳闻言站直了身子。

李景乾慌忙道："不是逼你同我在一起，是外头现在正乱，你一个人在宁府，又昏迷不醒，我觉得不妥……"

他顿了顿，又补充道："殿下也不是将你抵给我，她说你未醒之时可以一直交由我照顾，醒来之后，去留就要看你自己的意愿。"

宁朝阳好笑地看着他这不安的模样，道："侯爷不觉得自己这个要求得不偿失？"

在形势这么不明朗的情况下与皇后那边撕破脸，还在淮乐殿下这边不占优势的情况下选择帮她，这简直不是一个理智的人能做出的决定。

李景乾没有回答这个问题，他只道："我乐意。"

"你乐意，你麾下之人呢？"

"他们想要什么我知道，"李景乾道，"不劳大人操心。"

宁朝阳眯眼捏住了他的下巴，道："你的所作所为都是为了我，却还不要我操心？"

李景乾被迫与她对视，抿唇道："你要操心的事已经够多了。"

谁有什么事都想着来找她，她遇困局却只能自己冥思苦想，连休沐都不得安生，实在有些可怜。

宁朝阳倏地松开了他，而后笑了："骗我的人是你，捧真心给我的人也是你。李景乾啊李景乾，我可还能信你？"

面前这人站直了身子，认真且严肃地回答她："能。"

这一次他一定会好好接住她的信任，一定一定不会再辜负她。

"好。"宁朝阳干脆利落地应下，而后仰头，吧唧一声亲在了他的唇瓣上。

李景乾还准备了一堆誓言准备与她白纸黑字地写下来，乍一被亲，脑袋里当即就嗡的一声。

他错愕地看着她，背脊重新抵在了门缝上："外、外头还有人。"

宁朝阳才不管他，哎呀一声就跌在他身上，扶着头上的伤口道："站不稳了。"

李景乾立刻伸手接住她。

外头的众人表面上是嘻嘻哈哈在用膳，实则每个人的耳朵都伸得比兔子还长，一听见门上咚的一声，众人就都露出了意味深长的表情，只有程又雪有些茫然："他们是不是打起来了？"

叶渐青呛咳了一下，对上众人那欲言又止的表情，微微欠身："失礼了。"

华年忍不住揶揄："程大人失礼，你帮着致什么歉？"

叶渐青理所应当地答："她每月都给我钱，我帮她也是应当。"

此话一出，众人几乎要贴在那边门上的耳朵瞬间转回来贴在了这两人面前："每月给钱？"

"展开说说！"

程又雪不明白她们在激动什么。房租嘛，不每月给，还能怎么给？

正要解释，叶大人却朝众人道："差不多该走了，别坏了侯爷的好事。"

秦长舒错愕："我们大人刚醒呢，头上还有伤，他不能吧？"

"他是不能，但宁大人难说。"

宁朝阳是那种刚出鬼门关就着急寻欢作乐的人吗？

她是！仗着身上有伤，她压着人为所欲为！

李景乾敢怒不敢动，只道："你老实歇会儿不成吗？"

"不成，再不来就没机会了。"

上京形势这么乱，她没醒过来还能偷些闲暇，一旦清醒，就势必会忙得脚不沾地,甚至有可能突然丢命。

有些遗憾一定不能留到快死的时候再来追悔莫及。这次她没有走神,目光结结实实地落在他的脸上,情浓之时,甚至与他道:"侯爷一定要活着。"

李景乾抱紧了她,指骨都有些发抖。

这一谈事就耽误了许久的工夫,待宁朝阳重新穿上官服站在公主府里的时候,外头的天都已经黑了。淮乐殿下看起来比先前任何一次都要憔悴,鬓边甚至有了一丝白发,但她的眼神却比先前任何一次都兴奋且笃定。

"宁朝阳,"她道,"你可愿助我?"

宁朝阳一个头磕在地上,认真地道:"万死不辞。"

京中百姓并没有觉得有何异样,只感觉街上巡逻的城防多了起来。但宫城之中,越往里走,气氛越剑拔弩张。

宁朝阳刚走到永昌门,喉咙前就横了一把长刀。

"宫防戒严,任何人不得入内!"

第二十八章

臣等求见陛下

宁朝阳抬眼看向那说话的禁卫,好奇地问:"谁下的戒严令?"

"自然是圣上。"

"旁边怎么没有圣上的手谕?"

"圣上病重,只有口谕。"

"那好,"她负手而立,"圣人病重,沈裕安大学士没有病重吧?让他出来见我。"

禁卫上下打量她一圈,不耐烦道:"沈大学士没空。快走快走,再不走就治你个擅闯宫闱之罪。"

"宁大人官居三品,要治她的罪,里头得出来个一品的重臣。"程又雪站到了宁朝阳身后,"你区区七品执戟,怎敢呵斥犯上?"

禁卫一愣,慌忙叫来自己上头的统领。那统领一来就带了五十多个禁卫,企图用气势吓退这些柔弱的女官。

孰料宁朝阳和程又雪的背后,朝中的文臣正陆陆续续地往这边围拢。

"臣工部尚书庞佑，求见陛下。"

"臣尚书左丞方叔康，求见陛下。"

"臣户部侍郎雷开籍，求见陛下。"

"臣等，求见陛下！"

看着柔柔弱弱的文臣们，聚在一起竟也是压城之势。那小统领见势不妙，刚想关闭宫门，里头突然有人高喝："陛下有旨，传召各位大人。"

守门的禁卫不可置信地回头，接着就脸色一黑："周统领？"

周世殷捏着腰间的剑柄大步而来，朝门外众臣拱手："属下奉命来迎各位大人。"

他带的人两百有余，轻松地就接管了这第一道宫门。

有人想偷跑去报信，宁朝阳纵身就将其抓住，一脚踢断他的腿骨。那人哀号跪地，仰头看着远处的周世殷，忍不住大声谩骂："贼竖子，先前还说明哲保身，一夕之间竟来帮人造反！"

宁朝阳嫌他话多，给他后颈也来了一下。

"交给你了。"她把人扔给周世殷，"辛苦你坚持了这么久。"

周世殷重重地朝她行了一礼。

最近宫中形势很乱，不少人被劝去跟钱统领统一了战线，他也不得不假意低头，才能继续执掌宫闱。

宁大人那边一直没有消息，其余人心里都很慌。

但周世殷没慌，他知道这人一定会如约而来。就像她给徐若水报仇一样，可能会等得久一些，但不会食言。

宁朝阳带着众人继续往下一道宫门走。

朝中多数人心里是没底的，怕荣王就此继位，与他们秋后算账，所以哪怕宁朝阳再三相邀，他们也不敢跟着来送死。

但这些清流之人是不怕的。圣人被困宫中，前段时间他们就想面圣，但无人牵头，一时踟蹰。宁朝阳一登门，他们没说两句就点了头。

如此聚集了几十人之后，其余中立的官员也胆子大了些，纷纷加入。眼下这百余官员就一齐举着笏板，大步朝圣人寝宫而去。

"前门禁行！"钱统领听见了消息，亲自出来阻拦。为了更快地赶过来，他选择了策马。

众臣一看，当即表示了不满。

"宫内怎能骑行？"

"钱统领这是要造反不成？"

"法度不存，圣人更是危矣！"

他还没开口给他们安罪名，自己的罪名倒是转眼就一堆了。

钱统领沉着脸道："我是奉荣王殿下之命守在此处。荣王与圣人是骨肉至亲，难道不比各位大人更担心陛下？尔等贸然进宫，分明才是要造反！"

说着，就挥手让禁卫将这些人围起来。

一直没吭声的宁朝阳突然动了，钱统领只觉得眼前什么东西一晃，接着整个人就坠下了马，重重地砸在平整的石板上。

嘭的一声，灰尘四起。

宁朝阳掐着他的咽喉，抬眼看向周围的人："都住手！"

禁卫们一怔，顿时停下了动作。

"三千兵甲，食君之粮，没想到却只效忠于一个武将！"她冷笑，"各位的户籍家眷可都登记在册，助他围困圣人，可是想一家老小在黄泉团聚？"

站在前头的几个禁卫当即有些慌，低声道："我们没有围困圣人，我们只是在这里守门。"

"你们面前站着的是朝廷的肱骨、大盛的脊梁们，他们有的人年岁已经过八十，圣人尚且以礼相待，尔等阻拦不说，还妄图动手，"她道，"我看你们是不怎么想活了。"

钱统领回过神，气得大喝："不要听她的，保护圣驾！"

宁朝阳加重了力道，将他的尾音都掐回了喉咙里。禁卫们不知所措地站在原地，与此同时，陆安带着另一队人赶了过来。

"卑职奉镇北侯之命校正宫闱巡防，还请各位移步。"

他对着钱统领说着，见钱统领脸色青紫没法儿回答，便若无其事地转头对旁边的副将说了一遍。

失了统领的禁卫们很快被陆安带来的人接替，第二道宫门在众人面前轰然开启。

再往里，宁朝阳看见了梁安城。这人雄赳赳气昂昂地骑在马上，听见有文官冲进宫来了，还笑着说了一句："找死？"

但等看清那群文官最前头走着的是谁之后，梁安城却笑不出来了，他僵硬地滑下马背，干笑着迎上前："宁大人不是一直忙于公务吗，怎么突然进宫了，下头也没人告诉我一声,您看这……"

"让开。"

"好嘞。"

旁边的副将恨铁不成钢地瞪着他道:"大人,您武艺无双,又是堂堂统领,做什么跟她低声下气!该上去打断她的骨头才是!"

梁安城呵呵笑着转头,拍了拍这位副将的肩:"你比我有出息,你去!若打断了她的骨头,而你的脑袋还在脖子上,我统领的位子就让给你坐,如何?"

副将错愕。

浩浩荡荡的人群最初只有百余,一路走到圣人寝宫前时,人数竟增加到了两百。

宁朝阳抬头往上,正好能看见荣王腰上系着的金色带扣。荣王挺着腰大声道:"宁朝阳,你竟敢带兵闯宫,是想造反吗?"

"回殿下,"她颔首,恭敬地道,"臣不是来造反的,臣是来救您的。"

"救我?"荣王哼笑,"我在这宫里好好的,哪用得着你救?"

"好好的?"宁朝阳抬眼,看了看远处森立的禁卫,环视一圈之后,才将目光落在他身上,"殿下当真觉得这样的场面是好好的?"

荣王被她说得一愣,瞥了四周一眼,又哼笑:"对你们来说自然不是。"

可对他而言,没有比眼下更好的场面了。父皇偏心淮乐,有意要立他为东宫,但朝野不服啊,以至于宫中的禁军统领纷纷投诚于他,所以他很轻松地就控制住了整个宫闱。

淮乐定是急了,才会让宁朝阳带这么些人来闹事。

不过无妨,这点文官造不成什么威胁,他大可以将他们都圈养在殿外的空地上,直至父皇心甘情愿地立他为太子。

"殿下这样的举动已与逼宫造反没有二致。"宁朝阳沉声提醒他,"就算陛下迫于一时的威慑写下诏书,事后也可推翻另立,并且殿下您,连同中宫的皇后娘娘,都将会被治罪。"

荣王嗤道:"父皇只是一时糊涂,他只要看清谁才是更适合做太子的人,就会自愿改变主意,还焉有降罪之理?"

真有自信啊!

宁朝阳听得都想笑,圣人平时虽然慈爱,但又不是傻,荣王敢带人围他一次,就敢带人围他第二次。故而一旦脱困,圣人绝不可能放过荣王。

谋逆之罪，不止荣王府上下的人命保不住，厨房里的蛋怕是都得给摇散黄了。

可笑的是，眼前这个人竟觉得他只是在做一件小事。

她不由得多问了一句："这主意谁出的啊？"

"你管呢。"荣王早看她不顺眼了，恼恨地道，"你一个女儿家，不在后院相夫教子，天天在朝堂上叽叽歪歪，简直不成体统！还有你的主子，妇人家就该老老实实拿封号拿赏钱过日子，野心那么大，哪个男人会喜欢？"

他在台阶上来回走动，怒气暴增。

"还有你们这些自诩清流的老东西，皇储立谁是我们李家的家事，轮得着你们来这儿请谏？想挨冻是吧，本王成全你们，都给我在这儿等着，等父皇写好诏书，我第一个拿出来念给你们听！"

旁边的叶渐青轻声道："殿下，按照规矩，念诏书的得是德高望重的太监。"

荣王脸一绿："你敢骂我是太监？"

叶渐青神色复杂地看他一眼，还是重复了一遍："德高望重的太监。"

言下之意，他还不配。

荣王大怒，提着袍子就想下来踹人，旁边的门客张岩正连忙将他拦住，低声劝道："殿下，这些人就是想来激怒您，您切不可上当。"

"可他们欺人太甚！"

张岩正叹了口气："这都几日过去了，陛下还不肯写诏书，可不就给了他们来闹事的由头？"

一听这话，荣王更是烦躁。

都这样了，照理说，父皇也该写诏书了，可他每回去提，父皇都只是深深地看着他，而后道："你是在孤身边长大的孩子，孤已经把所有能给你的都给你了。"

放……什么厥词！太子之位对他而言才是最好的东西，他为什么就是不给？本想着两三天就能成事，谁料竟硬生生拖到现在。

"陛下待荣王殿下一向不薄，"宁朝阳沉声开口，"十二岁封王，十五岁建府，平日的衣食住行、年节的恩赏用度，荣王府一向都是最丰的。知道王爷娇生惯养不懂节俭，陛下还特赐了两座钱庄给荣王府。"

荣王皱眉："你提这个做什么，我有的，她淮乐难道就没有？"

宁朝阳摇头："当真没有。"

淮乐自十岁起就被圣人交给了最严苛的夫子，衣食住行都随圣人一起节俭，她没得过钱庄，现有的家底全靠自己私下盘铺子积攒。

"龙生九子，各有不同。陛下是最会因材施教之人，他对殿下的期望从来都不是守住大盛的基业，而是希望殿下安乐一生。"宁朝阳道，"而淮乐殿下，她从小吃的苦就远胜于您，不是因为陛下有意为难，而是因为陛下期望她能成为像自己一样的明主。"

朝中众人没几个看明白的，只以为陛下对荣王赏赐多就是倚重多，故而青云台以荣王为靠山，屡屡争权，中宫也心高气傲，妄图压淮乐一头。

圣人不是不知道自己的两个儿女在厮打，他很多次都劝说姐弟二人要和睦，但淮乐殿下和荣王殿下没一个人听进去。

眼下事情闹到这个地步了，圣人觉得是自己迟迟不立东宫的过错，这才想下旨立淮乐为皇太女。谁料旨意一出，荣王居然反了。

照荣王手里原有的人脉和兵力来看，他是没有任何机会逼宫的，但不知何处来了一股势力，轻易地替他控制了皇城。

宁朝阳觉得这不能怪荣王，换任何一个蠢笨的人来，一看见这五千多禁军密密麻麻地围在圣人寝宫外头，统领还对自己鞠躬行礼，一定也会觉得自己大事将成。所以，她还是好心地提醒："陛下若真想立您为太子，您不用带人来围也是能成的。但陛下若不想立您为太子，那您这就是在谋反。现在带人退开还来得及，臣等一定会为殿下澄清，这全是有人从中作梗，非殿下之本意。"

荣王沉默了一会儿，倏地冷笑道："宁朝阳，你算盘打得真响！轻飘飘的几句话，就想让我将这天下拱手让给淮乐？做梦！整个宫闱现在都在我的掌控之中，我想，父皇他就得想！我要当，父皇他就得给我当！"

此话一出，下头的百官按捺不住了，站在最前头的方叔康当即就朝他唾了一口："忤逆不孝，狂悖无知！"

旁边的禁卫当即抽刀来斩他，方叔康躲也没躲。适逢造反谋逆之事，总有人要被杀，他家世代清流，他的血定是要比旁人的更热更烫，更能叫世人知道这荣王是何等暴戾昏庸！

但千钧一发之际，宁朝阳拉开了方叔康，手腕一转就夺下了禁卫手里的刀，而后将刀头一转，铮的一声就扎进了脚下平整的地砖里。

地砖开裂，刀身嗡鸣。

方叔康眼角一颤。他愣怔地转头，就见宁朝阳怒声斥道："大盛花二十年才能栽培出来的一品文臣，尔等岂敢刀剑加之！"

声若洪钟，震荡四方。

周围蠢蠢欲动想上来抓人的禁卫们见状,一时都愣在了原地。

"我等今日来,是要面圣。"她拂袖重新抬头,"据大盛律法,天子五日不坐朝,百官便有请见之权。"

荣王被她这气势镇住了一瞬,旋即又仗着四周的禁卫,挺直了腰杆:"父皇龙体违和,见不了你们。"

正对峙着,旁边突然跑来一个小将,慌慌张张地对张岩正小声道:"大人,周世殷突然发难,开门让镇远军的人进宫面圣了。"

张岩正与荣王对视一眼,而后一起退至角落问:"镇远军的哪几个人?"

小将古怪地看他一眼,道:"没有哪几个,是全部。"

班师回朝的镇远军将士有三万余,为了不对上京造成影响,圣人只留了一万精锐分散屯居在上京附近。

但就是这一万人,随便挑一个出来,战力都是宫中禁卫的三倍有余。

荣王慌了,连忙问:"定北侯人呢?"

"侯爷先前求见,王爷不是不见吗?"张岩正道,"下头的人就一直将他挡在外头了。"

"荒唐!"荣王急道,"你号称算无遗策,还说让本王只管高枕无忧,怎么能连镇远军都不考虑在内?他们若是冲进来,我们不是全完了?"

张岩正佯装叹息:"眼下只有一条路可走了。"

"什么?"荣王抓住了他。

"逼圣人直接写下让位的诏书。"张岩正定定地看着他道,"不然,李景乾一带人赶到,我们所有人都性命难保。"

荣王慌了:"这不就真成谋反了?"

他的本意只是想让父皇重新考虑东宫之事啊。

张岩正摇头唏嘘道:"殿下,事已至此,您哪里还有别的选择?就算您肯认错让路,下头那些人又岂会真的放过您?"

这些年他与淮乐的争斗实在太过激烈,就算是一个小错,淮乐也会揪出来踩他一脚,更别说这种要命的大把柄。

荣王摇摇头,下定决心道:"本王进殿去,你在此处守着他们,莫要让宁朝阳闯门!"

"是。"

台阶太高,众人站在下头听不见他们的低语。宁朝阳看着荣王匆匆进殿,突然觉得不太妙。

她抬眼问张岩正："你给他说了什么？"

张岩正岂会说实话，他站在高处揣起手，慢悠悠地道："宁大人一向自恃聪慧，敢纠集群臣闯宫，也敢妄调镇远军勤王。可这一局，大人恐怕要输了。"

想起宝石蚁爬过的官宅名册，宁朝阳突然眯眼。

名册上当时其实有张岩正的居所，但张岩正拿出了从荣王那儿得赏的特殊香料，又只是区区门客，与唐广君毫无瓜葛。宁朝阳思虑再三，还是将他的名字划去了。

她眼下再看，蓦地就道："你竟不是荣王的人？"

张岩正笑意一僵，左右看了看，抿唇道："大人还是慎言为好。"

庞佑沉声道："这话该我们对你说，天将大明，你还不认罪伏法？"

张岩正不以为然："各位大人真就信宁朝阳所说，定北侯爷会带镇远军来助各位一臂之力？"

他别有深意地摇头："定北侯爷，那可是中宫的亲弟弟。血缘这东西，那可是浓于水的。"

此话一出，下头的众人都心里一跳。他们回头扫了一眼四周，除了护送他们过来的五十个禁卫，远处尚且都是荣王掌控的禁军。

"不要听他的，"陆安沉声道，"我们将军只效忠于陛下，绝不会放任贼子篡位！"

他说了话，后头站着的朝臣们才稍稍安心。

但是，众人被挡在这寝宫之外半个时辰了，援兵还是没到。

大殿里亮着的烛火突然明灭了一下。宁朝阳顿感不妙，立刻上前，却被六把长矛同时横在脖子上。

她捏紧拳头，翻身一脚就踢碎矛头，而后跃身便起，直朝台阶上冲去。

"拦下她！"张岩正低喝。

八个禁军一齐扑上去，拖住了她的脚步。宁朝阳左躲右闪，掀翻下去几个，却还是被剩下的人拦住去路。她心头火起，劈手就将张岩正给抓了过来，捏着断裂的矛头抵着他的喉咙："放我进去！"

张岩正这叫一个气啊，他分明都站在禁军后头了，这些酒囊饭袋还能让自己被她抓着。

"让、让开。"他连忙挥手。

禁军们面面相觑，犹豫地让开一条路。后头的叶渐青等人想跟上，奈何文臣不会武艺，长矛一横，就只能留在原处。

宁朝阳一个人挟着张岩正跨进了殿门，殿门里迎接她的是六把长剑并着一大捆绳索。

宁朝阳眼疾手快，把手里的人往陷阱里一送，自己跃起来踩着他的肩就从众人头顶纵身而入，后头顿时响起一片因误伤而起的叫喊和争执。

她没有回头，迅速地进了内殿。宫殿里昏昏沉沉，人影攒动。

宁朝阳一看清里头坐着的人，当即战栗："你怎么会在这里？"

唐广君满身是伤，虚弱地坐在一把交椅里，闻言抬头看她，眼神森冷可怖："我乃堂堂首辅，陛下要拟禅位诏书，我自是该在这里。"

在他身侧，户部侍郎薛晨、品鸿等人并排而立，再往上看，中宫正站在大殿正中，而高台之上，圣人面色委顿，如将灭之烛。

"宁爱卿，"圣人咳嗽不止，"孤想出尚出不得，你怎么倒进来了？"

宁朝阳皱眉道："禅位之事事关国本，岂可行于这暗室之中——"

话音还没落，她就看清了圣人旁边的场景。

荣王捏着一柄匕首，已经抵在了圣人的脖颈上。圣人捏着毛笔，墨水一滴一滴地顺着笔尖晕在纸上。

终究是到了这一步。

宁朝阳闭眼，摇头哀叹："蠢货！"

荣王不悦："你怎么能这么骂我父皇？"

"我骂的是你！"宁朝阳勃然大怒，"你以为我方才在外头束手束脚是因为怕你？荣王殿下，李扶光，我是当真想救你！你被人当了刀子还不自知，竟真以为这诏书一写，坐上皇位的会是你自己？"

"休要胡言，"中宫斥她，"木已成舟，你再花言巧语也改变不了这局面。"

"娘娘以为眼下这个是什么局面？"宁朝阳眼含嘲讽，"是你儿子即将夺得帝位、你自己即将成为太后的局面？"

难道不是？中宫戒备地看着她。

宁朝阳劈手就指着旁边的唐广君："他另有主子，包括外头的钱统领，都是另有其主之人。你以为他们是在投靠你？呸！你这点德行，也配？他们是在拿你当盾牌，当探路卒！一旦你失败，他们背后的主子安枕无忧，被推出午门的只有你们自己！"

荣王有些不服:"我马上就要成功了。"

"成功?"宁朝阳嗤笑,"只要你逼着陛下拿出了传国玉玺,你旁边那两扇门就会立刻打开,里头的人会出来把刀架在你的脖子上。而陛下所写的诏书也会立刻被换成别人的名字。"

"你胡说!"荣王皱眉,"淮乐若有这个本事,又何至于让你犯险来闯宫?"

宁朝阳伸手抹了把脸:"陛下的皇嗣可不止淮乐殿下一个。"

怎么就鼠目寸光到了这个地步!

说话间,后头的张岩正追了进来,他没有朝荣王行礼,而是慌张地对唐广君道:"大人,怎么办?"

唐广君摆手:"朝中难得有这么个聪明人,就先不杀了。"

他抬眼看着宁朝阳,似笑非笑道:"我就喜欢看聪明人什么都知道,却又什么都改变不了的样子。"

宁朝阳捏了捏手。

荣王和中宫这才后知后觉,意识到不对。荣王身边的亲信看了一眼旁边那两扇门,那原本是陛下用来放书卷杂物的地方。他们试着伸手去推了一下,门从里面被抵住了。

亲信们心里发毛,纷纷拔刀出鞘护在荣王身边。荣王终于慌了,将手里的匕首一撇,抓着圣人的衣袖就问:"父皇,怎么办?"

圣人气得直咳嗽。

"宁爱卿,"他不想再看自己的蠢儿子,只抬眼对她道,"孤已立淮乐为东宫,若今日孤与荣王皆命丧于此,她便是名正言顺的大盛帝王。"

所以,她现在逃还来得及,只要能逃出去,就能成为一代名臣。

宁朝阳抬手合拢,抱拳道:"臣奉殿下之命前来,无论刀山火海,都势必救出她的父亲。"

她没说救驾,说的是救父。

在这荒诞又压抑的场景里,这话像一道光,照得圣人的眼里抑制不住地涌出泪来。

"都什么时候了,大人还玩这些心术?"唐广君冷笑,"凭你一人,自保尚且困难,竟还想救人?"

宁朝阳纳闷儿抬眼:"你怎么知道我是一个人?"

话音刚落,门外突然响了一声。

殿内众人大骇，纷纷回头朝门口看去。宁朝阳就趁着这个空当快步上前，眨眼就到了圣人的旁侧。

"你、你做什么？"荣王被她吓了一跳。

宁朝阳揪着他的衣襟将人扔开，俯身对圣人道："没有陛下的旨意，定北侯不敢贸然调兵，还请陛下速写一封手谕。"

先前听她那语气，圣人还以为有什么绝顶高手与她一起来了，结果只是声东击西？圣人忍不住小声抱怨道："现在才调兵，等他们到了，黄花菜都凉了。"

说是这么说，他手下却还是动笔了，笔画写得飞快，与先前那苍老不堪的模样简直判若两人。

手谕一挥而就，宁朝阳将它仔细收进了袖袋，而后才捡起荣王扔在桌上的匕首，做出护驾的姿态。

唐广君等人看了门口好一会儿，确认没有救兵，才怒而转头道："你敢耍我？"

"反正也不是头一回，"她皮笑肉不笑，"唐大人习惯就好。"

唐广君扶着旁人的手站了起来，踉跄两步冷声道："你以为站在这里就能护驾？若不拿出玉玺，你们今天谁也没法儿活着走出这里！"

"现在杀了我们，你背后那人多年的筹谋便会化成一场泡影。"宁朝阳唏嘘，"而大人你，想必也会跟着被诛灭九族，家里连根草都不会剩下！"

唐广君咳嗽了两声，扫了四周一眼，忽而道："好，那便从中宫娘娘开始，一个时辰不交玉玺，我就剁她一只手。两个时辰不交，就剁两只手。"

中宫脸色苍白："你放肆！"

可她这色厉内荏的姿态已经唬不住人了。他们带来的亲信不过二十人，但那房间门一打开，里头藏着的禁军数目过百。

唐广君像模像样地朝上头拱手："请陛下仔细思量。"

中宫慌了，立马跪下去给圣人行礼："臣妾怕疼，陛下您是知道的。早交晚交都是要交，又何必牺牲臣妾？"

圣人不由得纳闷儿道："皇后先前为了救孤，都肯舍身去挡刺客，眼下怎么突然……"

"因为那刺客压根儿就是娘娘与荣王自导自演的。"宁朝阳轻声开口，"娘娘与殿下想握些兵力在手里，禁军统领又一直油盐不进，索性便想法子换了他，让自己的人顶上。"

这也是她联系上后头的事才想明白的。

圣人大怒道："扶光，事实果真如此？"

荣王站在亲信的保护圈里没敢吭声。

"殿下算盘是打得好的，但没想到螳螂捕蝉，黄雀在后，有人利用二位殿下之间的争执，掀起了一场比试，又在徐若水即将夺魁时毒死了他，导致梁安城也因嫌疑被取消了竞选资格。鹬蚌相争，渔翁得利，禁军统领的位置就这么落在了钱统领的头上。"

圣人气愤不已："你害孤错杀了廖不凡！"

廖不凡是前任的禁军统领，兢兢业业近十年，竟死在了这一场阴谋之下。

宁朝阳不由得看了圣人一眼，她没想到圣人的第一反应会是这个。

荣王嘟囔道："谁让你一点兵权也不给我。"

"你要兵权何用！"圣人气得哆嗦，"孤留一个李景乾，就足以护你后半生无虞！"

提起他，荣王更气："他压根儿与我不是一条心！从回朝开始，他就没帮过我什么，还频频与凤翎阁的人起瓜葛。"

"侯爷不帮殿下，反而就是在保护殿下。"宁朝阳平静地开口，"而所谓的与凤翎阁有瓜葛，也不过是多说了几句公道话。王爷，这朝中不是只有凤翎阁和青云台两个地方，也不是所有人都一定要参与争权。侯爷一心效忠陛下，是大盛之福。"

圣人原本就抱恙，困境之中满心失望怆然，几乎要站不住脚。但宁朝阳这话一出，他登时挺直了背脊。

儿子虽然不孝，妻子虽然愚钝，但他还是大盛的帝王，是被人效忠着的陛下，他不能在这里倒下，他一定要坚持到援兵赶来。

"说起定北侯爷，"唐广君笑了，"臣先前不明白，他手握重兵，陛下不但不掣制，竟分外器重，就不怕引火烧身吗？"

"文臣小气，"圣人叹息，"焉知武将血热？"

宁朝阳神色复杂，欲言又止。

圣人摆手道："孤没说你。"

唐广君先前多次上折要他防备李景乾，要削其兵权，软留于上京，他没听，唐广君就耿耿于怀。

即使是这样的围困之中，唐广君依旧不忿："识人不清，陛下果然应当禅位。"

"你狡诈多变，就以为旁人也狡诈多变？"圣人咳嗽两声，"景乾他自小便是忠孝仁义之人，就算你们都叛了，他也一定会来救孤。"

"哈哈哈——"唐广君拍着扶手就笑出了声,"自小忠孝仁义?陛下可知您那忠孝仁义的定北侯,七岁起就屡屡违抗父命,十四岁时还故意弃生父于狼坑!不避父讳,不祭先祖,您推行的孝道,他可是一点没沾!再说仁。您真以为他是为大盛征战?他不过是想借着打仗的机会满足自己的杀戮之欲!李景乾天生就是个杀人狂魔,他哪里有半点仁心?忠义就更别说了,若不是还没摸清这上京的情况,他的野心又岂会小于萧北望?臣先前已经劝过您了,但您就是不听啊!"唐广君摇头,"也不怪侯爷他会弃暗投明,三日前就写来密信,说愿意与我等一起拥立新主。"

圣人眼眸微瞪。白花花的信纸飘落到桌上,李景乾的字迹和印鉴皆是清清楚楚。

宁朝阳跟着看了一眼。

李景乾的确答应帮忙,条件是事成之后封他做护国将军,把他生母的牌位供奉于宗庙,并封赏三军,每人至少衔升一级,赏银五两,还要划分江州为封地,允许他冶炼兵器,圈养战马。

他的要求很细致,看起来是认真想过的。

但宁朝阳不太信:"他没有理由这样做。"

进宫勤王,能得到的东西未必比这些少。

"宁大人是昏迷了一段日子吧?"唐广君轻笑,"外头说你是太忙了,所以没露面,但前几日你若是清醒着的,今日就绝不会说出这样的话。"

宁朝阳怔了怔。

一旁的荣王反应过来了,气急败坏道:"淮乐干的好事!她拿了权柄就一直在与定北侯作对,钳制他、削他的权,怕是把人惹恼了吧?"

被皇储如此针对,定北侯爷先担忧的肯定是自己的处境,他与其勤王让这个皇储将来继续与自己作对,还不如另立新主,起码也算开朝功臣。

他是惯会演戏的,不知使了什么手段让淮乐殿下相信他,而后就将这么多心系陛下安危的朝臣一并引进宫,假意护送,实则是为了将他们一起困在宫闱之中。待皇位禅出,他们怕是就要被一起灭口了。

"情况就是这么个情况,还请陛下早些做决断。"唐广君道,"若是您能现在写下禅位诏书,微臣保证您还能继续衣食无忧地活下去。"

圣人听得惶然跌坐进龙椅里,旁边的宁朝阳沉默良久,也终于露出了不安的神情。

定北侯如果叛变,那她这边的人就只剩了周世殷。区区一两百的禁卫,肯定无法将他们从这包围圈里救出去，那最好的选择就只有写诏书。

大殿里安静下来，黑沉沉的气氛压在每个人的头顶上，旁边的荣王忍不住开始叫唤道："父皇您写吧，写了大家都能活，总不至于吃苦受罪，最后难逃一死。"

圣人下意识地摇头，想再等一等。

等了没一会儿，殿外突然传来了厮杀声。

中宫大喜，回头道："定是景乾来救我们了！"

唐广君冷笑道："各位还真是不见棺材不落泪！"

说着一挥手，身边的人立马走到旁边，将紧闭的窗户打开了一扇。从这窗户看出去，正好能看见殿外台阶下纷乱的场面。

远处钱统领管辖的禁军们没有什么动作，依旧站在四周守着，但有另一队人马自中门而来，一到跪得整整齐齐的百官面前就开始拔刀。

为首的那个旁人认不出来，宁朝阳却是看清了。

是胡山。

除了李景乾，上京没人能调得动胡山。而现在，他穿着镇远军的衣袍，举起刀，面无表情地朝跪着的程又雪挥了下去。

镜头放慢，宁朝阳看见了远处疯了似的扑过去的叶渐青，也看见了程又雪因害怕而侧过的脑袋。

血溅了出来，嫣红的颜色落在石板地上，上京突然飘起了雪。

她痛苦地闭上眼，耳边响起的却是唐广君的大笑。

"宁大人，算什么也莫算人心，人心哪有那么好算啊！"

笑声间，半个时辰已到，屋子里藏着的禁军冲出来，押住中宫就想动手。

宁朝阳回神，飞身而起一个扫腿踹开那些禁军，而后夺一柄长枪，单手斜护住地上的中宫。

"去陛下边上！"她冷声道。

中宫吓得腿软，好半响才爬到圣人身边，抓着龙袍就开始哭。圣人痛苦地看着窗外自己的臣子被屠戮的场面，哑声道："诏书我写，你让他们住手。"

唐广君摊手道："我可命令不了堂堂的定北侯，都说了他杀人成瘾，是您自己不信。"

"你！"

"时辰耽误得够多了。"唐广君笑道，"快写吧，再不写，等侯爷将这些人杀干净了，您便没得选了。"

圣人恨恨地看了他一眼。

被击退的禁军扑着又想上前，宁朝阳捏长枪站在主位下的玉阶之上，颇有"一夫当关，万夫莫开"的架势。

荣王看了一眼那紧闭的殿门，有些害怕地小声道："宁大人，我让人过去把插销给插上吧？"

里面这些人他们还能负隅顽抗，外头那些杀神若是进来，那才是真的完了。

第二十九章

侯爷无耻

荣王觉得自己这个提议真是太好了，怎么能在这么慌乱的场面里还能想到这么细节的事情呢，他真是个天才。

但是宁朝阳就跟没听见似的，压根儿没理他，手里寒芒一闪，硬生生将拥上来的禁军又逼退几寸。

唐广君见有她护着圣人迟迟不动笔，不由得低喝："先斩了她，谁得人头，赏金百两。"

屋子里的禁军们登时兴奋起来。但是兴奋归兴奋，眼前这个女官是不是忒凶恶了些？光眼神和气势就足够让人害怕了，真有兄弟鼓足勇气冲上去，竟被她直接一枪穿心，血溅出来渗进地里，中宫害怕地避让。

宁大人倒是体贴，看了一眼就道："往旁边挪一挪，娘娘怕血。"

荣王的亲信们护着荣王和皇后就往右边贴着墙挪动。圣人喘息了一会儿，也跟着动作。

双方的人以宁朝阳为轴心，慢慢地转动着。中途也有不少人动手，宁朝阳一边杀人，一边嘴里念念有词。

圣人刚开始很害怕，但看无人能冲破她的防护，便忍不住好奇道："爱卿在念什么？"

"超度的佛经。"

荣王和中宫的眼神都古怪了起来。这人杀人跟砍菜似的，还会念这玩意儿？

宁朝阳叹息："上天有好生之德，若不是为了养家糊口，各位禁军大人又怎么会拿命来搏。他们今日不是死在我手下的，是死在唐大人的贪欲之中的，我得送他们一程。"

对面的禁军们本就有些惶惶，一听这话，心里跟着就松动了。他们当中多数是世家子进宫，其实并不缺银钱，只不过是想着要建功立业。他们冷静下来想了想，命都没了，建功立业又有什么用？

"阿弥陀佛。"宁朝阳看着他们，眼神慈悲又怜悯。

上百的禁军，乌压压的一片人，突然就被她镇住了。前头的几个人不敢再贸然冲刺，后方堆着的人就更像是在起哄看热闹的，一群人就这么在大殿里绕圈。

唐广君被挤了两下，火气上涌："都干什么呢？还不把人拿下？"

"大人，这，不好拿啊。"

"有什么不好拿的，这么多人一窝蜂上去，挤也挤死她了！"

那赏金给这么多人分，每个人不就更少了？万一有谁再丢了命，那就更不划算！于是众人嘴上应着，动作上还是畏畏缩缩。

宁朝阳长枪划地，带着圣人和荣王绕到了殿门的前头。

户部侍郎薛晨突然察觉到不对："首辅大人，他们想跑！"

"跑？"唐广君冷笑，"外头更是炼狱，他们能往哪儿跑？"

殿内地上尸体不过四五，中宫就已经吓得连连哭号躲避。外头的镇远军已经将那些文臣清流屠杀殆尽了，无数尸体横陈在地上，就算宁朝阳想跑，中宫也会拖她的后腿。

正说着，外头的镇远军突然撞了一下殿门。

荣王正背抵着门，察觉到动静，"哇"的一声就叫起来："快快把门闩拿来！"

"不用。"

门又被撞了一下，荣王额头上冷汗连连："怎么就不用！"

"殿下让开就是。"宁朝阳平静地道。

一时间，荣王和中宫都觉得她疯了，这人就算是神功盖世，也不能腹背同时迎敌吧？

面前的禁军又扑了上来，荣王吓得仪态都不顾了，干脆跳去自己的亲信身后躲着。宁朝阳皱眉啧了一声，挡着前头上来的禁军的同时，又抬腿往后，踢开了门上半插着的木门。

啪的一声，木门落地，殿门大开。

光从外头照进来，照出了空气里细细蒙蒙的灰尘。有人顺着光迈过门槛，铠甲滴血，长枪往地上一指，手里腾出空来，抵住了她的背。

宁朝阳没有回头，只借着他的力道甩枪往前一挥。

禁军被吓退，中宫和荣王趁机就蹿出了大殿，只留下圣人还在门边愕然地站着，看着进来的那个人。

"宁大人，好大的胆子。"他抵在她身后笑。

宁朝阳轻哼了一声，话也不搭，就将后背都给他，而后无畏往前，杀开一条血路。

圣人被后头进来的几个人着急忙慌地拥了出去，一看见外头灿烂的日光，他还有些恍惚："景乾……"

"侯爷抓罪臣去了，"胡山在他面前拱手，"卑职奉命救驾，还请陛下移步。"

圣人呆呆地转头看他："你，救驾？"

"是，"胡山神色严肃，"宫中形势复杂，臣等无法分清敌我，只能假意投敌，再伺机而动。眼下宫内尚未肃清，还请陛下先去公主府歇一歇。"

圣人不由得看向外头。

钱统领带的那些镇守四周的禁卫军突然就跟镇远军对上了。镇远军人数不多，但战斗力彪悍，仅一人就能牵制两人，不过战况还是很激烈，形势一时看不清晰。

圣人也想走，但看一眼远处那些文臣的尸体，就忍不住悲哭："他们因孤而死，孤应该给他们收尸。"

"哦，那些啊，"胡山轻松地道，"等此处打完了，他们就会去公主府向陛下请安。"

这话听着是不是有些吓人？

圣人本想说"死都死了，就不必还守着规矩了吧"，结果路过那片空地的时候，他瞥见浑身是血一动不动的雷开籍突然伸手轻轻把旁边方叔康的衣角扯过来，垫在了自己的脑袋底下。

如此，圣人便放心地跟着胡山离开了。

原本圣人被挟是十分不好救的，轻则损伤龙体，重则举行国丧。但宁朝阳不但将人平安送了出去，甚至从一群禁军之中抓到了欲从侧门逃跑的唐广君和两个户部侍郎，连他们身边跟着的小吏都没有放过。

那些禁军原本还想拼着人多试一试，但扭头对上门口那人的目光，一个个突然就老实了，分列两侧，甚至给李景乾行了个礼："侯爷。"

"别，"李景乾冷笑，"这时候给我行礼，岂不是拽着谋反的帽子往我头上扣？"

"我等、我等也不是为谋反，我等只是……"

"别废话了，戴罪立功的机会就在眼前，各位能不能保命，在此一举。"

于是宁朝阳正费劲绑着唐广君的时候，旁边突然就拥来一群人，七手八脚地帮她递绳子、打绳结，还有人踹了不老实的唐广君一脚。

她纳闷儿地直起身来往后看，就见方才还气势汹汹的定北侯，突然就软下眉眼，朝她勾手。

"怎么？"她走了过去。

"你不怕我当真是带人来弑君的？"他轻声问。

宁朝阳想也不想："不怕。"

"哦？"

"你答应了会来救我，"她道，"我知道这次你不会食言。"

这个答案真是让人万分舒畅，若不是远处碍眼的人很多，李景乾都想将她抱起来转个圈！

她相信他了！她相信他了！她相信他了！

李景乾克制地压住嘴角，轻咳抿唇，含糊地道："先离开这里。"

"让你的人来押他们，"宁朝阳道，"别人我不放心。"

李景乾嘴角又往上勾了一点，立马出去唤人。

于是，镇远军除他之外最有权势的几个百夫长和副将就跟小卒似的一起守在囚车外，眼睛直愣愣地瞪着里头关着的唐广君等人。

唐广君原本给自己准备了后路，一看这场面，差点儿当场晕过去。

没机会了，再有什么路子想逃也没机会了。

宁朝阳很快与周世殷会合，两人与镇远军一起去清剿宫中反贼。

清着清着，宁朝阳才发现不对劲："怎么镇远军也牵扯其中？"

李景乾云淡风轻地道："有一支队伍背叛了我，投了唐广君。"

宁朝阳一怔，随即了然道："先前凤翎阁审刺客审出来的那个唐慕？"

"还得感谢宁大人,若不是你提醒,我未必会那般防他。今日能如此顺利,他也有不小的功劳。"李景乾颔首,"不过,若不是他,唐广君未必会轻信镇远军。"

唐慕是唐广君的远房亲戚,唐广君一直让唐慕在镇远军里搅浑水,先是陷害胡山,而后散播谣言动摇镇远军的军心,妄图撺掇人与他一起造反。

唐慕此人很自信,一直觉得自己丝毫不输胡山,却始终得不到李景乾的信任。因此,他一直觉得是李景乾有眼无珠,所以打算另起炉灶,证明自己。

可他不知道的是,他聚集人一起喝酒的当晚,就有副将来将事情与李景乾全盘托出。李景乾将计就计,让他们佯装被说服,与唐慕一起动作。而他自己则在外头与淮乐殿下假装不睦,处处被针对,而后无可奈何地、顺理成章地与他们一起进宫。

计划其实很简单,难的是要应付实行过程中出现的意外。比如有人突然对陛下动手,抑或宫中还有其他他们不知道的势力突然反扑。

好在宁朝阳武艺极高,她先以文臣的方式进宫,不会引起唐广君太多的戒备,再到陛下身边护卫,起码能护住陛下半个多时辰,他在外头带人闯宫也就能更大胆、更放心。

不过一开始,淮乐殿下其实怀疑过他的动机。以他的兵权和武力,完全有可能把勤王变成弑君,谁又能保证他进宫后真的会按计划行动呢?

所以当时,李景乾将兵符押给了她。

淮乐皱眉道:"以你的威望,调动他们已经不需要兵符。"

"是。"他道,"但殿下您需要。"

淮乐恍然,又有些怔忪:"你对父皇竟效忠至此?"

这个问题,他当时怎么回答都是错的,司徒朔在旁边听着都冷汗直流。但他想也没想就答:"朝阳还在里头。我答应过她,不管发生什么事,都一定会把她救出来。"

淮乐殿下松了眉眼,这才安排好一切,里外接应。

一切顺利,李景乾与宁朝阳走在宫道上,原本还好好的,但拐过一个角,后头的镇远军还没跟上,他突然就往她身上一倚。

宁朝阳连忙接住他,紧张地问:"伤着了?"

"嗯,"他点头,"光永昌门那儿就有好多人堵我。"

她一愣,想起他其实很怕杀戮,不由得轻轻拍了拍他的背:"没事了。"

不安慰还好,一安慰,面前这人反而眼里水雾弥漫,低头委屈地与她道:"要走不动了。"

"我扶你，你手搭我肩上。"

"会不会很重？"他眨眼。

宁朝阳扫了一眼他身上这沉甸甸的铠甲，深吸一口气："不会。"

李景乾当即就压在了她身上。宁朝阳脚下一个趔趄，双手将人接了个满怀，哭笑不得道："这还怎么走路？"

"叛贼清得差不多了，前头还有云晋远他们，不继续走也无妨。"

"不行，"她摇头，"我还想去皇子府看看。"

李景乾知道她在怀疑什么，跟着就摇头："我的人守在皇子府附近好几日了，里头没有任何人进出，也没有任何人去找谁说话。"

这场叛乱，主谋似乎只有唐广君。

宁朝阳皱眉道："没有合适的皇室血脉支撑，他们怎么敢这么做？"

"是这个理，但是眼下你我没有证据。"

宁朝阳气闷地扶起他，继续往前走。

盔甲很重，但走着走着，好像就没那么重了，她只听见了他的呼吸声，沉重又温热地拂在她耳畔。

"宁大人，"他道，"今日大功，我有奖赏吗？"

宁朝阳道："按律陛下定有厚赏。"

"不是陛下的，"他抿唇，"是大人您的。"

耳根莫名一红，宁朝阳冷眼瞪他："后头还有人呢，侯爷不要脸，我还想要。"

李景乾倚着她，眼神寡淡地往后一瞥。

拐角处继续跨过来的镇远军众人倏地僵住，而后立马将腿收了回去。

他这才转回去，无辜地轻声道："没看见有人啊？"

宁朝阳愕然转头："方才不还说要去北宫？他们怎么就走了？"

"真是一群偷懒的人！"李景乾叹息，"也怪我，上回说好的奖赏还没替他们拿回来，这可不就办事懈怠了。"

说着，他抬眼看她："以此为鉴，大人切不可克扣我的奖赏。"

宫里出了这么大的事，他竟只想着奖赏！

宁朝阳拉下他的头盔，在他眉心狠狠地亲了一口，恼道："快走，方才你手里的长枪还滴血呢，这会儿跟我装什么柔弱！"

李景乾眉心一热，倏地笑开。

他站直身子大步跟上她，厚重滴血的铠甲发出咔嗒咔嗒的响声，而前头，飘逸的文臣朝服轻轻扬起，柔软又丝滑。

黄昏时分，圣驾到了公主府。

圣人登基至今从未有过这么狼狈的时候，仪驾零落，身边的太监也慌慌张张，自己进门的时候，还被门槛给绊了一下。他脸色沉得难看，正待发怒，却见淮乐款步上前，径直就朝他跪拜在地。

下午，上京下起了雪，此时地上还有些泥泞，淮乐一身绣金长裙，就这么蹚进了泥水里，再抬头时，额上沾了污垢，裙子也已经脏乱不堪。

她满眼含泪地喊："父皇——"

圣人一顿，神色跟着缓和下来，上前两步将她扶起，责声道："地上这么脏，你何必行此大礼？"

"儿臣无能，没有亲自进宫救驾，儿臣有罪！"

她虽没有进宫，却将里外都安排得很好，这才让自己顺利离开了宫城。

圣人感叹道："同为孤的血肉，有人有功却还在请罪，有人有罪却还装作无辜。"

淮乐垂眼，没有顺着圣人的话往荣王和中宫的方向看，而是连忙扶起自己父皇的手臂，往正院里迎。

宫里的叛乱慢慢被镇压下去，四下安全之后，地上躺着的文武百官们就爬了起来，互相揶揄。

"叶大人演得好啊，那血溅出来的角度跟真中剑了似的，就是不知为何非要倒在程大人身边啊？"

"方大人聪慧，都中剑了倒下去的时候还扶了一下地，生怕摔疼自个儿。"

"哪有雷大人厉害，还扯我袍子垫在脑袋下面。"

将手里的猪血囊甩开，叶渐青几步跟上程又雪，扫了一眼她脸上磕碰出来的小伤，微微抿唇："下回别那么实诚。"

旁人都知道假摔，就她当真砰地倒下去，吓他一跳。

程又雪一脸严肃："我是头一个人，大人说了里头到时候肯定会有人要往外看，让我好好演，不能演砸。"

说着，她又摸了摸自己身上的猪血，认真问他："没演砸吧？"

叶渐青竖起了大拇指："不但没有，反而好极了。"

程又雪这才松了口气。

两人并排走在群臣的最前头，背后隐隐响起了方叔康那几个损友的起哄声。叶渐青耳根有点红，清了清嗓子与她道："今日你我也算同生共死过了，那……"

话还没说完，程又雪就高兴地喊了一声："大人！"

宁朝阳已经在门口等他们了，见又雪无恙，她颔首："我们得快些去公主府。"

看她这紧张的模样，方叔康不由得跟上来问："公主府里还有危险？"

"不是，"宁朝阳拉起程又雪就走，"去得早显得心更诚，心更诚的话，得的赏赐就更多。"

方叔康沉默了。

他们是清流，清流怎么能上赶着去要赏赐呢！

但，来都来了。

今日这般凶险的场面，很多官员在朝几十年都没有遇见过，如今，他们也算见过大风大浪了。陛下劫后余生，赏赐一定少不了。

不过，在领赏之前，他们还得去参奏荣王。荣王虽没有伤害龙体，但谋逆之举已是板上钉钉，陛下就算再偏爱他，也一定会依律重罚。

没有人打算去求情，在这个节骨眼儿上，谁去求情谁就是真傻。

众人跨进公主府的大门，跪地行礼，然后就听得淮乐公主正在向陛下求情："三皇弟虽罪无可恕，但到底是您的亲生骨肉，请父皇开恩，饶他一条性命！"

众臣面面相觑：还真有这样的傻子？

主位上的帝王有些愠怒，却忍着气好声与她道："今日若不是宁爱卿赶到，孤就死在他手里了。孤念他是骨肉，他可念孤是父长？"

沈浮玉跟着公主跪在下头，很想拦一拦这位殿下，这大好的场面，做什么要求情惹陛下不快？

但她刚想去扯殿下的衣袖，后头就有人踩了她一脚。

谁啊！这么胆大包天！沈浮玉气愤地回眸，见是宁朝阳站在她身侧，朝她轻轻摇头。

接着，她也跟殿下一起跪下来，诚恳地朝帝王拱手："荣王殿下也是受人欺骗才会误入歧途，其心虽可诛，但最后护着圣人逃离大殿，他也有些许功劳，臣请陛下从轻发落。"

圣人气笑了，指着她和淮乐道："你！你们！你们都不为孤着想！"

就是着想了，才会这么求。宁朝阳与淮乐殿下对视一眼，心里想法都差不多。

出此大事，陛下自然是怒气冲顶，处死荣王也就是一道旨意的事。但荣王毕竟是他宠了那么久的亲骨肉，一朝忘记这怒气，回过神来心疼怀念，那岂不要怪淮乐见死不救、手足相残了？圣人再往深点想，还可能会觉得这场叛乱都出自淮乐之手，是她想借机除掉对自己东宫之位威胁最大的人。

与其那样，还不如现在就劝陛下只将荣王终身软禁。

座上的圣人犹自生着气，却见后头又有人进来跪下了。

他一怔："景乾？"

李景乾仍旧穿着那一身盔甲，进门就行礼："臣也请求陛下饶荣王一命。"

他是荣王的亲舅舅，求情也合情合理。

圣人深吸一口气，终于道："此事明日再议。今日孤的性命得以保全，都是各位爱卿的功劳。"

众臣齐道："陛下真龙在世，自有上天护佑，臣等不敢居功。"

圣人摆摆手，咳嗽两声，当即封赏起来："宁爱卿今日居头功，着官升二级，入尚书省掌事。"

此话一出，满堂哗然。

程又雪兴奋得差点儿跳起来，淮乐殿下也笑了笑，宁朝阳倒还绷得住，上前恭恭敬敬地行礼谢恩。

"景乾功劳也不小，但你已是一品军侯，"圣人问，"你可有什么心愿？"

李景乾拱手垂眼："臣别无所愿，只愿天下安定，边关无战事。"

圣人垂眼。

大盛的边关从来战火未停，尤其是东边，上个月刚送来了战报。他知道李景乾想东征，但以大盛眼下的形势来看，尚不可行。

圣人正有些为难，下头的台谏官突然就道："臣有本奏。"

"讲。"

"定北侯爷今日虽然救驾有功，但依旧是擅自调了兵。"那台谏官皱眉道，"武将擅自调兵，还直闯宫闱，此等罪过，恐怕救驾之功都不能与之相抵。"

李景乾看了那人一眼。

台谏官是朝廷里最得罪人的官职，为官者也不太与旁人打交道，看起来应该不是针对他，只是说出了事实。

但他这话落地，圣人竟没有反驳。

后头站着的胡山和云晋远等人有些气愤了："我们将军调兵就是为救驾，怎么成大罪过了？"

方叔康也皱眉道:"若没有镇远军增援,今日我等都得死在那儿。"

台谏官冷声道:"无旨擅自调兵原就是死罪。前有萧将军,后有唐首辅,无一人能幸免于此罪过,怎么定北侯爷就偏要特殊些?"

正争执不下,前头的宁大人突然道:"谁说侯爷是擅自调兵?"

众人一愣,抬头朝她看去,就见宁朝阳从袖袋里拿出了一封手谕:"侯爷是得了圣命才调动的镇远军护驾,于情于理,都没有半点罪过。"

圣人看着那份手谕展开,突然明白了过来。

原来她是想护住定北侯,这才急忙一到地方就让自己写手谕。圣人微微眯眼,心想,这两人不是一贯不和吗?那么紧张的时刻,宁朝阳的第一反应怎么是给景乾留后路?

台谏官将手谕接过去看了,拱手朝李景乾行了一礼,没有再吭声。后头的胡山等人都一脸莫名,但看这事好像是摆平了,便也不再争辩。

大堂里安静下来,圣人却没有再继续问定北侯,而是跳过他,接着往下封赏了淮乐和一众救驾的文官。

赏完众人之后,圣人突然道:"孤有些乏了,各位爱卿都且先回去吧。"

顿了顿,他又道:"宁爱卿留下。"

宁朝阳拱手应是,淮乐殿下有些不放心,便也顶着圣人的目光跟着留了下来。

大堂门关上,圣人瞥一眼淮乐,然后将目光落在了宁朝阳身上:"宁爱卿先前那立死人为正头夫婿的举动,未免有些胡闹了。"

没想到圣人会提这事,宁朝阳只能拱手听着。

他接着就道:"叶爱卿公务繁忙,一人代两职未免力不从心,孤的本意是想让爱卿你坐那首辅之位,替孤排忧解难。"

宁朝阳胸口跳了一下,屏气凝神,等着圣人的下文。

"但是,"圣人道,"你年纪太轻,又尚未正式成家,恐怕不足以服众。"

宁朝阳怔了怔,淮乐殿下也怔了怔。

服众是靠本事,不是靠成没成家。陛下这么说,那只能是他自己想给宁朝阳赐一桩婚事。先前他就为李景乾打探过宁朝阳的情况,眼下劫后余生,淮乐觉得自家父皇可能又起了牵红线的心思。

于是她道:"按照大盛律例,父皇可以先降恩旨赦了宁大人的守丧期,待有合适的人选,便可另行赐婚。"

宁朝阳皱眉:"这,恐怕不妥。"

"不妥吗？"圣人和蔼地问。

兜头一股威慑之力压下来，宁朝阳话都噎在了嗓子里。她不明白圣人为何突然想给自己赐婚，但直觉告诉她，圣人一定不是想成全她和李景乾。

"臣对那逝去的正室实在是一往情深，不可自拔，"她倏地就跪了下来，从嗓子里挤出来一股子沙哑，"臣想为他守满丧期。"

圣人不悦地看着她："他才跟你多久，值得你如此？"

宁朝阳苦笑道："世人都道那人与臣是萍水相逢，只有臣知道，他与臣相守已有……十年了。"

淮乐被这突如其来的"十年"吓得呛咳了一声。

圣人也皱眉："这从何说起？"

宁朝阳抬袖擦了擦眼角，叹气道："十年前臣上山拜佛，路遇大雨泥流，就是被那江氏所救，他与臣一见倾心，就此相守。"

算了算她当时的岁数，淮乐沉默。

宁朝阳继续道："这十年来，他一直默默守在臣身边，陪臣一起挨饿受冻，也看臣渐渐得圣人和公主赏识，日子开始好过起来，臣也终于得陛下赐府，可以与他成婚。谁料花好月圆之时，他却突然染疾去世。"宁朝阳挤出一滴晶莹的泪水，哽咽道，"试问陛下，此种境况，臣如何能狠心舍下他，连丧期都不满，就另与他人结发？"

她虽名声不太好，却是个有情有义的人啊！她痛苦，她挣扎，她孤寂，却还是忘不了自己的亡夫，在日日夜夜的悲苦之下，她实在无心攀附别的姻缘，只愿能守着月光入眠……望相关领导尊重并成全。

圣人撑着自己的眉骨沉默了。

淮乐明白了宁朝阳的意思，也跟着道："都这样了，那不如让她把丧期守完？反正也就半年的光景。"

"孤是等得了。"圣人淡淡地道，"但首辅这位置至关重要，恐怕无法让叶渐青暂代太久。"

这意思就是她若不接受赐婚，这首辅的位置也就别想了。同样是尚书省的一品大员，首辅是一人之下，万人之上，但别的闲散文官却是连她现在的权势都不如的。

宁朝阳心里一沉。

"爱卿可以回去想几日，"圣人道，"等想清楚了，再来回孤的话。"

"是。"她拱手行礼。

明明是炙手可热的首辅之位，需要付出的代价仅仅是她要与人联姻。这放在以前，宁朝阳是不会犹豫的。但方才也不知怎么了，她眼前突然浮现出了李景乾的脸。他委屈地看着她，哑着嗓子与她道："别这么对我。"

想到这里，她的心尖突然有点发疼。

宁朝阳沉着脸出门，布置好公主府附近的城防巡逻，又与胡山等人交接了些杂事。

许是因着她拿出了那封手谕，胡山对她的态度前所未有地温和起来："我会全部交给程大人，大人放心。"

宁朝阳颔首，左右看了看，低声问："你家侯爷呢？"

胡山挠头道："方才还在这里的，但有个公公出来不知道与他说了什么，他脸色一变，就走了。"

公公？她有些诧异。

眼下圣人身边最得力的就是刘公公了，淮乐殿下几次给他好处，也只能探听得些无关紧要的消息。那老奸巨猾的人，居然肯主动送消息给李景乾？

想起方才陛下在里头说的话，她暗道一声不妙，连忙出门上马。

回到宁府的时候，月亮已经高悬，整个府邸灯火通明。宁朝阳跨进东院，就见那人已经换回白衣倚在软榻上，一张脸清清冷冷，姿态也有些拒人。

她好笑地走过去，坐在他身边问："累了？"

"怎么会累呢？"李景乾微微颔首，"不过是刀豁了口，手臂有扭伤，再加背上被盔甲压出两道血印来罢了。"

宁朝阳抹了把脸，试图跟他讲道理："你我皆是为人臣子的，理应知道圣命不可违。"

"是的呢。"他半合眼睨她，"所以我得恭喜大人即将攀附皇家，高枕无忧了？"

"你不也是皇家？"

"荣王被废是肯定的，中宫也会被牵连，我还算哪门子的皇家，普通朝臣罢了。"他冷哼，"陛下对我起了戒心，故而想提拔你，便要先确保你与我没有什么私情。他给你选的，一定是位皇子。"

瞧见她那若有所思的表情，李景乾眼神更冷："也不用太乐观，那皇子必定没什么权势。"

宁朝阳正在想有没有别的办法能证明二人没有私情，就被他这酸不溜丢又阴阳怪气的语气给膈应到了。

她站起身,想去旁边倒杯茶,李景乾以为她生气了要走,旋即从榻上跃起将她抱住,嘴唇抿得死紧:"抱歉。"

宁朝阳不由得侧头。

这人的气性是真的大,道歉倒也是真快。方才还说手臂扭伤呢,眼下却又将她抱了个死紧。

原本宁朝阳想说自己只是去倒茶,但看他眼里涌上慌乱,那水雾细蒙琉璃欲碎的模样真真勾人魂魄。

她当即就改了口,佯怒道:"抱歉就没事了?"

"我……"他眼睫直抖,"我也不知道该怎么办。"

圣人赐婚,以她那趋利避害的性子,就算一时犹豫,后面也一定会答应下来。她没有理由不答应,他也没有理由去阻拦。

一想到这人会穿上喜服与人拜堂成亲,他就觉得浑身上下到处都疼,哪儿哪儿都不舒服。

宁朝阳被勒得呛咳了一声,李景乾慌忙松开她,高大的身子站在她面前,略微有些无措。

她好笑又无奈:"圣人对你有了防备,你不担心你自己,却想这些有的没的?"

中宫一倒,他的庇佑就失了一半。圣心难测,谁知他接下来会面对什么?

提起这个,李景乾的神色倒是比知道圣人想给她赐婚来得轻松。

"我自己没什么需要担心的。"

这还不需要担心?宁朝阳直摇头:"也不知道圣人会不会心软,留下皇后娘娘?"

"不会。"李景乾想也不想就答。

宁朝阳不解地看了他一眼。皇后怎么说也是他亲姐姐,这时候他不应该希望她能保下命来吗?

眼前这人目光幽深,不但不为中宫觉得可惜,反而有种挣脱锁链的痛快之感。

为什么?

此时,在公主府最大的院子里,圣人坐在屋檐下,中宫娘娘被五花大绑,按跪在他手边。

他抬眼看着天上的月亮,略微唏嘘:"没想到宁爱卿竟然会对自己的亡夫情深至此。"

旁边的中宫呜呜叫着，眼泪直流。

"倒是忘了，你嘴还被堵着了。"圣人咳嗽两声，一摆手，刘公公就将中宫嘴里的布团给扯了出来。

"陛下——"

"嘘，不要求情，"圣人对她摇头，目光温柔，"你知道孤一向最讨厌听人求情。"

中宫泪落如雨，浑身发抖。

"今日他们要保荣王，孤想了想，可以不杀他，只将他终身幽闭于荣王府。"他转眼道，"但是皇后你，真真是伤透了孤的心。"

"臣妾也是被骗的，臣妾以为……"

"好了，"圣人摆手，"中宫有中宫的体面，这儿有三种毒酒，你自己选一种吧。"

"陛下……"

"现在死，你还是大盛的皇后，"圣人不耐烦了，"别逼孤扔你去乱葬岗。"

中宫吓得一噎，不敢再说，慌忙示意刘公公将中间那杯酒给她。

但临着要喝的时候，她还是忍不住呜咽道："臣妾与陛下年少夫妻，如今已经相伴数十载了。"

她也可以不死的，也可以被囚于冷宫。

但圣人只笑道："是啊，感念你多年相伴，又有定北侯那样出息的弟弟，所以孤才留你的全尸。"

中宫一愣。陛下此时提起定北侯，不再像先前那般信任偏宠，语气甚至有一丝凉意。

她想起今日李景乾闯宫救驾，区区几千镇远军就将宫闱打了个对穿，如此恐怖的力量，的确会让陛下忌惮。

她死，不仅是为赎罪，更为压一压定北侯的气焰。

或者说，后者比前者更让她该死。

中宫惊惶地看着杯沿靠近，不由得心生怨怼，想着自己就算是做鬼，也不能放过李景乾这个吃里扒外、忘恩负义的东西！

她不能活，他也不会有善终！

宫闱里鲜血遍地，宫人们整整清扫了五日，地砖缝里还有红褐色的残留。

上京里的百姓们什么都不知道，依旧赶集吃喝、来来往往。众人听闻中宫皇后薨逝、花贵妃代理六宫，也不过感叹一声红颜薄命。

淮乐殿下入主东宫，正式开始辅政。

一人得道，鸡犬升天。凤翎阁所有人都迎来了好日子，连程又雪都富裕得大方地跟面摊老板喊："加一份肉臊！"

"好嘞！"

叶渐青跟着她坐下，好笑地道："你就拿这个当庆贺？"

程又雪瞪眼："加肉的面呢，可贵了！大人还要怎么样？"

叶渐青哭笑不得地摇头，等面上来了，便将自己碗里多的肉都给她了。

"大人不吃这个？"她很意外。

"今日有些闷油，"他一边夹，一边道，"你吃。"

程又雪不由得唏嘘道："幸好荣王妃教会了我仰仗男人不会有好下场，不然就大人这般温柔体贴，我一定会动了歹心的。"

叶渐青手上动作一顿，抿唇："你可以动一下。"

"不了，不了。"她夹着肉道，"我可不想像郑袭月那样被牵连幽闭一辈子。"

话刚说完，叶渐青准备放她碗里的肉就夹了回去。

"大人？"她纳闷儿，"不是给我的吗？"

面前这人冷着脸道："突然不闷油了，我自己吃。"

第三十章

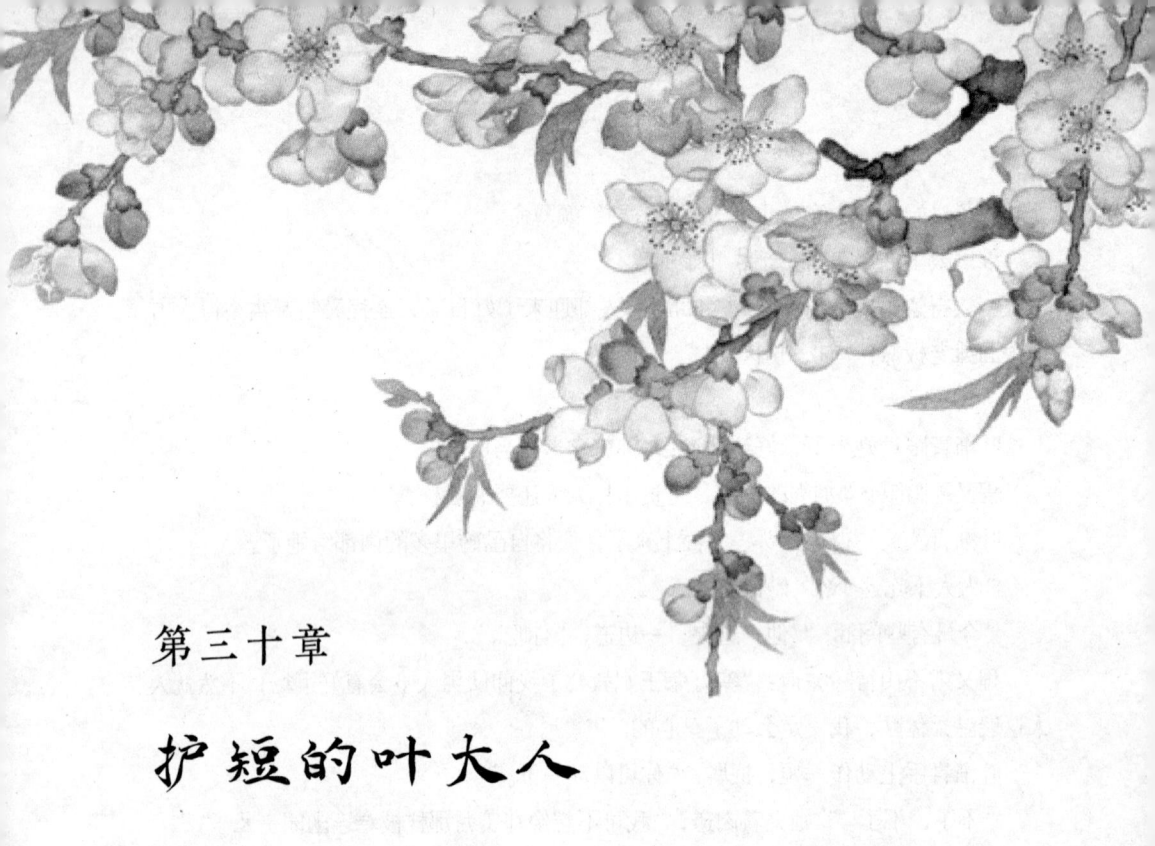

护短的叶大人

叶渐青要被气死了。

两人一起搭饭这么久了，就算没有感情，也该有些同僚情义吧？他都生气得这么明显了，她居然一点反应都没有？哪怕劝他一下气大伤身也可以。

没有，面前这位程大人甚至津津有味地吃起了面里的肉臊。

就这种外头的下等碎肉，叶渐青是绝不愿意入口的，但她吃得也太满足了，好像这点零星的碎肉是什么绝顶的美味，所以他不由得跟着尝了两口，接着火气就更大了。

这么低劣的肉她都会满足，他这么高尚的人，她为什么就瞧不上？

程又雪开心地吃完一整碗肉臊面，转头就见叶渐青已经在远处的马车上等她了。

腿长的人走得就是要快些的哦？

程又雪完全没注意叶渐青的脸色，坐上车辕就开始哼曲儿，不一会儿到了凤翎阁，她笑着下去冲他摆手："今日事少，我会早些出来等大人的。"

叶渐青寒声道:"我会忙得晚些。"

这样啊?程又雪当即点头道:"那我自己先回去。"

叶渐青放下车帘,一路冷着脸去了尚书省。

宁朝阳升任尚书省的一品文散,官职是高了,但权势小了,她什么也不用做,就在一方华贵的长案之后喝茶即可。遇此境况,她也不着急,端着茶自顾自地喝着,顺带打量这文院各处。

尚书省的官员比凤翎阁和青云台的都要高上一头,是以清高孤傲者也甚多,除了先前熟悉的方叔康,其余人不太爱与她打交道。

宁朝阳正想感慨此间有正道,结果就见周围的人突然躁动起来。她纳闷儿抬眼,正好看见门口进来的叶渐青。

探子灰雁曾说过,叶渐青此人城府极深,喜怒皆不形于色。若非程大人另辟蹊径,她们得花上极多的精力去应对。

可现在……

叶渐青满眼的杀气,就差把"不高兴"三个字刻成匾,挂在脸上了。

文院里所有的官员登时紧张起来,生怕哪里做错惹了这位大人发落。方才还清高孤傲的一群人,眼下却凑在一起说小话。

"谁知道原因啊?"

"不知道啊,方大人你说呢?"

方叔康也百思不得其解,昨儿还好端端的,今日怎么就跟家宅被火烧了似的?叶渐青公私分明,就算自己有情绪,也不会在公事上偏颇。但是他现在代掌首辅事,他不高兴,文院里其他大人就像头顶着雷一般,实在难熬。

方叔康试着给叶渐青沏了一杯好茶,后者看也没看一眼。

他又试着拿来一碟上好的点心,叶渐青还是头也没抬。

方叔康恍然点头,将昨儿众人修完的典籍捧来给他:"这可是传世的宝贝,在你任上修成,你也有功。"

叶渐青瞥了一眼,给众人封了几个红封发下去,自己还是闷坐不吭声。

宁朝阳端着茶盏抿着,伸手拉住了还要去想别的法子的方叔康。

"方大人不妨让凤翎阁的人来述职,"她道,"凤翎阁最近督办的冬日回廊一事也不知进展如何了。"

冬日回廊是大盛给穷苦百姓的恩泽,凡无房流浪者,皆可在官府修筑的草屋里过冬,有厚棉被两床,每日热粥两碗。此事往年都是青云台督办的,今年头一回落在凤翎阁的手里。

方叔康有些迟疑："她们若来述职，是会催款的吧？户部那边拨款本就慢，少不得争执起来，到时候更惹大人不悦。"

宁朝阳不以为然道："大人不妨试试。"

眼看着文院头顶的阴云越来越大，方叔康也没别的办法，干脆让人去传令。

宁朝阳一升迁，凤翎阁的主位就落在了秦长舒头上，她忙得焦头烂额，随手把文卷往程又雪怀里一塞，道："尚书省那些人不好对付，你不必去催款，也不必非要拿什么回来，自己保重就成。"

程又雪咽了口唾沫应下，胆战心惊地去尚书省的文院外等着。

于是，方才还一脸怒气的叶大人，突然就收敛神情，站了起来。他理了理自己的冠带，云淡风轻地道："坐久了腰背难免受损，各位大人也该起来走动走动才是。"

众人纷纷应和，但刚起身，就见叶大人的衣角已经飞出了大门外。

"这、这是个什么说法呀？"方叔康好笑又纳闷儿地看向宁朝阳。

宁朝阳淡然道："大人还是先去催一催户部吧，提前准备好款项，免得待会儿着急。"

这么有信心？方叔康有些不信，尚书省下催款令很麻烦的，等闲情况叶渐青绝不可能主动给自己找事，除非凤翎阁派来个比宁朝阳还厉害的大人。

比宁朝阳还厉害的大人是不可能有的，凤翎阁的小女官年岁尚轻，一身雪白的斗篷几乎要跟四周飘飞的大雪融成一片。

她朝手心哈着气，怯怯地往四周打量。叶渐青佯装没看见她，若无其事地从她身前走过。

程又雪眨了眨眼，没有出声。

于是叶渐青绕了一圈，又从她面前走了一次。

"大人。"她这回终于开口了。

叶渐青脚步一顿，抿唇，抬起下巴看向远处："程大人有何指教？"

"指教不敢当，"程又雪道，"我就是想问问，你是不是迷路了，出不去了？门在那边。"

叶渐青恶狠狠地转头瞪她："尚书省文院的门在哪边我用得着你说？"

她脖子缩了缩，后退两步，绣鞋哗地就踩到了化成水的雪坑里。

叶渐青飞快上前将她拉出来，恼怒道："这么冷的天……你碰瓷是不是？"

"没有哇!"程又雪干笑,"我是来述职的,述完就回去了。"

深吸一口气,他拽着人大步往里走,寻了间暖阁将她让进去,又将一双全新的厚云靴放在她跟前:"换了。"

程又雪浑身紧张起来,左右看了看,压低嗓子道:"大人,这不好吧,这可是尚书省,哪能偷别人的鞋?"

叶渐青气笑了,蹲在她跟前,抬眼问:"我是什么官?"

程又雪老实答:"尚书右丞监代首辅。"

"这样的官职,用偷别人的鞋吗?"他咬牙,"这是我自己备在这里的,就是防着冬日不小心浸湿受寒。"

程又雪不由得"哇"了一声:"大人在尚书省竟然有属于自己的暖阁?"

瞧瞧这没见过世面的样子!

叶渐青哼了一声,脸色倒是好看了些:"你先换上,我去把印鉴和文书拿过来。"

程又雪不解:"拿过来干什么?"

"听你述职。"他眯眼,"不然你想穿过这三个院子的雪坑,去最里头的暖阁里当着二十多位大人的面说?"

程又雪低头想了想,道:"本该如此。"

叶渐青白她一眼:"你别想说服我提前给凤翎阁拨款,户部那边流程多且繁杂,不是我一人说了算的。"

程又雪点头:"我知道呀。"

对上她那澄净又漂亮的眼眸,叶渐青噎了一瞬,而后就黑着脸道:"知道你还来?"

"这是我第一回来尚书省办事呢。"程又雪眼眸晶亮,"往常这活都是华年大人来的,今年华大人忙,才终于轮到了我。"

来都来了,怎么也要四处见识见识。

叶渐青不解:"你在凤翎阁也一年多了,连述职都不做?"

"是啊。"她换好那略大的云靴,笑道,"我胆子太小了嘛,她们说来尚书省都是要与人吵架的,我不会吵架。"

她站起来跳了跳,发现这靴子实在太大,便又往里塞了点碎布条,而后将朝服放下来盖住,亦步亦趋地跟上他:"走吧,大人。"

叶渐青拉开门弦,冷声道:"别怪我没提醒你,尚书省没一个好相与的,就算你的宁大人在，也未必能帮上你什么。"

"嗯嗯。"她欢快地点头，满脸好奇和无畏。

叶渐青收回目光，冷着脸想，自己可是还在生气的人，绝不会帮她什么。这么单纯无知的小女官，就该受一受官场的毒打。

然而，述职一开始，雷开籍就站起来怒斥了一声："你这女官懂不懂规程？草屋修葺之事都是由下头垫付，待户部拨款再行填补，这才什么时候，你提什么经费不足？"

他人高马大，嗓门儿也震天响，程又雪被吓得一抖，差点儿没站稳。

叶渐青的脸色当即就沉了："雷大人！"

雷开籍一愣，莫名地转头："大人？"

"外头的雪实在太厚，方才走过来看见同僚们摔了一路，"他抿唇，"你先带人去铲一铲。"

雷开籍看了一眼外头的大雪："这雪都没停，怎么铲？"

方叔康一把将他拉起来往外推："大人让铲就去铲，走走走，我陪你一起去。"

雷开籍连疑问都没来得及发，就被推出了大门。

程又雪咽了口唾沫，好半晌才回过神来，认真反驳道："因着先前运河和中宫扩修之事，上京的建材价格涨了一些，凤翎阁的钱已然不够，还要用来安置贫民、采买粥饭。规程都是人定的，各位大人也都是救世之臣，想必是不忍心看着百姓挨饿受冻，还请大人体恤，帮忙催一催户部的款项。"

她双手合十，十分诚恳地朝叶渐青拜了拜。

就这么温声细语的，谁能允她啊？其余各位大人都暗暗摇头。

然后他们就听得主位上的叶大人严厉地开口："好。"

众人惊呆了。

程又雪也没想到这人会答应得这么快，她愣怔地看着他，而后就忍不住"哇"了一声。

原本没抱希望的，他竟然就这么同意了？

叶渐青被她哇得差点儿破功，他轻咳一声，绷起脸道："今年风不调、雨不顺，为官者应哀民生之多艰，能帮则帮。"

"多谢大人！"她开心地笑了起来，碍着礼仪，她没有乱跳，但眼角眉梢的喜悦盖也盖不住。

宁朝阳在门外等她，见她出来了，便带她去旁边说话。

事情会这么顺利地完成不是她谈判技巧娴熟的缘故，宁朝阳是打算说些重话让她清醒些，好好练习话术，不能抱有侥幸的。但看程又雪笑得那么开心，她突然想起李景乾说的话。他说宁肃远的教子之道有问题，责备并不能让孩子保持进取，反而会让孩子觉得自己不配，不配被夸奖，不配被赞赏，进而会让孩子变得怯懦而畏缩。

他就常常夸奖她，哪怕只是一些小事，他都会认真地说她哪里做得好，再将她抱起来转一个圈。

"大人？"程又雪好奇地歪着脑袋看她。

宁朝阳神色柔缓下来，拍了拍她的肩："做得很好。"

程又雪开心地笑起来，但笑了一会儿之后，她垂眼道："是我运气好，遇见了叶大人，若不是他在上头，今日这事是不能成的。大人手里若有什么教人话术的好书，不妨借我一观？"

宁朝阳心里微微一暖，点点头，将自己闲来无事写的几本话术杂册都塞给了她。

程又雪高高兴兴地走了，临走时，还回头对她道："大人好像变了一些。"

以前的宁大人是很让人恐惧的，光是跟她说话，程又雪回去都要做噩梦。但不知从什么时候起，宁大人身上的戾气和棱角好像慢慢消磨了些，眼下竟会夸奖人了。

宁朝阳愣怔地站在原地，看她跑远了，才小声嘟囔："我没有变。"

还是那么渴望权势，还是那么为了一心往上爬而不择手段，她哪有什么变化？

"宁大人，给。"方叔康进门的时候，顺手塞了一个烤红薯给她。

宁朝阳不解："做什么？"

"外头街上在卖。"方叔康道，"今日你也算帮了我的忙，这是谢礼。"

笑话！她的门槛一向很高，少于五十两黄金的谢礼连宁府门房那关都过不了，会稀罕这个烤红薯？而且，凤翎阁的人都是跟她相处了很久之后才对她亲近些，这人怎么这么自来熟，不怕她的吗？

瞪眼看着方叔康的背影，宁朝阳捏着那发烫的红薯，半晌没挪步。

上京的雪越下越大，程又雪走到半路就看见叶大人的马车追了上来，她咦了一声道："大人不是说今日会忙到很晚？"

"突然就不忙了。"叶渐青面无表情地伸手，将她拉进了车厢。

程又雪不由得唏嘘道："大人脸色变得快就算了，情况也变得快。"

叶渐青眯起眼，这才想起自己还有气没生完，当即就想冷脸。结果不等他摆出架势，这人就塞了一个烤红薯过来。

"街上有人在卖这个，"她道，"看见它就想起大人你。"

"想起我？"他想严肃地问，但嘴角还是忍不住勾了勾，"想起我什么？"

"想起你的脸那么冷，肯定是被冻的，得吃点暖和的。"

他沉默地开始剥皮。

对面的程又雪刚撕开两条红薯皮，烫得龇牙咧嘴的，正想给自己吹吹，手里的红薯就被拿走了。

下一瞬，那歪七扭八的烫手红薯就变成了一个剥得完完整整躺在油纸包里的红薯。

她愕然抬头，就见叶渐青拿过她的红薯接着剥，修长的手指捏着红薯皮往下撕，冷漠的脸蛋并没有因为这暖和的东西而缓和。

"看什么？"他问。

程又雪道："下回请大人吃庆贺的饭，我一定去正经酒楼上。"

"你也承认今早是在敷衍我了？"

"不是敷衍，我是没钱。"程又雪老实地道，"像我这种出身不好又没有倚仗的人，得攒很多很多的钱才能安心。"

"我有很多很多钱。"叶渐青道。

"那是你的呀，与我没有干系。"程又雪弯起眉梢，"不过无妨，我早晚会攒到那么多钱的。"

像是希冀的光就在前方，程又雪憧憬地握了握拳。

叶渐青突然觉得不生气了。

她不是不喜欢叶渐青，她只是还没到想喜欢一个人的时候。等到那个时候了，他一定会是她的第一人选。

叶渐青神色缓和，看了车外一眼，突然道："停车。"

车夫勒住马，程又雪好奇地将脑袋伸出窗外："怎么了？"

叶渐青没有答，下车走到旁边的肉摊，掏出一锭银子，买了一块大的上等的好肉。

"天气太冷了，"他道，"回院子去烤肉吃。"

程又雪兴奋地在车上跳了一跳。

马车停了一会儿，就继续往前走，车身与一匹马交错而过，马背上的人听着里头的欢笑声，不由得抿了抿唇。

"宁大人已经回府了，"陆安在后头道，"侯爷也回去吗？"

李景乾回神，轻轻捏了捏自己的眉心。

回去是要回去的，但还能在那里住多久呢？圣人用首辅之位向宁朝阳施压，她犹豫了两日有余了，估摸着明日就该去答应下来，而后正式坐上首辅的位置。

他不高兴，很不高兴，但又毫无办法。

还是叶渐青好啊，喜欢的人能变着法子留在自己院子里，不像他。

李景乾抿唇回眸，沉默地策马继续往暗桩的方向走。

铠甲进店铺，雪衣入宁府。

李景乾发现今日的宁朝阳有些暴躁，虽然外表看起来很平静，但她在来回踩着东院庭院里地上的积雪。松软的雪被她踩出一串又一串的脚印，她兀自来回晃悠着，眼里没什么焦距。

他轻轻摇头，上前去将人抱起来，进屋褪掉她已经濡湿的雪袜，伸手一握，果然已经冰凉。

宁朝阳倒也不客气，双脚一伸就蹭进他怀里取暖。他将衣袍掀开些与她裹住，轻声问："在愁什么？"

"没什么，"宁朝阳移开视线，"就是试试用脚印能不能在雪地里画出花来。"

李景乾像是被说服了，没有追问，但他抱着她，身上的气息也有些焦躁。

宁朝阳抬眼："他们说你今日在校场上杀了人？"

他抿唇："军中比拼，有生死状在前，不是我杀人，是他技不如人，还咄咄逼人。"

说着，又将手背上的伤口给她看，委屈地道："很痛。"

宁朝阳接过他的手看了看，伤处只是红肿，没有破皮。她轻轻吹了吹气。

李景乾看着她颤动的睫毛，突然问："你愿不愿意弃文从武？"

放弃现有的官职，去沙场上再拼出一番天地，这样她就不用非得通过赐婚才能握住权柄。

宁朝阳轻笑："十年前我若能选从武，自然是会选的。但现在再来说这话，却是晚了。"

能有现在的局面不容易，她为何要说放弃就放弃？

虽是预料之中的回答，但李景乾还是有些沮丧。他闷闷地把玩着她的发梢，思索着别的法子。

"大人，陆副将突然造访。"

宁朝阳点头，拢好衣裳起身避去一侧。

李景乾起身走到门边，垂眼问："怎么了？"

陆安急道："冬日回廊那边出了岔子，城防现在分身乏术调不过去人，淮乐殿下的意思是让咱们带人过去看看。"

他不解："出什么岔子了？"

"东边战火已经持续了三个月，大批难民抵达了上京。冬日回廊那边的棉被和粥饭没有准备那么多，百姓之间便起了些争执。"

东边边境在打仗，李景乾是知道的，但他没想到会有这么多难民。这岂不是意味着东边的防线在节节败退？

难民有一大半是兵眷，李景乾没有耽误，当即就跟宁朝阳说了一声，然后出门。

宁朝阳很快也接到了宋蕊的传话，说凤翎阁那边有些支撑不住，恐怕要她过去帮帮忙。

宋蕊来传这话其实是没什么底气的，她知道宁大人向来趋利避害，眼下已经去了尚书省，凤翎阁的事就与她无关了。让她去帮忙，帮好了没有功，搞砸了反而有过，按照她的脾性，是不可能答应的。

但是没料到，她只是将情况一说，宁大人竟点了头："我过去看看。"

宋蕊很惊讶，慌忙跟在她身侧，一起往冬日回廊赶。

情况远比人汇报的三言两语要严重，因着争抢食物、棉被和药材，几百间草屋组成的回廊里已经打成了一片，老弱被推搡在地，妇人抱着孩童大声求救，力气大些的男人满脸是血，还在为自己的妻儿争夺半碗清粥。

镇远军到场，将扭打的人一一拉扯分开，李景乾命人登记好兵眷名册，自己掏腰包买了几千个馒头来先定一定人心。

"侯爷，这样不是办法。"陆安道，"一日馒头您买得，两日也买得，但一直买下去，上京首富都未必吃得消。"

"我知道。"他垂眼，"但我能做的只有这些。"

这若只是贫困的百姓也就罢了，偏偏是战火所殃的难民，其中还有不少的兵眷。

陆安知道自家侯爷少时被兵眷救过，对他们总是多几分亲近，只是看着面前那坍塌的草屋和满地的杂物，多少还是有些力不从心。

"宁大人。"远处有人喊了一声。

陆安眼眸一亮,连忙偷偷凑过去,打算让她来劝一劝自家侯爷。结果刚凑过去,陆安就听得宁朝阳对宋蕊道:"去我府上支银子来,先备上几日的清粥。"

陆安一转头,看见自己身边杵着个人。

宁朝阳纳闷儿道:"陆副将有事?"

"没……"陆安深吸一口气,抹了把脸,"大人真是良善。"

这个词倒是新鲜。

宁朝阳轻哂:"你以为我布粥是心疼这些人?"

陆安愣怔抬眼。

面前这位大人一如既往地冷漠,目光从这一片凄凉之上越过去,半丝波澜也不起。直到眼眸里映出远处定北侯的身影,她侧脸的轮廓才稍显柔和。

"行了,"她道,"我要进宫一趟,这里就交给你们了。"

一直自掏腰包不是办法,她得告知陛下,让户部多拨些银子下来才行。

陆安呆呆地看着她的背影,好半晌才回过神来。

先前自家侯爷宁愿没名没分也要去私会她,他心里其实觉得不值当,上京里的好姑娘多了去了,做什么非得跟这么个名声不好的女官在一起。

但在刚刚那一瞬间,他似乎明白了。旁人都寻求侯爷的庇护,有事都躲在他身后,只有宁朝阳会与他并肩站在一起,甚至会心疼他。

陆安再度回头,就瞧见远处那方才还神情凄楚不知所措的定北侯,一离开她的视线就恢复了常态,有条不紊地翻看着兵眷名册,又绘图定下了巡防的岗次班替。

好无耻!

走远了的宁朝阳半点不觉得李景乾无耻,她准备好相关的文卷,换好朝服就进了宫。

"宁大人,"刘公公笑着在御书房前拦下她,"圣人还在接见别的大人,您稍候。"

以往她来都是能直接进去的,今日倒是新鲜了。

宁朝阳轻声问:"是在见谁?"

刘公公笑眯眯地摇了摇头,不肯说。

宁朝阳心里略沉,垂了眼。

她迟迟没有答应陛下的赐婚之事,陛下对她有所冷落也是情理之中,但刘公公连这个问题都不肯答她,那陛下的态度就不只是冷落那么简单了。

一个时辰之后，宁朝阳觉得自己的腿都快冻僵了，里头才终于传来圣人疲惫的声音："传。"

她屏息凝神，抱着文卷入内，恭恭敬敬地行了大礼："臣叩见陛下。"

圣人应了一声，却没让她起来，只问："这么晚了，爱卿有何事要禀？"

宁朝阳将手里的文卷双手呈上，接着就说了城中难民之事，但刚说到"贫民争相竞食"，圣人就打断了她。

"这些事该凤翎阁的人来说。"他道，"爱卿是不是忘了自己已经是尚书省的一品文散了？"

宁朝阳一顿，很快反应过来："臣没忘，正是因为职责所在，臣才来说此事。"

圣人不悦地看着她说："文散的职责里有这一条？"

"文散之责是记天下之事，编纂成册，以供后人瞻仰。"宁朝阳拱手，"圣人宵衣旰食，日夜勤政，才换来了如今的大盛繁华。若因这一群难民就将上京的盛景撕开一条口子，岂非冤枉？"

"那你可以不记。"

宁朝阳闻言，终于抬眼："陛下可还记得《左传》里'崔杼弑其君'的故事？"

崔杼弑君，第一任史官照实记载"崔杼弑其君"，被他愤而杀害。

第二任、第三任史官上任，都认可"崔杼弑其君"，也都被崔杼杀害。

第四任史官上任的时候，崔杼威胁说希望他看看前三任史官的下场，好好记载。那史官应下，落笔还是写"崔杼弑其君"。

文臣笔下有气节，命可以折，记载却不能作伪。

圣人听懂了，阴着脸沉默。

宁朝阳朝他拱手："关于陛下先前说的赐婚之事，臣仔细想过了。"

"哦？"

"亡夫丧期还有几个月就满了，待到期之后，臣愿意接受陛下的赐婚。"她道，"不知陛下为臣看中的是哪家的郎君？"

一听这话，圣人的神色终于和缓。他撑着御案往前倾身，道："你是整个朝野里最懂孤心意的臣子，孤能害你不成？"

"陛下言重，"宁朝阳笑道，"臣先前迟疑，不过是念旧情罢了，没有别的顾虑。"

圣人深深地看她一眼，道："既然如此，那爱卿便先说说，这朝野之中的王公贵族，你可有看得上的？"

这语气有些古怪，听得宁朝阳眼皮一跳，立马答："没有，全凭陛下安排。"

"孤看景乾就是个好孩子。"他意味深长地端起茶盏。

宁朝阳神色严肃地又朝他磕了一个头："定北侯相貌堂堂又忠心耿耿，的确是朝廷的股肱之臣，但臣想请陛下三思。"

"嗯？"圣人挑眉，"我看爱卿你屡屡为他说话，行为上也多有袒护，难道不是属意于他？"

宁朝阳额头抵地，袖子里的手死死掐成一团："陛下这般说，便当臣是那后宅里的儿女情长之人了。先前宫中有难，定北侯是上京之中唯一能来救驾的人，臣若为他说话、袒护他，都只是为陛下着想而已。"

"为孤着想？"

"是，"她抬头再起，额上已然有了一个血印，目光也因这一丝血色而显得格外坚定，"当时侯爷之心若是有二，臣便会将那份手谕销毁，联合外头的城防士兵拼死反制于他，再治他的罪。但侯爷若是一心救主，那臣觉得，忠臣之心不能寒。"

妄自调兵是大罪名，陛下若是直接赦免，会被台鉴非议。但若治罪，不仅李景乾会寒心，满朝文武也都会寒心——那是个两难的局面。她求那一道手谕，的确是提前解了圣人的难题。

圣人安静地听着，脸色逐渐放晴。

他道："这么说来，你当真是没有心属之人了？"

"是。"宁朝阳磕头再拜，神色从容而镇定。

圣人终于摆了摆手，旁边的刘公公连忙去将她扶起来，又让小太监们搬来椅子给她坐。

"谢陛下。"

"是孤该谢你，"圣人笑道，"你年岁虽轻，想事情却是比孤还明白些。"

"臣惶恐……"

"好了好了，你我是君臣，也是挚友，不必再行这些虚礼了。"圣人道，"孤这是夸你，但也不算夸你，一个姑娘家想事情那么透彻，难免让夫家畏惧。"

说着，他轻轻拍了拍膝盖："你不喜欢景乾，那这朝中还有谁配得上爱卿你呢，孤的皇子里，你有没有看得上的？"

御书房金碧辉煌又死气沉沉，宁朝阳坐在昏暗的灯光里，不知为何，竟想起了李景乾的话。

他给你选的，一定是位皇子。

也不用太乐观，那皇子必定没什么权势。

当时屋子里没有镜子，不然宁朝阳一定会让他看看自己的脸有多扭曲，好端端的美人面，都快叫他拉成喇叭花了，语气也酸得可以拧出一瓶醋来。

但她当时看着，只觉得他有些可爱。自己做事一向只看利弊，但那一瞬她才知道，原来利弊之外还有感情。

圣人瞧她笑得温柔，怔了怔："怎么，是想到谁了？"

四周泛起的回忆涟漪瞬间消失，宁朝阳回神，顺着就答："倒是想起了一位。"

"谁？"

"五皇子殿下。"

圣人对这个答案很意外："孤以为你会更喜欢雍王。"

他的儿子很多，虽然除荣王之外都不太得宠，但比起连封号都没有的五皇子，雍王好歹有自己的府邸。

宁朝阳笑道："雍王殿下已有三妾，臣不敢高攀。"

一定要赐婚的话，五皇子是最好的人选。宁朝阳一直怀疑他有问题，但因为接触少，一直也没抓住他什么把柄。他若真有什么问题，那她就可以找到证据，一举将其掀翻。若没问题，那这人无权无势，也比雍王好对付得多。

圣人不过是想让她与皇室有些牵扯，才放心将首辅之位给她，这个牵扯是谁压根儿不重要。

果然，圣人想了一会儿就道："五皇子也的确到了适婚之龄，容孤好生想一想。"

宁朝阳拱手行礼："那难民之事？"

圣人看她一眼："你去叶渐青那儿拿代掌首辅的印鉴，自己办了就是。"

此话一出，旁边的刘公公当即亲自送她出去，一边走，一边笑道："恭喜大人，贺喜大人。"

一个时辰前还被冷落在外头，一个时辰之后竟拿到了代掌首辅的权力，真是切不可小看了这位大人。

"多谢公公，"宁朝阳出了御书房，就塞了一把金叶子给他，"公公与我也是多年的情谊了，这婚事可是我的终身大事，劳烦公公替我上上心。"

"大人客气，"刘公公将金叶子敛进袖袋，笑眯眯道，"奴才都晓得。"

宁朝阳满脸喜悦地出宫，甚至给路上遇见的宫人都发了赏钱。但一出宫门上了自己的马车，她整个人就沉郁了下来。

皇家婚事一向繁复，光订下婚约都需得几个月的光景，她还有机会。

只是，该怎么跟那个人解释呢？一想到他会跟自己吵闹，宁朝阳就一个头两个大。

马车回到府门外，她没马上下车，而是静静地坐在车厢里发呆。

黄昏时分，女人最需要的就是一个属于自己的车厢和一盏静气凝神的热茶。

她吹开茶面上的浮沫，惆怅地望着地上那未消散的雪，想着时光若是能停在这里就好了。

"大人，"许管家来敲了敲她的车厢，"侯……江小大夫已经回来了，他说在东院里等您。"

该来的总是要来的。

宁朝阳深吸一口气，掀帘下车，一路上都在打腹稿，真吵起来，她也不能落下风。

一推开房门，她先看见的竟是满屋的烛光。烛光之下，晚饭已经备好，旁边的湢室里也蒸腾着热气。

李景乾就站在她跟前不远的地方，低下头来，眼眸晶亮地望着她问："先进食，先沐浴，还是先亲我一下？"

堂堂定北侯，怎么搞这种把戏！

宁朝阳犹豫地亲了他一下。

这人笑开，拉着她就道："我命人烧热了石板放在了桌上，饭菜不会凉，大人先沐浴了再吃吧。"

宁朝阳戒备地看着他："你没有什么想跟我说的？"

"有，"他替她解开腰带，褪下官服官帽，"冬日回廊那边的事，谢谢大人。"

"还有呢？"

"还有？"他想了想，"大人辛苦了。"

就这？宁朝阳有些呆愣，还想再说，这人却已经将她抱起来放进了浴池里。

暖和的水带着花香没过锁骨，她舒坦地叹了口气，又小声嘟囔道："我这么长的头发，擦干都要一个时辰，今日就不洗了吧。"

李景乾将她紧束着的发髻打散，轻声道："我替你擦。"

宁朝阳眨了眨眼。

面前这人好得不太真实，她下意识地伸手想捏捏看他的脸是不是真的。

她犹豫了一下，问："你不知道我今日进了宫？"

"知道，"他垂眼，"我还知道你答应了陛下什么。"

宁朝阳闻言皱眉："你这人脉是不是忒厉害了些，我出宫才多久，那刘德胜莫不是给你飞鸽传书……"

"重要的是这个？"他抬眼看她。

心虚地将手缩回水里，她抿唇："不是。"

李景乾没说话，替她仔细清洗着长发，动作依旧温柔。

这样的气氛挺好的，就算只是表面的和谐，那至少也和谐嘛。但宁朝阳忍了许久，还是忍不住，好奇地问："你不生气吗？"

李景乾替她将头发捞出来的动作一顿，没好气道："若是陛下给我赐婚，我一口就答应了，你生不生气？"

唔……好像是会有点。

宁朝阳干笑了一声："那你怎么不跟我吵架？"

"不是你的过错，"他闷闷道，"你本来就身不由己，我再与你吵，那你晚上连觉都睡不好了。"

宁朝阳愣怔地看着他，感觉浴池里的水很热，热得她胸口发烫，脸也发烫。

第三十一章
小孩子才会争风吃醋

面前这人分明是生气的，下颌线条绷得紧紧的，但他身上没有一根刺是指向她的。替她洗完头发，还将她抱去软榻上，将饭菜都放在矮桌上让她吃，自己在旁边替她擦湿漉漉的发根。

先前打的腹稿都白费了，她惭愧地低头吃饭。

她的头发又长又厚，很难擦干，李景乾却一声也没吭，认真又轻柔地拿长巾搓着，指腹抚过她的头顶，宁朝阳莫名就感受到了爱意。

这东西很稀罕，她愣怔地感受了好一会儿，才继续夹菜。

许久之后，头发干了，肚子也填饱了，宁朝阳裹着软乎乎的裘衣，认真地问他："那你今晚能睡好吗？"

李景乾眼睫颤了颤，一直紧绷着的身子好像突然被抽走了什么，他垂着眼含糊道："能的吧。"

宁朝阳伸手抱住了他。

这人又高又大，她双臂都要圈不住他，但一察觉到她的动作，他就低下身来，任由她将自己抱在怀里。

"不生气了。"她轻轻顺着他的背,"我会将事情都办妥的。"

"怎么办妥呢?"他轻声问,"订亲的时候将我五花大绑,扔去花明山?"

宁朝阳不解:"我绑你做什么?"

"但凡你不绑,"他道,"我一定会去抢亲。"

正确的抢亲就应该从订亲开始,他连未婚夫的名头都不想给他人。

宁朝阳以为他在说笑,便笑着道:"这上京里自是没有你抢不到的亲,但是侯爷,我还要活命啊。"

圣人赐婚都敢抢,长了一百个脑袋都不够砍的。

李景乾拥紧了她,没有再说。

第二日是休沐,宁朝阳刚打算在府上好好陪陪他,管家就来传话说沈御医求见。

有段时日没见这人了,宁朝阳以为他是来找碴儿的。但一进花厅,她却见沈晏明脸色苍白,整个人有些魂不守舍。

"这是怎么了?"她觉得稀奇,"沈御医天不怕地不怕,还有什么能吓着您的?"

沈晏明关上了门窗,坐在她对面的椅子上犹豫了许久才道:"圣人那一场大病,是有缘由的。"

宁朝阳倏地坐直了身子。

她先前就想过,幕后之人想让荣王篡位,再伺机而动,前提条件一定是圣人重病。眼下唐广君已被斩立决,钱统领在凤翎阁受严刑拷打也没有吐露背后之人,唯一的线索就是圣人的病是怎么加重的。

为此,她还特意让华年去御医院走了一趟,一番盘问之后却毫无收获,她几乎就要相信圣人的病情真是自然加重的了。

但现在,沈晏明开口了。

宁朝阳死死地盯着他,觉得有些窒息:"你别告诉我此事与你有关。"

上回她就说了,那是最后一回救他了。

沈晏明放在膝盖上的手紧了紧,肩骨都轻颤起来:"我也不想的,但我当时没得选。"

宁朝阳咬牙。

"因着抚恤粮一事,我被御医院停了职,备受冷遇,前程渺茫。"沈晏明道,"在上京过日子的花销有多大你是知道的。我也是没办法了,才答应了那个人的要求。"

"哪个人？"宁朝阳重声问。

沈晏明吓了一跳，看她脸色不对，便也不掖着了："是一个叫马岳的人，看装扮是个随从，但身上又有些功夫。他要我给圣人熬药，在御医正开的药方里加一味千尾草。"

又是千尾草！

宁朝阳不可置信地看着他："你明知道千尾草是什么东西，你也知道长期吃会有什么后果，那你还敢往圣人的药里头加？"

原是不敢的，但那人巧舌如簧，不但恢复了他在御医院的职务，还许诺他高官富贵，甚至能娶心上人……

沈晏明看了宁朝阳一眼，沉默了。

宁朝阳要被气死了："沈御医既然这么豁得出去了，那还来找我做什么？"

"我只是来告诉大人……"他不安地捏起手，"要小心五皇子。"

五皇子？

宁朝阳坐下来认真地看着他："那个叫马岳的是五皇子身边的人？"

"我没有见过五皇子，但出于对马岳的好奇，我偷偷跟过他一段路，发现他总是去皇子所。"沈晏明道，"皇子所里别的皇子身边都是太监，只有五皇子曾经征战沙场，身边跟着一个副将。"

这倒是没错，胡山也曾说钱统领跟五皇子身边的一个副将交好。

宁朝阳想了想，还是生气："五皇子连个封号都没有，你也敢信他身边一个副将的话？"

"不怪我没有戒备。"沈晏明叹息，"他虽只是个副将，但能办的事实在是多，让我回了御医院不说，连圣人的药都能交到我手里来煎。"

他原是没这个资格的，但不知马岳怎么做到的，反正御医正就是将这活给了他，并且药煎好送出去，连试都没试就到了御前，竟也能将刘公公糊弄过去。

宁朝阳越听越心惊。

沈晏明还在继续道："原本此事在荣王谋逆失败时就该告一段落，我也不用继续再放千尾草了，但圣人不知为何对药起了疑，昨日夜里突然派人到御医院检查药罐子。我恐怕很快就会被查出来，在那之前，马岳应该也不会放过我。"

所以，他才来找她。

宁朝阳面色凝重，她道："这一次我也保不下你，你只能自己去凤翎阁自首，我会让长舒给你一间最安全的死牢。"

沈晏明垂眼，沉默良久之后，突然问她："若当初在我舅舅的大仇和你之间，我选的是你，后来我与你剖明心意时，你是不是就不会拒绝我了？"

都大祸临头了，竟只想着这个？

宁朝阳额角跳了跳，道："从萧北望死在我谏言下的那一刻起，你我就没有可能了，你选为他报仇是对的。但你却不该在已经这么选了之后，还犹豫着想跟我在一起。你舅舅的性命难道比不上你的儿女情长？那你可真不是个东西！再来多少次，我都会拒绝你。"她起身道，"沈御医，你这样的人不适合我。"

"那什么样的人才适合你？"他不甘地问。

这个问题她早就想过了："身份低微、相貌端正、柔弱斯文。"

沈晏明不可置信地站了起来："我三品的御医，对外人来说是身居高位，对你宁大人来说，难道不是身份低微？再说样貌，除大人之外，谁见了我不夸一声貌比潘卫？柔弱斯文——我连马步都不会扎！可定北侯呢？"他指着外头道，"那人是天之骄子，即使中宫获罪，他也仍旧是一品的军侯，圣人还因他而对中宫的家人开恩赦。他若不算尊贵，那上京便没有尊贵之人。况他久经沙场，嗜血残暴，跟柔弱斯文哪个字能沾上边？"

宁朝阳安静地听完，纳闷儿地问："你怎么不提相貌？"

沈晏明捏拳："大人总不能因他那两分姿色，就硬说他符合所有条件。"

外头的雪停了，太阳升起来，照得外头的积雪光亮晃眼。

她信手拈来一缕梅香拂过鼻息之下，慢条斯理道："我自是不会那么说。定北侯其人，身份尊贵，容色过人，一夫能当万夫之勇，实不是柔弱之辈。"

"那你为什么还觉得他好？"

话太多了，宁朝阳本是没耐心再继续答的。但外头的光太亮了，亮得将躲在拐角外头的人影清晰地勾勒在了窗户上。

"对旁人，我喜欢什么，他们就得是什么。但对我喜欢的人，他是什么，我便喜欢什么。"她含笑看着，慢慢地答，"凑合过日子才需要看条件来做选择，而我对定北侯爷是从心底里的喜欢。"

沈晏明怔住。

外头太亮了，亮得他有一瞬的恍惚，整个人仿佛又回到了许久之前的仙人顶上。当时的他借着酒力，当着众人的面不顾一切地对她喊："宁朝阳，你可愿嫁我，做我唯一的娘子？"

同僚敬他勇猛，女官们赞他坦荡，但一桌之隔的宁朝阳脸上却没半分波澜。

她将他叫到了露台，轻声道："下回别再问这么蠢的问题。"

"你愿意？"他眼眸亮起。

"不愿意。"她平静地答。

沈晏明浑身的血都冷了下来，困惑道："你不是喜欢我吗？"

"喜欢你？"宁朝阳眼里涌上嘲弄，敲着栏杆道，"这种情绪多余又危险，哪是我会有的。"

在她看来，喜欢一个人就等于将自己所有的软肋都捧在那人面前，任由他宰割啃食，任由他拿捏摒弃。好不容易积攒起来的地位和财富有可能因他付之一炬不说，自己的心绪还会不断被影响。这种危险的东西，宁死都不可以碰。

当时沈晏明很生气，但仔细想想，又觉得可以理解。宁朝阳的母亲被她父亲辜负得没有善终，她不相信世上还有圆满的情爱也是理所应当。

但现在，宁朝阳望着某处在发呆，眼角眉梢都是明媚的笑意。她身上的防备松了，拒人于千里之外的寒霜也褪了，整个人就像一枝在冬日里开出来的桃花，却不是为他开的。

其实沈晏明知道自己与李景乾比差在何处，但他不想承认。他是同宁朝阳一起长大的，那么多年的相处，怎么就比不上一个半路杀出来的人了？

花厅的门被人敲了敲。

"请进。"

门吱呀一声被推开，沈晏明转头，就见一袭雪袍站立门外，袍子的主人没有进来，只半垂着眼帘道："午饭已经备好了。"

轻声细语的，像枝头上的鸟鸣。

沈晏明的目光落在那人的脸上，手臂顿时起了一层鸡皮疙瘩："侯爷？"

李景乾闻声，从他的头顶看向屋中墙上的挂饰，继而抿唇："哪有什么侯爷，我不过是宁大人的侧室江氏。"

沈晏明的鸡皮疙瘩起得更多了。他不能理解这人是怎么放下尊严做出这样的形态的，更不能理解的是，宁朝阳竟真心疼地走了过来。

"这种杂事什么时候也要你做了？"她皱眉往外看，"许管家不在？"

"在的。"李景乾抿唇，"但我今日也得空，在府里吃闲饭总是不好的，便顺路去帮着看了看。"

这语气听着温和，但又有一丝不易察觉的别扭。

宁朝阳叹息着握住了他的手:"是我不好,原是答应了陪你的。"

"不怪大人,"他轻声道,"怪我不能替大人分忧。"

他分明不喜欢沈晏明,却因着她还反过来自责起来了。宁朝阳当即就将他的手握得更紧了些。

沈晏明看不下去了,冷声道:"您二位谁都不怪,怪我,是我不该来。"

李景乾怯怯地抬眼看他,目光与他相遇,却变成了生硬的五个字:知道还不走?

沈晏明一噎。

宁朝阳客套地道:"还是多谢沈御医前来提醒。该说的都已经说完了,沈御医若想通了,要去凤翎阁,我便替御医写一封信。"

"好。"他负气地道,"但你不是一贯不喜欢磨墨?我来帮你磨。"

"哪用得着沈御医,"李景乾的脸色沉了些,语气却还是柔柔弱弱,"我来就好。"

"江郎君与宁大人相识得晚,"沈晏明皮笑肉不笑,"恐怕不知她用墨的习惯。"

就一个墨,还能有习惯?

李景乾牵着宁朝阳的手走去书房,眨着眼拿起桌上的徽墨:"我不知大人的用墨习惯,大人可否教一教我?"

"好。"宁朝阳弯眼,伸手握住他的手,点水在砚台上,将墨打圈磨开。

沈晏明跟在后头进来,倒也不像先前那般气性大了,只盯着那越来越浓的墨汁,开口道:"我现在看见这东西还有些后怕。"

宁朝阳一顿:"都过去多久了,你未免太过小气。"

"换作大人你能轻易饶过?"

那自是不能的。宁朝阳沉默,沈晏明轻哼了一声,抱着胳膊没有再说。

李景乾抿直了嘴角。他知道沈晏明是故意的,这种小孩子的把戏,他才没那么轻易上当。

"这上头的花纹怎么还没换?"沈晏明又戳了戳桌上的信笺,"不是讨厌我吗,我的小画倒一直用着。"

小画,还一直用着?李景乾捏墨的手紧了紧。

相识得久一点也没什么了不起,他不生气,不就是些细枝末节的东西……但为什么这么多年了还用着?啊?上京的文房店铺倒灶完了买不着新的了?

宁朝阳不悦地抬眼:"沈大人的记性是不是不太好?这小画是沈浮玉当年画的,

她画的是天下桃李，大人画的是水漫金山。"

沈浮玉别的不行，画技可谓是一流，九岁时画的桃李就已经是栩栩如生格外好看。她实在喜欢，才拿来让人拓了做信笺上的印花。

沈晏明恍然道："那便是我记错了。"

自己画的东西自己都记错了，倒难为有些人还记得清楚。

上等的徽墨啪的一声从中间断成了两截。宁朝阳错愕地低头，刚想说这都能弄断，就听得李景乾闷哼了一声。

想起这人手上还有些小伤没好，她连忙拉过他的手细看："硌哪儿了吗？"

"嗯，"他轻吸凉气，"有点疼。"

宁朝阳掏出手帕就将上头的墨色擦干净，再仔仔细细查看他的手指和掌背。

李景乾漫不经心地抬眼，睨向旁边这人。

相识得久又如何呢？她可不会这么心疼你。

沈晏明眼角抽了抽。

宁朝阳看了一圈也没看见他手上的伤口，眉梢微动，而后就坐回了椅子里："这墨色差不多了，便就这么写吧。"

说时迟，那时快，面前这两人同时出手，一人从笔架上拿了一支毛笔给他。

李景乾拿的是一支崭新的笔，还未开锋。沈晏明拿的是她用惯了的旧笔，她原也打算拿的。

"江郎君想来是鲜少进宁大人的书房，"沈晏明轻笑，"连大人常用哪支笔都不知道？"

"沈御医眼力好，但也不识货。"李景乾微微颔首，"旧笔顺手，但这笔尖已经难以聚形，写字未免潦草。还是新笔好，狼毫作尖，紫檀作身，写字好看不说，更重要的是——"

他顿了顿，看着宁朝阳道："这是我刚买回来的。"

宁朝阳立马就接过了他手里的笔。

李景乾满意地收拢衣袖，用余光瞥了瞥沈晏明。

脸绿了，很好。

宁朝阳埋头开始写信，两人一起退到了外间继续等。

李景乾拿起旁边的小盆栽，将那绿油油的叶子放在沈晏明脸旁比了比，沉思似的点头，然后对他竖起了大拇指。

嗯，还是这脸更绿些。

沈晏明牙咬得咯吱作响。他伸手将李景乾再往外头拉远些，压低声音道："侯爷这般有意思吗？"

"怎么没有呢？"李景乾斯斯文文地道，"被大人全心全意爱着的滋味可好得很呢。"

沈晏明深吸一口气，冷笑道："那又如何呢？我与她青梅竹马，一起经历过的人和事都是侯爷不知道的。"

"我也不稀罕知道。"李景乾扯了扯嘴角，"她现在是我的，将来也是我的，以后就算是死，也会跟我葬在一起。"

"侯爷说笑了，"沈晏明轻嗤，"圣人已经要下旨赐婚，她是要入皇陵的人。"

跟傻子说这么多是没有用的。

李景乾睨着他的头顶道："沈御医还是先想想怎么保住自己的命吧。"

难道他刚刚在花厅外面偷听？

沈晏明沉了脸色，愤怒道："也就是她不曾察觉，若真知道你是这等品性，她岂会被你所迷惑！"

李景乾垂眼看他："我是何等品性？"

"你……你虚伪狡诈，非君子也！"

"我很好奇，"他抿唇道，"你得罪一个副将都怕得要命，赶着来找她求救，又是怎么敢当着我的面犯上寻死的？"

尾音陡然森冷，像冬日里带了血的铁钩。

沈晏明噎住，后知后觉地有些害怕："我……这争风吃醋之事，你岂能用身份压人？"

"这时候都不用身份压人，那还爬那么高做什么用？"李景乾不屑。

高大的身子压过来，沈晏明感觉他下一瞬就会掐上自己的脖子。

他心里微慌，连忙喊了一声："宁大人！"

话音刚落，旁边就"啊"的一声。

宁朝阳拿着写好的信纸走出来，正好看见沈晏明把李景乾用力一推，那柔弱的雪白身影无助地一颤，接着就不受控制地往旁边的矮几上撞去。

她瞳孔微缩，将信纸一扔，飞身就冲了过去。

矮几安静地立在软榻上，没有人撞上去。

沈晏明愕然回头，就见一张信纸摇摇晃晃地从自己面前落下，一片花白之后，映入眼帘的是宁朝阳不悦的眼神和被她扶着的泫然欲泣的小郎君。

"你做什么？"宁朝阳冷声问。

"不是，"沈晏明试图解释，"是他自己……"

"时候不早了，沈大人请吧。"她径直下了逐客令。

沈晏明有些委屈："你，午饭都不留我？"

"不好意思，寒舍只有两副碗筷，没有多的了。"

编也不编个像样的理由！

沈晏明还想再说，宁朝阳已经叫了许管家进来。

许管家将信纸给他揣好，一边送他出去，一边和颜悦色地道："人家两个天仙配，你一个外人插什么嘴。这边请啊，后会无期。"

声音渐远渐弱。

宁朝阳等了一会儿，然后才将人放开。

李景乾双眸泛红地捏着她的衣袖："大人、大人，您待我这么好，沈御医不会生气吧？"

"不会的，不会的，"她学着他的语气道，"沈御医早就气死啦。"

李景乾扑哧一笑，抿抿唇，又严肃起来："那可是大人的青梅竹马，两小无猜，一起经历过许多旁人都不知道的事和人呢。"

"是呀、是呀，"她拍掌，"我也很惋惜呢。"

就算是玩笑话，李景乾还是鼓起腮帮子掐了掐她的胳膊，然后恼哼一声别开头去。

宁朝阳看得直乐，将人拉到旁边的小榻上，温柔地道："小时候不懂事，趁沈晏明睡着，沈浮玉和我一个捏他鼻子，一个掰他嘴，把他桌上的浓墨全糊里头了。"

那滋味不好，所以沈晏明才一直记得。

李景乾听着，眼神更加黯淡："倒是只能怪自己来得晚了。"

这哪有能怪的？宁朝阳叹息，而后俯身吻了吻他的眼睫。

"我从未喜欢过他，我只喜欢你。"

李景乾黯淡的眼眸倏地亮了起来，他克制地压了压嘴角，愉悦地问："那用过午膳能陪我一起去放风筝了？"

"能。"她认真地点头。

李景乾从小到大除了行军打仗，就是练武看图，他没放过风筝，也没玩过上京孩童才有的那些新奇玩具。

虽然早就过了喜欢玩乐的年纪，但宁朝阳还是决定补偿他。为了不再被打扰，她特意吩咐了许管家，下午无论发生什么事，都不要来打扰，只要天没塌下来，那偷闲半日也是无妨的。

上京外头正乱，再加上她刚刚得了代掌首辅的权柄，登门想求她帮忙的人不少。

许管家一一回绝："我们大人今日不见客。"

"大人进宫去了，您去宫里寻寻？"

"不巧，大人刚刚出门。"

华年身边的随从赶到宁府，得到的也是这个回复，他焦急不已："我有急事。"

许管家摇头道："今日来的大人们，哪个没有急事？我们大人实在是不在府上，我也没有办法。"

随从无奈，只能接着跑去秦长舒的府上。

秦长舒正在与自己的夫君温存，冷不防就被叫去了华府。她听着随从说的话，脸色有些发白："为何会如此？"

"是后院里头那个小郎君，我们大人待他一片真心，谁承想他会突然行刺。淮乐殿下刚送来的密函也不见了，料是他一起带走了。"

秦长舒疾步跨入主院，推门就见几个医女围在床边，满地的血迹已经干涸，旁边两个盛满血红色水的盆子上还冒着热气。

"华年！"

听见叫唤，华年艰难地抬了抬眼皮。她腰腹上缠着厚厚的白布，嘴唇也苍白没有血色，但好在人还清醒。

见熟人来，她抬了抬手。

秦长舒连忙过去接住她的手贴近她，以为她要交代什么重要的事，结果这人张口却说："替我去……去把柳岸找回来。"

秦长舒气得直哆嗦。

"打你十二岁那年起我就说过，柳岸这个人不适合你，我是不是说过？你当时不听，费尽心思地想讨他的欢心，为他考女官，为他冬绣棉袍夏绣衫！后来他家道中落，做了伶人，我也劝过你，就将他早早赎出来圆了你的痴梦，这一遭也就罢了，我是不是也劝过？你不听，你没有一回听我的！你费尽所有心思保他，将他留在身边，然后呢？十多年了，他柳尚卿可被你焐热了？"

华年虚弱地抿唇："还是，热过的。"

"见鬼的热过！"秦长舒骂道，"他那心比他捅你的这刀都还要凉！"

华年艰难地喘气,眼眸将合不合:"不怪他,后来的时候,我……我从未善待过他。"

秦长舒红了眼眶。

这么多年的交情,她是看着华年如何在这段感情里挣扎的,她知道她所有的不甘、怨恨和爱意,也知道她宁死也想把柳岸囚在自己身边的执拗。但自己现在是凤翎阁的首位,朝中局势风云变幻,没有多少时间留给她为手帕之交难过。

秦长舒抹了把眼睛,问:"殿下的密函你看了吗?"

华年艰难地摇头。

秦长舒又骂她两句,起身道:"我先去抓人,你给我好好养身子。"

偷公主的密函,那自然不会是奔着出城去的。秦长舒以最快的速度调兵巡逻皇城和各处的高门大宅,然而还是晚了,那封密函连带柳岸一起,都不知所踪。

秦长舒抱着最后一丝希望去禀明殿下,希望那密函里写的是不重要的东西。

但淮乐沉声道:"是东宫募集属官之事。"

监国事务繁杂,淮乐需要很多的帮手,她求贤若渴,不惜替在死牢里的人洗脱罪名,就只因那人是个贤士。这原本也能算一段佳话,但不巧的是,那贤士进死牢却是因为藐视皇帝。

淮乐身为公主,此举往小了说是不孝,往大了说就是谋逆。

秦长舒吓得差点儿没站稳。

"莫慌,"淮乐道,"信函是用密文写的,就算他们偷去,也未必解得开。"

凤翎阁的密文多是用《道德经》做对照,除了宁朝阳、华年和秦长舒,就连程又雪都不知道。

秦长舒点头,但还是觉得很不安,替华年请罪之后,又慌忙去接着找人。

宁朝阳与李景乾去了城东一片很开阔的草地上放风筝,因着李景乾这身装束怕遇见熟人,故而宁朝阳花大价钱清了场,还特意派人在四周守着,不让旁人靠近。

冬日风大,风筝很轻巧地就飞上了天,李景乾嘴上说着"就这玩意儿",眼里却是亮晶晶的。

宁朝阳莞尔,坐在火炉旁含笑看着他扯着线跑出去老远,然后就与一个人撞在了一起。

那人很瘦弱,被一撞就摔在了草地上。李景乾见状要去扶,可一看清他的脸,那人吓得原地跃起就跑。

"站住!"李景乾察觉到不对,抬步就追了上去。

风筝因着他的疾跑而迅速升高，宁朝阳见状，扔下手揣，也跑了上去，两人一头一堵，将那人逼停。

"别过来！"柳岸身子直颤。

"是你！"宁朝阳很纳闷儿，"你不是华年府上的人吗，跑什么？"

柳岸心虚地晃了晃眼珠，在他走神的这一瞬间，后头的李景乾飞快地扔出风筝轴，细细的麻线趁力缠在他的脖子上，前头的宁朝阳同时纵身，腿一抬就将人侧踢倒地，而后就踩住了他的手腕。

"身上的血还没干。"她眯眼打量，"说吧，刚杀了谁在逃窜？"

柳岸想挣扎，刚一起身，后头的李景乾就过来着就着风筝线将他的双手捆在身后，一边捆，一边恼道："都躲这么远了，怎么还是没能躲开这些麻烦事。"

"不急不急，"宁朝阳安抚他，"让人把他送回去凤翎阁，让华年亲审即可。"

"华年……"

听见柳岸嘴里喃喃了一声，宁朝阳没反应过来，挑眉道："怎么，怕见华年啊？"

"我是说……"他稳住自己颤抖的身子，跪在草地上咬牙道，"我杀的人，是华年。"

宁朝阳的脸色登时就变了，她抓住衣襟将人揪起来，二话不说先给了他一拳。柳岸被打得侧过头去，嘴角磕在牙齿上渗出血丝。他皱了皱眉，眼里却没有丝毫悔意。

李景乾盯着他看了好一会儿，终于想起来这人是谁，说："先前就是他与我说了大人与沈御医情投意合之事。"

原来是他？

宁朝阳更气，一把将人拽起来就往外拖。这人毕竟是个男子，又重又沉，还挣扎不休，她拖起来很是吃力。

李景乾轻声道："我来。"

柳岸一落在地上就继续挣扎，妄图逃跑，但下一瞬，面前这个斯斯文文的小郎君就一脚踢在了他的腿骨上。

千钧般的力道从骨头传遍周身，柳岸甚至清晰地听见了自己的骨头裂开的声音。他痛呼倒地，面前这人低下身来，不管他如何挣扎，一把就将他扛去了肩上。

"走。"

宁朝阳跟上他，将人带上马车，又寻了新的麻绳来把人腿脚捆上，嘴也塞紧。

"去华府。"宁朝阳吩咐车夫。

这里离华年府上不远，两炷香的工夫就能到，但不巧的是，马车刚走一半就被巡防给拦下了。

"城中出了盗贼，奉上头的命令，过往马车都要搜查。"

车夫皱眉掏出了宁府的腰牌，那巡卫只看了一眼就摇头："都得查，还请大人体谅我等的难处。"

宁朝阳看了旁边的柳岸一眼，这人刚才还满脸不服，眼下突然害怕起来，头连连摇晃，身子也努力往软垫后头缩。

她微微眯眼，掀帘出去。

外头的巡卫一看她就拱手："宁大人。"

"哪个上头的命令，因何而下的令？"她问。

巡卫答："旁边有官邸出了盗贼，所以……"

"荒唐！"她沉了脸色，"为官邸捉贼什么时候能调动你们巡防了，上京衙门的衙役是吃干饭的不成？"

巡卫一惊，连忙半跪下去："大人息怒，是……是兵部尚书苍大人家的事。"

兵部权势大，他们也没办法。

宁朝阳摆手道："撤了！苍大人若是不满，就让他来找我说。"

"是。"

巡卫嘴上应着，却只将她这一辆马车放了过去，后头再有马车，也还是一一查验。

宁朝阳掀帘往后看着，若有所思。

马车到了华府，见外头没什么哭喊，她就知道事情还有转机。三步并作两步进门，里头的管事径直将他们引到了主院。

华年一看见她就直想躲："长舒……长舒已经来骂过我了。"

宁朝阳将房门关上，没好气地道："伤成这样了就闭嘴吧！我问你几个问题，你点头或者摇头即可。"

华年眨了眨眼。

"柳岸是不是官宦人家出身？"

她脸色淡下来，点了点头。

柳岸的出身很高，正二品权贵家的独子，且是六代单传，故而从小就享尽宠爱，锦衣玉食，高高在上。

华年还记得自己第一次见他，是在多年前的官场盛会上。

她是最末次的小官家的女儿，难免被同席的几个出身高的孩子挤对欺负，那些人说她裙子脏了，要她去旁边的鱼池里打水来洗一洗。

小华年自是不肯的，结果就被众人一起推了下去。她衣裳湿透，发饰也掉进了鱼池。小华年沉默地站在水里，看着那群孩子哈哈大笑。那些人把岸边围满了，她上不去。

她转身，打算从另一侧的假山爬出去，结果手刚搭在黑色的假山石上，她就看见了一双精致无比的雪缎镶宝靴。靴子的主人着一身绣银宝袍，戴一条价值连城的红翡抹额，粉雕玉琢的小脸低下来，贵气又倨傲。

小华年下意识地往后退，不敢沾染这样的贵人。

但柳岸看着她开口了，他说："你长得真是好看。"

小华年愕然抬头。

长到十二岁，她头一次被人这么直接地夸赞，一时间以为他是在反讽，毕竟她当时发髻凌乱，衣裳湿透，整个人都狼狈极了。

但柳岸打量了她一会儿之后，竟朝她伸出了手："上来，跟我走。"

这个人当真没有嫌弃她的意思。

小华年怔怔地朝他伸手，与他的手交握在一起时，觉得整个夏暑最灿烂的光都落在了两人的指尖。

柳岸带她去换了衣裳，虽是男装，却是崭新的好料子。小华年有些受宠若惊，柳岸却不甚在意地摆手："我这是去年就制好的衣裳，没来得及穿就穿不下了，不值什么钱，你不必在意。"

上等的雪缎，她从来没穿过，他却说不值什么钱。

意识到两人的家世天差地别，小华年道了谢，就匆匆地走了。可是接下来，柳岸竟主动邀她去柳府做客，府里的人开始猜测柳家公子是不是对她有意思。

但小华年不敢这么想，高高在上的月亮怎么会看得上泥里的小草呢？她只想着要报答他的恩情，便回回都去，与他一起玩耍、一起上私塾。有了柳岸这棵大树，其余人再也没敢欺负她。

倒也有人笑她，说她像柳岸的奴从，随时随地都跟在他身后，任劳任怨任差遣。小华年是不甚在意的，但柳岸听见这话，气得当即就带人上门将那嘴碎的人打了一顿。

他拉着她站在那人面前，恶狠狠地道："看清楚，华年是我的朋友，不是奴从！"

一字一句，像珠玉一般砸在她胸口。小华年被他半抱在怀里，眼睫直颤。

豆蔻年华的小姑娘是没法儿抵挡这种情愫的，再对上他的眼睛，她的心开始猛跳，脸也开始泛红。她开始给柳岸绣衣裳，开始心甘情愿地替他做功课，也满怀喜悦地跟在他身后，与他一起走遍上京各处。

柳岸待她很好，有什么好东西都会与她分享，有心事也会与她说，甚至为了与她同窗，哭闹着让自己的父亲将她也一起送进了恭王府的私塾。

十六岁成年，柳岸喝多了酒，拉着她一起尝了禁果。可华年不觉得后悔，哪怕回家后被父亲狠狠地打了一顿，打得满身都是青紫，她也不觉得后悔。反正，柳岸一定会娶她的。

然而，酒醒之后的柳岸再次与她一起坐在私塾里，问的却是："我昨晚怎么回去的？"

华年一愣，心略略下沉："你不记得了？"

"从离开酒家起就不记得了。"他满眼茫然，困惑地嘟囔。

放在桌下的手捏紧，华年垂了眼眸。

那么明亮的月亮，原来只她一个人记得。

有些可惜。

那她，该不该提醒他呢？

第三十二章
往这里下刀最疼

　　犹豫间，私塾已经放课。柳岸被人众星捧月地围在前头，华年一个人安静地跟在后头。

　　同行的公子哥突然说了一句："我们都订亲了，柳大公子怎么还没动静？"

　　柳岸啧了一声："我也纳闷儿呢，你这样的尊容都有人上门说亲，我那门庭怎么那般安静？"

　　"这还不明白吗？"有人朝他后头努嘴，"现在整个上京都以为你想娶她，旁人自然不会来自讨没趣。"

　　说着，边上有人嘻嘻哈哈地起哄："不如二位就定下这亲事吧，反正总跟并蒂莲似的长在一起。"

　　华年心里一跳。她抬头朝他看去，想看他会怎么回答，却见柳岸深深地皱起了眉。

　　"跟她订亲？"他抬起下巴，满脸不可思议，"我家是二品正员，她爹不过是七品的末流。"

当玩伴可以，订亲是从何说起？

华年如遭雷劈，定在了原地。

一刹那，她感觉自己又掉进了从前的那个鱼池里，水湿透她的衣裳，半分尊严也没给她留下。而这一次，推她下去的是当初救她上去的人。

许是她脸色实在太难看，柳岸拨开人群走回她面前，倒吸了一口凉气问："你还真起了这种歹心啊？"

"没有，"她答，"我就是有点累了，先回去了。"

"站住，"他倏地不悦起来，抬袖拦住她的去路，凌人的气势喷薄而出，"你是在给我脸色看吗？"

华年半个步子僵在原地，颤了颤。

她恍然想起，以自己的家境，能读上恭王府的私塾、能结交那么多权贵、能穿上一套又一套的雪锦长裙，都是托他的福。

只要柳岸一句话，她现在就会被赶出学堂，再也进不来。

华年沉默了，她垂眼跟在他身后，依旧替他抄功课，替他逛瓦舍打掩护，替他跑腿买各种物件。只是，像被人戳破了窗户纸一般，柳岸分外恼怒，为了让她看清自己的位置，他刻意与私塾里其他的官家姑娘走得近，还故意让她站在旁边放风。

说不难受是假的，一开始，华年难受得手都发抖。但后来她就习惯了，看着他身边的人换了一个又一个，能从容地替他打掩护，也能面不改色地为他的各路心上人挑选礼物。

柳岸的脾气开始变得阴晴不定，嫌她买的礼物不好，又非要她去给人买。看她不顺眼，却硬要留她跟在身边。

十七岁那年，柳岸与一家贵门订了亲事。

他似笑非笑地看着她道："这次的礼物也得麻烦你了，那位姑娘眼界高，贵重的不见得稀罕。你绣工好，就给她绣一套满绣的飞凤服吧。"

华年垂着眼皮答："好。"

柳岸怔了怔，不知为何，脸色反而难看起来："我说的是满绣的飞凤服，不能假他人之手。"

飞凤服难绣，就算是上京最熟练的绣娘，也要绣上三个月。

华年却还是点头："我知道，我会绣好让人送来。"

柳岸起身走到她跟前，抿紧了唇道："你先前答应过，不会对我起歹心。"

"这不是歹心。"

"不是歹心,那你吃饱了撑的,答应这个?"

华年与他行礼:"我已经考上了凤翎阁。"

"我听说了,"他没好气地道,"不用刻意再来与我炫耀一遍吧?"

"我是想说,"华年终于抬眼看他,"飞凤服绣好之后,我就不再过来了。"

该还的恩情还完了,她也要过自己的生活了。

屋子里安静了一瞬。

柳岸的嘴角慢慢抿起,接着就冷笑:"想与我一刀两断?你休想!"

华年看他的眼神从来都是温柔泛光的,但不知从什么时候起,那里头已经是一片死水。她平静地看着他,压根儿没有将他这色厉内荏的威胁放在眼里。

彼时的凤翎阁刚刚建立,淮乐殿下没多少人可用,便一眼看中了她。先将她外派去了苏州,两年之后调回上京,官拜四品。

华年如约绣好了飞凤服送去柳府,却没再与柳岸相见。等她两年之后回京,柳岸已经成亲了。

原本故事到这里就该结束了,只当她是遇人不淑。

但是,柳岸这个人从小被娇惯坏了,他的东西,哪怕他不要了,也不愿给别人。所以后来华年第一次订亲就被他动用权势搅黄了。第二次订亲,他不但搅黄亲事,还威胁到了她的前程。

华年终于动手报复。好巧不巧,柳家牵扯进了一桩大案里,那案子刚好落在华年手上,华年没有徇私,一查到底。柳家通家获罪,斩首的斩首,流放的流放。

柳岸从天之骄子,一夕之间就跌进泥土。他的发妻当即与他和离割席,往日捧着他的友人们也闭门不见。

他骨头倒是硬,始终没有来求她,而是自己卖了身。

华年当然不会放过他,她拿着一大笔银子,当即就包下了他。她也不与他亲近,就捧他去学唱戏,学讨人欢心。

在他面前,她换了一个又一个小郎君,一如他从前的做派。

可能是后来长大了,终于明白了一些事,柳岸倒也红着眼问过她:"我若说我知道错了,你可会原谅我?"

华年端着酒,抱着别的小郎君看着他,笑眯眯地道:"不能,我嫌你脏。"

鱼池这地方,谁都要下去一趟的。

华年知道留这人在自己身边是折磨,但她就是不放手,逼得柳岸发过几次疯,歇斯底里地与她争吵,也逼得他拿头往墙上撞,问她到底想怎么样。

华年也不知道自己想怎么样,她就是觉得身上疼。十六岁的那天是她的生辰,她一夜未归,被父亲打得实在太疼了,疼了这么多年都没有好。

上回柳岸找着机会给自己赎了身跑了,华年才恍然想起,两人已经互相折磨了十余年。

人这一辈子能与另一个人互相折磨到老,是不是也挺有意思的?所以她将人找了回来,倒是没送回原来的地方,而是养在了自己的后院里。

这一回,柳岸变得出奇地听话,仿佛已经看淡了一切,对她逆来顺受、言听计从。

在她二十六岁生辰的这日,他亲手布置了院落,给她做了一顿饭,然后与她坦诚地道:"我应该是很早就心属于你了。"

华年捏着酒杯,怔忪抬眼。

柳岸的脸上早就没了少年时的意气风发,因着郁结于心,他甚至有些形销骨立。

他看着她,怅然苦笑道:"是我当时太年少,不懂情爱为何物,下意识地就觉得羞怯想躲避。"

手指紧了紧,华年似笑非笑:"好一个不懂,你是想说不知者无罪?"

"我有罪。"他道,"鸡鸣寺的月亮很亮,我不该骗你说我不记得了。"

华年绷紧了下颌。

"是我负了你,你要恨我也是应当。"他说着,手轻轻颤抖起来,"但是已经过去这么久了,你还想折磨我到什么时候?"

"到你死的时候吧。"她笑,笑意却不达眼底。

柳岸颤抖得更厉害了些,他伸出手来与她道:"我有些冷,你能不能抱我一下?"

这么多年了,除了那一个晚上,两个人连温存的拥抱都没有过。

华年不屑:"冷就加衣裳,抱有什么用?"

说是这么说,手却朝他张开了。

柳岸的泪落在了她肩上,她察觉到了,刚想说点什么,腹间却突然一痛。

"大人说得不对,"他的声音陡然森冷,"你死了,也就可以放过我了。"

华年迅速地将他推开,但那匕首虽然扎得不深,却扎在要害。她当即无力跪地,眼睁睁看着这人拿出早就收拾好的包袱,卷走旁边书案上的密函,再夺下她的令牌,一路离开她的府邸。

秦长舒听她说要把人找回来的时候很生气,以为她还是放不下他。但不是,她只是觉得自己身上的伤好不容易快好了,这人却又来添了一下。她怎么说也要把人抓回来还他一刀,不然她到死都无法瞑目。

原本她是在点头或摇头回答宁朝阳的提问的,但不知从什么时候起,华年就喃喃地说起了从前,说到最后,整个人都不清醒了。

宁朝阳摸了一下她的额头,冷着脸让旁边的医女过来诊治,自己起身出去,走到了外间的李景乾身边。

李景乾懒洋洋地守着柳岸,这人一想挣扎,他就踹一脚,两三脚之后,柳岸的腿骨就断得差不多了。他疼得满头是汗,但嘴巴被堵着,连叫都叫不出来。

宁朝阳看了一眼,见柳岸的眼神也有些涣散了,便叫来华府的管事,仔细叮嘱一番之后,将人拿长绳捆在了旁边的石柱上。

"大人觉得他有问题?"李景乾问。

宁朝阳点头道:"我们今日放风筝的那块空地,平时是官宦人家摆大宴的场子。从那一道围墙翻出去,有一条小路能避开守卫直接出城。"

柳岸今日那动作,一看就是冲那条小路去的,但他只是一个伶人,若无特殊出身,绝不会知道那条路。

在旁人眼里,他行刺华年可能是情杀,但宁朝阳不那么觉得。

管家说府上丢了信函,可她抓到这人的时候,这人身上已经没了信函的影子。他应该是在替人办事,但办完之后,对方并没有给他想要的东西。为了逃命,他才慌不择路地撞见了他们。

一个官宦人家出身的公子哥,不会不知道刺杀朝廷命官是什么罪名,他敢这么做,那一定是觉得背后指使的人可以为他兜底。

所以,她想知道那人是谁。

李景乾沉默了片刻,突然道:"方才来的路上,是谁家在拦路找人?"

宁朝阳眼眸一亮:"苍铁敬。"

兵部尚书苍铁敬。

眼下柳岸半死不活,要问什么都问不了,不如从苍铁敬这儿下手,只是……

宁朝阳迟疑地看着对面这人。

苍铁敬原就与她不和,从上次的选拔大会里就看得出来。她别说去拜访了,就算是稍作打探,恐怕也会打草惊蛇。

李景乾了然点头:"知道了。"

他这么爽快，宁朝阳倒是有些不好意思："改日再好好陪你放风筝。"

"又不是什么大事。"他嘴里这么说着，神情却是有些愉悦。

难为她面对这么多事还惦记着他的风筝。

两人自华府分开，李景乾回了将军府，宁朝阳继续守着柳岸。

天色晚了，这院子里一个重伤高烧不退，一个骨折半死不活，两人一里一外地躺着，脸色都差不多。

第二日，最先醒来的是华年。她恍惚了许久，扶着丫鬟的手靠坐起来，就看见了外间躺在木板上的柳岸。

"扶我起来。"

丫鬟吓了一跳："大人您的伤才刚包扎好，怕是不能……"

"扶我起来！"

瞧见大人脸色可怖，丫鬟也不敢再劝，连忙小心翼翼地将她扶起来。华年捂着腹部走得很慢，一步一喘，冷汗直流，饶是如此，她也走到了柳岸身边。

"把匕首拿来。"

"哪、哪把匕首？"

"先前伤我的那一把。"

丫鬟连忙去拿，双手奉上。华年捂着伤口半蹲下来，拔出那匕首，毫不犹豫地就要给他一刀。

宁朝阳快步进门，及时捏住了她的手腕。

华年皱眉侧头："不要拦我。"

"不是要拦你，是想先让你等等。"宁朝阳抿唇，踹了木板上躺着的人一脚。

好死不死的，她这一脚刚好踹在断骨上，柳岸当即疼醒。

他睁开眼，对上那寒光闪闪的刀尖和华年恐怖的眼神。宁朝阳以为他会更害怕，结果出乎意料的是，这人一怔，反而平静了下来。

宁朝阳拿开了他嘴里塞着的布团，他也没喊叫，只舔了舔干裂的唇瓣，而后沙哑地道："动手吧。"

"别，"宁朝阳眯眼，"我先问你，你将那密函交给谁了？"

"恕难相告。"

"你说出来还能活命，不说出来，我连你那被流放在雷州的血亲一起杀。"

柳岸咬牙道："你们这些人，说话从来不作数！现在不杀我，早晚也是要杀的，不妨给我个痛快！"

你们这些人？

宁朝阳抓着了重点，眼眸一转，脸上露出了恍然的神情："你怎么会连他的话都信？那个人是出了名的说话不算话，我就不一样了，我说能保你，那就是能保你。"

柳岸愕然扭头："你怎么知道我说的是谁？"

宁朝阳嗤笑："我不但知道你说的是谁，还知道他在城外设下了伏，只要你出城门往东走，就会被他截杀。"

先前柳岸逃走，华年求她帮忙找人，宁朝阳就查到这人在城外东郊结交了一个农夫，偷攒下的钱财都放在了那农夫家里。她没有抄没那些钱财，也没有惊动那个农夫，专挑他进城的时候抓住送回华府。是以柳岸再次逃走，一定还会去那个地方拿钱。

这么连猜带蒙的，倒也蒙得八九不离十。柳岸一听东边还有埋伏，整个人都气得发抖，索性全说了："那密函是张彤如找我要的，她答应我得手之后就给我五十两黄金，让我离开上京。"

宁朝阳得到了想要的答案，当即就松开了华年的手，并给她指了一个位置："从这里下刀，不会致命，但会剧痛无比。"

华年听见张彤如的名字就沉了脸色，宁朝阳一让开，她当即重重往下一刺。

柳岸还没来得及反应，腹部就是一凉，接着就是令人窒息的疼痛席卷上来，撞得他天灵盖都嗡嗡作响。

"啊！"

血溅在了自己的下颌上，华年解恨地笑了，而后就脱力往旁边一倒。

宁朝阳赶紧接住她，觉得这场面真是荒唐又刺激。她边摇头边将人扶上床去，看了看华年腹上的伤口，又连忙扭头叫医女。

华年意识有些模糊了，却还是拽着她的衣袖道："张、张彤如，是苍铁敬……苍铁敬的一条狗。"

宁朝阳愣怔。

张彤如此人在上京素有才女之称，官居中大夫，不归属凤翎阁，自然也不归属兵部。她好端端的，为什么会为苍铁敬所驱使？而且听华年的语气，两人似乎还有点过节。

安顿好华年，宁朝阳出去召来了灰雁。

灰雁道："张彤如与柳岸结识，华大人曾经与她起过冲突，特命小人去查。小人一查才知这人时常出入苍家大宅，也多次替苍铁敬办事。"

还是绕回了苍铁敬的头上。

宁朝阳点头，离开华府，回去自己的院子里等消息。

华锦拢白袍，李景乾将苍铁敬请来了将军府。

苍铁敬是好武之人，对李景乾除了恭敬之外，还多两分崇拜，进门就笑道："好香的瑞雪酒。"

瑞雪酒是李景乾打西韩的时候军中酿出来的冬酒，因他得胜归来时一句"瑞雪兆丰年"而得名，此酒稀罕，非镇远军高阶将领不可得。见他用这酒招待自己，苍铁敬喜上眉梢，坐下来就连连道谢。

李景乾淡笑："该说谢的是本侯。"

"侯爷哪里的话，"苍铁敬摆手，"押送棉衣本就是我等分内之事，能得侯爷青睐信任，也是下官该道谢才对。"

"你我都是习武之人，就不做那多余的客套了。"他垂眼，"今日请大人来，是想问问东边战况如何。"

苍铁敬一猜就知道他想问这个，迟疑片刻之后，倒也答："不容乐观。"

原本大盛的军队是所向披靡的，但东边驻守的那几个将领不太顶事，贸然进攻失利之后就节节败退，以致东边两个州失守。

这段时间上京事多，圣心烦忧，苍铁敬没敢立马上报，而是将折子压在兵部。

李景乾叹了口气，倒酒一饮而尽。

苍铁敬跟着他饮酒，酒气上涌之后，戒备也放松不少。他轻声道："恕下官冒犯，下官想问侯爷，为何不请旨东征呢？"

李景乾怅然遥望远处："荣王幽闭，中宫自尽，我一介武夫尚不知该如何在上京立足，更遑论请旨东征。"

苍铁敬了然，接着便笑："如今淮乐殿下入主东宫，又与侯爷你多有交情，侯爷还有什么可担忧的呢？"

"淮乐？"李景乾念着这个名字，嗤笑摇头，"难成大事。"

此话一出，苍铁敬吓得手一抖，杯子里的酒险些就洒出去了。

李景乾像是才发现自己失言一般，心虚地垂眼道："这桌上没几道菜，便拿些碎话下酒罢了，大人不会当真吧？"

"自是不会。"苍铁敬连忙拱手。

两人接着饮酒闲聊，不再提政事。接下来的几日，苍铁敬与李景乾的来往渐渐多了起来，李景乾带苍铁敬去看校场练兵，又引他结识军中几个武艺出众的小将，把苍铁敬浑身的好武之骨全活络了出来，热血沸腾得半夜起来在院子里练剑。

作为回报，苍铁敬也邀他过府做客，李景乾把陆安带去了。

晚上回府之后，陆安从袖袋里抖出了一大堆信件："您看看有没有您找的那一封。"

李景乾哭笑不得道："拿这么多，岂不是要打草惊蛇？"

"不会，属下已经摸清了他府上的地形，夜半时分再把别的送回去即可。"

李景乾迅速地翻找起来。

夜半时分，陆安避开宵禁巡逻的人去放回信件，李景乾则避开宵禁巡逻的人去了宁府。

宁朝阳刚想开窗看月亮，结果就见有白衣仙人乘月而来，雪色的衣摆落在窗沿上，墨色的长发倾泻下来，在她眼前微微扬起。

"一个好消息和一个坏消息，大人想先听哪一个？"他低眸看着她问。

宁朝阳仰头看他，勾唇道："坏的那个。"

"坏的就是，淮乐殿下的密函已经不在苍铁敬手里了。"他道，"陆安将他书房里的暗格都翻遍了，也没有找到。"

意料之中。

她点头又问："那好的消息是什么？"

"好的消息是——"李景乾拿出十几封旧信函来，"淮乐殿下的密函没有，别人的密函倒是有很多。"

宁朝阳愕然，连忙将信函接下来，顺带将他也从窗台上接下来。

"苍铁敬疯了？这么多密信看完都不烧？"她展开一封对着烛光看了看，皱眉道，"这密信的样式……竟有些眼熟？"

满篇都是奇怪的数字夹杂着几个不重要的字，跟淮乐殿下平时写来的信很像。

宁朝阳迟疑地走到自己的书架边，拿下了一本《道德经》。

淮乐殿下不知从何处养成的习惯，密信是以《道德经》来对照的，整个凤翎阁也就几个要紧的人能看懂。

她翻开书卷与眼下的密函对照，神情逐渐凝重。

"你们镇远军里是不是有个名字里带'远'的副将？"宁朝阳突然问。

李景乾想了想："云晋远。"

"他是从兵部派过去的？"

"不是，"李景乾摇头，"是从萧北望手下过来的。"

"不对，"宁朝阳拿起那封旧信，抿唇道，"这上头写着，派远入你营帐，将你在边关诸事，回禀。"

李景乾神色严肃起来，他接过那信函看了看，眉头紧皱："什么东西？"

"对照着《道德经》的页数和行排数可解。"

宁朝阳微微眯眼，又拿起了剩下的信。写信的人没有暴露身份，只简洁明了地下达命令，但就这么十几道命令，那人就已经在凤翎阁和青云台都安插了人手，不仅掌握了李景乾的行踪，还制造了胡山的叛国冤案，甚至趁宫中肃清荣王势力时，安插了苍铁敬的人统领宫禁。

这不就是那双无形的手，一直逼着青云台和凤翎阁对峙，自己在坐收渔翁之利吗？荣王夺位失败出乎了他的意料，所以他最近给苍铁敬的命令是鼓动定北侯东征。只要定北侯在上京，他就无法发动兵变。

宁朝阳心里一跳，抓住了旁边这人的手。

李景乾下意识地回握她，而后才问："怎么了？"

"大盛兵力在你手里的有几成？"她问。

这是机密之事，哪有她这么直接问的，哪个傻子会大大咧咧地答啊？李景乾直摇头，而后他答："三成。"

除了镇远军，东边还有报国军，北边和南边也有大量屯兵。

"在上京附近的呢？"

"镇远军精锐离上京最近，但人数少，也分散，再往远些的地方有戚定山的五万屯兵、封运和刘长秋麾下也各有五万，呈三角之势守卫上京。"

苍铁敬背后的人敢有这么大的底气，那这三方的屯兵里一定至少有一方是归属于他的。

可这么说来，上回荣王谋反，定北侯勤王时，外头的兵力怎么不见动？

宁朝阳仔细想了想，突然抿唇："上回我说想去皇子所，你说了一句什么来着？"

李景乾道："我说我已经派人守着了，没有看见任何人进出。"

原来如此。

不是不想动，有可能是压根儿动不了。那人将自己藏在最不会被人怀疑的地方，也是最不自由的地方，一旦失了逃走的先机，他的所有计划都会变得十分被动。

她神色和缓下来，将所有信函折好放回去，只留了一封在手里，抬眼问他："这样不容易被发现吧？"

李景乾道："苍铁敬有收集东西的癖好，无论是什么东西，他都喜欢堆得整整齐齐地放着，但鲜少会去翻旧信。别说留一封，你全留了，他也不一定会察觉。"

"风险太大，还是不着痕迹最好。"她把其余的信都塞回他的袖袋里，"情况紧急，我就不留你了。"

李景乾眼眸一黯："用完就扔？"

"何必说得这么难听，"她干笑，"是正事要紧。"

他轻哼一声，不情不愿地踩上窗沿。

宁朝阳打开了旁边的门，神色复杂地道："为什么不走这里？"

他僵硬地收回腿，大步走向门口，"走哪儿不是走？"

"亲亲。"

"嗯？"

他侧头，门边这人刚好踮脚吻上来，柔软的触感在唇瓣上稍纵即逝，他喉结微动，垂眼往下看，就看见她的眼眸里清晰地映出了自己的影子："万事小心。"

就这点亲近，他难道就会开心了？

他会。

李景乾愉悦地勾唇，趁夜而出，眨眼就消失在了黑暗里。宁朝阳关门落座，没有休息，径直翻开百官名册仔细阅看。

第二日一大早，东宫就传了信来宁府。

宁朝阳刚准备策马出门，结果宫里又来了一道令，陛下急召，不得拖延。她意识到情况不对，先进了一趟宫。

圣人高坐龙位，依旧在咳嗽，自高高的龙位往下看她，眼神晦暗不明："宁老大人在雷州染了病，向孤求恩典要还京，宁爱卿怎么看？"

宁肃远自从去了雷州，就每月一折地求恩，往常她是都让人拦下了的，今日居然送到圣人手里了？

她心里不悦，面上却还是恭敬地道："家父年老体衰，的确不适应雷州那苦寒之地。不过天下之理，先君臣，后父子，臣还是听凭陛下的安排。"

这种小事，圣人一贯是自己做主，今日不知怎么，居然要特意召她来问。问一遍也就罢了，听了她的回答，他居然又问："那孤若是不想许呢？"

不对劲。

宁朝阳的脑子飞快转动起来。

不管发生了什么事，圣人总归是推崇孝道的，明知道她和宁肃远不太合，却刻意这么问，那一定不是想看她大义灭亲。

她暗暗掐了掐自己的掌心，眼里涌出泪来，磕头便道："圣意如此，臣不敢辩，但老父已然年迈，还请陛下开恩，准许微臣前去探望。"

"哦？"圣人很意外，"你先前一意分府别居，孤还以为你不待见你那老父亲呢。"

"陛下明鉴，臣分府别居只是不想打扰他老人家养病。"宁朝阳一脸正经地道，"臣之孝心，日月可明。"

圣人点了点头，语气却更沉起来："宁爱卿倒是比孤那皇女更懂事些。"

淮乐殿下？

宁朝阳不解："殿下孝心纯厚，先前之事陛下也都看在眼里，又何出此言呢？"

圣人冷笑："孤有性命之危时，她倒是知道来救。但孤好端端在这里坐着，她却是想气死孤。"

说着，手一扬，几本奏折就扔在了宁朝阳身边。

宁朝阳拿起来翻看，越看心里越沉。淮乐殿下私放死囚之事被揭发，台谏官直指殿下贪功骄傲，忤逆犯上。更有甚者，说圣人还在位时，淮乐殿下就贪争贤名，未免急功近利，难成朝野表率。

这字字句句都是在往圣人的胸口里扎刀，无怪圣人要提起孝道。

宁朝阳收拢这些折子，刚打算说话，圣人就道："你是在淮乐手底下成长起来的人，自是要帮着她说话的。但是宁爱卿，孤希望你明白，你现在已经是代掌首辅了。这位置不是谁都能坐的。景乾之所以能一直捏着兵权，便是因为他很清楚自己效忠的是谁。即便是自己的亲姐姐、亲外甥，在他眼里都没有孤的安危重要，这就是一个忠臣。宁爱卿，可要多想多学才是。"

这一番话将她的开脱之词全堵了回去，宁朝阳沉默良久之后明白了，陛下要她这个代掌首辅做的第一件事就是处置淮乐殿下。只有断了她的退路，她才能一心一意地效忠于龙位上的人。

她没有挣扎的余地，只能叩头领命。

离宫之后，宁朝阳先回了府，待外头没什么眼睛了，她才换了一身素衣，偷偷奔向东宫。

淮乐殿下还在里头等她，一见她穿素衣来，便明白了一大半。她沉着脸色让她进门，而后便端着手道："此一事，本宫没有做错。"

"殿下自然没错，错的是告密之人，"宁朝阳叹息，"原本该是天衣无缝的。"

淮乐殿下看着她，认真地道："密信的对照，我只告诉过你、华年、秦长舒。"

"殿下这用《道德经》对照的习惯是从何而来？"她没有急着辩解。

淮乐一愣，想了想道："我幼时念书，读的第一本书就是《道德经》，字多且常看，能记住哪页有什么字，写起来容易些。"

"是了。"宁朝阳点头，"所有皇子皇女在宫中念书，学的第一本书都是它。也就是说，除了殿下您，别的皇子也可能有这个习惯。"

这倒是没有想过。

淮乐皱眉："荣王已经被幽闭，雍王又不理事，剩下的皇子皇女都还年幼不成气候，谁会去破我的密信？"

宁朝阳指尖蘸水，在桌上写了一个名字。

"他？"淮乐沉吟，目光游移，显然是不太信。

这时候，宁朝阳就很庆幸有李景乾的帮忙了，她拿出那封苍铁敬府上的密信放在殿下跟前，什么也不用解释，就安静地等着。

淮乐很快就反应了过来："竟真有这样的事？"

她仔细看了看那字迹，又皱眉道："这字倒是没见过。"

"简单，殿下大可以关怀幼弟幼妹的名义进宫，让皇子所里的人都誊抄一遍孝经，再一一来比对即可。"

淮乐点头，目光又重新落在她身上："你方才进宫，父皇怎么说？"

宁朝阳坦诚地道："陛下想借微臣的手处置殿下。"

淮乐抿紧了唇："青云台失了倚仗，眼看就能归我所有，凤翎阁也正在风口浪尖上。在这个节骨眼儿上，本宫说什么都不能获罪。"

一旦获罪，人心如流水，很多事都会立刻变得难办。

宁朝阳头皮微微一紧。她知道殿下这是希望她顶住的意思，但圣人话都说到那个分儿上了，她还敢顶着雷霆为淮乐开脱，那岂不是摆明了不忠于帝王，只忠于殿下？

"此事往小了说也没什么大不了，"她试探性道，"呈一封折子给圣人宽宽心也就过去了？"

"他们只是叫嚷得厉害，却没真抓着本宫什么实证，你大可以将本宫摘出去，先让牢狱里的人顶罪。"

"殿下,"宁朝阳皱眉,"此举授人以柄,一旦有误,便不是上折就能宽宥得了的了。"

"本宫一旦上折,便是彻底认罪,台鉴那些人不会放过本宫。"淮乐看着她道,"宁朝阳,你一向聪明,最能明白本宫是什么处境,怎么一拿了那首辅的印鉴,就开始畏惧起来了?"

宁朝阳沉默。

"殿下,"门外有人来传话,"各位大人已经在暖阁里等着了。"

淮乐抿唇,起身对宁朝阳道:"你先回去好好想想。"

"是。"

宁朝阳目送她出去,在原处坐了一会儿,才起身慢慢往外走。

哪怕已经坐上了东宫之位,淮乐殿下也依旧是最勤奋刻苦的人,看她眼下的青紫就知道她没怎么好好休息过。她掌东宫印不过半月,实绩就已经斐然。

有这样的主子,是她的幸运。

但不幸的是,自己以往的黑锅背得多了,殿下也就习惯了遇事就让她出头了。

今时不同往日,往日她在凤翎阁,只要殿下力保,她就能留住性命。可眼下她已经是尚书省的人,再被降罪丢命,殿下丝毫保不了她不说,最明智的反应还是立刻与她割席。

一面是帝王的考验,一面是殿下的逼迫,她现在就像一团肉馅,被夹在当中,缝隙越压越小。

听圣人的意思,宁肃远即将回京,真是屋漏偏逢大暴雨。

饶是平时再喜怒不形于色,宁朝阳此时的脸上也还是挂了愁绪,整个人无精打采地回到东院,在门口就蹲下不想动了。许管家习惯了她这情绪,只吩咐下人们不要靠近,让她自己静一静。

但她蹲了没一会儿,就有人将她整个儿抱起来,放进了暖和的屋子里。

宁朝阳的气性立刻就冒上来了,咬牙道:"你勒着我了!"

"嗯。"李景乾将她放在软榻上,把软和的被褥拉过来给她盖上。

宁朝阳气恼地踢开:"我不冷。"

他看她一眼,又端了杯热茶过来。

"不喝!"她恼了,抬眼看他,"你能不能别来烦我?"

李景乾终于皱了眉,伸手就将她按在了软榻上,冷声道:"你嫌我烦?"

她别扭了许久,泄气地闷声道:"不是,我自己心里烦。"

"心里烦就吼我?"

"对不起。"她抿唇,"可我就是很烦,你放我自己待着不就好了?"

李景乾沉默,低头打量她许久,而后道:"不想做的事就不要强迫自己做。"

宁朝阳一愣。

眼前这人眼神柔和,宽大的手掌覆上来,轻轻揉了揉她的脑袋:"宁大人的确是无所不能,但也没必要一直无所不能。实在为难的话,你试着求求我吧。"

第三十三章
你有手有脚有脑子，还有我

屋外雪色簌落，屋内的炭盆暖光盈盈。宁朝阳感觉身上逐渐暖和了些，心里也就跟着舒畅了两分。

她看着面前这人，语气软了下来："你都不知道我在为难什么。"

"我知道。"

"你为什么会知道？"

他没有答，只将热茶重新放回她嘴边："喝。"

她听话地张嘴，喝完一整杯之后，冻僵的手指终于有了知觉。

李景乾这才道："与你有关的事，我总是不会错过的。"

想起圣人身边的刘公公，她眼里了然，可接着又皱眉："不对，刘德胜贪财，收了钱是会给你传消息，但东宫那边的事你怎么知道的？"

淮乐殿下戒心极重，能近她身的要么是签了死契的奴仆，要么是多年信任的家臣，绝不会出什么墙头草、耳报神。

李景乾转眼岔开了话头："灶上有鸡汤和参汤，大人想喝哪一种？"

"鸡汤吧。"

他颔首，端来鸡汤放在她跟前。宁朝阳往汤盅里看了一眼，有些意外："难得你没有主动放当归。"

提起这茬儿，李景乾和善地笑了笑："毕竟有人靠着不放当归就能得大人的欢心，我多少也是要学一学的。"

她头皮一紧，老实地低头喝汤。等到热流涌遍全身的时候，宁朝阳才发现自己刚才在门口是冷着了。

她抿抿唇，道："我努力控制控制，往后绝不再对你发脾气。"

李景乾正打算更衣，闻言就回头瞥了她一眼："我想听的不是这个。"

他想听她求他。

宁朝阳嘴角抽了抽，干咳了两声："我自己的事自己能处理好。"

"能处理好还烦成这样？"

"烦肯定是要烦的嘛。"

不管做什么样的选择，她都得失去很多东西，面对这种事，谁能不烦？

宁朝阳又叹了口气。李景乾不悦，伸手将人抱起来放在床上："右手伸出来。"

她纳闷儿地伸出右手。

"左手也伸出来。"

她照做。

"很好，两只手合在一起，朝我这个方向动一动。"

"然后跟我念——"

宁朝阳呆呆地看着他的唇形，一字一句地学："你帮帮我吧。"

话说出来，她的耳根腾地一下就红了，细眉皱起来，飞快地打乱手上的动作："我不需要人帮！"

李景乾托腮看着她这着急掩饰的反应，好笑地问："大人这是在害羞？"

"我怎么可能会害羞！我只是觉得说这话很可耻，我自己有手有脚有脑子，做什么要求你帮我，我……"

话说到一半，这人就伸手按住了她的肩。宁朝阳眼睫微颤，抬头迎上他的视线。

"要我帮忙不是什么丢人的事，是你可以做的一个选择。"他目光平静而正经，"你自己一个人的时候就靠你自己，现在是两个人在一起，你就可以选择靠自己，或者让我帮忙。前者很厉害，后者就未必不厉害。能被人不计得失地爱着，也是大人自己的本事。"

她手上一沉,心里也跟着一热。

"大人有手有脚有脑子。"他把手放在了她的手心上,"但别忘了,还有我。"

宁朝阳狼狈地垂眼,竟然觉得有点鼻酸。

屋子里安静下来,李景乾也没有催她,只站在床边安静地等着。许久之后,床上这人才清了清嗓子,故作平静地道:"那就有劳侯爷了。"

李景乾倏然失笑,他伸手将她拢在怀里,愉悦地揉了揉她的脑袋:"荣幸之至。"

"这有什么好荣幸的。"她没好气地道,"牵扯进这事,你保不齐要受殃及。"

"大人似乎很看不起我。"

这是她看不起他吗?这是事实!中宫和荣王都已经偃旗息鼓,眼下他就是一根独木,圣人还对他起了戒心,保不齐哪天就要削他手里的兵权了。

可身边这人似乎半点也不担心,扯过被褥将她裹紧,然后吹灭了灯烛。

一片黑暗里,李景乾的呼吸绵长安稳,宁朝阳的眼睛却瞪得像铜铃。

第二日一早,圣人高坐朝堂之上,张口就问:"宁爱卿可有本奏?"

该来的始终要来。

宁朝阳暗叹一声,出列先禀了一些不重要的事,例如库书修典的进度,还有城内道路的修葺。可是越往后说,她就感觉气氛越凝重,淮乐殿下站在她对面的首位上期待地看着她,圣人的目光也沉沉地落在她身上。

宁朝阳双眼一闭,拱手道:"冬日回廊的情况就是这些,下面臣还有一本,想奏东……"

"陛下,"刑部侍郎黄厚成突然出列,严肃道,"冬日回廊原本是为百姓谋福之地,没想到近来竟成了刑案多发之处,光刑部接到的重案就有三起,臣以为,还是得早日处理妥当,避免横生民怨。"

"臣附议。"沈裕安也出列。

圣人应了一声,对宁朝阳道:"此事也交由宁爱卿去办,户部配合拨款,不得有误。"

户部那几个侍郎因着唐广君的牵连,已经都获了罪,眼下刚顶上来的是凤翎阁的沈浮玉。

沈浮玉出列道:"陛下,国库眼下虽充盈,但冬日回廊里的难民是一日赛一日地多,若不先切断源头,恐怕——"

"沈大人话说得简单，那源头在东边，是你想切断就切得断的？"常光皱眉嘟囔。

胡山应声出列："常将军说得对，臣以为，眼下当务之急是先解决东边的战事，东边需要得力的将军过去镇住局面，臣等愿意请缨。"

"胡将军刚刚才随定北侯归朝，再请缨怕是太劳累了些。"台鉴官出来道，"此事还是另寻他人为妙。"

"如今朝野上得力的武将屈指可数，能镇得住东边战火的，除了胡山将军，还能有谁？"

"大人这话未免太看不起在朝的诸位了。"

"我不是那个意思，我是说……"

原本寂静的朝堂突然就吵嚷了起来。

圣人恼怒地道："有众位爱卿的唇舌在，还怕东边的战事打不赢吗？"

此话一出，朝堂上安静了一瞬。

但也只一瞬，就有武将接着道："陛下有所不知，东边的战事如今已经是火烧眉毛，那凉国——"

宁朝阳沉默地看着自己手里的笏板，想了想，往怀里一揣，安安静静地看起戏来。

"凉国嚣张，屠戮边城百姓不说，还将郡守和知州的尸首悬于城门之上，真真是令人发指！他们号称有十万铁骑，东边几个州县都是未战而先输气势。我方溃败之势，恐怕只有镇远军的士气才能抵挡，还请陛下早做决断。"

武将你一言我一语地说着，圣人始终沉默不语。

早在先前定北侯提起东征之事，他心里就是不愿的，且不说国库能不能支撑那巨额的军饷支出，就说定北侯这个人，性子太凉薄，他不愿让他手里的兵权过大。如今中宫已薨，两人之间只剩下君臣的关系，圣人就更不想让他东征了。

可是下头那一群不懂事的武将越说越激动，弄得他已经有些下不来台。

圣人转头，看向了下头站着的淮乐："皇太女怎么看？"

淮乐还是懂他心意的，当即就道："镇远军操劳，休息还不到半年，再远征未免衰疲。不如先遣江州和青州的驻将过去支援。"

"嗯，"圣人终于点头，"你说得有理。"

台阶都已经放上来了，他也准备踩着就下了，结果远处又冒出来个年轻言官，拱手就道："臣以为不然！江州和青州的驻将也有重任在身，不可妄动，还是得从朝廷里调遣武将。"

"大胆！"黄厚成离得近，当即就斥了他一声。

那言官不服气，沉声便问："难道皇太女说得不对，就不允言官驳斥了？"

宁朝阳也纳闷儿呢，黄厚成这一声吼所为何来？结果那年轻言官接着就道："皇太女私放死囚一事，臣也想请圣人明示该作何罪论处，也好给下头各人一个表率。"

好嘛，这还要替她赶着去送死？宁朝阳咋舌，忍不住回头看了一眼。

淮乐先站不住了，出列拱手："此事当中有误会，儿臣本不欲耽误朝时，谁料……"

她开了这个头，后头的凤翎阁众人跟着出来一一解释，表明该死囚还被关在死牢里，只是在刑部有些手续没办完，所以才调过去了，并没有偷偷释放一说。

这解释不太能站得住脚，但圣人也不想太直接地下了东宫的颜面，于是转头问："宁爱卿怎么看？"

"臣……"

"宁大人出身凤翎阁，岂可对此事发言？"那言官大声道，"按理应当避讳！"

圣人慢慢抬头扶住了自己额头，他咬着牙问刘公公："这人叫什么名字？"

刘公公小声回答："贺知秋。"

"很好，"圣人道，"看起来很会说话，派他去东边有战火的那几个州当文记去。"

刘公公赔笑应下。

朝臣都觉得这言官说得有道理，纷纷让宁大人回避，宁朝阳只能十分惋惜地朝淮乐殿下摊手。

这不怪她不说情，是大家都不让她说呀。

朝淮乐摊完手，她又朝陛下暗暗拱手。

臣可没有偏袒淮乐殿下哈，没有办法，要顾全大局的哈。

宁朝阳适时地流露出一些痛苦的神色，安静地站在队列里继续看戏。

凤翎阁众人自是有理有据，指责淮乐的言官们手里的证据有些不足，于是最后这件事不了了之，武将们重新开始争论该派何人前去镇守东边。

最后这件事以圣人直接退朝告终。

李景乾站在朝堂上，一句话都没说，甚至在偷偷打瞌睡，散朝了才醒过来，漫不经心地往外走。

几个武将围过来与他道:"侯爷,您上上心,东边都已经要打到幽州了。"

"还早呢,"李景乾不甚在意,"真打到了河东再说不迟。"

"您怎么能这么想呢?"

"不是我要这么想,"他嗤笑,"是圣人就是这么想的。"

近年西边和南边屡屡大捷,圣人已经完成了先皇都没有完成的伟大功业,就算东边再失掉两个州,对上京的影响也不大。故而圣人想先理一理内政,休养生息之后,再思东征之事。只要没到万不得已,圣人一定不会把东边的兵权也交到他的手里。

李景乾施施然拂袖,出宫径直往冬日回廊的方向去了。

有户部的拨款,冬日回廊的情况比先前好了不少,此处有足够多的边境难民,也有足够多的战场情报。

他换了一身医者的白衫,背起药箱,一边给人看诊,一边闲聊,只半日的工夫,药笺就用了三百张。

程又雪奉淮乐殿下的命过来查看情况,一见这场面,就忍不住夸赞:"侯爷真是慈悲为怀。"

叶渐青看着那并未被难民拿走的药笺,轻嗤一声道:"慈悲是有的,但不全是慈悲。"

"此话怎讲?"程又雪满眼好奇。

叶渐青欲言又止,最后还是笑道:"没什么,我瞎说的。"

程又雪不悦:"大人好像把我当傻子。"

"不是把你当傻子,"他摇头,"是有些事你知道得越少越安全。"

"那大人你怎么总知道那么多?"

"我知道得越多,你也越安全。"

什么乱七八糟的,一点道理都没有。程又雪撇嘴,转身就去找了管事,抄一些登记好的难民情况回去交差。

宁朝阳逃过一劫,心情甚好,从御书房出来就打算直接出宫去冬日回廊。结果刚走过一条宫道,面前就出现了一个人。

"宁大人,"那人朝她拱手,"我们主子有请。"

宁朝阳停下脚步,上下打量他的穿着,而后眯了眯眼:"马岳?"

倏地被点名,马岳一僵,接着就笑道:"大人聪慧。"

因着要与她结亲的关系,圣人给了五皇子恩典,让他出宫开府,想必在这两日封号就能下来。

在这个节骨眼儿上见她？

宁朝阳垂眼，瞥了一眼马岳的手掌，而后便道："带路吧。"

上回见五皇子，这人还一身旧衣，像一朵开在荒野里的芍药。这回再见，五皇子已经换了一身绣银的玄衣。

两人分明没什么来往，他却十分熟稔地开口道："宁大人瞧瞧，我这一身可还合适？"

若没有察觉他背后做的那些事，宁朝阳会以为他是在跟自己套近乎。但她用余光瞥见后头书架上的《道德经》后再听他这话，就有一种斗蛊里的蛐蛐抬头看见人的毛骨悚然之感。

当然了，她面上是不会表露出来的，只顺着他的话答："殿下天人之姿，穿什么都是合适的。"

五皇子像是很开心地笑了起来："宁大人这般夸我，那定然是喜欢我了？"

宁朝阳端着茶抿了一下，没有入口，也装作没有听见这话。

五皇子等了一会儿，眼神黯淡下来："不喜欢吗？可不喜欢的话，大人为何要跟父皇说想与我成婚呢？"

这清澈而难过的眼神，看得人很是动容。

宁朝阳忍不住庆幸，幸好她先遇见了李景乾，不然谁能扛得住这天衣无缝的演技。

她放下茶盏道："坦白讲，殿下是我能做的最好的选择，我需要一个皇子来证明自己对圣人的忠心，殿下需要一个人来让您脱离眼下的困境。"

盯着她看了两眼，五皇子也坐了下来："此事对我的益处更多些，大人可还有什么用得着扶风的地方？"

"没有，"宁朝阳温和地笑道，"殿下的府邸就在宁府附近，臣只希望在订亲前的这段日子里能与殿下好生相处。"

"自然。"他有礼地颔首。

眼前茶盏里的茶水慢慢变浑浊了。

李扶风不动声色地打量她，见她没什么反应，眼里倒是更亮了两分："时候不早，不如我让马岳送大人回去？"

"不必了，"宁朝阳起身道，"臣自己可以回去。马副将功夫虽高，却是久疏操练，还是要勤奋些才好。"

刚想抬步的马岳闻言僵在了原地。

李扶风笑意更盛,亲自起身将她送到门口,甚至朝她拱手行礼:"大人慢走。"

宁朝阳施施然消失在了宫道上。

看着她的背影,马岳觉得很可惜:"殿下该让属下试一试的。"

李扶风不以为然地拂袖:"试也没用,没见人家都点你了嘛,久疏操练啊。"

一眼就能看出马岳的深浅,那马岳就绝不是她的对手。

茶她没喝,计也没中,李扶风却很开心。

宫闱寂寥,还是外头有趣。

出宫上车,宁朝阳问在车上等她的宋蕊:"负责修葺五皇子府邸的人是谁?"

宋蕊答:"工部的一个小吏。"

"替我备礼去庞佑府上,就说我明日去拜会。"

"是。"

"大人要去冬日回廊?"车夫问。

宁朝阳刚想应是,宋蕊却道:"死牢那边出了岔子,沈晏明险些遭人毒手。"

宁朝阳神色一紧,问:"他的罪还没有定下?"

宋蕊摇头道:"沈御医当时拿着您的信来,只说要住死牢保命,但不肯招认别的事。"

谋害圣人,一旦招认就是满门抄斩,他自是不想认的。但眼下不认,他的小命也会一直被人惦记。

宁朝阳想了想,道:"我会抽调几个人去专门看管他,你们顺藤摸瓜,查一查那毒手是从哪儿伸出来的。"

宋蕊有些为难:"凤翎阁最近实在太忙,华年大人又重伤不得用,眼下没有谁能去查这桩事了。"

宁朝阳纳闷儿:"又雪最近不是闲着吗?"

"程大人?"宋蕊有些为难,"她太年轻了些,胆子又小,死牢那地方……"

宁朝阳摆摆手,道:"不经事哪能长大,就交给她去办。"

"是。"

要借用凤翎阁的人,宁朝阳就不能去冬日回廊了,车头一转就直奔东宫。

她今日在朝上全身而退,淮乐殿下看她的眼神也温和不少,听她说了事情的来龙去脉,倒也干脆:"你虽去了尚书省,也还是我麾下的人,凤翎阁听你差遣,不必特意来请示。"

"谢殿下。"

"牢里那人不得用了，父皇也敲打了本宫，本宫怕是得偷几日闲暇了。"淮乐叹气，"偏巧遇上东边战事吃紧，原还想提拔一下宋蕊，眼下也没了说话的机会。"

"殿下放心，"宁朝阳道，"微臣会与陛下着重推举宋蕊。"

淮乐满意地点头，又拿了一柄镶宝金如意给她。

宁朝阳唏嘘道："殿下正是用人之际，又何必再给臣这样的厚赏，留着赏旁人，用处不是更大些？"

淮乐听懂了她话里的意思，笑道："难为你连这点都替本宫打算，不过这是你该得的，就不必与本宫客气了。"

她这才行礼谢恩。

这一番折腾之后，再去冬日回廊，李景乾已经不在了。

宁朝阳扫了四周一圈，难民们都被好生安置了，虽然还有口角发生，但伤人的事是暂时没有了。不过看守的管事说，明日又会有五千多个难民被安置过来，这数量有些大，恐怕要出新的乱子。

她忧心忡忡地回了自己的院落。

原以为进门就会看见李景乾，但这回推开门，里头竟是漆黑一片。

宁朝阳茫然地回头，就听许管家道："江小大夫传话来，说最近盯着他的人变多了，不便再乱走。"

东征之事闹得沸沸扬扬，朝上那些提胡山大名的人并不是真的想让胡山挂帅，而是借着胡山在说定北侯。

他现在处在风口浪尖上，宁朝阳觉得不回来也可以理解。但是，少了一个人的院子，莫名变得分外空旷，冬日的风夹杂着雪，直愣愣地往她脖子里吹。

将军府里，此刻却是灯火通明。

"东征之事是萧将军的遗愿，"云晋远严肃道，"侯爷先前是答应过的，一定会尽全力争取。"

"我是答应过。"李景乾颔首，而后怅然地道，"但眼下的镇远军已经归朝，就不是在外头我一个人说了算的时候了。"

云晋远不解："此话从何而来？大家都是想东征的呀。"

"我这儿已经收到了五封书信，"李景乾道，"都是称病想休息一年的将领。"

云晋远接过信看了两眼，皱眉道："前头几个人还有些说法，但这个霍丹不是才顶替唐慕接管那一分支的队伍吗，怎么也要休息？"

"许是她麾下人的意思。"李景乾叹息,"但这几个人都这么说,我总不能不顾他们的想法。"

云晋远恼道:"这才五个人,咱们其他分支的将领应该也有想法,怎么着也要少数服从多数才是。"

"其余的人都还没有消息来,"李景乾抬眼盯着他道,"要不,云叔你去催一催?"

云晋远严词拒绝了他。

"属下只是侯爷的副将,"他一本正经地道,"没有立场去催其他各位将军。"

话是这么说,但几日之后,李景乾还是收到了三封来自江州的书信。

他把这些信放在了胡山面前。

胡山看完,原本想说这三位将军不过是一心报国,何错之有。结果李景乾道:"前头五封信是假的,我没有往江州递任何消息。"

胡山不可置信地后仰,满目震惊。

李景乾拍了拍他的肩,道:"带我的手令去一趟江州,请这三位一起入京述职。"

"是。"胡山拱手应下。

程又雪查到凤翎阁死牢里的狱卒受贿,顺藤摸瓜就查到了张彤如。她把结果交给宁大人的时候,宁大人赞许地朝她点头:"办得很好。"

就这四个字,程又雪高兴了一整天。

回家的路上,叶渐青问她:"晚上要不要一起吃烤肉?"

程又雪止不住地笑:"你怎么知道宁大人夸我了?"

叶渐青还没来得及说话,面前这人就手舞足蹈地道:"宁大人鲜少主动夸人,宋蕊那么厉害的武执戟,一年到头也不过得她三两句夸赞,而我已经被她夸了两次啦!"

她伸着两根手指在他面前晃,加重了语气:"两次哦!"

叶渐青实在没忍住,笑了出来,他拿指关节抵着唇瓣,轻咳两声之后道:"恭喜大人。"

程又雪挺了挺胸脯:"也是我该得的。那死牢里的情况可复杂了,我险些将小命搭上,才发现张彤如的蛛丝马迹,要不是——"

"你去死牢里查案?"叶渐青突然打断她。

程又雪眨眨眼:"这事情就发生在死牢,我不去死牢该去哪儿?"

她说着还有点后怕："那些狱卒平时见着宁大人还挺老实的，见着我却像地府里的阎罗。"

要不是她反应快，就要被受贿的那个狱卒给堵在死牢里了。

叶渐青眉心皱了皱，瞥着她那兴奋的神色，倒也没再说什么。只是到了第二日，程又雪想去张府抓人，叶渐青不知为何，非要跟着她。

她不解："大人不用去尚书省吗？"

"今日休沐。"

程又雪不由得"哇"了一声。

年关将至，朝廷各部门的假都难请得要命，叶大人居然还能有休沐，真是太厉害了。但是为了避免他跟着自己涉险，程又雪给他找来了一身武执戟的衣裳。

他有点嫌弃："我不会穿这个。"

这里的"不会"指的是不愿意，但面前这人竟以为他是不会系扣子，于是拿着外衫就往他身上拢，雪白的小手拢着他脖子下面的系扣，一边打结，一边道："大人哪里都好，就是娇惯了些。"

叶渐青没有解释，连反抗也一起省了，任由她把武执戟的装扮一件一件地替自己穿上。

他的目光静静地落在她认真的小脸上，半晌也不移动。

"好了，"程又雪退后两步，打量一圈之后，满意地点头，"还挺像那么回事的。"

"待会儿大人跟在我后头，不要抬头，也不要出声，若有危险，就躲去护卫们身后。"她拉了两个护卫来给他做示范，"像这样，步子迈大一点，左躲！右闪！然后就能进入护卫大人们的保护圈了。"

叶渐青漫不经心地点头应下。

张彤如官拜五品，因着有苍铁敬的庇护，在上京可以说是横行一方，她府上养了许多死士，护院的人数也远超一般的官邸，要抓她，光有证据不行，还得有足够多的人手。于是程又雪带着凤翎阁的十个护卫走到一半，碰巧遇见了有些空闲的"叶府护院"，他们说想跟着大人去见世面。

程又雪不太会拒绝人，便硬着头皮答应了下来。

张彤如听见凤翎阁要来捉拿她的消息时，冷笑着打开了大门。凤翎阁现在能抽调的人手有多少她心里有数，程又雪有些什么本事，她也心里有数。

结果大门一开，她就看见了程又雪背后站着的叶渐青，顿时就愣了。

"叶大人什么时候成武执戟了？朝中怎么半点风声也没有？"

程又雪一脸严肃地与她宣读了罪名，并拿出了有淮乐殿下盖章的缉拿令："还不快领罪受捆？"

张彤如纵横上京这么多年，从来不知道"领罪"两个字怎么写！她抬头想叫人，结果就见后头拥进来了六十多个江湖打手，二话不说就将她的人都按在了旁边的院墙上。

"你、你敢带这些人闯官邸？"张彤如震惊。

她后半句想说的是难道不怕自己告上吏部，治程又雪一个扰乱上京之罪。但话没说出来，她就看见后头站着的叶渐青笑了笑。

他一边笑，一边理了理自己的袖口，姿态轻蔑，仿佛在说："你的话能从吏部流出来一个墨点就算我输。"

张彤如脸色发白。

程又雪背对着叶渐青，什么也没看见，只严肃地道："少废话，带走！"

几个护卫上前欲押解，张彤如负隅顽抗，还是大喝了一声："给我拦住他们！"

后堂里又冲出来几十个护院，程又雪反应极快，抱着脑袋就左躲右闪地往护卫身后一藏。

叶渐青不会武，却也是个人高马大的男儿。他捏着刀鞘就给了冲上来的护院一脚，顺带朝门外扔去一支信号烟。

须臾之间，更多的"叶府护院"从外头拥了进来。

张彤如转身想逃，叶渐青在人群之中轻声道："现在就擒，你只一个人有事。再逃，你淮阳老家的人都得来上京喝茶。"

他声音不大，张彤如却听清了，整个人都僵在了原地。旁边的护卫眼疾手快地押住她，给她戴上了镣铐。

程又雪躲在最后头，左看右看没见叶渐青的人，急得连忙大喊："你忘了我怎么教你的了？"

张彤如心里烦忧，忍不住想大骂她蠢蛋，人都抓住了，谁还会管她教的什么。结果话还没说出口，她就见旁边那原本一脸森冷的叶大人突然俯下身来，左躲，右闪，而后大步迈进了护卫们的保护圈。

张彤如一入狱，苍铁敬就坐不住了，三番五次跑到凤翎阁要人。

兵部尚书位高权重，别的人大多顶不住他的压力，但碰巧凤翎阁最近只剩下程又雪当差。

程又雪大手一挥,就让门房不再放他进来。

秦长舒知道之后有些担忧:"苍铁敬不是好惹的,你往宁大人那儿多走走,眼下只有她才能护你周全。"

程又雪倒是想去找宁大人,但大人最近一直在将落成的淮王府上监工,她找了好几次都没找到人。

不仅宁大人难找,定北侯最近也不露面了,她只隐隐听说江州那边出了什么变故。

"山雨欲来风满楼,"她皱着鼻尖道,"上京最近的气氛好生压抑。"

叶渐青将烤肉翻了个面:"明日淮王就正式受封开府了,会热闹一些。"

"我没有拿到请帖,"程又雪惋惜地道,"想凑热闹也不成。"

"我倒是有帖子,但还是不去为好,"叶渐青道,"有些热闹更适合在旁边的摘星台上看。"

摘星台就在淮王府不远处,因着有七层高,能远远俯瞰王府部分庭院里的情形。

程又雪纳闷儿道:"热闹难道不是凑近了看才好?"

叶渐青但笑不语。

淮王开府摆宴,不知何故,特意邀请了定北侯。

两人并未有过什么交集,也没有任何亲属关系,淮王一见李景乾却是分外开心,拉着他就一顿夸赞,直言他是大盛第一武将。

李景乾皮笑肉不笑地收回手:"王爷谬赞。"

淮王察觉到他的敌意,笑得倒是更欢:"宁大人也来了呢,侯爷可要见一见?"

"吾与宁大人素来不和,为了不扰王爷府上的喜气,还是不见为好。"

"侯爷这说的是哪里的话,宁大人先前还提起侯爷,说订亲那日,一定要请侯爷喝一盏喜酒呢。"

李景乾不动声色地抬眼。

这位受冷落多年的五皇子在见人时却不怯场,规矩礼仪也都尽善尽美,天真的笑意下藏着几丝看戏的冷漠,指腹上的茧比他身边那个武将手上的还厚。

李景乾敛回目光,道:"贺礼已经送到,在下就先走一步了。"

"侯爷,"淮王叫住了他,意味深长地道,"东边战事吃紧,侯爷恐怕很快就要离开上京了。不如提前喝这一盏喜酒,也算本王全了礼数。"

说着,从旁边的托盘上拿了两盏酒,一盏递到他跟前。

李景乾没接。

淮王挑眉："怎么，是觉得父皇赐的这一桩婚事不好？"

"不是。"

"那侯爷还不想一想祝酒词，"他似笑非笑地道，"百年好合，抑或早生贵子？"

陆安站在后头，瞧见自家主子袖口里的手明显紧了紧。他担心地往前迈了一步。

今日来者甚众，淮王是故意在激侯爷。侯爷一旦动怒，传去圣人耳朵里，那就成了他忤逆皇室，图谋不轨。

然而，片刻之后，李景乾的手就松开了。

他转头看向王府大门的方向，漫不经心地道："王爷这流水宴好大的排场，肉香得飘出去十里地。"

没想到他会突然说这个，淮王愣了愣，有些不明所以，但很快他就察觉到了不对。

外头人声鼎沸，原本是热闹的，但声音逐渐开始嘈杂，且越闹越大。

"王爷小心！"马岳突然喊了一声。

淮王侧身回眸，就见后头突然冲上来七八个衣着褴褛之人，举棍就朝他打来。

情急之下，淮王压根儿顾不上别的，返身就与他们周旋缠斗。

李景乾在旁边看着，淡淡点头："不愧是从过军的皇子，武艺远胜荣王、雍王。"

淮王狼狈躲避，一边与人过招，一边气恼地道："侯爷居然袖手旁观？！"

难民似乎这才发现旁边还有人，分了两个人出来，张牙舞爪地朝李景乾攻去。

这边对付淮王的几个人棍棍到肉，下手毫不留情。那边李景乾面前的人却像是陷在水里一般，一拳一腿都缓慢至极。

"唔。"

几招之后，李景乾配合地痛呼了一声，缓缓靠坐在了后头的石柱上。

淮王想骂街了，这是当他瞎吗？啊？

王府初落成，没有多少守卫，整个庭院里的难民却是越来越多，马岳护着他且战且退，宾客也纷纷受惊冲撞，有不少人受伤。

程又雪站在摘星台上目瞪口呆地看着，扭头朝叶渐青道："打起来了！"

"嗯，"叶渐青扶着栏杆远眺，"你的宁大人已经顺利地登车了。"

"可还有别的王公大人呢。"程又雪直皱眉，"看起来伤亡不少。"

叶渐青轻笑道："冬日回廊那边的难民拥挤，少吃少穿，还日夜受冻，这边的淮王府却大摆流水宴，如何能没有伤亡呢？"

从摘星台上看过去，甚至能看见难民围在宴席桌边抢食。

程又雪心里一沉，接着就将屋子里的笔墨拿了出来。

"大人，"她道，"烦劳您将此景画下来。"

叶渐青挑眉："我的画作很值钱。"

"您只管画，我买了。"她大方地道。

叶渐青了然，接过纸笔从容作画。

热闹的王府、燃炸的鞭炮、摆到街巷里的大鱼大肉和远处蜂拥而来的衣衫褴褛、骨瘦如柴的难民。

他画技无双，笔墨落成，即是人间万象。

程又雪郑重地将墨晒干，而后卷进了衣袖里："朱门酒肉臭，路有冻死骨。这样的画面，没想到真能让我亲眼看见，也该让咱们的陛下看一看。"

她暗暗握拳，打算去为万民进言。

"对了，"程又雪想起来问，"这画多少钱？"

"五十两。"

程又雪僵硬地把画卷拿出来放回他手里，拱手作揖："是下官唐突了，告辞。"

叶渐青好笑地拉住了她："等等。"

程又雪整个人都在抖，回头眼神复杂地看着他，像是想问画这么值钱，还当官做什么，但她又不敢。

他摇头轻笑："外头的人买我的画自然是五十两，给你，就只要五文钱。"

程又雪震惊："你我之间的情谊已经值四十九两九百九十五文钱了？"

…………

第三十四章

你我之间的来往章程

这话说的，他点头也不是，摇头也不是，最后只能抿唇："五文钱都没带？"

"带了带了！"程又雪生怕他反悔，连忙拿出钱袋，仔细数了五个铜板给他。

叶渐青拿着就走。

程又雪在后头牢牢地抱着那幅画，依旧觉得它价值五十两，十分贵重。

但她把这画呈给圣上，圣上却没有要还给她的意思，而是久久凝视，一句话也没说，刘公公当即就将她送出了御书房。

程又雪一步三回头，欲言又止。

刘公公以为她是想知道圣意，小声道："放心吧，咱们陛下仁厚爱民，不会让这件事就这么过去的。"

"那画……"

"画得很好。"

废话，要是不好，也不至于要五十两。

程又雪捂了捂自己的胸口，万分无奈地出了宫。

等淮王府那边的乱事平息下去，淮王没有进宫，倒是受伤的诸位王公贵族先去面圣了。

黄厚成声情并茂地描述了难民的凶残和各位大人受伤的惨状，表达了对上京未来治安的担忧，以及希望陛下快些确定东征将领的人选。

出了这样的事，臣民皆愤慨，但又谁都不能怪。圣人思忖良久，还是将目光投向旁边的李景乾。

"爱卿怎么看？"

问出这话，就代表李景乾若再自请东征，他就会接受。

这么好的机会，李景乾没有道理放过。

圣人死死地盯着他脸上的表情，想看清他到底是个什么心思。结果李景乾却苦笑了一声："臣自诩武艺无双，却没料到山外有山、天外有天。"

"哦？"圣人意外了，"爱卿何出此言？"

"方才局面混乱，微臣力竭受伤，差点儿没了性命，幸得淮王殿下相救。"李景乾感慨地道，"淮王殿下久居深宫，尚不疏武艺，微臣实在惭愧。"

圣人愣怔，想了一会儿才想起来，淮王幼时的确是跟着上过战场的。他母妃一薨，自己就鲜少见他了，原本给他封王也只是为了跟宁朝阳结亲，为皇室留住一个心腹大臣。

不承想，他竟勇武胜过定北侯？

"前些日子，镇远军的三位将军进京述职，也与微臣提起了淮王殿下。"李景乾道，"他们都与淮王殿下一起打过仗，连连称赞淮王殿下有勇有谋。眼下东边战火连绵，士气不足，微臣以为与其派别人，不如派淮王殿下前去坐镇，一来可鼓舞人心，二来淮王若堪用，陛下也能宽心。"

他最后一句话说得略带委屈。

圣人哈哈笑道："爱卿这话就偏颇了，你与他都姓李，都是我李家的好儿郎，谁去孤都能宽心，不过孤久未见淮王，听你这么一夸，孤倒是有些好奇了。"

李景乾拱手一揖，眼眸低垂。

淮王府出事，旨意没来得及宣读，钦天监连夜禀明圣上吉日有变，从初八改成了月底。

天命如此，圣人倒是不愿强行违背。他先命沈裕安和护国公一起去考察淮王，看看他是否如李景乾所说那般堪用。

于是淮王突然就忙了起来，连见宁朝阳一面的时间都没有。

宁朝阳与定北侯在宫道上相逢，两人都一本正经地走着，肩头交错之时，宁朝阳却听他说了一句："等我。"

他都没具体说等他做什么，人就已经翩然走远。

宁朝阳稳住心神，先做自己手上的事。

淮王府是在她的眼皮子底下完工的，里头有些机关暗道连淮王都不知道，她却了如指掌，甚至府上每日的动向也有人来回禀给她。

宁朝阳越听越奇怪。

先前圣人还不太喜欢淮王，怎么突然有了要重用的意思？尤其有了让他东征之意。

东边有八万骑兵和十二万散兵待阵，这么大的兵权，若落在淮王手里……宁朝阳想了想，加快脚步往华府的方向走。

华年伤口愈合，已经勉强能下床了，但柳岸的断骨还没有被接上。

宁朝阳进去的时候，就见柳岸手脚都被捆在轮椅上，而华年正温柔地吹着碗里的汤药，笑着与他道："喝完就不难受了。"

柳岸挣扎着想说什么，但嘴里已经发不出任何声音。

宁朝阳背脊微凉，停在了门边。

"来了？"华年回眸一笑，"东西都给你准备好了，只管拿去便是。"

宁朝阳犹豫地凑近，就见桌上放着两幅画像和一份长达五页的供词，后头还落了柳岸的手印。

她有些迟疑地道："口供若要算数，得他自己点头才行，不可屈打成——"

华年闻言就问柳岸："我打你了？"

柳岸僵硬地摇头。

"那这口供，你还想翻吗？"

他也摇头。

华年这才重新看向宁朝阳："若有问题，来我这儿提他上公堂便是。"

宁朝阳抹了把脸。

人家两个人之间的事她也懒得说什么，只是觉得有点可惜。很久之前，华年带柳岸出来与她喝酒，当时华年看柳岸的目光里还是有温情的，柳岸看她的眼神也不全是恨，两人视线交织，甚至会有些不好意思的别扭。

她在旁边看着，觉得两人也算佳偶。

只可惜，后来谁也没能打开谁的心扉，走到现在，终于只剩下互相折磨。

宁朝阳不由得想起李景乾。

若不是他后退一步，若不是他主动来找她，他们两人现在会不会比华年和柳岸更糟糕？

她摇摇头，收拢口供，又去了一趟死牢。

沈晏明想活命，她有法子让他活命，但条件是他必须将千尾草下在御药里的经过都写出来。

沈晏明答应了她，不过写口供之前，他先写了一封信斥骂沈浮玉见死不救，毫无手足情分。

他把所有能用的难听的词汇都用了上去，然后郑重地放在了宁朝阳手里。

宁朝阳明白他的意思，领首起身。

"我始终在麻烦你。"沈晏明突然开口道，"若下辈子我能生成一个武将就好了。"

若生成一个武将，就可以反过来保护她，将亏欠她的东西统统还给她。

原本是很让人感动的话，但宁朝阳却头也不回地道："你生成武将也未必能高得过我去，都一样。"

宁朝阳觉得自己很矛盾。

她仰慕强者，但一旦有人胜过自己，她就会气得想去追赶。她也怜惜弱者，但真有男人一直弱小无能，她又会很快失去兴趣。

秦长舒曾经说过，她这心思太不寻常，很难觅得长久的伴侣。她自己也这么觉得，但是……

马车自小巷的石板上碾过，宁朝阳似有所感地掀开车帘，正好瞧见李景乾策马而来。

他着一身红绒绳边的白锦长袍，踏一双暗绣云靴，穿拂过上京的纷落雪色，眨眼就停在了她的车边。

"宁大人要进宫？"李景乾捏着缰绳问。

宁朝阳看着他那故作客套的神色，眼尾微微一弯，而后就将双手交叠搭在窗沿上，身子往外倾："是啊……"

李景乾一愣，下意识地往左右看了看。

这巷子虽然偏僻，却还是有人往来。他不由得挺直了背，抿唇道："圣人今日事忙，恐无暇接见，大人不必白跑一趟。"

"哦？"她看着他，软声问，"陛下在忙什么呢？"

"在忙剿匪……我为什么要告诉你？"李景乾差点儿咬着自己的舌头，牵着缰绳后退两步，戒备地看着她。

她似乎对他这动作十分不满，撇了撇嘴，又将身子从窗口探出去几寸："剿哪儿的匪啊？"

车厢随着她的动作微微倾斜，从李景乾的角度看，宁朝阳就快从窗口跌出来了。

他轻吸一口气，而后翻身下马，一边大步朝她走，一边冷声道："无可奉告，大人还是快些回去，免得与其他大人的马车一起堵在宫门口。"

说话间，人已经来到了车旁，趁着没人看见，恼瞪她一眼，就将她整个人都塞回车里。

宁朝阳还想逗他，却发现怀里多了个热乎乎的东西。她低头一看，是纸包着的烤红薯。

宁朝阳眼里泛出潋滟的光，抬眼睨他。后者一本正经地负着手道："话不投机半句多，告辞。"

说罢，人就翻身上马，缰绳一扬，重新没进风雪里。

烤红薯很烫，隔着纸包捧着都让她双手渐暖。宁朝阳勾唇目送他远去，而后才吩咐车夫："掉头，去凤翎阁。"

"是。"

在原来的计划里，宁朝阳是打算把人证物证都收集齐全，然后禀明圣人，如此一来，她与淮王的订婚就会无限后延。但方才李景乾那话好像是在提示她什么。

她去凤翎阁找了秦长舒。

秦长舒从一堆比人还高的文卷里抬起头来，哭笑不得道："各位同僚最近都活得水深火热的，你居然还不知道？"

宁朝阳皱眉："我府里什么风声也没有。"

秦长舒抹了把脸："淮王府遭难民围抢的时候，上京的其他官邸也都遇了悍匪打砸，圣人恐是有人作乱，紧急下令让封将军派兵增援上京剿匪。"

封将军？宁朝阳心里一跳："屯兵在京外的封运？"

"是。"秦长舒道，"原本殿下的意思是想调戚定山来增援，毕竟他是咱们的人，有这立功的机会自然是先紧着他。但不知为何，定北侯极力推荐封运。念着是武事，圣人也就听他的了。"

宁朝阳心里生了个念头，但又觉得有些荒唐，迟疑地道："上京这边负责接洽剿匪之事的人选，定北侯推举了淮王？"

秦长舒刚打算说呢，闻言吓了一跳，连忙低头看了看自己手里刚解封的密信："你、你怎么看见的？"

宁朝阳抹了把脸，而后低低地笑了出来。

"你笑什么呀？"秦长舒更纳闷儿了，"上京乱成一锅粥，你定是要跟着忙碌的，年假都没有了，还笑得出来？"

宁朝阳摇摇头，抱起胳膊道："那不一定。"

她以前总是很忙，不管身居几品，每年都没有年假，大年初一还得在凤翎阁看文卷。但今年，宁朝阳觉得，她或许可以好好休息一下了。

平宣坊的路她走了很多遍，或匆匆上朝，或疲惫回府。今日回去的时候，宁朝阳难得地让车夫慢行。

街边的小摊热闹，吃喝玩乐什么都有，她慢悠悠地看着，买了些坚果糖水，又买了几个风筝面具，连往日不爱吃的烤肥油也买了两串，然后站在自己的府院门口一点一点地吃了个干净。

夕阳正好，她悠闲地抬眼看着，舒坦地叹了口气。

许管家站在旁边欲言又止，最后还是忍不住哆哆嗦嗦地问："大人获了什么重罪了？"

"没有。"

"那是触怒了龙颜，要被贬谪了？"

"也没有。"

"那……"

"许叔，我只是想放松一下，"晃了晃手里的对联，她抬眼笑道，"马上就是年关了。"

许管家哆嗦得更厉害了些。

多年以前，他心疼大人年关也要忙个不停，就劝她歇一歇。当时大人说的是："我没有家人可以倚仗，也没有稳固的靠山可以乘凉，谁都可以歇，我歇了就什么都没有了。"

那语气他到现在都还记得清楚。而大人今年却说，她想放松一下。

许管家眼泪都快出来了，却不敢再说，怕触及大人痛处，只能含着老泪去吩咐家奴们布置院落。

宁朝阳没有看见许管家的神情，她回到东院，倚在暖榻上，控制住想去拿书来看的手，一点点地试着放松，只闲看院里飘落的蜡梅。

灰雁很快传来了消息："淮王殿下已经受命去城外接应封运，封将军只带了三千轻骑兵，今夜子时便可抵京。"

宁朝阳听着，下意识地想伸手去拿纸笔，但右手刚伸出去，左手就打了它一下。

"好，"她克制地躺回榻上，"再探再报。"

"是。"

宁府里挂上了过年的红灯笼，瓦檐上的漆也重新刷过，府里奴仆进进出出，备上了一院子的年货。

宁朝阳给蜡梅树挂上小红灯笼，就听消息一个接一个地传来。

"淮王殿下率五百轻骑抓获悍匪一千两百余。"

"淮王殿下智擒匪头，没有伤一兵一卒，陛下大悦。"

"淮王殿下轻松解决了轻骑兵的马料供给问题，陛下大悦。"

许管家在旁边听得都纳闷儿了："这淮王殿下是不是太张扬了？东宫殿下还在京里呢。"

宁朝阳道："你以为他想这样？"

"事都是他做的，他不想如此，那不做不就成了？"许管家更不解。

宁朝阳将小红灯笼挂上枝头，拍了拍手，眼尾弯如月牙："好戏才刚刚开场呢。"

枝头蜡梅花瓣被抖落，摇摇晃晃地飘在了地上，有人沉着脸踩过自家后院地上的花瓣。

"我不是同你说了最近先不要动作？"淮王冷声道，"安永坊那边又是怎么回事？"

马岳拱手，颇为无奈地说："封将军手下的人久不在上京，没规矩惯了，一心只想着立功讨赏，便……"

"那就让他们都歇一歇，"淮王摆手，"冒进不是什么好事。"

"可军师说得也没错，您久在宫中，民望浅，若能趁此机会攒一攒，也未尝不是一种出路。"

"民望？"淮王冷笑，"自古胜者为王，败者为寇，民望哪能真起什么大作用，这一点宁朝阳想得最是明白。你看她，年纪轻轻就已经掌了首辅的权柄，民望何曾碍她？"

马岳顿了顿，了然："如此说来，她倒堪堪可与您相配。"

淮王嗤笑。

这世间哪有堪与他相配的女子，能配得上他的只有他自己罢了。

不过，能看李景乾发疯也是一笔不错的买卖。他太讨厌李景乾在人前装出的那副成熟稳重的模样了，那样的人就该歇斯底里、红眼咳血的才好看。

说起来，两人同是上过战场的宗室子，却从未在战场上交过手。淮王因母妃自戕而获罪退居深宫的那一年，李景乾刚好带兵捉回了北漠的皇室宗亲。两匹马交错而过时，淮王转头就看见了李景乾长枪尖上挂着的圣旨恩赏。

那一瞬间，他的怨恨与北漠的风沙一起卷着漫过了整个天地。

世人都知李景乾天纵英才，战无不胜，但无人知他李扶风也有一样的天赋和勤勉，只是输在了运气上。

每年边关都会传来镇远军的捷报，每个月他收到的密信里也总会深述李景乾的武艺精进与统帅之才。

为此，他没有一日懈怠，夏练长剑冬练枪，就等着与他交手。谁料，那日的淮王府遇险，李景乾竟二话不说就靠在一旁装受伤。

淮王很生气，更生气的是，他竟去与父皇说他的好话！他这是想以此来结交自己？不可能！他不会接受他的好意，他只想堂堂正正地打败他！

淮王指节捏得咔咔作响，拂袖又想去练枪。

"主子，"下头的人突然来禀报，"封将军带人巡逻宫城附近，遇见了定北侯爷，两人似乎有误会，在永昌门附近动起手来了。"

马岳一惊："封将军怎么能去宫城附近？"

淮王却是骤然转身："带路！"

马岳不明所以，但主子思虑一向周全，他也就没有多问，备马就引他去了永昌门。

淮王策马疾驰，在永昌门外围找了一大圈，倏地眼眸一亮。

李景乾手持长枪，已将封运逼在了宫城墙角下。朔风猎猎，他袍角翻飞似战场旌旗，手背青筋凸起，整个人就像一头饿了许久刚出笼的猎豹。

淮王立刻策马上前，挑开他的长枪护在了封运跟前："皇城脚下，侯爷莫不是要杀人？"

话虽是质问，眼神却有些兴奋。

李景乾瞧着他这反应，长枪一收就往后退了半步："封将军违例冒闯宫城，按律当斩。"

封运恼道："分明是他先……"

"封将军久疏上京的规矩，原本该由本王来接洽。"淮王道，"是本王失职，侯爷要斩不如来斩本王？"

李景乾拱手："臣不敢。"

最后一个字还没落音，眼前就陡然响起了破空之声。他侧头，眼眸半合，正好瞥见淮王那长枪上头飘飞的红缨。

利刃擦过，李景乾感觉到了战意，反手便将身后的长枪重新甩出。

马岳在后头看着，就见不远处的陆安不但没有上前帮忙，反而是后退了几步，让出了空地给这两个人。

他觉得有点不对，但又说不出是哪里不对。

枪出如龙，淮王分外认真，眼眸定定地看着李景乾的动作。后者似乎久疏操练，一举一动在他眼里都变得格外缓慢。

淮王瞧准一个破绽，当即就给了他一个横扫。风声四起，李景乾后仰躲避，脚下略微踉跄，连连后退。他乘胜追击，连出数招，枪舞如鞭，将从前藏了许久的武艺统统甩了出来。必要的时候，他还掷出了袖中藏着的暗器。

李景乾眼里划过一丝笑意，翻身躲过暗器，而后轻轻一崴，任由淮王的枪横在了自己的脖颈间。

"好！"城楼上响起一阵掌声。

淮王沉浸在无边的喜悦之中，压根儿不觉得这掌声有什么不对。

都是他该得的，夸赞与荣耀都是他本就该得的！

直到马岳仓皇地拽了拽他的衣角，淮王抬眼往上看去，这才看见含笑立着的圣人和一众大臣。

他心里一沉，连忙跪下行礼。

"淮王殿下颇有陛下当年之风范，"黄厚成笑道，"此乃我大盛之福！"

"咱们侯爷可是许久没吃过败仗了！"庞佑也拱手。

一边的苍铁敬神色却是有些凝重，拱手道："侯爷一向谦让。"

"哎，苍大人此言差矣，"方叔康道，"侯爷从不做恭维奉承之事，我们大家都知道。连他都打不过淮王，那淮王殿下的武艺可见一斑。"

圣人笑着颔首。

近日御书房里一直收到赞扬淮王的折子，他还以为是下头的人见风使舵，如今亲眼一见，倒是名副其实。

若淮王武艺能胜李景乾，策略谋划也能在短时间内平上京之乱，的确是可用之才。最关键的是，他是自己的亲儿子，虽然不怎么招自己喜欢吧，但比李景乾好多了。把兵权交给他，收回来也更容易。

这样想着，圣人就将淮王单独召去了御书房。

陆安这才跑去将自家主子扶起来。

"您还好吧？"他小声问。

李景乾脸色苍白地摇头，被他搀着缓慢地往外走，身形看起来不太利索。

方叔康在城楼上看得纳闷儿："方才没见他受伤啊，现在怎么怪严重的？"

叶渐青哼笑道："不严重恐怕还输不了。"

"什么意思？"方叔康追着他问，"方才那一场比试难道真有蹊跷？"

叶渐青大步往外走，拂袖道："你自己没长眼睛？"

李景乾方才那出招的力气，连先前与宁朝阳比试时的一成都没有。

方叔康直挠头："拼着自己声名败落都要输给淮王，侯爷难不成与淮王有什么特殊的交情？也不像啊，先前两个人看起来不和得很，还有那日的淮王府上……"

叶渐青拔腿就走，上车也不等他，低声催促车夫走快些。

"哎，渐青！"方叔康大喊，"这一路都是雪，你搭我一下！"

"不要。"

"为什么？"

"你太吵了。"

方叔康垮了脸，委屈巴巴地吸了吸鼻子。不怪他话多，这弯弯绕绕的他看不懂，可不得问他吗？要不，挑几个重点的问？

正想着呢，前头那跑得飞快的马车突然慢了下来。

方叔康以为这损友良心发现了，喜上眉梢，提起了衣摆打算追上去。然后他就看见叶渐青跳下车辕，大步越过他，将旁边走得好好的凤翎阁女官给拉上了车。

"叶大人？"程又雪激动地道，"您方才看见了吗？淮王殿下竟然赢了定北侯爷！他一个久在深宫里的人，从哪儿学的这些工夫？这样的话，那宁大人是不是也不是他的对手？"

叶渐青笑道："淮王虽一直在宫中，却也是有武艺先生教着的。不过他虽赢了今日的侯爷，明日却未必是宁大人的对手。"

程又雪眨眼："你是说他其实没有看起来那么厉害？"

"聪明。"

"可是，这么说来，为什么呢？"程又雪不解，"侯爷与他又不熟，还放水给他？"

"因为侯爷想让他去东边领兵。"叶渐青道，"圣人的旨意应该很快就会下来了。"

程又雪"哇"了一声，崇拜地看着他："大人怎么什么都知道？"

叶渐青掸了掸自己身上不存在的灰尘，道："小事。"

外头追上来的方叔康差点儿一口血喷出来。

大家都是同僚，他待人的差别是不是忒大了些！

"渐青，"方叔康锲而不舍地抓着车辕问，"侯爷为什么想让淮王去东边，他自己去不是更好吗？"

叶渐青优雅地将他的手从车辕上拿开，扭头吩咐车夫："再快些。"

骏马嘶鸣，眨眼就将方叔康甩去了身后。叶渐青回头，却见车厢里的程又雪正襟危坐，手死死地捏住了自己的嘴。

"做什么？"他好笑地问。

她含糊地道："我也想问那个问题，但我怕被扔下去。"

叶渐青拂袖坐回位子上，道："因为侯爷不想离开上京，而他又很想让淮王离开上京。只有淮王离开上京，他们两个的对战才不会殃及宁大人。"

程又雪眨眼凑近了他。

眼见着她精致的小脸蛋突然在自己面前放大，叶渐青表情一滞，眼眸缓缓转动："怎么？"

"大人待我好像格外不同。"程又雪道。

你才发现吗？

叶渐青轻叹，深深地回视她："你觉得是什么原因？"

"还能是什么原因，"她严肃地道，"大人不缺钱，也不缺地位，只能是因为男女之情。"

叶渐青心里猛地一跳，感觉自己的血液从四肢流到了胸口，又从胸口猛地一震，激荡出去。

他声音有些发颤："那，你怎么想？"

"大人对我恩重如山，"程又雪抱拳，"我自然是肝脑涂地，死而后已！"

话的方向是没错，但是，也不至于吧？

叶渐青刚想说什么,就见面前这人接着道:"大人说吧,看上凤翎阁的哪个女官了,只要我熟,一定替大人牵到这根红线!如此,方不负大人器重!"

行驶得好好的马车突然在半路停下,接着就有个小女官被拎着后衣领扔了下来。

程又雪站在雪地里,懊悔不已。

看吧,话多了就是会被扔下马车的,她也一样。

她沮丧地拔着靴子自己往前走,还没走两步,走远的马车突然返了回来。她茫然抬头,就见叶大人铁青着一张脸,将她拔出雪地,重新塞回了暖炉边。

"想给我牵线是吧?"他道,"行啊,我还真看上一个女官了,可惜不在凤翎阁。"

程又雪眨眼:"不在凤翎阁,我恐怕……"

"你也认识。"

"啊?"

"宁朝阳宁大人,"叶渐青道,"这根红线,请程大人务必牵到。"

威风无双的宁大人,即将与淮王订亲的宁大人,被定北侯放在心尖上的宁大人?

让她去牵红线?

她祖坟上的草都得被定北侯薅秃了不可!

程又雪摇头如拨浪鼓,连连道:"大人三思啊,大人这个一定得三思啊!"

叶渐青垂眼,陡然哀伤起来:"你也觉得我配不上她?"

"不不不,叶大人怎么会配不上呢,您是朝野里最聪明、最厉害的文官了!"

"骗人!"他苦笑,"我若真的厉害,你怎么会连牵线也不敢?"

"这不是你的问题,这主要是……"

"就是我的问题,"他长长地叹了口气,"我长得不好看。"

程又雪瞪眼:"不不不,大人星眸剑眉,最是容色动人。"

"那就是我不会武。"

"不不不,男儿又不是非得会武。若人人都飞檐走壁的,那不成了一个模子印出来的小糕点了?"

"那就是我不够体贴。"

"不不不,大人是我见过的最体贴的男子,"程又雪指了指旁边的暖炉,"您连我畏寒都记着呢。"

"那就是我嘴笨，不会说好听的。"

"不不不，您对自己有什么误解？您这嘴若还叫笨，满朝就没几个口齿伶俐的了。"

"那——"叶渐青骤然抬眼，认真地看着她道，"那为什么你心里就是没有我？"

"不不不，您……"

说顺了嘴没能及时刹住车，程又雪愕然抬头。

面前这人定定地看着她，脸上已经没了先前的哀伤和戏谑。

他薄唇轻启，认真地道："为什么就是不喜欢我，你说给我听。"

外头的落雪声突然就大了起来，扑扑簌簌的，旁边的炉火也轻轻爆响。

程又雪呆愣地看了叶渐青好一会儿，才终于听明白他这话是什么意思。

她捏了捏自己的衣袖，坦诚地答："叶大人，我没有想过这个问题。"

"为什么不想？"

"您官居二品，有万贯家财，相貌堂堂，还温柔体贴。"她摊手，"我只是一个乡下来的小官，俸禄微薄，脑子也不是很聪明……我不是您的对手。"

叶渐青不悦："对手？"

"是，"往手心哈了一口热气，程又雪眯眼微笑，"您要我喜欢您是很简单的事，但我想要您长久地喜欢我，却不太容易。"

也就是说，即便现在看来是叶大人在追求她，但这段感情的浓淡来去都由不得她，都只由叶大人一个人做主。她就像一个匆忙上船的人，不知道自己会在哪里被赶下去，好的话是一个岸边，坏的话有可能是湖水中央。

"我不喜欢这样。"她补充道。

叶渐青脸色微白，搭在桌沿上的手慢慢收拢。

程又雪连忙宽慰他："大人别难过，大人是我见过的最美好的男子，一定会有一段很好的姻缘。"

"那你呢？"他轻声问，"你想要什么样的姻缘？"

程又雪摆手："我想先攒钱。"

"攒够钱之后呢？"

"升官。"

叶渐青深吸一口气，咬牙道："假设你的官职已经升无可升，钱也攒到足够一辈子衣食无忧，那你想要一段什么样的姻缘？"

程又雪认真地想了想。

"势均力敌的姻缘吧，"她托腮道，"对方不要太厉害，也不要太高的门阀，性格忠厚老实，最好与我一样勤俭节约。"

她每说一个条件，叶渐青都感觉凭空有一把刀插向自己胸口。

面前这小姑娘突然后知后觉地反应过来，干笑着与他摆手道："我没有针对大人的意思。"

这还不针对？就差指着他的鼻子骂他高门大户、阴险狡诈、腹黑算计、铺张浪费了！

叶渐青闭了闭眼。

话说到这个分儿上，以他的身份和一贯的骄傲，就该到此为止了，再多说就会显得死缠烂打，一点也不体面。

可是，他的嘴不听他脑袋的话，自顾自地就开了口："你那话说得不对。"

"嗯？"程又雪目光闪躲。

叶渐青盯着她的侧脸，一字一句地道："主动的是我，被动的也是我。你甜美可人，性格温和，坚韧果敢，务实勤奋，是上京里最好的女子，长久地喜欢你是一件很容易的事。"

程又雪身子微僵，垂眼道："荣王与荣王妃的例子大人也是看见了的，感情这东西……"

"他们是他们，我们是我们。"

不都是攀高枝的，有什么区别？

程又雪想用玩笑将此事岔开，用手指头想也知道他多半是一时兴起，待他腻烦了，自己的下场怕是比荣王妃还惨。

叶渐青察觉到她的想法，掐了掐自己的鼻梁。他伸手将车里的抽屉打开，拿出厚厚的一叠文卷来："你看一下。"

程又雪最擅长的事就是看文卷，但这一堆东西展开，她眼前竟有些发花："什么章程？"

"你我之间的来往章程。"叶渐青严肃道，"鉴于你……心思单纯，我替你整理好了，章程共十二项，考察类目三十六纲，附带了相关心理揣度方法和细节预示。你若不讨厌我，便可以从明日开始。"

她目瞪口呆，僵硬地随手往后翻了翻。

叶渐青抿唇："后头是我要做的事。"

程又雪不由得低头仔细看。这一手漂亮的蝇头小楷，写的是她点头应允两人婚事之后的章程。该何时以何种规制求亲、从上京去她家乡拜访长辈的路线、要行的相关礼数以及沿途有哪些她爱吃的东西，他都详细地计划好了，并且每一事项后都附上了一纸合约，合约上甚至写了，如若做不到会给她的相应补偿，补偿从二十两黄金到一辆豪华马车不等，写的全是她最喜欢的东西。

程又雪看得兴奋了起来，接着往后翻。

再后面是成亲之后的计划，详列了他自己的收入和府里的存银，中和了一下二人的习惯，给出了一种折中的开销方式，并计划好了两人的公干与休沐的时间协调，每一行后面都用小字写着"雪不喜可改"。

再往后……

程又雪微微一怔。

先前自己在叶府与大人吃烤肉的时候，总会顺嘴胡说一些心愿，当时是气氛好，想说什么就说什么，她自己都是说过就忘的。

但眼下的休沐时间计划里，她的心愿都整整齐齐地躺着。

送妹妹去上私塾，旁听一节课，再接她下学。

去看仙人顶的佛头上到底有什么。

去东市淘一只便宜又漂亮的花瓶。

去长街上放天灯。

…………

兴奋褪去，她食指捻着纸张的边角，喉咙微微发紧。

"后面还有，"叶渐青道，"若运气不好，你厌倦了我，我也会给你相应的补偿，比前头的合约里的东西更多更贵重，足以让你后半生都衣食无忧。"

程又雪眼睫微颤，嘟囔道："分明是大人会厌倦我……"

"我不会。"他笃定地打断她，"但我知道你会不放心，所以在后头也一并写上了，若因我情随事迁中断姻缘，我城北的千亩田庄还有凤翎阁旁边的一处大宅，并着西郊马场和安永坊的十二家铺面，均归属于你。"

程又雪刚打算感动，突然被这一串东西吓得打了个嗝。她震惊地抬头看他："你就不怕我卷了你的东西跑了？"

"我很会赚钱，"叶渐青捏紧了衣袖，"你与我在一起，能得到的只会越来越多，没有跑的理由。"

那是重点吗？

她哭笑不得:"你这……写这么多,不累吗?"

"也没多少。"

才怪。

程又雪捻了捻这叠东西的厚度,再算一算他的篇幅,眉头直皱:"三万多字,你每日忙碌,挤时间怕是得写上两个多月!"

第三十五章

侯爷的演技天下无双

也就是说，在两个多月以前，这人就想着要与她在一起了？

程又雪震惊又茫然。

她出生的那个村庄里保留着前朝重男轻女的陋习，所以从小她听得最多的话就是"你不配"。女儿家不配上桌吃饭，不配吃肉，不配穿好衣裳，不配念私塾。

家里所有的东西都是弟弟的，她什么都不配。

程又雪一开始觉得没什么，她能离开村子自己讨生活，能攒到钱买宅子，不回去就是了，直到听见叶大人说喜欢。她发现自己的第一反应不是高兴，不是欣喜，而是深深的惶恐和想逃避。这种情绪像贴着她的骨血长出来的刺，知道会硌得自己生疼，却又不知道怎么才能拔去，自卑不安，羞愧难言。

叶大人很好，她很喜欢。

但捏着这一大堆的文卷，她下意识地说出来的却是："有这工夫，都能将全民要典给修出来了吧？何必浪费在我身上？"

她配不上。

程又雪暗暗捏紧了自己的手。

叶大人突然起身下车了，衣袍从她面前拂过去，轻得像云。她闭了闭眼，僵硬地把文卷放下，故作轻松地起身，打算当作什么也没发生。

然而帘子一掀开，她看见叶渐青站在车辕边，朝她伸出了手："下来。"

程又雪呆呆地蹲在车辕上，"啊"了一声。

叶渐青没好气地道："车厢里热气重，容易叫人脑子不清醒，你下来再说。"

程又雪扶着他的胳膊跳下车，像一棵萝卜似的没进雪里半截。

叶渐青倏地笑出了声，他边笑边朝她低头，目光深邃而执拗："在你身上做任何事都不叫浪费。"

"程大人，你特别好，这世间所有美好的东西，你都配得上。"

"全民要典对大盛很重要，你对我更重要。你可以不答应我，但我一定会再试试。"他伸手，趁雪水浸湿她鞋袜之前，将人抱起来放回车辕上，与她平视道，"试到街上的包子涨到一两银子一个为止。"

程又雪鼻尖微酸，怔怔地看着他。

她接着道："包子现在是一文钱一个，就算大盛突然发现十座银矿，银子也不会贬值到一两只抵一个包子。按照大盛百姓的生产水平来说，起码三千年——"

叶渐青忍无可忍地将她塞回了车厢里。

"回家！"

马车跑得飞快，程又雪惊得"哇"了一声。

车厢与旁边的另一辆车交错而过，宁朝阳从书册里抬头，疑惑地看向窗外："我好像听见又雪的声音了？"

车夫笑道："大人，那是叶府的马车。"

叶渐青？

宁朝阳忍不住担忧，程又雪胆子小，叶渐青那人又鬼气森森的，两人在一起久了，她会不会被吓出病来？

正想着，车夫就道："前面就是将军府了。"

宁朝阳收敛心神，提裙下车。今日宫里传来消息，说定北侯受伤了，具体伤势如何不知道，伤在哪儿了也不知道，只听说陆安在四处找千年的血参。

理智告诉宁朝阳，李景乾不会伤得太重。但等她反应过来的时候，自己已经坐在车上了。为了不显得太蠢，她从后门一进去就道："我看兵书时有一处不解，想来请教你们将军。"

司徒朔一路笑迎："我明白，我明白。大人是想在将军的卧房里请教还是去花园里请教？"

这两处……都不是什么正经请教的地方吧？

宁朝阳抿唇："书斋里即可。"

司徒朔迟疑了一瞬，接着就点头："好，我让他们把将军抬过去。"

宁朝阳抬手拦住了他，深吸一口气，问："他伤得很重？"

司徒朔抬袖擦了擦眼睛："大人您也知道，将军一向对自己下得去狠手。今日那般激烈的战况，将军怕是——"

宁朝阳步伐瞬间加快，沉着脸穿过回廊，迈过庭院，顺手端过路上家奴捧着的药，大步迈进了李景乾的卧房。

房间里很安静，李景乾一身素衣，墨发披散，倚在床边，虚弱得连眼睛都没力气睁开。

她心里一紧，走进去坐下，伸手探了探他的额头。

察觉到她手心的温度，李景乾勉强抬起了眼皮："你……怎么来了？"

"给人设套还能把自己给绊着？"她脸色很难看，"没把握也不知道让人知会我一声？"

"我……没事。"

"这还叫没事？"她呼吸都粗重起来，"伤哪儿了？"

"哪儿也没伤着。"司徒朔帮腔。

宁朝阳转头，眼神阴森可怖，司徒朔僵硬地捏住了自己的嘴。

她回头，却见李景乾正吃力地伸手去够旁边的药碗。

"别动！"低喝一声，宁朝阳将碗端起来，气得将勺子搅得叮当响，"都这样了，还逞什么能，不会叫我一声？"

"有外人在，"他吃力地喘息，"你我不是要避嫌吗？"

面前这人狠狠地瞪了他一眼。

李景乾瞬间乖巧地垂眼，然后张嘴，咽下了她吹凉了的一勺药。

司徒朔含糊地道："将军以前说……说用勺子喝药的是懦夫。"

他倏地一呛咳，咳得身子颤抖，脸色更加苍白。

宁朝阳连忙扶住他，而后回头冷声道："听闻司徒军师熟读兵法，凤翎阁新来的女官们对兵法多有困惑，军师若有空，不妨先去指教一番？"

新来的女官们？司徒朔眼眸一亮："有空的，有空的。"

宁朝阳二话不说便将自己的腰牌给他："直接去找秦长舒即可。"

"多谢宁大人。"

目送他离开，宁朝阳施施然收回目光，扶稳李景乾，继续给他喂药。李景乾柔弱地咳嗽着，一碗药喝了快半个时辰。宁朝阳格外地有耐心，纵着他喝得比蚂蚁还慢，也仔细地替他擦着嘴角。

他难受地掀开了被子，她温柔地拉起被角重新与他掖好。

他说口苦，她便去拿了点果脯。

李景乾咽了咽唾沫，拍了拍自己旁边的位置，虚弱地道："这里空。"

宁朝阳温柔地笑着，顺势就褪了自己的鞋袜，半跪到床榻上凑近他。

李景乾下意识地伸出了手臂，双眸泛光地望着她，然后他的腰腹就被她的手肘狠狠一压！

一声痛呼硬生生地从嘴边咽回去，李景乾震惊地抬眼，却见宁朝阳脸上没了心疼和温柔，只剩看穿一切的冷笑和压城而来的黑云。

"事情是这样的，你听我解释。"

他一个鲤鱼打挺就坐了起来，宁朝阳抬了抬下巴。

李景乾替她顺气，认真地道："我的确是受伤了，只是身子骨结实，所以没坚持到你来，我就先痊愈了。但你我二人既然在一起，就不该有所隐瞒，我就把我先前难受的模样给你展示一下，仅此而已。"

宁朝阳眯眼："千年血参？"

"陆安买来打算送去太后宫里孝敬的。"

"还说把你抬去书斋？"

"淮王走的时候踩了我一脚，"他皱眉，"很厉害的一脚！比他那些花里胡哨的招式要厉害多了。"

宁朝阳起身就想走。

"哎，"李景乾跳下来拦住她，"想不想知道淮王是怎么赢我的？"

她没好气地道："能怎么赢的，你放水不就好了？"

"放水也是一门学问。"李景乾扬眉，"你以为淮王真那么好蒙？"

宁朝阳坐回了床边。

李景乾轻舒一口气，将一个药瓶扔给了她。

"安神宁心……什么东西？"

"助眠的，"他道，"吃了就会犯困，招式仍在，动作却慢。以淮王对自己武艺的自负,不会觉得是我状态不好,只会觉得是他自己神功大成。"

宁朝阳了然。

她猜得八九不离十,只是没想到他连安神药都用上了。

没好气地放下药瓶,她抬眼道:"侯爷可有想过,真让淮王去东边掌握兵权,万一途中生变,你我甚至整个皇室都会遭殃?"

"为何会生变?"

"战场上的事谁能左右?万一他屡建奇功,圣人当真改变了对他的看法,又万一他拥兵自重——"

李景乾伸手,倏地点住她的眉心:"宁大人,你还在休沐。"

宁朝阳绷紧了身子,嘴角也抿起。

"好吧,"他妥协地后退一步,"我最近刚听说一个故事,大人想不想听?"

她将双手乖巧地放在了膝盖上。

李景乾叹了口气,轻声开口。

"多年以前,上京里有位花魁娘子,名冠天下,妩媚无双,城中众多王公贵族皆是她的裙下臣。有一公子与她一见倾心,不顾家人反对,为其赎身。

"花魁低贱,做不得正妻,便只能做侍妾。侍妾入府一月,怀孕三月有余,里外众人皆讥于公子,公子面不改色,认其腹中子为自己的亲骨肉。

"侍妾诞一子,眉目丝毫不肖公子,公子厌之,远弃于边关。侍妾思子成疾,患病难挨,自缢于后院。其子将母仇记在了公子头上,日夜筹谋,只待一朝报复。公子不以为然,只当是小儿戏耍。"

宁朝阳一怔:"圣人知道淮王的动作?"

李景乾噎住,接着叹气:"我编了半天,你能不能配合一二?"

她眨眼,当即改口:"公子知道那小儿的动作?"

"略知一二。"李景乾唏嘘,"若全然得知,想必不会留他到如今。"

"那小儿到底是不是公子的亲骨肉?"

"是不是不重要,公子信不信才重要。"李景乾道,"眼下,他显然是不信的。"

因为不信,所以才愿意派他去那兵荒马乱的东边战场,输了也无妨,赢了当然更好。只是不管淮王怎么做,陛下都不可能对他另眼相看,更不可能让他手里的兵权过重。

宁朝阳扬眉:"那我手里的东西就是圣人最想要的东西,你做什么拦我不让我送进宫?"

"不是时候,而且……"李景乾看着她道,"坏人总不能都让你做。"

"谢谢侯爷美意。"宁朝阳摊手,"可这种事,除了我,谁还会愿意做?"

李景乾看向窗外,意味深长地笑了笑。

此时,远在城南府邸里的苍铁敬突然打了个喷嚏。他莫名地往自己身后看了看,见什么也没有,才继续与手下吩咐:"沿途所有的人都打点好,务必让殿下一路顺遂,早日立功而返。"

"再早日也怕是要一年半载了。"下头的人很担忧,"时间太久,东宫那边的脚后跟怕是都已经站稳了。"

"你懂什么?"苍铁敬冷笑,"真当殿下是去打仗的?"

手下错愕。

苍铁敬哼了声,撇了撇茶沫:"聪明反被聪明误。"

他面前站着一群传递消息的探子,都是他多年栽培出来的善骑之人,眼下有了大用场。苍铁敬给他们一人发了一包银子,细细地叮嘱了一番之后,挥手道:"都去吧。"

"是。"

东边战事实在吃紧,淮王一刻也没有耽误,顺利地被送出了上京。眼看着人马都走远了,淮乐才恍然拍了拍脑袋:"五弟与宁朝阳的亲事该怎么办?"

"国大于家,就待他回来再说吧。"圣人道。

淮乐点头,转身拍了拍宁朝阳的手:"要委屈你了。"

宁朝阳抬袖擦了擦眼角,哽咽地看向淮王远去的背影。然后当天晚上,她就截获了一封从大牢里送出来的密信。

写信的是张彤如,她被关了几日之后,终于意识到自己这次要大难临头,于是不管不顾地要喊人来救她。宁朝阳看了那信一眼,顺势让人将她送去了苍铁敬府上。

苍铁敬这才意识到先前那件事没处理干净,恐怕是要惹出事端来。他开始飞快地与张彤如割席,又称病告假,一连几日都不上朝。

只是他左躲右躲的,还是被定北侯找上了门来。

"苍大人,"他一脸严肃地问,"您与五皇子身边那个叫马岳的人可有什么交情?"

苍铁敬不动声色地摇头:"没有,怎么了?"

定北侯松了口气,笑道:"没有就好,近来宫里有人告发他在御药里下毒,此事圣人交给了我密查，我与苍大人知己一场，不想看大人牵扯其中，所以特来一问。"

怎么突然查起这件事来了？

苍铁敬冷汗直流，脸上却还是一派正气："岂有此理，大人务必要查清楚，看谁敢这么胆大包天！"

定北侯点头，抱拳就往天牢去了。

想起还在天牢里关着的人，苍铁敬牙根紧了紧。

人手匮乏，逼不得已，凤翎阁将所有能动用的人都安排去了各处帮忙。司徒朔上一刻还在摇头晃脑地教女官们读《六韬》，下一刻就被人抬到了凤翎阁的大牢。他手里还捏着书卷，站在大牢门口被寒风一吹，茫然又无辜："怎么回事？"

目之所及，大牢内外已经乱成了一锅粥。十几个狱卒冲进来又被挤出去，而后就见三两死士拼杀突围，直冲他而来。

司徒朔连反应的机会都没有，就被挟为了人质。

"别动！"他们提着刀冲后头追上来的人怒喝，"再过来我就杀了他！"

司徒朔脸绿了："兄台，我不是凤翎阁的人。"

"少废话！"他们紧张地抓着他往外退，"老实点，过了宣武门，我们就放人。"

宣武门离凤翎阁不远，这要求不算过分，但是……司徒朔张口还想说话，脖子上的刀就是一紧，他被迫将话都咽了回去。

遇此情况，凤翎阁的狱卒们有紧张的情绪，但不多。跟着死士们一起往外走，有人甚至在半路上买了个饼吃。

宣武门一过，他们也没有要追击的意思，而是一拥而上，先将人质给救了下来。

司徒朔踉跄两步站稳，反手就是一根信号烟放上了天。

紫色的火焰在夜空里绽开，散居上京各处的镇远军百夫长们纷纷提枪出门，聚拢宣武门。

程又雪坐在叶渐青的车辕上看着前头涌动的人头，不由得纳闷儿："上京里不是不允许武将携兵器聚集吗？"

叶渐青拢着袖子答："是不允许，但宣武门是为纪念大盛百位殉国名将而修，任何武将在此门附近受辱，都有权死究始作俑者，只要不伤及无辜，任何手段都可以。"

程又雪想起来了："文臣向来不爱走这条道，谁会那么想不通，在此处欺辱武将？"

那几个跑得飞快的死士也没想通啊，他们只是随手抓了一个在外头站着的、手里还捧着书卷的、看起来压根儿不懂武艺的老夫子，怎么突然被一群武将围追堵截了？更可怕的是，这些人来得又快，堵得又死，仿佛早就安排好了一般。

几人逃无可逃，很快就被押到了上京衙门，一番审讯之后，交代出了给钱的上线。

第二日早朝，苍铁敬刚下车往宫里走，就感觉前头的宁朝阳在频频回头看他。那目光带着敌意和愤慨，一边看，一边捏紧了手里的折子。

很显然，她是打算去参他一本的。

经历过大风大浪，苍铁敬很是镇定，面不改色地从她身边走过，径直跨进了朝堂。

早朝一开始，宁朝阳就有想出列的意思，苍铁敬抢在她前头站了出来，大声道："陛下，臣有罪。"

圣人龙体还没大好，虚弱地咳嗽了两声："爱卿何出此言？"

前头的宁朝阳也皱眉回头。

苍铁敬拱手上前，严声道："臣身为兵部尚书，掌天下兵事，却眼看着镇远军数百人在上京里违例而束手无策，是臣无能，特泣书一封，向陛下乞骨还乡。"

"镇远军违例？"圣人不解，转头看向李景乾。

李景乾脸上的表情比圣人还茫然，出列问："苍尚书此话从何而来？"

"侯爷不必再掩饰，"苍铁敬咬牙道，"昨夜镇远军百余人违例持兵器在坊间各处流窜，殃及摊贩二十四家，官邸民宅共十六处。"

李景乾皱眉，眼神困惑而有疑，像是完全不知道这件事。

圣人不由得看向苍铁敬："可有问过他们缘由？"

苍铁敬垂眼："臣老了，请不动镇远军的各位将领，连话也问不得。"

"不会吧？"黄厚成拍拍脑袋站了出来，"他们挺好说话的啊，昨儿我从宣武门附近路过，看他们都聚在一起，便上前问了一句，一问他们就全说了，半点也没藏着。"

圣人抬手："那你来说说怎么回事。"

黄厚成出列行礼便道："昨夜有人去凤翎阁天牢杀人灭口未遂，把镇远军的军师司徒朔绑到了宣武门，镇远军的各位岂能容忍，就都去抓贼了。"

苍铁敬拱手上前半步："圣人明鉴，从出事到各位将军抓贼，前后连一炷香的间隔都没有。若说没有提前安排，那就是将臣等当小儿戏耍了。"

没人能调动那么多的镇远军，除了定北侯。

众人抬眼看向前头站着的李景乾，李景乾却是万分不解，欲辩又无言，委屈都写在了脸上。

"臣实在不知情。"他叹息。

这姿态，若是别人做出来，多少会显得刻意做作，但他做出来却是浑然天成、发自内心。就算是圣人，一直盯着他也没看出什么破绽。

于是圣人便道："你且先去问一问。"

"是。"

苍铁敬不依了："自家人问自家人，能问出个什么来？此事按例应交由兵部彻查。"

"交给兵部？"秦长舒出列笑道，"那才是自家人问自家人，问不出个什么来！陛下，此事因凤翎阁所关押的人犯而起，自然应该交由凤翎阁继续审查。"

"你凤翎阁与镇远军多次纠集闹事，岂有公正可言？"

宁朝阳出列，开口欲言。

苍铁敬又立马抢道："宁大人与凤翎阁一向一心，见臣有彻查之意，便也是看臣诸多不满，臣请陛下明鉴，臣做事只为家国天下，实在没半点私心。"

无论如何，先发总是能制人的。苍铁敬开始诉说自己没有闲暇经营人情往来，屡遭人妒恨，已是各位心怀鬼胎之人的眼中钉云云。总之，不管接下来宁朝阳要告他什么，他都占着上风。

圣人听得纳闷儿了："宁爱卿，你今日有何本要奏？"

宁朝阳看了苍铁敬一眼，这才终于上前，愤怒地道："臣要奏东征军需之事，臣领令前去户部调度，户部已经拖延了多日，臣恐前方将士吃不饱穿不暖……"

一大篇说下来，与兵部半点关系都没有。

苍铁敬愕然。

这一拳打下去落了空，就显得他挥拳的动作万分刻意，欲盖弥彰。

圣人挥手就将这案子落回了凤翎阁，散朝之后，只宁朝阳一人被留去了御书房。两人说了什么不得而知，但紧接着圣人就传话来，让苍铁敬好好休息。

这话在平时听来只是关切，但在这个敏感的节骨眼儿上，苍铁敬觉得不太妙。他在自己的府里等了几日，外头什么动静也没有。越安静他越慌，风声鹤唳，惴惴不安。

第四日，他的手下带回了淮王的口信，说让他千万小心，必要的时候先明哲保身。

苍铁敬一收到这个消息，眼泪都快下来了。他原本只是兵部的一个小吏，靠着淮王的指点提拔才坐到了如今的位置上，自然该投桃报李，效忠于殿下。

只是这么多年过去，他成亲了，有了一家老小，上个月还有了个小儿子，他肯定是不想轻易倒下去牵连家人的，故而才会让人杀张彤如灭口，想割席保身。他还没到背叛殿下那一步，没想到殿下先替他考虑到了。得主如此，夫复何求？

苍铁敬正想发誓绝不出卖殿下，接着又有探子来报："张彤如招供了。"

他手一抖，立马道："快，快给我准备笔墨，再准备一身素衣！"

张彤如知道的事情太多了，全捅出来的话，不但他会死无全尸，他全家老小也没一个能跑掉的。

大盛有律，自首者免死罪，且不殃家人。

他抹了把脸，开始写自罪状。其实从张彤如入狱的那天起，他就做好了这个准备了，只是没想到这天来得这么快。作为人子、人夫、人父，他能做的就是舍了自己，保全家人性命。

作为人臣，他想将所有的罪名都揽到自己头上。然而他刚揽完罪名，就瞧见了旁边桌上李景乾原先送他的那本大盛律法。他随手翻了翻，绝望地发现谋弑君主的罪名极大，无论自不自首，都是满门抄斩之刑。

苍铁敬想起了淮王的口信。殿下做事一向留有后手，既然传这样的口信给他了，那一定是有了别的打算。

苍铁敬想起京郊的屯兵，又想起如今殿下手里的十万兵权，撕了写好的罪状，重新写了一份供状。

年关已至，上京里张灯结彩，处处喜庆万分，程又雪提着刚买的年货正在与叶大人说笑，冷不防就见一个穿着素衣的人赤脚朝宫门狂奔而去。

她"哇"了一声："宫门口有什么特殊的庆典吗？"

叶渐青哼笑："没有，但应该是有热闹。"

程又雪有些兴奋，但看了看旁边的人，她道："大人好像不喜欢看热闹哦？"

"是不太喜欢。"叶渐青道，"但我可以去看别的，走吧。"

"好！"程又雪兴奋地跳上车，直追前头那个怪人而去。

"罪臣万死难辞，特来向陛下请罪。"苍铁敬从永昌门开始一步一叩首，每一叩首就大喊这么一句。

他脚被冻得青紫，整个人也摇摇晃晃，说是跪拜，到最后几乎是站起来又摔下去。

程又雪看得有些不忍："这是多大的罪啊？"

叶渐青看着她道："结党营私、贪污受贿、买凶杀人、谋害君主，算一算，可能连后院里的鸡都得被一起凌迟。"

程又雪吓了一跳，又不解："都这样了，他还来求什么？一个刀功好的刽子手？"

叶渐青眼眸含笑："跟着进去就知道了。"

他有入宫面圣的令牌，带着她穿过人群，走在了看热闹的第一线。只是，程又雪屡屡侧头，都发现这人在看她。

"我脸上有东西？"她伸手摸了摸。

叶渐青摇头："没有，你别管我，只管看热闹就是。"

程又雪有点不好意思，脸上飞红，刚想说要不就不看了，结果听得金殿里有人大喝："岂有此理！"

她耳朵一竖，立马跑去候见侧殿里听墙角。

苍铁敬已经请完了一轮罪，先说的是一些买凶杀人的事。圣人见他年关里这般来请罪，本有些动容，谁料他接着就开始指认淮王。

"淮王一直在宫中，何曾强命于你？"圣人一边咳嗽，一边道，"他一个无权无势的皇子，又拿什么来强命于你？"

苍铁敬将供状呈了上去。

圣人一看，差点儿没晕过去："岂敢，你们岂敢！咳咳咳……"

他最近为了养身体，苦药一天三碗，还让御医行针灸，其中痛苦难与他人分说，结果他这病不是风寒所致，而是被自己儿子在汤药里下药？苍铁敬甚至供出了工部、吏部与礼部的一些人，个个都不知怎么与淮王勾搭上，淮王还早早给他们许下了高官厚禄，只待兵回上京，这江山便要易主。

许是气过头了，圣人冷静下来，倒是看着苍铁敬问了一句："你为何突然肯招供这些？"

苍铁敬俯身磕头："臣觉得愧对陛下，愧对大盛的百姓，实在良心不安，所以——"

"说实话！"

"秦大人已经在来禀告的路上了，"他闭眼，"微臣什么都肯招认，只想求陛下饶了臣的家人。"

秦大人，秦长舒？

圣人更不解了。

凤翎阁最近不是一直在忙年关宫中庆典和旧宫殿翻新的事吗？昨儿秦长舒来也没听她提起这档子事啊？

圣人按捺下疑问，先将苍铁敬打入了死牢，而后派人传秦长舒。

秦长舒进殿，照例回禀了最近事情的进展，而后乖乖垂手站在了旁边。

圣人问："没有别的要案要禀了？"

秦长舒茫然，想了想，道："城中最近破获了一起杀牛案，影响深远。"

圣人看了看手里的供状，又看了看大殿里苍铁敬磕出来的额间血，一时觉得自己是不是病糊涂了在做梦。

新年已至，上京解除了三日的宵禁，百姓们都围在街上看烟火、放天灯。李景乾拿起酒壶，给六子满了一碗。

六子笑了笑，他也很想像将军一样驰骋沙场，可惜右腿有伤，行动不便，今生都无法圆梦。他轻叹一声，端起酒碗敬向对面的宁朝阳。

暗探还做卧底其实很不光彩，他对不起宁大人，但好消息是他不止在凤翎阁安插了人手，三省六部，他一处也没放过，尤其是苍铁敬身边。

此时此刻，在死牢里庆幸自己保全了家人的苍铁敬怎么也不会想到，那些让他坐立不安的消息、让他顺着台阶就下的口信全是假的。

淮王不可能好心到让他明哲保身，张彤如口说无凭，也没能提供实打实的证据。是他想得太多，准备得太多，聪明反被聪明误。

不过，凤翎阁顺藤摸瓜将他查出来是迟早的事，他早晚都有这么一天，只不过是来得快了些罢了——顺便催了催淮王的死期。

宁朝阳端碗与六子轻碰，算是原谅了他先前的欺瞒，只是还是忍不住道："你这样做了，往后谁还敢用你？"

暗探一行最重要的就是真实和忠诚，他一个也没做到。

六子笑道："是啊，所以往后就不做这行了。侯爷给我开了间铺面，我也该娶妻生子，好好过日子了。"

说着，他将酒一饮而尽，而后起身朝二位行礼，一瘸一拐地就往楼下去。

宁朝阳看着他的背影，谈不上羡慕，但也觉得挺好。

"尝尝这道菜。"李景乾与她道。

宁朝阳回神，认真道："侯爷，你我皆在众目睽睽之下，实在不该在外头一起过年。"

"是的。"李景乾点头，又抬眼，"但你我今日不是碰巧都在这里吃饭？"

仙人顶上轻纱曼拂，两张大桌相对而摆，一人在左侧，另一人在右侧。桌上珍馐齐列，色香味浓。

宁朝阳扶额："只你我二人，是不是也太巧了些？"

李景乾看着她笑："谁告诉你只有你我二人？"

宁朝阳似有所感地回头。

秦长舒踏上六楼的台阶，挽着她的夫君，鼻尖直皱："我对这地方没什么好印象！"

在她后头，伤刚痊愈的华年也被人扶着上来了，哼笑道："你第二次的婚礼说什么都是成了的，印象也没洗掉？"

"你是不知道当时他那死状多凄……"秦长舒迎头对上定北侯的目光，当即接了下去，"美。"

沈浮玉不耐烦地推开她们："有人肯请客，你们的话还这么多？快点快点，菜要凉了。"

宁朝阳眨了眨眼，还没来得及说话，就听得一声："大人！"

她下意识地张开双臂，准确无误地接到了程又雪。

"我正愁年夜饭该吃什么，大人也太好了，竟愿意请客！"程又雪眼眸晶亮地看着她道，"您真是个好人！"

"原来是宁大人请客，"叶渐青跟在程又雪身后，得体地朝她颔首，"破费了。"

宁朝阳试图解释："我没……"

"宁大人请客也在这儿啊？"黄厚成踏上台阶，意外地道，"这不跟侯爷的宴撞上了吗？"

"撞上好，撞上热闹。"司徒朔伸出脑袋往凤翎阁这边看，"那个叫霜染的女官来没来啊？"

"来了，在后头呢。"

"这敢情好，咱们拼一拼，一起坐啊！"

"不妥吧？"沈浮玉挑眉，"朝野里正传着闲话呢，凤翎阁还跟镇远军的人一块儿吃饭？"

"你们这才来几个人，也敢大言不惭地说是凤翎阁？我们兵部的人来得都比你们多。"

"是啊，这儿还有尚书省的人呢。"

"我工部也有人在。"

人越来越多，宁朝阳愕然地看着，就见须臾之间，小半个朝廷的人都挤在了这里，桌子从两张加到十张，连起来长长的一串。

她有些不适应，脸色下意识地绷了起来。结果不等她筑好防御，庞佑就塞了一盏酒到她手里。

"今夜是小年，咱们都是为了庆祝侯爷家的狸奴生了崽才欢聚在这里，就不要论什么官职高低了，喝个尽兴才是。"

"庞大人说得对，仙人顶新出的菜肴贵着呢，有侯爷买账，咱们吃好喝好啊。"

饭菜的香气和着鼎沸的人声蒸腾开去，似惊醒了天上仙人，将星辰都多露出来了一片。

宁朝阳端着酒在右侧坐下，僵硬了片刻之后，心想，大过年的，热闹热闹也行。只是这群人说不分尊卑就真不分了，沈浮玉与秦长舒划拳，娇臀一撅，就将她往左边挤了一个位子。

程又雪眨眼，不好意思地看着她道："大人，我能坐您右边吗？那道菜是真的很好吃。"

见她眼神里全是对美食的渴望，宁朝阳也不好拒绝她，只能与她换了个位置。

可这一换，她转头就看见了叶渐青礼貌而不悦的眼神。

"她贪吃贵的菜，也不知道个饱，若没人看着，便会积食伤胃，"叶渐青道，"我可否与大人您换个位置？"

宁朝阳二话不说，拱手往左。

"多谢。"叶渐青重新坐回了程又雪身边。

宁朝阳看着他，觉得这人可能是从川蜀那边来的，会变脸，对别人鬼气森森，一对上程又雪，整张脸瞬间柔和下去，三月的春风都没他暖，怪不得程又雪不怕他，还整天把他挂在嘴边。

"这个见色忘义的！"方叔康气得站了起来，"宁大人，借过，我要与他理论理论。"

宁朝阳不明所以地点头。

"大人，我找叔康拼酒呢，借过啊！"

"宁大人，这张凳子坏了，您挪挪。"

宁朝阳一挪再挪，眼看要发火了，身子却突然与旁边的人一撞。

她皱眉抬头，却见庞佑正对李景乾道："多谢侯爷成全。"

说完，他就转头去与黄厚成拼酒了。

李景乾坐在她身边，很是无奈地与她道："没办法，总要成人之美。"

两人就算坐在一起，也不可能当着这么多人的面有什么亲昵的举动。宁朝阳将头往右转，李景乾将头往左转，各自吃菜聊天，互相不搭话。

华年给宁朝阳夹了一筷子菜，挑眉道："新出的东西，你尝尝，说是东瀛那边来的蘸料，一般人吃不了。"

宁朝阳面无表情地将那一卷薄肉塞进了嘴里。

华年期待地等着她的反应，却见她连脸都没红一下，甚至轻哼了一声道："无趣。"

她忍不住自己也夹了一卷塞进嘴里。

李景乾没有回头，依旧在与黄厚成说着一些琐事，但手却是自然地捏起茶壶，给宁朝阳倒了一杯半冷的茶。

宁朝阳看着华年被辣得脸上涨红，这才破功，端起茶大口大口地往下咽。

第三十六章
程大人的一百个省钱小技巧

黄厚成正垮脸说着刑部里近日的小矛盾，突然就见面前的定北侯勾起了唇角。

这人本就生得清俊若仙，不笑还好，威肃的气势压得人不敢抬头，可一旦笑起来，便是十里春风破开这隆冬雪色，呼啦啦将满山的桃花都吹开了个遍。

他愣住，结结巴巴地问："大哥，可是我哪儿说得不对？"

李景乾轻笑摇头："没有，你只管继续说。"

李景乾视线是落在他这边的，看起来听得很认真，但手却是一抬，将干净的丝帕放在了自己的右边。

宁朝阳被辣得狠了，顺手一摸，刚好将帕子拿去捂了嘴咳嗽起来。

对面的华年咳得比她还厉害，恼恨地道："你这人，拼着自己受罪也要拉我下水，什么坏心肠。"

"分明是你先叫我试，"宁朝阳轻吸凉气，"我不过是反应慢些，怎的就叫拉你下水？"

"你……"吵不动了，华年大口大口地喘气，眼泪都辣得涌了出来。

宁朝阳斜眼看着，顺手夹了一块糕点给她："压一压。"

华年接过去塞进嘴里，嚼着嚼着，呼吸逐渐平稳，眼里的泪光却是粼粼未散。

宁朝阳不笑了，抿唇看着她问："伤还没大好？"

华年含糊垂眼："总归就那样。"

她问的不是腹上的伤，她答的也不是。

"别把自己困在里头，"宁朝阳轻声道，"殿下身边正是缺人的时候。"

"我知道。"

私事是私事，有这等升迁的好机会，华年绝不会将公事落下，早在能下床的第一天就已经去了东宫回话，也得到了新的委任。

提起这茬儿，她抬眼便想与宁朝阳说六部最近的事，但话还没出口，楼下突然传来一阵吵闹。

"大人您没有帖子，实在是不能上去。"

"我是她亲爹，还要什么帖子？让开！"

几声猎犬吠叫，拦路的小厮顿时惊呼逃窜。

华年暗道一声不妙，站了起来。

旁边的秦长舒和程又雪也觉得不对，纷纷停筷回头往后看。

四只恶犬龇牙而上，幽蓝的眼睛里透着凶光。后头跟着的主人鬓发花白，嘴边的八字纹深如刀刻。

"各位大人都在？"宁肃远踩上最后一级台阶，皮笑肉不笑，"那我倒是来得巧了，这宴席一吃，就不必再去挨个儿给大人们递帖子了。"

说着，目光落在宁朝阳的背影上，眼神陡然阴冷，"逆女，还不请为父入座？"

程又雪放下筷子就冲到了宁朝阳身边，鼓足勇气道："我们大人应该没有请您来。"

宁肃远嗤笑着一边往里走，一边道："今日是小年，不管她请没请，按照礼数，她都该给我磕头贺岁。"

"在家里如何我们管不着，但这是外头。在外头，她可是一品的代掌首辅。"程又雪瞪眼，"您眼下只不过是尚书省六品的掌侍，要磕头……要磕头也是您磕。"

提起这茬儿，宁肃远的脸色慢慢阴沉下来。他无端被调派去雷州，饱受苦痛不说，好不容易得了圣恩能回京，却被宁朝阳大手一挥就调去了尚书省。一开始他还高兴呢，以为这个逆女懂事了，给他谋了高官厚禄，谁料却是将他要去当个打杂的掌侍，这不是刻意羞辱于他吗？所以，他一接到委任状就气得脑袋发蒙，缓了好半响才过来找人。

宁肃远扫一眼四周,见朝中文武大臣所在众多,扬起下巴就道:"各位大人看看,看看!这就是咱们代掌首辅宁大人所行的孝道,居然敢叫长辈给晚辈磕头,也不怕折寿?"

他的声音极大,整个热闹的年宴都因他这一嗓子而安静了下来。

黄厚成纳闷儿地小声道:"这话不是程大人说的吗?怎么成宁大人的孝道了?"

"你体谅,这位老宁大人说话一向前后不搭,"庞佑道,"先前做台谏官的时候就没少被人诟病。"

"那怎么还做了那么久?"

"要不说他运气好呢,年轻的时候有祖荫,高官厚禄。到后头德不配位,中书省的几位大人也看在宁大人的分儿上多忍了他两年。"

众人恍然点头,心里不太看得上这等做派。但大过年的,宁大人还在那儿坐着呢,众人也就没有多说什么。

原以为他是来吃年宴的,方叔康还往旁边让了让,给他腾了个位置出来。谁料宁肃远见宁朝阳没有反应,火气更盛,开口就道:"在座各位多是清流大家,今日不如来给我评评理,这当女儿的不养父亲、怠慢尊长、忤逆不驯,此种行径,可堪做代掌的首辅?"

"老宁大人,"秦长舒沉声道,"您这样的话在御前已经念叨过很多遍了,圣人都不觉得宁朝阳有错,我等又能评什么理?"

"是啊,家事拿出来说一回也就够了,回回都说,旁人听着也烦腻。"华年扯了扯嘴角。

宁肃远摆手道:"我不跟你们这些凤翎阁的人说,我跟庞大人、叶大人说,他们才是明事理的。"

说罢,扭头转向左侧的宴桌。

气氛已经被破坏得一干二净,庞佑起身与他拱手,无奈地道:"老宁大人,我不觉得宁大人有什么过错。"

宁肃远错愕地停下了脚步:"什么?"

"按照大盛律法,子女赡养父母,每月给银需是自己俸禄的三成。"庞佑道,"据我所知,宁大人给您的是十成。"

宁肃远气笑了:"她那点俸禄够几个人花?"

"不管够几个人花,她都是给了的。"庞佑道,"您还说她不养,便是在污蔑自己的女儿了。"

一个能在大庭广众之下污蔑自己女儿的人，又配得什么尊敬呢？

宁肃远皱眉后退半步，拂开程又雪，一把抓住宁朝阳的衣襟，怒道："你背着我对他们说了什么坏话？他们怎么会这般看我？"

那可是庞佑，旁边还有方叔康和叶渐青，都是朝中的清流，名望极高的显贵。

以前听他诉苦，这些人都帮着斥她冷血无情，不守孝道。如今同样的话，他们却说是他污蔑？

宁朝阳被扯得差点儿摔下凳子，旁边的李景乾当即就想起身，宁朝阳眼疾手快地按住了他。

宁肃远见过江亦川，却没见过李景乾。这个时候如果他将李景乾认出来，只会乱上加乱。

她摇头，自己扯回衣襟站了起来，挡在李景乾前头，看着宁肃远道："闹够了就先回去吧。"

"回去？"他冷笑，"我回去，留你在这里不知天高地厚地得罪人，再害我宁家上下不得安宁？"

方叔康在旁边听得抹了把脸，他觉得自己对宁朝阳有些误解。

先前他以为她这人天生反骨、不孝不义，是个不好相与的人。到现在他才发现，不孝未必一定是孩子的问题，也有可能是长辈的问题。到底是谁给宁肃远的自信，让他觉得自己没有得罪人？光是这四条猎狗往这儿一牵，席上就已经有多位大人不满，更别提他说话咄咄逼人、毫无逻辑，扰了所有人的雅兴。

在他面前，宁朝阳倒显得格外正常且心平气和。

但他偏上下打量，而后冷笑："你不会真以为靠自己就能有今日这番成就吧？你名声差，为人也差，办事不妥当，只会阿谀奉承。若没有宁家世代祖荫给你做靠山，你自己能成个什么事？今日你贬我官职，以为能给我个下马威，殊不知，你这行为落在各位大人眼里是可耻又卑劣，完完全全的小人行径！这委任状你收回去，三日之内，我要你给我一个满意的答复。"

熟悉的话语，熟悉的趾高气扬的姿态，在场所有的人听了都觉得有些窒息。

宁朝阳脸上什么表情也没有，只道："掌侍一职的确是最适合您的职位了。"

宁肃远眯眼："你说什么？"

"我说，满意的答复是给不了您了，"宁朝阳道，"但您能寻得最适合自己的官职，我不免替您感到高兴和知足。"

"宁朝阳，你——"

"好吵。"席上有人淡淡地说了一声。

宁肃远蒙了一下，还没来得及看清说话的人是谁，旁边就来了一个人高马大的武将，二话不说拖起他就往楼下走。

他手里的四只猎狗看着是想扑咬人的，但领头的那只狗也不知看见了谁，突然就耳朵往后撇，老老实实地不龇牙了。其余三只狗呜呜吠吠了几声，也跟着垂下脑袋。武将趁机连人带狗一起送下仙人顶，随手雇来马车，将人塞上去就送出了长宁坊。

楼上很快恢复了谈笑声。

宁朝阳侧头看向程又雪："没事吧？"

程又雪摇头，张嘴想安慰她，但又不知该怎么说，只能笨拙地说道："单笼金酥要上了，大人尝尝？"

宁朝阳拍了拍她的肩："给你多点了一笼带回去吃。"

"多谢大人！"

李景乾沉默地坐在旁边，没有与她搭话。

宴席继续。

大抵是被宁肃远给惊着了，原先对她有些许芥蒂的官员们突然都待她温和起来，有几个甚至自揭短处来与她说笑。

宁朝阳这才发现，官场上的人原来也不是每个都一肚子坏水，也并非时刻都想着算计。只是她仍然会保留着她该有的戒心，但转念想想，自己遇事的确可以不那么极端，若有与人商量的机会，好好说话也无妨。

宴席散后，宁朝阳送走众人，一掀车帘，就见李景乾已经坐在了里头。

四下已经无人，她扬眉进了车厢，坐在他旁边侧头打量："侯爷整个后半场似乎都不太高兴。"

李景乾绷直了嘴角："想与你说话，但没机会。"

"现在有机会了。"她道。

李景乾转眼看她，目光恼怒又认真："他说得不对，一个字也不对。"

宁朝阳有些没反应过来："谁？"

"宁肃远。"李景乾放在膝盖上的手握成了拳，咬牙道，"你名声不差，为人更不差，办事妥当，所以才赢得了殿下和圣人的垂青。你有今日都是靠自己的勤勉，与宁家祖荫没有半分关系。"

顿了顿,他看着她的眼睛,一字一句地道:"你没有做错,一点也没有。"

宁朝阳愣怔,后知后觉地反应过来,眼里就涌上了笑意:"在担心我?"

李景乾抿唇点头。

他看过她不安时的模样,不想再看第二次。

宁肃远怎么贬低她,他就要怎么把她夸回来。

他准备好了许多夸夸,深吸一口气,作势要说话,宁朝阳伸手就捂住了他的嘴。

一手之隔,她的眼眸里盛着亮晶晶的光,凑近了看他,小声地道:"我已经不会把他说的那些话放在心上了。"

李景乾不太确定地眨了眨眼。

"真的,"宁朝阳道,"以前听他说那些,我会反省是不是自己做得真的不够好,会觉得憋闷难受。但现在不会了。我清楚地知道自己有多好、有多厉害、有多值得被信赖和倚重。他不认可我是他自己的问题,不是我的问题。"

她眼尾弯起,笑了起来。

"我现在,很喜欢我自己。"

李景乾胸口微震,眼眸跟着她一点一点慢慢亮了起来。他将她的手拿下来握在手心,一寸一寸地将肌肤贴紧,合拢。

"大人厉害。"他笑着道。

"侯爷别光夸,"她挑起眉梢,"也学着点。"

他手腕微顿,轻叹:"学是不好学,得靠大人给些指点。"

"指点?"

李景乾点头,认真地说道:"大人若心里有我,我便也跟着学。"

一句话三个弯,这算什么武将做派?

她唏嘘摇头,伸手勾起他的下颌,指腹微微摩挲:"那侯爷可要看好了。"

李景乾抬头,晃眼瞧见了外头漫天的星辰。再下一瞬,那星辰就尽数落进了面前这人的眼里,而后整个都朝他倾覆下来。

车轮在雪地上滚出两行深深的轨迹,车灯摇晃,带着明亮的光一路朝宁府的方向而去。

这是宁朝阳过得最自在热闹的一个年,有好友拜年串门,有宫里来的厚赏,还有人一直陪着她,围炉看雪,院中踱步。

更难得的是,宁肃远没有来给她立规矩,也没有找她后续的麻烦。

宁朝阳以为是自己院子里这个人的手笔,但目光看向他,这人却摇头:"此事得问叶大人。"

那日的年宴,本来叶渐青是吃得好好的,甚至跟程又雪聊起了单笼金酥的做法。但宁肃远突然闯来了,搅了局不说,还推了程又雪一把。叶渐青冷着脸上去将人接住,然后认认真真地看了看宁肃远。第二日,宁肃远就因先前与唐广君来往过密而被吏部严查。

宁肃远这才后知后觉地发现,上京里已经变天了。唐广君、荣王等人落马,淮乐与宁朝阳等人如日中天,外头求她们办事的人都排出去两条街,自己竟一回来就当着那么多人的面找宁朝阳吵架,这不是傻吗?

宁肃远回过神来就想让宁朝阳回家一趟,给家里长长威风,但吏部的人可不会容忍他,严查期间,任何消息也不让他送出去,他只能憋着气等。

程又雪在年节的第二日就回了凤翎阁,认真地将宁肃远的相关文卷都看了一遍。

不看不知道,一看,她气得直鼓嘴:"竟跟唐广君有牵扯!"

叶渐青倚着旁边的长案,淡声道:"牵扯不深,他想巴结唐广君,但没巴结上。"

程又雪不解地抬眼:"大人怎么知道的?"

"唐广君一直想与我结交。"叶渐青道,"他府上的事,我大多清楚。"

程又雪心里一惊,跳起来就捂住了他的嘴,一双眼左看右看,确认凤翎阁现在没有其他人在,才压低声音道:"这话你也敢说?眼看着唐广君一党还在清算呢。"

叶渐青垂眼看向她这白嫩嫩的手。

为了护她的宁大人,这胆小如鼠的人还往人家猎犬跟前凑了,虽是没伤着,右手的指甲盖上却被那犬齿划了一道痕迹,到现在还在。

他抿唇,将这人的手拉下来,想握住,却又想起这人到现在还没回复他关于那些契约的事,他只能克制地松开。

"我问心无愧,"叶渐青道,"他们查不到我头上。"

程又雪皱眉摇头:"世上哪有不透风的墙,真被人攀咬上,就算大人再厉害,也得去宗正司走一遭。"

叶渐青忽然就问:"若我有难,你会像救你宁大人那样救我吗?"

程又雪瞪大了眼:"叶大人,你什么身份,我什么身份,你若有难,那能是我可以救的吗?"

道理是没错的，但……

但这种话从自己喜欢的人嘴里说出来，可真是比外头的雪还冰冷。

意识到他有些失落，程又雪伸手拍了拍他的肩道："大人是顶天立地的男儿家，不要钻那无用的牛角尖，你我的当务之急是将这宁肃远清算干净。"

"你我？"叶渐青抬了抬下巴，"这不是你凤翎阁的事，与我有何干系？"

程又雪眨眼："不是大人命吏部查他的？"

"我没有。"

"哦，"程又雪挠挠头，重新坐回椅子上搓了搓手，"那就是我的当务之急。"

她认真地看起文卷来，遇见有用的地方就飞快地摘抄，小手端正地捏着笔，字也写得极为漂亮。

叶渐青兀自生了会儿闷气，倒是又开解了自己。

她有今日的成就实在来之不易，要她不管不顾地救自己，委实太强人所难。她说得对，是他不该钻牛角尖。

不提这个问题不就行了，一个大男人，没事跟宁朝阳比个什么劲！

他深吸一口气，拉开椅子，也在她旁边坐了下来。有女官从门口路过，不解地往里头看了一眼，小声问旁边的人："叶大人不是有年假吗？怎么也跟咱们一样要伏案？"

"不知道，兴许是年假用完了？"

"不会吧，我昨儿还听他跟秦大人说用他两日年假换程大人一日年假。"

"还能这么换，那尚书省不是赚大了？"

两人小声说着越走越远。

叶渐青头也没抬，替程又雪将有用的文卷都选出来，而后又帮她抄录了几篇有用的。

两人离开凤翎阁的时候，月亮都已经出来了。

程又雪万分疲惫，一上车，就靠在车壁上昏昏欲睡："明日还有早会……"

"不想去？"

"谁会想去早会啊？那么早，又冷，"她闭着眼睛撇嘴，嘟囔道，"只有宁大人才会热衷此事。"

一想到今晚没几个时辰可睡，她打了个哈欠。

"到家了劳烦大人喊我一声。"

叶渐青点头应了，程又雪眨眼就睡了过去。

车有些颠簸，但她睡得很沉，梦里全是飞着的银子和长了脚的单笼金酥。

好暖和，好香甜，好安稳。程又雪吧唧了一下嘴，翻了个身。晌午的阳光透过花窗照在了她的脸上，明亮、温暖。

程又雪嘴角带笑，但下一瞬，她就浑身一凛。

"什么时辰了！"她尖叫一声，睁眼跳下床，趿上鞋，抱起官服就往外冲。

叶渐青抬手捏住门弦，将她堵了回去。

程又雪一看他，更加着急："大人怎么不叫我？这都睡多久了！"

"今日你休沐。"叶渐青道，"你们秦大人已经派人来传过话了，你不用去早会，也不用去凤翎阁。"

有什么比睡过头惊醒后却发现今日放假还更幸福的事？

程又雪嘿咻一声就将官服扔回了屏风上，然后有条不紊地洗漱穿戴，一顿折腾之后，整整齐齐地坐在了叶渐青对面："多谢大人！"

"谢我什么？"他给她盛了一碗粥。

程又雪接过来，笑眯眯道："我原本是没有年假的。"

定是他做了什么，总之先谢一声是不会错的。

她这目光炙热又殷切，像极了某种摇着尾巴的小动物。叶渐青有些顶不住，别开头，耳根微红："嘴上谢就完了？"

程又雪又"啊"了一声。

叶渐青抿唇："东郊外的湖上有冰花舞，你陪我去看吧。"

东郊偏僻，但有一片宽阔的湖水，冬日一到就结了厚厚的冰，有民间的杂耍艺人会滑行其上，跳冰花舞。

程又雪嘟囔过想去看，但那是很久之前的事了，提一嘴就过，她自己都没太放在心上，毕竟没有年假嘛。但现在，叶渐青居然提了出来。

他语气淡淡的，完全没有邀功或给她恩赐的意思，像真是他自己想去看，顺带捎上她罢了。只是他耳根好红，像火盆里烧透了的炭。

程又雪眼里泛上笑意，重重地点了点头："好的呀。"

叶渐青立马回房去更衣，两人一同出游，都要穿私服。

管事拿来了他平时穿的衣裳，他一看就摆手："不要雪锦，也不要苏绣，找朴实些的衣裳。"

"大人，咱们哪来朴实的衣裳？"管事直挠头，"最次的就是这件，但它太薄了，外头还在化雪呢。"

叶渐青想了想，将袍子接了过来。程又雪换好衣裳出门，就见叶大人已经在外头等着了，他穿了一袭华贵的月白绸袍，风一吹，飘飘若仙。

好看是好看的，但她凑上去一探他的手背，果然凉得跟冰一样。

程又雪连连摇头："你去换件厚些的，没这么好看的都行，东郊比城里还冷呢。"

叶渐青抿唇道："我没有厚些的……衣裳。"

他只有厚些的亵衣，穿起来贵气万分，任谁走在他旁边都得变成个小丫鬟。

好不容易一起出去玩，他才不要那样的场景。

程又雪以为他是要风度不要温度，皱着脸想了半晌，还是一头扎进自己的屋子里，抱了一件厚棉袍出来。

"给，这件好看。"她道，"阁里分下来的料子，虽不是什么名贵的，但胜在厚实挡风。"

叶渐青一怔，接过袍子看了看针脚："你做的？"

"嗯，"她移开目光，"原是打算卖给外头的成衣铺换些银钱的。"

这倒符合她的作风。

叶渐青展开衣袍拢上，发现竟然分外合身。天青的颜色，在这灰蒙蒙的冬日里看着挺舒心，袖口上还绣了两丛不知名的草。

"走吧走吧，"她催道，"再晚就没有好位置啦！"

叶渐青回神，被她拽着往外走。

他很想告诉她，那里的好位置都可以花钱买，就算去得晚，也能坐在有火炉的看台里安稳观赏。但程又雪压根儿没给他说话的机会，一路都在叽叽喳喳地给他说那些跳冰花舞的艺人有多厉害，平时的赏钱能收几箩筐。到了冰湖附近，她更是直接拉起他就往前冲，身形之快，将旁边所有的行人都甩在了后头。

叶渐青有些没反应过来，脚步微顿，程又雪当机立断地拉起了他的手。

这温热绵软的触感，握得他心尖一颤。一时间，周围的东西都化开了去，天地间好像只剩下他和她。

肯这样拉他的手，是不是就是说，她没那么抵触他？

叶渐青嘴角控制不住地往上扬，觉得郊外的空气好像就是比城里的更香甜些。

"坐。"她按下他的肩膀。

叶渐青回神，这才发现已经到了冰湖最前头的位置上，虽没有火炉，却有不花钱的石椅。程又雪甚至带了暖垫在身上，掏出来就让他坐下，并往他手里塞了两个刚买的烤红薯。

"这个位置最好了，前头没有遮挡，待会儿左右还会有人墙挡风。"她搓了搓自己的手，又贴了贴他的手背，"不冷了吧？"

岂止是不冷了，他连胸口都热起来了。

叶渐青轻笑道："程大人真是熟门熟路。"

"那是自然，中秋赏龙舟的时候我就来过了，这么好的位置，一分钱也没花。"她骄傲地抬起下巴，"瞧见后头那些收钱的观景台了吗？一个位置十两，隔得远，前头还有人遮挡，傻子才去坐那儿呢！"

叶傻子不动声色地收回目光："程大人说得对。"

程又雪开心地笑起来，将包袱里的东西陆续往外掏："热水、净帕、果脯、肉干……我都带了！不要在这儿买，可贵了。还有这个，你拿着。"

她数了一百个铜钱给他。

叶渐青诧异："你竟舍得给赏钱？"

程又雪瞪眼："人家那么辛辛苦苦地表演，看了难道不该给赏钱？"

叶渐青眼神柔和下来，嗯了一声，将她穿得整整齐齐的一百文握在了手里。

冰花舞开始了，四周果然围满了人。风吹不到他们，前头也没人能挡住他们，程又雪一边吃着果脯，一边连连喝彩，眼里盛满了喜悦和轻松。

叶渐青倒是没注意湖上在舞什么花样。他只看着身边这人，一双眼眨也不眨。艺人来收赏钱的时候，叶渐青将那一百文放了进去，想了想，又添了一锭银子。

程又雪没注意到他的小动作，只一边夸他们演得好，一边收拾石椅上的东西，那艺人瞧见银子，却是瞪大了眼，当即就想跪下来道谢。

叶渐青一把扶住他，看了旁边忙碌的姑娘一眼，轻轻摇了摇头。于是程又雪在散场之后，莫名地就得到了一个精致的布偶。

"这是照着那个最厉害的冰花舞艺人的装扮做的吗？"她"哇"了一声，"旁人都没有，就给我了？我运气也太好了吧！"

叶渐青走在她身后，觉得她为一个小布偶高兴成这样很幼稚。但不知怎么，看她笑，自己就忍不住要跟着笑。

上车回城，程又雪开始盘算今日的花销，算上赏钱，她一共花了一百三十七文。对叶渐青来说，这等于没花钱。但程又雪还是有一丝心疼，笔尖在明日的吃喝上点了点。

叶渐青知道她想干什么，道："明日我府里有亲戚来拜年，程大人可要来作陪？"

说是作陪，其实就是蹭饭。

程又雪眼眸亮了亮："不好吧？"

"没什么不好，"叶渐青道，"你也请我吃了果脯、肉干。"

那她明日就可以省下二十文了。

程又雪开心地捏了捏自己的钱袋，正想道谢，马车却突然一停，接着就急转了一个方向。

"大人，"车夫急喝，"出事了！"

今日出来本就是休沐散心，叶渐青一个护卫也没带。他掀帘往外看，就见几个人高马大的悍匪堵在路中央。车夫换了方向往旁边的支路上跑，没跑多远，就见前头也有人在堵路。

"怎么会这样？"程又雪眉心紧皱，"你我今日的装束与旁人并无什么不同，车也特意换了简朴的，竟还会提前被人蹲点？"

想起自己当着许多人的面给出去的那个银锭，叶渐青暗骂自己失策。

他道："待会儿若实在走不了，我就下车去，你躲在里头不要出声。"

程又雪哭丧了脸："大人，你也不会武艺啊。"

"不会武艺也还是个男儿，比你这小身板可强多了。"他轻松地说着，见车被逼停下，起身就要下去。

袖口被人一把拽住，接着，他整条胳膊都被她抱进了怀里。叶渐青怔然回头，就见程又雪使劲摇头："不成、不成，这山间悍匪多是亡命之徒，你不要去！"

她也不知哪儿来的力气，一把就将他扯回了座位上，而后飞快地解下自己腰间的钱袋，颤声对外头的车夫道："全看您了。"

说罢，她咬牙抓起钱袋里的碎银，一把就朝外头撒了出去。

叶渐青瞳孔微缩。

跟她在一起久了，他连这些七零八碎的银子也看得眼熟了。

打着旋儿飞在最上头的那块是五钱的，刚从她收到的俸禄上剪下来，边缘还留着被钳口挤压剪开的形状。

笨重地飞在最后的是二两的，是她上个月收到的租钱，一收到就开心得半宿没睡着。

左边飞的是三钱的，右边飞的是几个铜板，全是她从自己平日的花销里抠出来的，说能省则省，积少成多嘛。

……………

此时此刻,为了不让他去涉险,她想也没想全都撒了出去,一边撒,一边喊:"快走!"

四周的悍匪们都去捡银子了,车夫冒着冷汗飞快甩起长鞭,马嘶鸣一声就朝缺口猛冲出去。

程又雪眼眸直愣愣地盯着外头的情况,见后头的人没追上来,前头也许久没再看见堵路的人,这才慢慢将心放了回去。

叶渐青看着她手里瘪下去的钱袋,莫名有些难受:"你该让我下去的,我身上有官府的令牌,他们未必敢动我。"

程又雪回头就瞪他:"大人是不是太把身份当回事了?这些人若是能被一块令牌吓住,也不会来干这掉脑袋的勾当。你真下去,他们只会将你捆了,让你家里送更多的赎金来。"

"可你这一袋银子……"

程又雪也很心疼啊,她攒了一年才攒这么一袋,睡觉都要抱在怀里的。

不过,她低头翻了翻,眼眸一亮,伸手就从袋子的夹缝里抠出来一块二钱的碎银,笑着举到他面前:"这不还有嘛。"

叶渐青捏紧了拳头。以程又雪先前的倔脾气来看,他回去把这些银子都补给她的话,她是不会收下的。

他沉着脸,一进城就下车,换马直奔将军府。

李景乾正在发愁呢,叶渐青进门就对他道:"封运将军奉命来上京剿匪已经半月,毫无成效不说,还搅乱了京中巡防,在下想邀侯爷一起进宫面圣,将封将军先调派去京郊校场。"

李景乾抬眼:"他那人心高气傲,怕是不会允。"

"圣人允就可以了。"叶渐青面无表情地道,"剿匪之事还是由江副将领头更为合适。"

他说的是江大。他本就出身山野,对山匪的了解也更多。

李景乾有些迟疑地唔了一声。

叶渐青沉声道:"就当在下欠侯爷一个人情。"

封运此人野心颇大,近来一直在跟凤翎阁争抢巡防之事,各处都被他强行空降了自己麾下的人。因着官职都不高,凤翎阁还在忍。

李景乾想先下手为强,奈何圣人对他还有忌惮,他贸然开口可能会适得其反。

结果也不知谁惹到了叶渐青，居然让他主动上门提出了这样的条件。

再不答应，可就不礼貌了。

…………

宁朝阳接了皇命严审苍铁敬，将他供出来的相关官员都暗查了一番。

不查不知道，这六部竟藏匿着一片关系网，自下而上，渗透七十多个官位，互相勾结扶持，图谋不轨。

宁朝阳背上出了冷汗。

这些人若一起清算，朝纲都将不稳，但若放着不管，他们又都与淮王有牵扯，上回没反，下回一定会反。

尤其是封运，原想让他来上京，好清算他在远郊的屯兵。谁料这人带了诸多精将，反客为主地要接手上京的城防。

宁朝阳问程又雪："宋蕊那边如何了？"

程又雪皱眉："情况不太妙，说是下头的人抱团排斥，她空有头衔和兵符，却调不动人。"

"不过您不用太担心，"她道，"镇远军那边已经派人过去了。"

先前镇远军和青云台与凤翎阁的消息都不互通，眼下各边却是突然都和谐起来，有需要帮忙的时候还能互相搭把手。

宁朝阳仔细看了看以往青云台和凤翎阁起争执的缘由，除开立场和利益不说，每次闹大，几乎都有几个固定的人在中间挑事，这样的人，青云台和凤翎阁都有，最近也都在活跃。

她不动声色地将那几个人的名字圈起来，交给了程又雪。

天色已经黄昏，宁朝阳却起身往宫里走，一路都在想着要如何措辞才能让陛下打压封运的气焰。结果刚走到宫门口，她就看见李景乾在和叶渐青互相拱手。

"有劳侯爷。"

"叶大人言重。"

在他们旁边，封运脸色铁青地站着，待李景乾一上马，他也只能跟着上马。

宁朝阳目送这二人离去，上前去问叶渐青："这是怎么了？"

叶渐青唏嘘地道："圣人对封将军寄予厚望，没想到他沉迷于争权夺势，却不认真清剿山匪，行为顶撞，还多次冒犯宫闱。圣人忍无可忍，便让他去侯爷的校场练练规矩。"

说好听是练规矩，实则就是让他过去喂马刷马。

宁朝阳挑眉："他这都能服？"

"不服又有什么用？"叶渐青嘲弄地道，"要兵兵没有，要嘴也只有一张。"

唐广君和苍铁敬一入狱，想帮封运说话的人就没几个能面圣的了，封运那嘴又笨，完全不是他和李景乾的对手。

叶渐青与宁朝阳告辞后，就追上江大，与他一起去了城外。

麻烦被人解决了，宁朝阳很开心，但开心之余又有些疑惑：叶大人一个文臣，怎么这么热衷于剿匪？

第三十七章

宁大人也会相思吗

程又雪正在查当初张永安毒害宁大人一事。

当时她以为是青云阁的人故意谋害,但最近两边合在一起办事,程又雪才发现张永安并不是青云台这边的人,只不过与几个青云台的官员有些交情,并且只是酒肉之交。

如此,他似乎没理由要杀宁大人。

程又雪抱起文卷往自己的院子里走,刚想着今晚要一个人挑灯夜战了,抬头却发现叶大人站在她的院子门口。

"怎么了?"她走过去。

他衣裳上沾了不少泥灰,整个人看起来却是很高兴:"还你。"

说着,就将一个鼓鼓囊囊的钱袋递到了她跟前。

程又雪一看就摇头:"昨儿不是说过了,那些钱不单是为了你,我也有份儿的,所以不用补给我。"

"不是,"叶渐青抿唇,"这是你撒出去的那些。"

撒出去的还能找得回来？程又雪脑袋上缓缓冒出一个问号。

她进院子放下文卷，接过钱袋来打开，熟悉的碎银子们扑洒了出来。

她眼眸一点点睁大，又惊又喜："大人怎么办到的？"

"路过看见江副将在剿匪。"叶渐青道，"我运气好，找到了那日我们遇见的那些人。银子在他们手里还没来得及花，我就给你拿回来了。"

他说得很轻松，但事实是江大被他拽着往东郊外头去剿匪，将悍匪的窝连锅端了之后，大量的银钱都堆在了院子里，叶渐青就蹲在那堆钱旁边，一个个地认。

江大以为他在开玩笑，被抢走的碎银子哪有认得出来的，算一算当时有多少钱，直接从这里头划点不就好了？

谁料这位叶大人愣是认出来了，翻了两个时辰，凑齐了一个钱袋，别的他一眼也不多看，道了谢就走了。

真乃奇人也。

程又雪看了看他衣袍上的泥，喉头都紧了紧。

她道："你，等一等我。"

叶渐青以为她要给他拿什么东西，抑或要说什么话，结果这人收好钱袋，竟然就去看文卷去了。

叶渐青意识到她最近很忙，干脆将自己的文卷也拿了过来，借她的烛火一起看。

程又雪没有拒绝。两人各自忙碌着，她的话也就一直没有下文。

年关过后，宁朝阳收到了程又雪的呈报。

张永安在禁内勾结党羽、蒙蔽圣听是有人在背后指使，她们当时都以为指使的人是荣王或青云台的其他人。但程又雪查到，张永安是良妃的远亲，每月又得淮王大笔的银钱供给，他会听谁的话不言而喻，呈报还附上了抄录的淮王府的账本。

宁朝阳翻了一下，发现淮王府上采买的东西又多又贵，花销与他明面上的收入完全对不上。不仅如此，他吃的米面都要上等的精品，完全不像一个一直在深宫里受苦的皇子。

她不由得翻了翻唐广君一案的账册。

唐广君那几船银子虽然补上了扩建中宫的花销，但前头还有诸多的烂账，他是吃了不少钱下去的。

可抄家出来，唐广君府上所剩的银子却远没有她想象的多。

其余的银子花去了何处？

宁朝阳目光幽深地提笔，开始写案情陈结。

一个年关过去，朝中突然有许多官员获罪，官位空缺出来，年轻的男女官员们纷纷递补上去。

宁肃远也想谋个好差事，原先的差事尚书省突然就不要他去了，他很生气，却也没去闹，毕竟掌侍也不是什么好差事，他大可以趁着机会再谋个别的。

但是，以往肯帮着举荐的亲戚朋友，如今突然对他大门紧闭，抑或找着借口来推脱，他求了半个月，都没找到什么好路子。他正想筹钱去叶府问问，吏部却有人来告知他，他被查出曾向唐广君行贿，要判十年刑牢。

宁肃远原本不信，但他的宅院很快就被府衙查封，一大家子人都被赶了出来，只能找地方租住。他本人也被押到了凤翎阁大牢，狠狠关了几日，叫天不应，叫地不灵。

绝望之中，有个年轻的武将过来对他说道："我们侯爷有意搭救，但本事有限，只能将您放出来做个狱卒，您看可愿意？"

只要能被放出去，还有什么不愿意的？宁肃远咬牙答应了。

陆安笑了笑，替他拿来狱卒的衣裳，对他道："每月俸银是五钱，您辛苦。"

叶渐青一如既往地在凤翎阁外等着，就见程又雪拿着一纸东西出来，垂头丧气的。

"怎么了？"他皱眉，"谁欺负你了？"

"没有，"她叹了口气，"是我自己的问题。"

"你能有什么问题，天天看文卷看到半夜，"叶渐青不悦地抿唇，"整个凤翎阁就没有比你更勤奋的人。"

"勤奋有什么用，别人都升从三品穿碧桃官服了，独我……"

听见她尾音带了哭腔，叶渐青连忙扯过自己官服上的仙鹤花纹："给你，这个比海棠好看。"

"哪有这么给的……"

他暗骂自己蠢，又四处找，看还有什么东西能安慰安慰她。

程又雪看着他这手足无措的模样，突然噗哧一声就笑了出来。

叶渐青一愣，不解地回头，就见她举起手里的东西，双眼发光地道："我不要你的，我自己有。"

吏部下来的任职文书摆在他面前，一低头就能看清上头写的字：擢程又雪为正三品七命的掌事，赐芍药官服。

"破格的提拔，凤翎阁独我一份。"她看着他眼露震惊，不由得咧嘴笑开，"我的努力没有白费。"

三品七命的官，虽只是凤翎阁里的品级，但也是大权在握。淮乐殿下赐了她一辆马车，圣人也赏了她五十两黄金。

"我有钱了，也有本事了。"她深深地看着他，而后笑道，"久等了，叶大人。"

叶渐青是个很好的人，程又雪一直这么觉得。

他知道她时常惶恐不安，所以想尽了办法要让她觉得安心。那三万字的章程和契约是她这辈子读过最好的文卷，一笔一画都在告诉她：她值得，她配得上，这给了她很大的力量。

所以她想明白了，要馈他以同等的心意，她自己得先升官发财，在上京站稳脚跟，这样才不会再患得患失，也不会再恐惧忧虑。如此，方是长久之计。

幸好眼下的时机不错，她没有让他等得太久。

程又雪看着叶渐青慢慢亮起来的眼眸，鼓足勇气伸出手去，一把就牵住了他的手。

"上回说了，一定会好好请大人吃一顿饭。"她笑道，"走，去仙人顶，我请客。"

叶渐青被她拽着往前，只觉得四周的雪里突然开出了春花。

天光明媚，暖风和煦。

惊愕之后，他的目光就慢慢柔和下来，修长的手指回扣住她的手，略微颤抖地应了一声："好。"

等到了就好。

上京四处雪景怡人，宁朝阳快步走在红墙白瓦的宫闱之中，却连头都没侧一下。

秦长舒跟在她身侧道："新上任的官员不熟悉事务是情理之中，往年也总出岔子，但都没今年闹得厉害。"

宁朝阳嗤笑："反应倒是快。"

她不过动了一些边角小官，六部的那几条大鱼就拼命扑腾起来了，妄图借着那些小官的事告诉陛下，若大量换血，朝纲必将不稳。

可真留着那些人，难道这天下就稳了？

殿门朝两边打开，里头的人正说着："新任官员，少不得要两三年才堪大用，其间更是要有资历的老臣领路……"

宁朝阳大步迈入，上前拱手行礼："刘大人这话便是在指责微臣无能了，微臣向陛下请罪。"

意识到这人上任不过才半月，刘大人噤了声。

圣人笑着打圆场："人有千种，自是不能一概而论。"

宁朝阳站直身子，将新的奏折重新呈了上去。

圣人知道她还是要弹劾那几位高官，也没有急着将折子打开，而是意味深长地道："宁爱卿，假如眼下你手里有一把刷子并一堆布条，刷子的手柄上带着刺，而你正需要刷洗器具。你是会扔了刷子，用布条费力擦洗，还是用布条将刷子裹住将就用？"

宁朝阳拱手就答："在家里找一找，兴许还有新的刷子。"

圣人皱眉："一把刷子用顺手也需要时日，岂是那么简单就好找到的？"

他话刚说完，宁朝阳又呈上了一叠名册。

圣人疑惑地接过来，眼眸一亮。

今年各省各部的举试，招揽来的人才竟是去年的两倍多。宁朝阳详列了每个人的优势和特点，一眼看下去让他有些激动。

旁边的刘大人一向知道宁朝阳吹嘘的手段，连忙道："推举人才得看真才实干，先前刑部那七八个小吏去之前不也被捧得高高的，结果怎么着，七日不到就因错判、乱判，致人枉死。眼下民怨沸腾，岂可继续踏泥行污？"

提起这茬儿，圣人又有些忧心。

淮乐立马道："儿臣启禀父皇，京郊剿匪之事已毕，冬日回廊安置之事也处置妥当，眼下国库充盈，民生安稳，正是万象更新时。"

如果不动苍铁敬招供出来的那些人，那她们这么久的准备就都白费了。

圣人还是犹豫不定。

"陛下。"门外突然有黄门神色慌张地进来跪地。

圣人回神，招手让他上前，听完他小声禀告的消息之后，脸色骤变："传定北侯进宫来！"

淮乐心里一跳。

父皇最近一直有意疏远定北侯，已经许久没这么焦急地传召过他了。乍然如此，东边的战事怕是有变？

她想留下来听一听发生了什么事，但不等她说话，圣人就挥手道："你们都先下去，淮乐也先回去，与宁爱卿拟定好各处的补位安排再来禀孤。"

这是同意了？

方才还在犹豫，怎么突然就这么果断了？

淮乐满心不解，却只能拱手退出去。

大门一关上，她转头就问："宁朝阳，你可有什么消息？"

宁朝阳道："镇远军事忙，微臣也许久没有见过侯爷。不过，今日之事想必与淮王在汴州停滞不前有关。"

汴州是淮王与主力军会合的地方，照理来说，他只会在那里停留两日就继续向东，但汴州传来的风声却说，淮王已经停留了五日有余，不但没有东进，反而让东边剩余几个州的屯兵都调去汴州与他接应。

若是平时，圣人见这样的举动，可能会差人去问问是不是哪里出了岔子。但眼下，苍铁敬被关在大牢里，口供字字句句指的都是淮王。

圣人从高高的皇位上看下去，满眼能看见的只有淮王的野心。饶是再对李景乾不满，圣人也只能召用他，并且得和颜悦色，努力修复因中宫薨逝而破损的君臣关系。

淮乐眼眸一转，就将前后的事情想通了大半。先皇后和荣王自李景乾回京之日起就想裹挟他站队夺权，李景乾看似积极，实则完全置身事外，只一力向陛下表着忠心。故而中宫和荣王倒台时，他丝毫没有受牵连，只因战力太强而惹了陛下些许不快。

这点不快，在淮王的威胁之下，压根儿不算什么。想到这茬儿，那他力举淮王去东征的原因也就明了了。

淮乐舒了口气，笑道："本宫以为他想用淮王来牵制本宫。"

宁朝阳跟着她一起往东宫的方向走，忍不住好奇道："若他真有这样的念头，殿下会如何？"

淮乐斜她一眼："你以为我会记恨他？"

那不然呢？宁朝阳不解。

淮乐笑道："他若有那样的野心，我反而会更敬他。"

没有人会平白扶持一个没有干系的皇子，除非他自己有执掌天下的野心。李景乾若真那样做了，他将会是安稳了两百余年的大盛王朝史书上最鲜艳夺目的一笔。

宁朝阳听着，只觉得淮乐殿下真非一般人能比。

她这么夸李景乾，可不会是想把皇位拱手相让。她分明是跃跃欲试，想把战无不胜的定北侯也挑落马下。

如此疯狂的念头，莫说荣王、淮王不会有，就连英明半生的圣人恐怕也不敢想。圣人能容武将，却不愿让武将的权势大到对自己造成威胁。而在淮乐殿下眼里，任何人都不过是挑战，越是厉害的臣子，越能让她时刻保持警惕和上进。

宁朝阳道："可惜，侯爷志不在此。"

淮乐含笑看着她，觉得她这是在帮人说好话。大权在握的将军当真一点野心都没有吗？就算现在没有，将来谁又能说得准呢？

宁朝阳迎上她的目光，却是认真地重复："他当真志不在此。"

表面看起来好战的武将，实则比谁都希望天下太平，最好不打起来，最好能速战速决，搞定东边的战事，最好可以再也不用杀人。

想起那人迷茫又自弃的眼神，宁朝阳的手不自觉地微微收紧。

淮乐看了她一会儿，轻声道："本宫未必会信他，但本宫一定会信你。"

"多谢殿下。"宁朝阳朝她一揖。

尽管有利益冲突的时候，也有起矛盾的时候，但时至今日，宁朝阳还是很庆幸自己当初选择的是淮乐殿下。

大盛的下一个百年一定会更加繁荣昌盛。

两人回去东宫里喝茶，没坐多久，就听闻陛下连下数道恩旨，重赏定北侯与镇远军，并令定北侯挂帅，领兵三万支援淮王。

宁朝阳对这个结果并不意外。

她只是觉得不安。

淮王那边的兵力有十万不说，暗处还有不见光的势力。圣人如此厚赏他，却只让他带三万人去？

淮乐殿下也皱了皱眉，而后召集了东宫各属官与凤翎阁众人一起议事。

宁朝阳听着听着，突然问："陛下是不是派了文臣去随军？"

秦长舒点头："指派的是程又雪和吏部的刑大人。"

说是要记一些编典籍用得着的东西，但谁都知道圣人还是对李景乾有所戒备。

宁朝阳张嘴想说什么，淮乐抬袖就拦住了她。

"东边的事情要紧，上京的事情同样要紧。"她道，"宁朝阳，你肩上的担子很重。"

定北侯要去钳制淮王，宁大人也需要将上京里暗地拥趸淮王的人一一拔除，两边必须一起动，谁慢一步都会失去先机。

宁朝阳脸上没有什么特别的情绪，点头应下了。

但出宫回府，她的马车在永昌门附近来回绕了七八圈也没继续往外走。

天色将晚的时候，李景乾带着人从宫门里出来。

他低声与胡山嘱咐着什么，顺手就接过了后头的人递来的盔甲。

"侯爷。"陆安牵着马在门口站着，朝旁边努了努嘴。

李景乾顺着他指的方向看过去，正好看见宁朝阳马车边微微掀起的帘子。

圣人的命令下得急，他马上就要出城，只有这片刻告别的时间。

李景乾拂开斗篷，想朝她走近。

"侯爷，"刘公公眼疾手快地拦了他一下，拱手道，"杂家奉命送将军出长安门，还要回去复命呢。"

他身后跟着两个小黄门，瞧着有些脸生。

李景乾硬生生地止住了步子，他脸色不太好看，脚下还想再动。

刘公公再度拦住他，皱眉轻轻摇头。

江大在后头见状，突然大声喊："侯爷说马上要走，各位兄弟行李都收拾好了吗？"

"收拾好了！"众人齐声应。

他又喊："以少敌多，有没有信心？"

"有！"

"争取在什么时候还朝？"

"三个月之内！"

整齐的咆哮声响彻整个永昌门，把旁边的几个小太监吓得一哆嗦。

远处那只捏着车帘的手怔了怔，而后慢慢收回了车厢里。李景乾喉结微动，收回目光，朝刘德胜指引的方向迈步，一步步地朝宫门外走去。

"保重。"出宫门的一刹那，他轻声道。

声音很小，除了胡山和江大，谁也没听见。江大和胡山对视一眼，突然齐齐深吸一口气，然后大声喊了出来。

"保重！"

身后的将士们也跟着喊："保重！"

小太监一脸莫名，不知这保重是说给谁的，只觉得齐刷刷的，怪有气势。

宁朝阳坐在马车里，将远远传来的这两个字慢慢拢进了手心。

"你也保重。"她道。

淮乐殿下站在城门口的高楼上看着镇远军出发，有那么一瞬间的怔忪。不过只是一瞬，她很快就恢复过来，笑着道："这次的结局应该会不一样吧？"

身后的侍女心疼地看着她，欲言又止。

淮乐摆手道："给宁朝阳放两日假吧，两日之后，她可就得收心做正事了。"

寻常人经历此等离别，是需要两日缓一缓精神的，但宁朝阳第二日寅时就到了尚书省文院，开始办公行文。

圣人下令命吏部与宗正司清算苍铁敬的党羽，但有些老臣根基深，动辄有数十门生求情，其中不乏名臣雅士，闹得宗正司的人很是不好下手。

于是，意料之中的，这差事又落在了宁朝阳头上。

宁朝阳二话不说，带城防上门，直接抓人封府，求情者一律请去宗正衙门喝茶，不管他们叫嚷什么情分颜面，她都岿然不动。

一个宁朝阳不够用，淮乐还将沈浮玉也放了出去。于是东家门西家院都被踹开，但凡在苍铁敬招供名册上的人，统统关去了天牢候审。

这样不管不顾的后果就是两人的院子都被人放了些蛇蝎毒虫，还有半夜纵火的。除了天牢，别的地方都变得不太安全。宁朝阳干脆带着沈浮玉重操旧业，两人一个文审，一个武问，短短几日就问出了不少东西。

前年春猎死在猎场里的青云台官员不是被凤翎阁的人射杀的，而是刑部一小吏在其饭食里下了迷药，导致人坠马而亡。

常光独子举考卷子被换，也不是凤翎阁人的手笔，而是吏部一个侍郎为了讨好张永安而动的手脚。

运河上游的水闸位置不是青云台的人搞鬼，而是工部有人接了马岳的授意。

…………

最重要的是，宁朝阳皱眉盯着前头这人的嘴，不可置信地扶着桌子站了起来："你把刚刚说的北漠郡主之事再说一遍？"

那人叹了口气："原是打算带进棺材里的，但这棺材来得也太早了些，我不想就这么下去面对萧将军，便索性与你说个明白。没有什么北漠郡主，那人只是北漠的一个俘虏，为了保命，才谎称自己是大盛人，并趁着萧将军醉酒，谎称两人有了夫妻之实。"

萧北望是个重情重义之人，见人家姑娘要死要活，他便答应回京就娶她，并打算好好善待于她。

本来事情到这里只是一个负心汉的故事，但淮王觉得萧北望兵权太重，远超他手里的兵力，故而便命张永安传谣，说萧北望带回来的这个人是北漠的郡主。张永安当时深得陛下信任，他这么说了，再加上那女子举止里的确有北漠的风气，陛下便深信不疑。

"我只做了帮着做伪证这一件错事，"那人道，"至于最后落罪，那是萧北望自己的选择。"

没人逼着他狂悖犯上，也没人逼着他侵占良田、欺压百姓，是萧北望自己在回京面圣了一次之后就莫名张狂了起来，这才给了宁朝阳书写他罪状的机会。

宁朝阳脸色沉得厉害。

她清楚地知道自己写的都是事实，没有冤枉萧北望。但若按这个人的说法，萧北望原本是不用反叛的。

他是被人欺骗，进而被逼迫到了那个分儿上。更重要的是，他其实没有辜负淮乐殿下。

淮乐殿下若是得知，会是什么样的反应？

宁朝阳心虚复杂，提笔开始写此案的审结。

苍铁敬招供出来的所有官员至此都审完了，大盛的朝堂原本没有那么明显的对立，正是因为这些人的挑拨，近年来的风气才会越来越差。

而所有的起因都是因为淮王的不甘心。

这么一看，淮王也是个厉害人物。他什么也没有，竟能先画饼诱惑住张永安和唐广君，将这二人逐步提拔到关键的位置，然后让一个人替他在圣人面前进谗言，一个人替他收敛钱财。

唐广君贪墨的大部分钱财进了淮王的腰包，有了这些钱，他就能网罗更多的官员，毕竟大盛官员的俸禄实在太低，有些人给点甜头就跟着往歪处跑了。算来一共十年，淮王的势力已经暗藏进三省六部，渗透各个部门。

若不是她和李景乾阴差阳错地有了一段缘分，谁能想到，这上京的背后一直有双手在搅弄挑拨？

宁朝阳越看背脊越凉，将卷宗交给了淮乐。她屏息看着这位殿下的反应，以为她在看见最后一张供状的时候会释怀或感伤。

但淮乐殿下只是寻常地看完，一点反应也没有地合上了卷宗："照此看，扶风不会任人宰割。"

宁朝阳愕然，跟着也冷静下来商议公事："以微臣之见，上京也该有所准备。"

封运虽被困在上京，但外头那个刘长秋是什么心思，她们是全然不知的。

淮乐点头，与她分头行动，她借着巡视的由头去往戚定山屯兵的地方，宁朝阳则留在上京加固城防宫防。

上京里气氛开始紧张，街上巡逻的士兵也多了起来。

宁朝阳在忙碌的间隙抬头，朝东边看了一眼。

华年忍不住唏嘘："宁大人竟也懂相思为何物？"

宁朝阳收回目光，面无表情地道："我只是脖子酸，动一动罢了。"

回府的时候，她看见街边突然多了很多祈福的男女，皆虔诚地双手合十，许愿之后，再将天灯放飞。

明明亮亮的灯火，看得她忍不住喊了一声停车。

车夫顺势就道："朝廷有战事，不少人的伴侣都上战场去了，被留下来的便会放灯祈福，希望另一半能平安归来。那儿还有卖天灯的，大人可要小的去给您买一盏？"

宁朝阳淡声道："我从不信这些歪门邪道。"

李景乾一定会平安回来，他那么厉害的人，谁能伤得了他？

…………

血水飞溅到李景乾的脸上，他擦了一下自己的侧脸，高高束起的墨发随着他的动作向日光最烈处扬起。

他提剑看着对面的人，朗声笑道："君子不欺弱小，换你们顶事的将军来！"

刚到汴州边境就被大批没举旗帜的士兵围堵，胡山等人心里都窝火得很，他们人还没到齐，对面摆明是挑软柿子捏。可将军二话不说就冲了出去，甚至一剑就斩下了对方挑事人的头颅。

他也不怕砍错人！

司徒朔心有戚戚，刚想劝他武力不能解决所有的问题，结果就见方才还叫嚷着要灭了他们的这群乱兵突然逃窜四散，不再堵路。

既然不能解决所有问题，那就解决眼前的这个。

刚热起来的血又慢慢冷却下去，李景乾看了看自己手里的殷红，眉心跟着就皱了皱。

他好像控制不住自己。

"此行能不战是最好的。"他低声道，"军师，若我再失控，就劳您带人将我捆去后头。"

看了看军师的小身板，他又补充："多带几个人。"

司徒朔哭笑不得："战场上杀人有什么新鲜，难不成能让将士们个个手持木鱼将对方敲得举手投降？臣只是希望侯爷能冷静一些，先礼后兵。"

"我礼了。"李景乾皱眉,"我刚刚都问了他贵姓,他不理我。"

"臣说的礼是指……"司徒朔手上直比画,却感觉说不太清,干脆一拍大腿,"您就当对方都是宁大人,想想看若是宁大人骑在对面的马上,您会怎么做?"

李景乾若有所思地点头。

一行人成功进入汴州,与江州来支援的三万兵力会合之后,便去拜谒淮王。

淮王这边还没有收到上京那边传来的风声,不知道自己已经被卖了,他只是单纯地想与李景乾过不去,所以才让人伏击。

伏击不成,那自己自然是要去迎接的。淮王做了十足的准备,连防暗箭的盾牌都先立在了阵前。结果对面的军队刚一露面,他还没喊什么话,李景乾就翻身下马,连兵器都没带,大步朝他走了过来。

双方人马森立,在寒风之中一片灰蒙,只有盾牌上的铁箍与高举的刀剑刃口上泛着冷光。

淮王远远地看着李景乾靠近,一时不知该作何反应。

下令让打吧,对方只过来了一个人。

可不打吧,李景乾走得又快又急,眨眼就越过盾兵到了他的马前。

"淮王殿下,"他仰起头来看他,"借一步说话?"

有那么一瞬间,淮王觉得自己在做梦,怎么会有人从万军之中独身过来与他说话呢?

他僵硬了许久,直到旁边这人轻声道:"在下身上没有兵器,殿下不必慌张。"

话都说到这个分儿上了,淮王还是翻身下马,困惑地与他一起走到远离两军的空地上。

然后,他的喉间就被抵上了一把匕首。

他有些愣怔:"你不是说没有带兵器?"

李景乾笑了笑,拘着他的脖颈就将他往己方拽:"我这么说,殿下就这么信?"

后头的胡山等人趁着剩下的将领没反应过来,捏着一卷圣旨就上前宣读,大意是说定北侯奉圣命前来协助淮王东征平乱,双方会合之后即刻便出发。

马岳是盯着自家殿下在看的,但从他的角度看过去,李景乾只是将手搭在了淮王的肩上,淮王就跟着他往对面走了。加上这道圣旨,谁也不会往挟持那上头想。

他只道:"胡将军,不是我等不想出发,是下头各营乱成一团,闹得我们走不了。各位既然来协助,不妨整顿整顿军风?"

胡山策马上前细问:"谁在闹啊?"

"还有谁，就这附近的驻军，以及朝廷先前派下来的贺知秋。"马岳直皱眉，"说好会师之后交兵符出发，那些人却一直拿乔，一会儿说棉衣不够，一会儿说军饷没齐，左右就是不肯走。"

殿下可是抱着立功的心思来的，他也不愿意在汴州拖延，实在是这些人包藏祸心，殿下才下令让附近的屯兵往汴州集合。

"太过分了！"胡山义愤填膺地道，"带路，我去找他们算账！"

马岳点头，又迟疑地看了看自家殿下的方向。

司徒朔上来笑眯眯地道："侯爷与殿下还有要事相商，你让两个随侍跟过去就是了，我们先去办事要紧。"

"可是殿下他……"

"马副将，不好再耽误了。"胡山严肃地道，"你们在汴州久停不动，朝中已有非议，今日若还不能启程，那就算是我们侯爷，也未必能救得你家殿下。"

"你现在就怀疑我们了？"司徒朔委屈地道，"那不如让你们殿下抗旨，如此一来，我们也不用并营了，各走各的就是。"

马岳眉头直皱，遥望着淮王的方向，觉得不对劲。

但眼下殿下已经过去了，他不能硬冲，只能道："殿下不喜别人随侍，还是得我去跟上。贺知秋那边就由张副将带各位去可好？"

"也好，也好。"胡山和司徒朔大方地让开了路。

见他们这么坦荡，马岳一时有些愧疚，觉得是自己以小人之心度君子之腹了。等到他进去对方人群里片刻之后，一声大骂遥遥传来。

"贼竖子！"

这边的将领好奇地回头张望，司徒朔和胡山并马骑行，笑着摆手："先带路吧。"

圣旨都接了，双方怎么都是要一起出征的，这个时候谁敢害既是皇子王爷，又是挂印之帅的人呢？想想都不可能。

张副将摇摇头，带着他们就去找贺知秋了。

镇远军的人群之中，淮王直到看见马岳也被他们按在地上，整个人才彻底回过神来。

不怪他傻，是李景乾的路数太野了，哪有这么一个人走过去把对方的首领给抓回来的？他并无任何罪名，任谁都会觉得李景乾在开玩笑。

但咽喉间的匕首告诉他，李景乾没有开玩笑。他是真的在挟持他，并且以圣旨的名义名正言顺地并了军队，开始整队准备出发。

原先怎么都不肯发兵的贺知秋等人与胡山碰上头，突然不缺衣，又不缺粮，双方握手并进，好得跟亲人一般。军中的话语权十分自然地落在了胡山等人的手里。

淮王突然想明白了其中的关联，他抬眼看向李景乾："你敢假传圣旨？"

李景乾一脸无辜："殿下在说什么？我怎么听不明白？"

李扶风尝试挣扎，但立马就被他给按住了，接着旁边的人就上来将他五花大绑，绑完还给他裹上斗篷，将绳索遮得严严实实。

"你！"他刚想斥骂，嘴也被塞上了。

李景乾和善地看着他道："殿下所笼络的人实在太多，连我镇远军里也有殿下的眼线，臣实在不是殿下的对手，只能束手就擒，被殿下胁迫着一起往东。"

淮王连连摇头。

不，他没有这个意思。

"写好了吗？"李景乾回头问传信官。

"写好了，"传信官拱手，"这就拿去给随行的两位大人过目。"

前头形势急转直变，行军的后方却是一派祥和。

程又雪目之所见，镇远军军纪严明，里外团结，行军速度快，且十分遵守皇命。她如实记录，将第一封信传回了京都。但是紧接着，定北侯就因兵力悬殊而被挟持，原本是要带淮王回去复命的，结果却是一路往东，开始行军平乱。

程又雪连忙传信回去向朝廷求援。

圣人一收到消息，先问了一句："当真？"

刘公公直叹气："镇远军毕竟都是血肉之躯，区区三万人焉能与十万兵力相较？"

理是这个理，但圣人总觉得不对。淮王要反的话，怎么还会往东走？可若没反的话，又怎么会由着定北侯与他一起往东走？

他想得头疼，扶住额头重重地咳嗽起来。咳着咳着，帕子上就见了些血。

宁朝阳安静地在旁边站着，余光瞥见那抹熟悉的红色，不由得皱了皱眉。

她离开御书房，继续回天牢去审封运。

封运的骨头比谁都硬，死活不肯承认自己与淮王有什么牵扯，饶是宁朝阳也拿他没什么办法。

天色晚些的时候，大牢里开始放饭。

宁朝阳不经意地抬眼，正好看见了蹲在外间拐角空地上吃饭的宁肃远。

第三十八章

烽火连三月

宁肃远已经许久没来找她了,她以为是这人良心发现,没想到却是在这儿当狱卒了。

狱卒的月俸很低,跟她当年做小吏时差不多,他怎么肯来受这个气的?

宁肃远原也是不肯的。好歹是文人,有一身的风骨在,他就算是饿死——真的差点儿饿死了。宁家一大家子人离了祖荫,没一个能在外头讨生活的,从商无门,求官无路,若不是陆安给了他这个活计,他就要像他那几个没出息的手足一样去乡下耕田。

比起耕田,狱卒还算好的,就是月俸实在太低,租房都不够,还要被牢头盘剥,宁肃远从一开始的骂骂咧咧到现在已经逐渐开始认命。

他塞了一大口饭,正嚼着,却见面前停住了一双绣鞋。

他瞧见那袍角上十分熟悉的花纹,装作没看见一样,背过了身去继续刨饭。

在凤翎阁的牢狱里讨生活,哪能没听过宁朝阳的大名呢?他一开始想过再去找她闹一闹,起码再要一点银钱。

但那日，有个狱卒说："我若有女儿，一定不会让她变成宁大人那样。"

旁边的狱卒都笑道："宁大人可是代掌首辅，你想让你女儿变成那样，可得祖坟冒青烟才行。"

那狱卒却摇头："代掌首辅是了不起，但宁大人素日里从不见笑，行事狠绝又不近人情，一看就是没被爹娘疼爱过的。我的女儿，我不求她考进凤翎阁光宗耀祖，我就要她平安长大，那才算是个当爹的。"

宁肃远当时就在旁边蹲着，听见这话的第一反应是嗤笑，觉得这狱卒一辈子只能是个狱卒了，没出息。

但再仔细一想，他又忍不住反驳。自己哪里不疼爱她呢？每个父母疼爱自己子女的方式不一样，小孩子年纪轻轻的，他不给她点挫折，她以后在外头遇见挫折时又怎么能受得住？

他没有错，是宁朝阳太记仇。

说是这么说，想去找宁朝阳要钱的脚步却是慢了下来。

他很快就拿到了当狱卒的第一笔月钱——五钱银子，三钱交给了牢头，两钱用来租了附近的小破屋。

如此一来，他没钱买过冬的衣裳了。

宁肃远被冻得关在屋子里大骂，骂天骂地，骂大盛的俸禄太低，骂到最后精疲力竭了，他才想起宁朝阳当初的俸禄也只有这点。

他这才干了一个月，宁朝阳当牢狱里的小吏却是一年有余，冬不够买衣，夏不够乘凉，当时也有人跟他提过，是不是得支援一下？

他当时怎么说的来着？

"外头的日子就是苦的，她若不亲自尝尝，怎么能知道我是为她好？"

宁肃远伸手抹了把自己的脸，大口往下咽饭，不想再抬头看她。

幸好，宁朝阳好像也不是想来看他笑话的，绣鞋在他面前停了一小会儿，就继续往前走了，接着前头就传来其他狱卒恭维的声音：

"宁大人，您这边走。"

"宁大人慢点啊，这边地上的冰还没化。"

宁肃远梗着脖子没回头，直到人走得很远了，才垮下肩来，闷头叹了口气。

宁朝阳一出去就问身边的随官："那个狱卒是谁安排在牢里的？"

随官含糊地答："下官也不太清楚。"

"调去青云台吧，"宁朝阳淡声道，"看着碍眼。"

"是。"

她盯着路边的蜡梅看了一会儿,又道:"外头乱得很,上京也需要加强戒备。你随我去城防营走一趟。"

"是。"

与定北侯会合之后的淮王突然勇猛了起来,接连平定了两个郡县不说,如虹的气势还吓得魏州一带也老实了起来。

李景乾牵着绳索在帐篷里看战报,旁边的几个副将已经开始收到来自老家的第一封家书。

胡山叹了口气:"我哥的字还是这么难看。"

陆安撇嘴:"字有什么要紧,这份惦记才最难得。"

司徒朔乐呵呵地道:"没想到我也有。"

陆安纳闷儿:"军师不是说没有三服内的亲人了?"

"是没有亲人。"司徒朔得意地晃了晃手里的信笺,"但还有心上人呐。"

李景乾翻动战报的手一顿。

余光过处,司徒朔满面红光地道:"这人啊,太过讨喜就是没办法,去一趟凤翎阁教书就得了这好姻缘,再也不用在旁边羡慕你们有家书了。"

陆安撇嘴:"家书有什么好羡慕的?"

"你这是身在福中不知福,"司徒朔唏嘘摇头,"叫没有家书的人听了心里该怎么想?"

话刚说完,帐篷里突然安静了下来。司徒朔一愣,僵硬地扭头,就见自家将军正看着他,皮笑肉不笑地道:"没怎么想,我不需要这个东西。"

众人心道坏了,指桑骂槐骂到铁树了。

司徒朔想找补,但李景乾压根儿没多看他,起身就带了一支骑兵队去附近的城镇巡逻。

陆安戳着司徒朔的脊梁骨道:"亏你还是军师,竟这般不会说话。"

"这不怪我,往年将军本就不稀罕这玩意儿,我是在挤对江大。"司徒朔摊手,犹豫地道,"今年,他应该也不怎么稀罕吧?"

在军营里的将军从来就是没有七情六欲的,也正因如此,他才战无不胜。众人叽叽喳喳了两句,倒也没往心里去,先好好睡上一觉,明日又继续拔营往下一个郡县走。

凉国的这些人狡诈无比,知道镇远军厉害,一直不肯与他们正面交锋。

李景乾倒也不急，牵着被捆成木桩的淮王殿下东奔西跑，先用些小仗的胜利将散碎的士兵们拧成一股绳，再逐一编制，交给镇远军里值得信赖的千夫长们管教。

因着行事与圣命有违，司徒朔还一度担心朝廷会停止粮饷供应，但将军让他们放心。

众人将信将疑，直到抵达魏州，从魏州司马手里拿到了大批的粮饷，他们才惊奇地感叹，圣人真是宽宏大度。

圣人自然是没那么宽宏大度的，他只是病重，每天迷迷糊糊地躺着，没几刻清醒。

淮乐殿下监国，收到魏州发来的询问粮饷一事的帖子，大手一挥就盖上了玉玺。

在粮草充足且没有其他干扰的情况下，镇远军对凉国侵袭的还击可以说是如流水一般顺畅。

胡山跟在李景乾身后冲锋陷阵，杀得血落了自己满脸满身，他如往常一样兴奋，攻下凉国人的一个据点之后，就想先收剿粮食。

李景乾突然抬手拦住了他。

"将军？"胡山很意外。

李景乾垂眼道："这都是抢掠自当地百姓的东西，让他们去还了吧，我们这次不缺这些。"

胡山震惊得眼睛都瞪圆了，不是震惊于将军的慈悲，而是震惊于……将军居然在行军打仗和绘图勘地之外的事上开口了？

他以往不是从来不管这些的吗？打仗对于李景乾而言，就是图自己高兴，图个功成名就，他什么时候在意过沿途的百姓？

李景乾也觉得自己说这话有些矫情，普度众生是菩萨的活，他只是个满手血债的屠夫罢了。不过看见那些百姓对送粮的士兵们千恩万谢，甚至有蒸馍送给士兵们吃的，他觉得心情不错。

江大夫的善良是他伪装出来的，但既然宁朝阳都那么喜欢，那善良应该也不是什么坏东西。

发放完粮食，李景乾接到了上京送来的密信。他面无表情地挨个儿阅览，眼里没有丝毫的波澜，直到翻到最后一张信纸："亦川，见字如晤。"

李景乾幽深的眼眸如被烟火划过的夜空，霎时炸开星光千树。陆安等人正在小帐篷里画地图呢，突然就见自家将军掀帘进来了。

司徒朔有些纳闷儿："主营帐被谁占了？将军，这边可没有火盆。"

李景乾不甚在意地摆手，一双眼紧紧地盯着手里的信。胡山等人以为他在看密信，识趣地移开目光打算回避，结果他们转身到左边，侯爷就捏着信慢悠悠地走到了左边，他们扭头到右边，侯爷就甩着信纸到了右边。

司徒朔瞧着不对劲，打量了那信纸一眼，突然道："这该不会是侯爷的家书吧？"

"啊？谁给侯爷写家书了？"江大茫然。

"还能是谁？"陆安跳了起来，凑到李景乾身边去道，"宁大人吧？"

李景乾矜持地颔首，拂袖在椅子上坐下，轻描淡写地道："不是家书，情书而已，没什么大不了的。"

情……情书？

胡山下巴都要掉地上了，司徒朔的腰也闪了一下。

李景乾嫌弃地看着他们这没见过世面的样子，捏着信纸，飘飘然地回了主营帐。

他给上京的消息一直是自己被淮王钳制着被迫东征，没有额外与她透露什么，但她却给李景乾寄信了，像家人一样嘘寒问暖，询问他何时归京，想必是猜到了他现在在做什么。

这封信里其实大多是废话，就算不寄也没什么的，但她就是寄了。

他盯着纸上跳跃的笔迹，仿佛能看见她捏着狼毫笔坐在窗边，眼尾弯弯地道："旁人都有的东西，你也要有。"

李景乾嘴角止不住地往上勾，轻咳一声，坐在桌前提笔与她回信。他话向来不多，三言两语就能写好一封，可写完左看右看，李景乾突然想起了齐若白。

那人也爱给她写信，写得还挺多。虽说死者为大，但一想到宁朝阳还给他写了回信，他忍不住就眯了眯眼。

撕掉，重写。他有很多可以写的。

比如今日他做了好事，虽然没什么大不了的，但是也得占两百个字。

比如路过之处的风景甚好，再写一百字。

还有中午刚吃的饭、半途打猎带回来的羊……还有，些许的想念。

他一笔一画慢慢地写着，想故作轻松，但眼神里的紧张和期盼还是挡也挡不住地往外倾泻。

墨水渗进信笺里，被折叠卷起，带着雀跃的心意一路奔回上京。

宁朝阳正带着人抄苍铁敬党羽的家。

三品的大臣，地窖里的金银堆得比山还高。她揣着手冷漠地看着那些人哭天抢地地被押出去，有个性子烈的女眷不愿被牵连充伎，一头撞死在了石柱上。

四周顿时响起号哭声，动手的几个护卫也有些慌了神。

宁朝阳看着，不为所动："来两个人将尸体搬走，其余人继续。"

"你这狗官，也不怕遭报应！"有家眷痛骂。

她漠然地理了理自己的衣袖，斜睇道："报应也分个先来后到，您还是先看看您家这应得的报应吧！"

"不过就是收了人家一些银钱，这世上有不爱钱的人吗？"家眷愤愤不平，"把你家抄了，情况怕也相差无几，你在这里装什么清廉！"

宁朝阳充耳不闻，将这一家人查抄贴封条，再核对相关账目，结束之后已经到了深夜。她带着一身冷气跨进自家东院，却见院子里亮着光。

宁朝阳胸口跳了一下，下意识地加快了脚步。

"大人，"许管家从屋子里出来，笑着与她道，"魏州那边回了信来。"

原来只是回信。

宁朝阳抿唇点头，接过信封，坐去软榻上拆开。狸奴喵地一声跳到她的怀里，伸着小脑袋与她一起看。

"宁朝阳，见字如晤。"

这称呼有些新奇，宁朝阳微微挑眉，目光往下，神色就一点点地柔和了下来。

她就知道，这人不会是单纯擒拿淮王去的。

在上京里的定北侯是一条搁浅的鱼，虽然漂亮，却少了两分锐气，出其不意宁死不屈的模样才更像他，哪怕知道是忤逆圣意，哪怕一旦失败就会有丢命的危险，他还是一定要这么做。旁人可能会劝他三思而后行，但宁朝阳觉得，做都做了，那就替他好好善后吧。

她眼里涌起笑意，将信仔仔细细看了好几遍，嘴里嘀咕着这字写得也太用力了，手上却是将它放进盒子里，藏到了自己书架的最深处。

台鉴给圣人上了奏本，挑明定北侯与淮王有同流合污之嫌，劝圣人早日将定北侯召回上京。

淮乐将折子递给宁朝阳，含笑问她："你怎么看？"

宁朝阳只翻了一眼就道："若无东边诸将浴血奋战，这位大人连握笔的机会都未必能有。"

背刺正在征战的武将是天底下最无耻的事情,没有之一。

这话本是没说错的,但从宁朝阳的嘴里说出来,淮乐还是有些意外。

一向只看利弊的人,什么时候也会论道义了?

更意外的是,她这话一落地,旁边站着的几个重臣没有像先前一样指责她、反对她,反而纷纷点头:

"宁大人言之有理。"

"东边战事尚未安定,台鉴就急着要问罪定北侯,实在其心可诛。"

"殿下既然已经监国,就该先杀鸡儆猴,叫他们不敢再肆意作乱。"

……………

淮乐听着,这才发现朝中的风气好像也变了。

先前大家都分着各自的立场权衡忌惮,只要是敌对的人,就算说得对也不赞同,只要是自己这边的人,就算说错了也会帮着掩护。

可现在,他们连宁朝阳都不避讳了,甚至大声赞同她。

淮乐有些怔忪,而后挥笔让青州将刚制好的兵器送去支援定北侯。

朝廷之中的党争风气不是一天养成的,自然不会在一天之内就消弭。宁朝阳将苍铁敬一党重处开了一个好头,但要如何让这风气延续下去,还得她再想想。

不过,总归是在变好的。

议事散场,淮乐坐在高位上看着宁朝阳与其他大人一起并肩走出大堂,眼里露出了一丝欣慰。

宁朝阳是整个朝野里最辛苦的人。不是因为她办事多,而是因为所有得罪人的活基本是她在干。中书舍人、台谏官、工部侍郎、光禄将军、禁军统领……所有与淮王有牵扯并且回不了头的官员,都由她出面抄家监斩,这些人在朝中没有获罪的门生和亲友简直将她恨进了骨子里。

淮乐每日桌上的奏折共三堆,朝中大事占两堆,弹劾宁大人的独占一堆。虽然大多数她都置之不理了,但总有人会费尽心思地抓宁朝阳的错处,而后当朝弹劾。

这世上人无完人,就算厉害如宁大人,也会有错漏之处,比如大盛有律,朝廷官员不能私自往有战事的州县送信,违者脊杖二十。

淮乐拿到驿站记录的时候,很想替宁朝阳打掩护,甚至已经派人去"问"驿站是不是记错了,但宁朝阳却拱手与她道:"臣的确是送了私信去魏州,臣认罚。"

淮乐想说她糊涂,她却先一步开口道:"朝纲动荡,人心惶惶,新上任的官员都在等殿下做出表率。臣在此时挨一顿板子,比之后的十顿、百顿都更管用。"

说完，她便头也不回地去领罚了。

那么多人等着看她的笑话，挨杖责脸上过不去，按理说，藏着偷偷打了就算了。但宁朝阳不，她不但不去刑房，反而拖着跪垫、带着执杖的两个小吏，大步流星地穿过永昌门，走过三孔桥，最后停在了朝臣来往最多的太极殿门口。

四周的官员看着她这架势，以为她要来找谁的麻烦，纷纷往后一缩。结果宁朝阳将垫子一放就跪了上去，冷静地朝旁边的黄厚成道："有劳大人。"

黄厚成神色复杂地展开文卷，将她的罪名大声念了一遍。

叶渐青等人在旁边听得皱眉，与宁朝阳有旧怨的官员们却幸灾乐祸地道："天道有轮回，老天诚不我欺！"

"宁大人也有今天啊！"

"堂堂一品的代掌首辅，做这戏码给谁看啊！"

一板子落下来，宁朝阳背脊一颤，脸色瞬间苍白。

四周的议论声变小了些。

又是一板子下来，力道只增不减，打得她身子微微向前倾斜。

宁朝阳脸色难看，眉头却没皱，扶着地重新跪正。

听见那板子在空中舞出来的风声，围观的官员们彻底噤声了。有人还想揶揄她，但刚一张嘴，就对上了宁朝阳看过来的眼神。

"何大人，"她受着刑，皮肉都在颤抖，声音却还冷静，"以我为鉴，往魏州的信可是不能再寄了。"

被点名的何旭一慌，下意识道："你别胡说，我可不会往魏州寄什么信！"

"十里亭驿站，二两银子，一壶好酒。"宁朝阳一字一句地道，"大人好自为之。"

何旭变了脸色，慌忙跟左右的同僚摆手："我没有，真没有，就是去打听了一下，知道不能寄，我就没寄了，我那也是私信……"

啪！

这一板子打得极重，众人闻声倒吸了一口凉气。宁朝阳撑着地面冷汗直流，许久都没缓过神来。

"差不多得了吧，"方叔康忍不住道，"你们这是把人往死里打？"

黄厚成也为难："这是宁大人要求的。"

"她要求你就照做？"叶渐青皱眉，"她狠起来能将命豁出去，你也让她豁？"

"这，我……"

"黄大人不必惊慌，"宁朝阳重新跪直身子，"今日这刑无论如何也要行完，好叫各位大人看清楚，就算你们官至一品，就算你们大权在握，一旦触犯大盛律法，下场会是如何。宁某不才，愿以这三两筋骨，为大盛朝纲照路！"

此话一出，在场的朝臣心里都是一震。先前还幸灾乐祸的几个官员沉默了下来，有的悄无声息地离开，有的甚至转过头，开始与叶渐青一起跟黄厚成说理。

板子持续落下，一下比一下重，宁朝阳咬牙全受完，扶着秦长舒的手差点儿没站起来。

"快，再来两个人搀扶。"秦长舒喊着。

"无妨，"她闷声道，"我还挺得住。"

方叔康都服了："你逞什么强？赶紧让人抬了回府去歇着。"

"我尚书省的人是有风骨的。"宁朝阳慢慢站直身子，重新整理了自己的冠带和官服，眼里一片坚毅，"可以受罚，但绝不可以被抬出宫门。"

确实有这么个说法在清流之中尤其盛行，但那是一般的刑罚，她这可是二十脊杖。

方叔康觉得这位宁大人是真犟啊，但她的背脊挺得也是真直，像战场上高举的旗杆，叫人忍不住仰望。

她所走之处，文武百官避让，先前奚落她的几个后生甚至与她抱拳行了一礼。听见她问话，头一次没有回避，大大方方地全答了。

叶渐青看着她的背影，轻轻摇头："横的怕狠的，狠的怕不要命的。"

命都不要的人，也该她扶摇直上。

宁朝阳此举在朝中引起了极大的反响。虽然是她有错在先，但那样的小错朝中犯的人不少，敢于领罚的却只有她一个。

众人议论纷纷，有说她失宠的，也有说淮乐殿下是在借机敲打她的。但淮乐殿下接着就赏了宁朝阳一大堆东西，并着重用了她举荐的宋蕊，这些传言便不攻自破了。

华年过府，神色复杂地看着她道："为了寄一封信，你居然宁愿挨板子？"

这人是熟读了大盛律法的，她怎么可能会不小心犯错，一定是深思熟虑之后的结果。

宁朝阳趴在软榻上吸着凉气笑："我只是觉得日子平淡无趣，偶尔犯一犯错也挺好。"

"少来。"华年直摆手，"你说实话吧，你就是害了相思！"

"没有。"宁朝阳道,"我是个什么人你也清楚,一时兴起的多,长长久久的少。"

再说,她这一顿打也不是白挨的,先前还心思不定的各位大人,眼下这不就突然老实起来了嘛。

"我这叫舍小为大。"她义正词严地道。

华年懒得再说,看望过她之后就走了。

宁朝阳趴在榻上,突然想起了很久以前有人一边拈酸吃醋,一边给她剥衣上药。当时他定然不知道自己所有的情绪都已经写在了脸上,慌张又故作冷静,别扭又假装不在意,轻颤的睫毛和抿起的嘴角单薄又好看。

说来可恶,为了多看一会儿,她甚至不想将沈晏明赶出去。

宁朝阳低低地笑了一声,拢衣拿过文卷,开始看萧大将军的相关案情。

淮乐殿下说,不管起因如何,萧将军后来所做的事的确是不能为皇家所容的,他死得不冤,也没有翻案的必要。

宁朝阳信了。但殿下自己却又翻出了当年离间镇远军与皇室的几个人,一一处以了极刑。

看着刑场上面无表情从头看到尾的淮乐殿下,宁朝阳觉得不管她放没放下吧,想替像萧北望一样的武将安排一条妥当的后路,现在是最好的时机。于是她重新拟定了武将的惩罚制度、封赏规制以及卸甲安排。

洋洋洒洒的字,一写就是一大卷。

写完先交到尚书省,兵部几个老臣看了直摇头。

"不妥,封赏太厚,远胜于文臣,岂非离间朝中文武?"

"那些将军可不一定会这般轻易地交回兵权,宁大人未免想当然了。"

几盆冷水泼下来,宁朝阳都有点怀疑自己是不是真写错了。但卷宗送到淮乐殿下手里,殿下看了良久,眼眶慢慢地红了。

"要是早有这个东西……"她道,"我与他的结局也许就不一样了。"

让萧北望回京就交兵权,再封爵位,赐重赏,他们二人就有机会当面谈谈,说一说那北漠郡主到底是怎么回事,也说一说彼此的打算,以及最后的决定。

淮乐指尖颤了颤,将文卷捏紧。其实早在胡山翻案的时候,她就猜到了自己与萧北望之间可能有误会,只是没有证据。

她特意去祭拜他,看着那墓碑上冰冷的名字,一声又一声地问他为什么。

他要不是个将军就好了,她若不是个公主也就好了。若如此,也不至于有些事到死都没能当面说开。

屋子里有些安静，宁朝阳不安地看了看她。幸好淮乐殿下不是个需要安慰的人，她只脆弱了片刻，就恢复了常态。

宁朝阳连忙说公事："有用是有用的，但推行起来怕是有些难度。"

"是，文臣最高是封侯，武将却能封到公爵——朝中现下文臣居多，自然不会答应。"淮乐拍了拍她的手背，"你先养伤吧，伤好了再想。"

宁朝阳面上点头，背地里却是日夜加急地修订。

李景乾是很厉害的将军，短短一个月就已经从魏州打到了河北道边境，境内的凉国人全部被驱逐了不说，连在边境上晃悠的凉国人都被他抓了一大堆。

当然了，战场之上，哪有能全身而退的？

李景乾坐在营帐里，一只手抬着被陆安仔细上药包扎，另一只手在旁边的抽屉里翻找。

"您别动了，"陆安十分焦急，"这么大一条口子呢！"

李景乾不悦地看他一眼，道："回上京一年都不到，你就养成个娇气的性子了？"

受伤的说没受伤的娇气？

陆安鼓了鼓腮帮子，看他还在翻信件，不由得道："别找了，自出魏州，上京那边就没信来了。"

"你们都没有？"

"没有了。"陆安心虚地移开目光。

李景乾抿唇，收回手轻轻搭在自己的腿上，继续让他包扎。

"将军，"司徒朔进来道，"再往外就是两国边境了，没有圣旨，我等不能再冒进。"

李景乾问："若是冒进会如何？"

司徒朔答："主帅回京之后要领罚。"

很重的罚。

两人对视一眼，然后将目光齐齐转向角落里奄奄一息的淮王。

淮王恶狠狠地瞪了他们一眼。

他是何等厉害的人物，是三军主帅，是当朝的淮王！这些人真是胆大包天，竟敢一路都将他捆着，他的腿都被捆得没有知觉了！

马岳先前还安慰他，说那几个心腹见他没有平安回去，一定会找李景乾算账。

结果怎么样，已经到凉国边境了，也没见他们闹出什么花来啊！甚至有那么一回，他还看见那些人冲锋陷阵跑在最前头，大声呼喝着要立军功。

淮王有些慌张。

他是个没有根基的皇子，好处是容易招揽人，坏处是招揽的人都有各自的盘算。原先他形势正好，可以趁机让他们拥趸自己为王，再行封赏，可一旦发现他式微，这些人就会开始各为各自谋算。

愚蠢的武将尚且如此，莫说上京里那几十个精明算计的文臣。若真被他们一起抛弃，他就再也没有机会了。

淮王心里微慌，挣扎着将嘴里塞的布条吐了出去，沙哑着嗓子道："李景乾，我们做个交易，我……"

话还没说完，那落在地上沾了灰的布条就被捡起来，重新塞进了他嘴里。

"交易？"李景乾冷笑，"与我的交易哪有么好做？"

"嗯嗯嗯……"淮王呜呜喊叫。

听音调，说的是一个人名。

李景乾知道他想说什么，眼皮一哈就道："殿下未免自视过高。"

宁朝阳从始至终都是他的，他一个人的，什么时候轮到别人来讨价还价了？就算名义上她与淮王即将订亲，但那只是"即将"。这个"即将"可以是指一个月后，也可以是指一百年后。

李景乾单手将他拎起来，对司徒朔道："去准备准备吧。"

罪名既然有人担着，那岂有不往凉国走一趟的道理？

司徒朔眼眸一亮，后头的胡山和江大更是开始振臂欢呼。

东征！东征！

在自己家门里清扫脏污不叫"征"，出门去收拾恶邻才能叫"征"。

这是萧大将军的遗愿，也是他们这么多年一直以来的心病，东凉若不交上降书，大盛边境就一直不得安宁。

凉国境内地势险要，没有人敢擅自越线，但李景乾敢，不但敢，他还研究了一别城长达五年。

一别城在凉国边境往北的方向上，易守难攻，被称为天险。只要那座城池能拿下来，那其余的凉国之地，镇远军就没有不可往之处。

胡山激动得眼泪都出来了，举着淮王呼喝喊叫，江大被他感染，也跟着呜哇乱叫。

淮王被这群人抛起来又掉下去，吓得呜呜声比他们还大。

消息传开去，军营里一片沸腾。原先那几个被淮王策反、在镇远军里闹事的将领见状，默不作声地去主营帐里跪着了。

先前将军将他们降为百夫长，他们还不服气，联合其他将领想闹事，但均被镇压。淮王那边一直没消息，李景乾又没对他们下重手，他们便一直心怀侥幸。结果进去之后看见被五花大绑的淮王殿下，几个人这才恍然明白自己为何突然被贬。

李景乾什么也没说，只任由他们看着呜呜求救的淮王。几个人互相对视，而后齐齐朝李景乾磕头请罪，将淮王与他们来往的经过一一说明。

淮王最后的一丝希望也消失了。他沉默地看着意气风发的李景乾，不再挣扎，也不再喊叫。

李景乾拿下自己放在架子上的长枪，掀开帷帐就迈进了光里。

…………

淮乐一大早开门就看见了宁朝阳。

她最近来东宫很勤，就算是该休沐的日子，她也总凑过来。一开始，淮乐以为她是闲不住要帮忙，但日子久了就发现，这人只是急着想听战报。

定北侯东征去了，边境上传回来的战报日益增多。昨儿一封说定北侯负伤，今日就又来一封说他们三攻一别城不下，士气有些低迷。

宁朝阳皱眉将战报看完，淮乐以为她会说点什么，但她却转头道："雷开籍雷大人在修典籍一事上有功，臣想替他向殿下讨个封赏。"

淮乐轻笑："你不让本宫先支援边境？"

"武事非我所长，侯爷若有所需，自会开口。"她冷静道，"若没有需求，多余的打算只是给他添乱罢了。"

倒是想得很明白。

淮乐安慰她："胜败乃兵家常事，只要人能顺利回来，你就不必太担心。"

一开始在大盛境内，宁朝阳的确是不担心的，这里头没有谁是他的对手。但是现在，镇远军去了凉国境内，传回来的消息还都不太好。

宁朝阳深吸一口气，定了定神，先如往常一样汇禀公事，后主动请缨去催收江浙一带的赋税。

粮草之事一直是打仗胜败的关键，她不能让前头的人有心打仗，但无力攀墙。不就是得罪人吗，这上京里没被她得罪过的人都不好意思说自己在混官场。

忙碌的间隙，宁朝阳又看见路边有人在放天灯。这次她没有犹豫，大步下去买了一盏，认认真真地将祈愿写满了灯笼。放飞之后，她觉得不够，又多买了几盏。

华年奉命和宁朝阳一起去江浙，好不容易收拾好了行李，左右却找不到宁朝阳的人。她驾车在上京四处奔走，直到天黑了，才在一个人极多的地方发现她。

宁朝阳认真地写着祈愿，在她脚边已经有一百多个天灯等着被放飞。在天灯旁边，还有几十个抱着灯的摊贩在等着收钱。

华年哭笑不得，冲进去就拽住她问："这等蠢事能是你宁大人做得出来的？"

宁朝阳被她抓着，还是十分虔诚地双手合十，许了很多个愿望才将天灯放飞。

她道："反正也不是第一件了，你来帮我搭把手。"

华年没好气地替她扶起灯笼，嘟囔道："也不知道在嘴硬什么，直说不好吗？"

"直说你会骂我蠢。"她矜持地捏起火芯点燃灯下的烛火。

"我怎么会呢？"华年瞪眼，"你我可是知己之交。"

宁朝阳看她："那我可直说了。"

"嗯嗯。"

"我想去太极殿门口再挨一顿板子。"

好蠢的人！

宁朝阳眯眼看她，显然是看懂了她的眼神。

华年抹了把脸，万分无奈地道："行了，我在江浙那边有个跑商的亲戚，总是往返于浙凉二地……"

宁朝阳一本正经地抬头："身为朝廷官员，岂能做那偷鸡摸狗之事！"

说完，她又凑近些，低声道："我就寄个东西，无伤大雅吧？"

华年没忍住翻了个白眼。

一别城是四周陡峭的地势，进城只有一条路，城门又高，实在是很难攻下。饶是做了万全的准备，胡山心里依旧不免有些打鼓。

再僵持下去，他们的粮草怕是不够了。

司徒朔已经开始节省将士们的口粮，但这口粮一省，士气就低了。不管怎么打气鼓劲，大家都有些提不起兴致。

李景乾问陆安："河北道边城的增援不是说今日送来？"

陆安小声道："是这么说了，但这些边境上的州县……将军也知道，不太靠得住。咱们不如以耕养战？"

李景乾想也不想就摇头："打仗的士兵要专练打仗才能制敌，若分去种田，那便是农夫，遇战便溃，无甚用处。"

"可眼下我们没有别的选择了。"陆安叹了口气。

李景乾没有再说话,夜晚兀自站在临时搭成的瞭望塔上,静静地看着城里冉冉升起的炊烟。

第三十九章

柳暗花明又一村

黑云压城，狂风猎猎，一别城的守城卒从高高的城墙间往下看，入目皆是粼粼寒甲，骇得张口想喊。

李景乾于万人之中抬眼，张弓开弦。

羽箭如黑鳞的毒蛇，倏然自弦间而出，劈沙斩风，正穿那小卒的咽喉。

"好！"众将呼喝，士气登时大涨。

前头的骑兵扬蹄便冲阵，步兵一边喊号，一边跟上，云梯、撞门木、长枪盾牌、羽箭弓弩。镇远军训练有素，眨眼间，第一队的攻城兵已经爬上了城墙。

一别城的副将有些慌了："这攻势比前几日猛烈太多，今日我等恐怕要守不住了。"

坐镇的将军却摆手："李景乾不是个急性子的人，他这般孤注一掷，说明大盛的粮草和增援都跟不上了，今日若能守下，这一仗我们就能彻底敲定胜局。传令下去，所有人全力防守，杀敌三人可免奴籍，杀敌十人可分得三个奴隶做己用。"

凉国是奴隶主的天下，奴隶们做梦都想翻身。这样的赏赐一下达，凉国的将士们都跟疯了一样冲杀，起先被镇远军的气势镇住的前锋营，突然开始了反攻。

李景乾以一敌十，越杀越勇猛，但遥看后方，不少士兵畏缩不前，队伍中间甚至裂出了一块空地。

胡山在镇守后方的军营。

前方不断有伤兵送下来，锅里的稀粥也已经变凉。整个营地里有些死气沉沉，偏偏司徒朔还在旁边不停地叹气。

"如此能攻下还好说，若攻不下，我等只能无功而返了。"他道，"此番东征本就是先斩后奏，有建树还好说，可要是这般灰溜溜地回去，淮王一个人怕是兜不住所有的罪名。"

有军师开了头，另一个副将终于忍不住道："我本是劝了将军再等两日的。"

"等？"江大不悦道，"一鼓作气，再而衰，三而竭，再等下去，情况只会更糟，还不如趁着炉火没熄，烧一把大的！"

"开战时的局势的确很好。"胡山叹息，"但伤员不断增多，营地里的药材和伙食都供应不上，此战怕是坚持不了太久。"

回营暂歇的士兵若伤得不重，还会继续返回战场。后方这死寂的气氛多少会影响到前线，前两个时辰不能较快攻下城门的话，再往后基本就不可能了。

看着众人脸上那凝重的神色，就差把对将军的抱怨说出口了。江大气得直瞪眼，却对眼下的形势无能为力。

正压抑得难受，外头突然有人大喊起来。士兵们一个接一个地喊，里里外外喊成了一片。

胡山吓得一哆嗦，以为是敌军打到后方来了。结果他掀帘出去，远远看见的却是一队押粮军。

押粮军？众将震惊互视，而后连忙冲去营帐门口。

"胡将军，"押粮官朝他一拱手，"我等奉命来送粮饷。"

胡山看了看他身后那几十头驴子驮着的粮食，戒备地捏紧了兵器："边州先前不是说没有粮了？"

"回将军话，我等不是边州的人。"押粮官将印鉴奉给他看，"我等自江浙而来，知道前线粮饷吃紧，便先乘快船送上这些来，后头还有行得慢的，估摸明日也就到了。"

江浙离这里十万八千里，怎么会送粮来？

胡山戒备地查看他递来的印鉴，一看却愣住了，接着二话不说侧身让行，并大声吩咐炊事兵来接粮食。

"您不多查查？"副将皱眉看着那些精良米面，"这来得也太蹊跷了些。"

司徒朔也纳闷儿呢，就算是正常的交接手续，也得先看这些粮食有没有问题吧。

胡山懒得解释，急急地进军营去下传消息。

攻城战持续了两个时辰，李景乾很清楚地感觉到自己身边的将领们开始疲乏了。后头来增援的人会越来越丧气，战斗力会越来越低，他都知道。但他还是捏紧了手里的长枪，如先前计划的一样掩护步兵上云梯。

定北侯征战多年无一败绩，就算今日赢不了，他也要将面前这扇城门破出个窟窿来！

不知是不是他的幻觉，后方来增援的士兵们不但没有丧气，士气反而变得十分高涨。伤撤下去几百人，增补上来的竟有几千人。一眼看过去，底下密密麻麻的一片，他们大声喊叫着激励周围的同袍，而后跟着战旗的指令攻向将城下对垒的敌军。

城前的敌军有小两万人，一直难以击退，故而云梯搭不稳，撞门木也扶不正。眼下攻势再起，这勉力支撑的一万多人以肉眼可见的速度开始溃败。

小卒们四散奔走，将整个城门城墙全露了出来。

李景乾高举帅旗，直冲墙下。有自己人掩护，云梯搭得顺利了起来，就算上头的弓箭和石头依旧会造成阻碍，但一堆又一堆的人往上拥，很快，凉国的人就失了城墙的据点。

"杀啊——"镇远军沸腾起来。

李景乾持枪冲在最前头撕开一条血路，让自己人顺利下去打到城门后方，而后开始带队往城内平推。

一别城的将军都看呆了。

平时打仗，帅旗都是隐在队伍的最深处，生怕被弓箭手盯上。

这位倒好，冲得比前锋营还快。凉国众人还没反应过来，那嚣张的帅旗就已经飞进了城里最热闹的主街。

与此同时，一别城上百年不曾被攻破的城门，终于在震天的喊杀声中轰然开启。

失了天险的保护，凉国士兵苦战半日便不敌镇远军，仓促后撤。凉国将军更是趁夜轻装出逃，就为保命。谁料李景乾动得比他们还快，一枪就横在了他的面前。

凉国将军面无人色，回头看着他道："你进城时不是下令说不杀凉国百姓？我也是凉国的百姓吧？"

李景乾冷眼看着他，道："天佑三年，你国士兵屠戮大盛百姓三百七十二人；天佑四年，屠戮大盛百姓六百五十三人；天佑五年，屠戮大盛百姓八百九十一人；天佑六年，你率领的凉国铁骑平踏大盛七州，屠戮大盛百姓共一万三千七百二十九人……"

死一般的沉默。

"一人一刀，"李景乾道，"还完你就可以走了。"

…………

一别城里的战斗还在继续，但镇远军的兵将一扫先前的颓丧，变得势如破竹。

陆安忍不住感慨："山重水复疑无路，柳暗花明又一村。将军说得对，不到最后一刻，我们就是不能放弃。"

李景乾靠在一道墙边喘了两口气，抿唇摇头："这跟放不放弃没关系。"

要不是增援的人变多了，就算他想死在战场上，这一别城的门也不会开。

这些天，他沉浸在战事里，已经一整日滴水未进，眼看着大局已定，只剩一些零散的敌军还未清剿，李景乾翻身上马，开始往回走。

路上遇见不少往城里支援的分队，李景乾拦下一支问："后方状况如何？"

那百夫长笑着就答："将军放心，一切都井井有条。"

缺兵缺粮，后方不乱成一团就不错了，怎么会井井有条？

李景乾不信，策马就往营地的方向飞奔。

树木交错后移，平旷的营地骤然出现。原先灰蒙蒙的帐篷旁突然多了几百顶崭新的帐篷，陈列整齐，出入便利，炊烟自各个地方飘出，与浓厚的药香混在了一起。

攻城受伤的士卒数目极多，但竟难得地没有乱。不知哪里来的大盛村民们在照顾伤员，还有百十来个大夫在伤病的帐篷间穿梭。

饭好了，不是稀粥，是结实的馒头面点和黍饭。他走近看一眼，还有些新鲜的兔肉鸡肉。

李景乾怔怔地站在原地，一时间觉得自己可能在做梦。但下一瞬，江大就从里头冲了出来。

"将军！"他兴奋地喊，"我们是不是要赢了？"

李景乾被他一撞，肩膀有些痛，缓缓回神："差不多了。"

"太好了！"江大欢呼不止，将消息传下去，整个营地里的人都跟着叫好。

胡山也出来与他拱手："将军辛苦，先去主帐里歇一歇。"

"粮草的问题解决了？"他问。

"解决了，"胡山答，"连药材和大夫一并解决了。"

远离大盛出来作战，对他们而言，最大的不利就是各种补给跟不上。先前打西韩的时候，就有不少士兵因为缺乏药材和大夫而死于轻伤。每每想起当时的惨状，将军都会自责不已。

但现在好了，药材一车一车地运来，粮食也补上了，将士们都吃得饱饱的再去城里拼杀，自然士气高涨。

瞧见将军眼露疑惑，胡山唏嘘道："属下一开始也想不通，此地离大盛如此之远，在边境咱们都没得到的粮饷，到了这里怎么反而来了这么多……"

他说着，将那枚印鉴摸出来递了过去。

李景乾接过来，满眼莫名地翻看，却在看清底上刻字的时候微微一震。

尚书省宁朝阳印。

斯斯文文的楷体，与四周的风沙和铁锈格格不入。但他怔然地看着，仿佛看见她那笔直的背脊从深深的刻印间立了起来。

追加军饷不是什么容易的事，她要花许多工夫才能说服准乐殿下。动用国库里现有的银子和粮食需要经过长时间的唇枪舌战，她觉得等不及，便亲自下江浙征税，再将税银折两成为军饷，由船运至凉国境内，再以商贩的名义分批送抵一别城。个中的风险何其之高，她自己恐怕也不能保证这些东西能全部到他的手里，但她就是去做了。

旁人的军饷大多只是粮食，而她给他的军饷里有粮食，有药材，有帐篷，有锅碗和捕兽工具，甚至有许多的大夫。

身边的副将都未必赞同他短时间内急攻，那人远在千里之外，什么都没说就为他善了后。

李景乾捏紧那印鉴，喉头滚动，眼睫轻颤不止。

四周的场景好像都在一瞬间飞退开去，山河磨灭，路途消散。他一转头，就看见她正站在桃花纷飞的三月天里，笑吟吟地与他道："这么好看，不带回去多可惜。"

他下意识地伸手想去抓她的指尖，眼前的景象却如水中明月，整个碎裂开去。

李景乾回神，眼里的疲惫渐渐消失，整个人又重新燃起了斗志。

有人在等他回去。

他不能让她等得太久。

华年与宁朝阳一起坐在去往下一个州县的船上，眼里满满都是担忧。

输送军饷是大事，宁朝阳这么一手操办，会砸了很多人的饭碗。这不，短短的二十多里路，已经遇见两轮刺客和水匪了。在外头尚且如此，就更别提回京之后了。

她轻声道："我看也差不多了，走完下一个州县就回京去复命吧？"

宁朝阳头也没抬："不够，还得去后面的两个州。"

华年有些着急："你真是不要命了？万一他们东征兵败……"

"定北侯可以输在技不如人，也可以输在谋略不足，"宁朝阳轻声道，"但他不能输在粮草不足、增援不够。"

华年站了起来："这也不是你一个人能决定的事啊。"

"我能。"

"可你……"

"我能。"她笃定地重复，打断了华年的话。

华年无奈地坐了回去。

"行吧，"她道，"反正我也没什么牵挂了，舍命陪君子便是。"

宁朝阳终于看向了她："你可以先回上京。"

"你以为上京里就安生啊？"华年哼笑，"我猜现在殿下桌上参你的奏本怕是快抵着房梁了。"

这话听着夸张，但更夸张的是，淮乐将折子摞起来，还真就抵在了东宫的房梁上。

"宁大人厉害啊。"她忍不住唏嘘。

"这可怎么是好？"属官着急地道，"您再不给台谏那边一个答复，他们就要把朝堂的屋顶给掀开了。"

淮乐笑眯眯地吩咐宫女将折子都摞起来，小声道："再过几个月，说不定能修成一堵墙呢！"

"殿下！"属官提高了嗓门儿。

淮乐回眸，不甚在意地笑道："掀开就掀开吧，大盛若没有收到凉国的降书，本宫也是不会罢休的。"

边境被侵这么多年，大盛百姓苦不堪言，好不容易有了报仇的机会，为什么要阻拦？那些人无非是怕定北侯手里的兵权越来越大，将来不好收场。可淮乐觉得，这不是问题，最大的问题是李景乾能不能赢。

李景乾很快就给出了明确的答案。

他不但能赢，还一路闯凉国腹地如入无人之境，南边的几座养马的好山尽归大盛，军饷得以自给自足不说，甚至为大盛带回去了不少"补给"。

凉国君主一开始还嘴硬，扬言有精兵强将，要让李景乾有来无回。但一年不到，他就迅速地向大盛交上了降书，承诺永不犯边境，并岁岁向大盛纳贡。原因无他，只因李景乾的长枪已经横在了他京都的城门之外，再不降就没有降的机会了。

至此，大盛终于降服了四邻，收回了所有的故土，将百余年来支离破碎的地图重新拼得完整。

消息传回上京，朝野沸腾。

叶渐青一早起来开始更衣束发。起先他的动作是仔细且缓慢的，但瞥一眼旁边的沙漏，他的动作越来越急、越来越快，最后拿上官帽就径直冲了出去。

程又雪要回来了。

随军出征长达一年，她终于要回来了！

叶渐青努力让自己走得合乎礼仪，但一出城门看见远处乌泱泱而来的队伍，叶渐青还是没忍住，纵身就冲了上去。

李景乾捏着缰绳走在最前头，眼眸死死地盯着城门的方向。骤然看见一道疾行而来的人影，他扬眉吐气，整个眼眸都亮了起来。

然而，人影走近，却是叶渐青。

光亮瞬间消失，李景乾往他身后看了看，没好气地道："怎么只有你来？"

叶渐青道："剩下的人都在永昌门呢！"

说完就敷衍地与他道贺一番，安排人在前头引路，然后一头扎进了后方的队伍里。

"这叶大人，只一年不见，怎么这般毛躁了？"胡山忍不住笑他。

"你懂什么！"司徒朔啧啧摇头，"分别这么久，有情人嘛，急切才是正常的。"

李景乾收回目光，心想，宁朝阳官大、地位高，自然是要在宫门附近等他的，规矩是这样，她也没办法，他不能往心里去。但是，他接着往城里走去，永昌门外乌泱泱的道贺之人里也没有宁朝阳的身影。

李景乾嘴角抿成了一条平线。

"侯爷见谅，"刘公公上来与他小声道，"宫里还在丧期，没法儿放烟火起歌舞为侯爷庆祝，但里头的宴席是备好了的，新皇会亲自为侯爷接风洗尘。"

早在他刚打到凉国的第三座城时，上京就传来了圣人驾崩的噩耗。当初沈晏明往药罐子里加的千尾草虽然量不大，但也是毒入骨髓，慢慢渗透。圣人拖了这么久才走，已经是众御医妙手回春的结果。

这样的结果，李景乾并不意外。他意外的是，淮乐登基，朝野里竟没有起任何风浪。

淮王在朝野里留下的隐患极多，就算他不堪用了，那些人按理说也会抱团换别的皇子继续造势。可是没有，他一路走进上京，看见的全是祥和繁荣。

既然都这么祥和繁荣了，宁大人又在忙什么？

"侯爷，"秦长舒与他道，"这边有小憩的暖阁，烦请借一步说话。"

来了。

李景乾翻身下马。

淮乐提前写信与他知会过了，想用给他封爵的方式，换他放下手里一半的兵权。

这种事换别的将军来定然不会答应，但他会。他不但愿意放一半兵权，甚至愿意只留五万屯兵，其余兵力悉数交由兵部接管。

当然了，条件不会低。

秦长舒也做好了斡旋的准备，光纸张就抱了厚厚的一叠进去。两人从给三军的封赏谈到对兵眷的抚恤，谈得秦长舒冷汗直流。

这是极大的一笔开支，报上去的话，她怕陛下不高兴。

但是，眼前这人安静地坐在黑暗里，周身的气势却比先前更加压人，她没有多少讨价还价的余地。

秦长舒硬着头皮记下了一些她无法做主的事，想起身，腿却发麻。

李景乾看着她，淡声道："秦大人不擅长与人做交易，陛下怎么派你来了？"

"侯爷问得好，"秦长舒咬牙，"我也想知道宁大人为什么一定要推我出来。"

是宁朝阳让她来的？李景乾一顿，接着神色就缓和了下来。

她不去接他，不来谈判，想来是怕他一看见她就谈不动条件。

她不想让他吃亏。

这念头一起，他整个人都温和了起来："方才说的一万金赏钱是开玩笑的，我没那么缺钱，秦大人不妨划了去，免得挨陛下的骂。"

秦长舒大喜，感激道："多谢侯爷。"

秦长舒一边谢，一边划掉纸上的记载，划着划着，她反应过来了——这人知道禀上去她会挨骂，还硬要她写？

真是无……无所谓，没关系，划了就好。

秦长舒笑着抱起文卷，拱手与他作请："宴席已开，侯爷请。"

李景乾大步跨出了门。

淮乐坐在高高的龙椅上看着远处快速靠近的人影，不由得有些感慨："原来班师回朝的将军竟是这般意气风发。"

说着，她又问刘公公："他回来可带了什么人？"

刘公公摇头："没有，听闻凉国国主有意招婿，但侯爷没有搭理。"

淮乐欣慰地点头，双目看着那人影，恍然间仿佛看见了多年以前的萧北望。那时候的萧北望上殿就说："臣请陛下赐恩，封内子做诰命。"

而现在，虚影散开，李景乾在大殿里站定，目光直直地落在了前头站着的某个人身上，再无转移。

淮乐鼻尖有些酸，但也只一瞬便恢复了平静，沉声问："定北侯，你可知罪？"

李景乾垂眼："臣有罪，请陛下责罚。"

私自兵犯凉国、一路招募兵将二十余万却没有给兵部回信……桩桩件件，都是大罪。

旁边的台谏滔滔不绝，诘问不止。宁朝阳安静地站着，没有吭声。

李景乾拳头都捏了起来，他轻声道："敢问陛下，臣这等罪名，该判何刑罚？"

台谏官冷声就答："少则流徙千里，多则株连三族。"

庞佑等人哗然，纷纷想举笏进谏，李景乾不着痕迹地抬袖，将他们都拦在了后头。

他抬眼，定定地看着前头的人问："那宁大人怎么看？"

连司徒朔都知道有情人之间分别久了会急切地想相见，可前头那人倒好，不接他，也不等他。

他现在就站在金殿上，她竟没有主动回头看他一眼，甚至冷淡地答："按照原有的规程，镇远军应先向兵部上折，得到批复后方可前往魏州、边州等地，更莫说离开大盛境内征战凉国。不等君命而擅动，可视为谋逆。"

此话一出，众臣哗然。

李景乾将指节捏得发白，抿紧了嘴角，漆黑的眼眸里怒气跃然欲出。

宁朝阳恍然不觉，顶着众人的议论声，继续道："军队中途征召大量兵力却没有往兵部送籍册，军情没有及时回禀，就连粮饷也没有经过户部的审查，直接就运抵了前线。"

胡山在后头听得都生气了，抬步就想上前。然而不等他张口，宁大人就抬起手，将自己头顶的乌纱帽摘了下来。

议论纷纷的朝堂顿时一静，上头的淮乐也往前倾了倾身子："宁爱卿？"

"以上罪名，臣皆脱不开干系。"宁朝阳将乌纱帽举起，神色严肃道，"臣没有及时识破淮王的野心，令镇远军去汴州受挟，是臣之过；没有敦促兵部及时上禀军情，是臣之过；越过户部运粮至前线，坏了章程规仪，也是臣之过。臣愿意领罪，但镇远军诛敌有功，所作所为皆只为我大盛江山千秋万代，还请陛下明鉴。"

李景乾眼睫一颤，骤然抬头。

目之所及，前头那人已经跪拜了下去，纤细的脖颈挺得笔直，薄薄的耳廓微微透光。她最爱的乌纱帽已经放在了地上，最珍惜的性命也随着这话悬于一线，但她跪得很稳，语气里没有丝毫的犹疑。

方才还冲镇远军喋喋不休的台谏官闻言气得脸都发青，当即调转了话头："如此说来，宁大人竟是与定北侯里应外合？"

"朱大人，"淮乐垂眼，不悦地道，"谁是'外'？"

"微臣失言，但宁大人的这些举动实在是……"

"好了，"淮乐不耐烦地打断，"宁爱卿做的每一件事都是得了孤的御笔亲许的。"

她深吸一口气，而后微笑。

"是孤允准了她可以越过户部、兵部协助镇远军攻凉，也是孤允了镇远军远去魏州、边州，甚至远抵一别城之下。你若还有罪名，不如往孤头上安？"

台谏官骤然跪下，连称不敢，旁边颇有微词的一些人也随之闭上了嘴。

胡山这才反应过来，这些罪名圣人不计较还好，真计较起来，便是一场大麻烦。与其一直藏着掖着，不如当着这么多人的面先戳破。

宁朝阳看似在请罪，实则是在趁机逼迫陛下开这个口。陛下金口一开，那他们就是师出有名，就是顺应圣意，往后任何人都无法再在他们头上扣罪名。

他想到了，前头的定北侯自然更是想到了。

李景乾的眼神柔缓下来，上前撩袍跪在了宁朝阳的身侧。

"臣请陛下责罚，不是为台谏官说的这些子虚乌有之事。"他拱手，"臣是为淮王殿下。"

"哦？"淮乐抬眼，"孤正想问呢，此一行原是由淮王挂帅，他怎么没与你一起进宫？"

提起这茬儿，李景乾叹了口气。

"淮王殿下英勇无畏，堪称三军表率。"他道，"但天妒英才，殿下在一别城攻城时就身中羽箭，情况一直不大好。闻说要回上京，殿下更是急着赶路，没承想，刚到汴州……"

胡山跟着叹息，接着就将准备好的折子奉了上去。

淮王原本是不用死在外头的，但这人太聪明了，不知怎么就弄清了军营的部署和巡逻换岗的规律，而后借着李景乾上战场的机会，从送饭人的手里弄来了一块碎瓦。

那瓦片不太锋利，胡山看了绳结断裂的地方，不能说是割断的，只能说是被他一点一点硬生生磨断的。

换作旁人，肯定一早就没了耐心，但淮王磨了整整一个月。一个月之后，他逃出了主营帐，带着李景乾桌上放的布阵图，连夜投奔了凉国大将。

凉国的人已经被李景乾打得满头是包，这时候来了一个大盛的人，说能带他们打赢李景乾。纵然听着很离奇，凉国大将还是带着他上了战场。

所以，淮王如愿以偿地与李景乾交战了，但结果与先前在宫墙之下的完全相反。

当李景乾的枪穿透他的胸口时，他甚至没反应过来，眼前就变成了一片黑暗。不过他给镇远军造成的麻烦不小，李景乾连夜修订布阵图，一连三日不眠不休地改策略，才让凉国的战略没有得逞。

这种叛国之人，原是该受万人唾骂的。但在上京众臣和圣人的眼里，淮王还是此番东征的将帅。他若叛了，那镇远军跳进黄河都洗不清。故而李景乾将他的尸身带了回来，只当是为国殉葬。

叶渐青侧头看着朝堂上的众人，发现宁大人这一年来将朝野清理得真是干净，这么大的消息，竟没一人脸上变色，大多揣手等着圣人开口。原先根基极深的五皇子党像风吹过一样没了踪影。

圣人看完折子，竟没说什么，而是转话道："说好的接风洗尘，这怎么还上起朝会来了？"

她笑着起身，缓步迈下台阶，将宁朝阳与李景乾一手一个地扶起来，袖袍上金线绣的凤凰粼粼泛光，"先入席吧，边吃边说。"

于是李景乾明白了，淮乐没信这个说辞，但她很满意淮王的下场。

自此，大盛江山终于由她一人稳坐。

他收回目光，宴席开场。

为了给镇远军接风洗尘，淮乐拿出了国丧之下最高的礼制，美酒佳肴，珍馐满碟。

李景乾漫不经心地吃着，余光全落在旁边那人身上。

她比先前看起来轻松了些，却还是没有看他，只优雅地吃着春笋，客套又疏离地与旁边的大人寒暄着。

他这回却不再恼了，嘴角甚至往上勾了勾。

第四十章

明媒正娶

宴席结束,李景乾被留下了片刻,与圣人谈好各种条件之后,他才跨出宫门。
"天色已晚,将军乘车回去吧?"胡山道。
李景乾摆手:"不用管我,我消消食。"
胡山震惊:"将军,此处离将军府很远。"
从这里走回去,腿就算没事,鞋也得磨穿了吧?
旁边的司徒朔一把拽过了他,而后大声道:"将军慢走,我们就先回去了。"
胡山来不及反抗,就被他半拖着离开了。
天色的确已经很晚,宫门附近除了他,已经没别的人影,李景乾不动声色地收拢袖口,而后在官道上慢慢地走。
路又黑又长,四周也寂静无声,怎么看都不是个散心消食的好地方,但他耐心地等着,心里默默地数。
一,二,三……咕噜噜的车轮声顿时在官道间响起。
李景乾眼里漾起笑意,收敛住了,故作冷漠地侧头,就见马车上那人勾唇与他招手。

"你怎么在这里呀,"她笑着道,"迷路了?"

好生熟悉的场景。

他手指下意识地朝她的方向动了动,尽力克制住,淡淡地与她道:"宁大人那般忙碌,怎么也在这里?"

"方才宴上喝多了些,想醒了酒再回去。"她眼梢飞挑,"既然遇见了,我送你一程?"

李景乾轻哼了一声,站在原地没动。下一瞬,面前这人就撑着窗弦探出身子来,伸手勾住他的后颈往自己的方向一带。

许久不见的容颜在面前突然放大,李景乾抬起眼皮,眸子里清清楚楚地映出了她的模样。

天光乍破,盈盈灿灿。

他心里微动,扶住她的手肘,抿唇道:"也不怕摔着?"

宁朝阳就着他的力道稳住了身形,睨着他笑:"我不信你会让我摔着!"

他没好气地将人塞回车厢,跟着踏上车辕,坐进去便道:"我自是学不来宁大人的冷血无情,一载不见,也视我若无……"

话还没说完,面前的人就扑进了他的怀里。温软的气息透过官袍染上他的脖颈,结结实实的触感将他从无边的黄沙里彻底拽了出来。

李景乾一点犹豫也没有,抱紧了她。宁朝阳被抱得骨头都疼,轻吸着气却还是笑道:"没办法,但凡看你一眼,我就会这般扑过来,但是在那么多人面前不合适,我也忍得很辛苦。"

强行筑起的堤坝瞬间溃塌,这人扣住她的后脑勺,将她压在了车厢上,车身发出咚的一声响,吓得外头的车夫一个激灵。

"哎,二位坐稳,咱们这就走了。"他喊了一声,就甩起了长鞭。

马车在宫道上飞驰起来,车厢里的人借力就往车壁上压,直压得里头的人躲无可躲,被迫抬头。

李景乾狠狠地吻上了她的唇瓣。

宁朝阳有些不适应,长睫飞快地眨动着,面前这人却边吻边盯着她看,仿佛要将她的每一寸肌肤都重新刻进脑子里,半合的黑眸里深不见底。

"等一下,"她突然眯眼推开他,"淮王死了,我是不是要守望门寡?"

李景乾脸色一黑:"你与他并未订亲。"

"可这也算先皇的遗愿吧?"

李景乾冷笑一声,摩挲着她的下巴道:"先皇有此意,全因想笼络你。眼下新皇登基,整个大盛朝廷还有谁比你更忠于她?宁大人向来能揣度圣意,不妨猜一猜,圣人现在想笼络的人是谁?"

宁朝阳没有回答,只无辜地眨了眨眼。

李景乾低头凑在她耳侧,咬牙道:"我现在不太高兴,大人最好认真哄一哄。"

"好。"宁朝阳笑开。

"要多哄几日。"

"好。"

"不能敷衍。"

"好。"

李景乾终于满意,这才抵着她的脖颈颤声道:"我很想你。"

宁朝阳心头一撞,捏紧了他的胳膊。

她也很想他。

但比起重复这句话,宁大人的选择是飞快地将人带回自己的府邸,返身就将人压在关拢的门板上。

"常听人夸大人这一年只做实事,"他任由她动作,眼里含笑,"果然名副其实。"

"少废话。"她将他衣襟扯开,接着就看见了他身上新添的伤痕。

李景乾一僵,拢起衣裳就想将那些狰狞的疤痕遮住。

宁朝阳捏住了他的手腕。

"说给我听,"她轻声道,"将每一条疤都说给我听。"

李景乾怔然,什么时候了,还有空说这个?

一炷香之后,东院里断断续续地响起了讲述的动静。讲述的人好像很痛苦,几个字都没法儿说连贯,但他很坚持,从深夜一直讲到了黎明。

第二天的早朝后。

镇远军这一仗打得很漂亮,却并不轻松,故而李景乾提出的条件,淮乐都没有拒绝,她只是深深地看着李景乾问:"就这么交给孤了?"

李景乾道:"这叫'还'。"

三军虎符静静地躺在淮乐的手里,她唏嘘了片刻,倒也笑了:"好,孤也会信守承诺。"

……………

又是一年三月春时，上京的桃花开得极好，繁繁灼灼，夭夭蓁蓁。

正式上任的大盛首辅宁朝阳跨进朝堂，拱手迎来了自己辅政的时代。东征大胜的定北侯也被封护国公，安心留于上京培养武将。

但是这日，宁朝阳接到了一道圣旨。她不可置信地来回读了五遍，最后问旁边的刘公公："您确定没写错？"

刘公公干笑："护国公的确是这么要求的。"

先前说到望门寡，宁朝阳就料到了这人跟圣人提的条件里一定有一条是与她成婚，因而她是做了相关准备的。

但她完全没有想到的是，这位一人之下万人之上的护国公，不与她行平礼拜堂成亲，反而要求她八抬大轿、三书六礼、明媒正娶地将他从正门抬进宁府。

抬？进？宁？府？

开什么玩笑！

宁朝阳捏着圣旨就去了护国公府。

一踹开门，里头的场景晃得她眼睛都疼。

"大人来了？"李景乾自铜镜前转身，理着袖口与她道，"看看如何？"

大红的喜服上绣着正头夫婿才能穿的比翼鸟纹样，衬着旁边大红的帷帐、大红的桌布、大红的被褥和大红的地毯怎么看都……

"好看。"宁朝阳硬着头皮颔首。

面前这人听了她的话就愉悦了起来，打开旁边的箱子拿出了一顶大红的喜帽。

宁朝阳抹了把脸："当初是我不该只将你纳为外室，但你本也不是诚心来与我相好。都过去这么久了，何必还耿耿于怀呢？"

李景乾啧了一声："谁会对那种小事耿耿于怀？我完全没有在意啊。"

说着，他就扭头对陆安道："带宁大人去看看那八抬的轿子。"

"是。"

他明明就很在意！

婚事这东西，对她而言可有可无，有缘分的不用这仪式也能天长地久，没缘分的将同心结换成铁链也是要分开的。

但看他准备得这么起劲的分儿上，宁朝阳便认认真真地配合起来。三书六礼，每一道流程她都尽心尽力，就差拿个牌匾写个"正"字放在李景乾的头顶了。

护国公对此很满意，还特地给关在死牢里的沈晏明送了一封请柬。请柬上是大红的颜色，只是打开以后，里头写的不是宴请的时间和地点，而是宁大人与护国公相爱的感人片段。

沈晏明泪流满面。

虽说他得恩免了死刑，却要坐二十年的牢，这已经够绝望了，没想到李景乾还能让他更绝望。

不过……

她若能开心，那倒也不错。

宁肃远也收到了请帖。

青云台的活比狱卒要好做许多，他这一年来也攒下了些许银两，可能是年纪大了，不甘和愤懑的情绪都淡了下去。他没去坐高堂，只牵着心爱的四只猎狗，远远地随着队伍与宁朝阳走了一段路。

那么显眼的四条狗，宁朝阳想不看见都不行。

她心里没什么感动的情绪，不过，先前那些恐惧和憎恶好像也都消失了。她头也不回地朝护国公府策马而去，手扬起来，不甚在意地挥了挥。

凤翎阁和尚书省的人来得最齐，却不是来帮她接亲，而是帮护国公府堵门的。

宁朝阳哭笑不得地说道："都不想混了？"

"国公爷说了，今日大喜，大人定不会与我们记仇。"程又雪笑眯眯地道，"难得有机会，大人就纵我们一回吧！"

"对啊，"华年也喊，"纵我们一回吧！"

宁朝阳扶额，好半晌才道："出题吧。"

凤翎阁的女官们开心地笑起来，而后一本正经地让她作诗作词，答题投壶。

只是，每一道题都好难缠。

宁朝阳看了府门里一眼，无可奈何地任她们折腾。

程又雪出了一道题，还想再出第二道，冷不防就被人拦腰抱起，从人群里带了出去。

"做什么呀？"她不高兴地跺脚，"我准备了许多题呢！"

叶渐青抱着胳膊看着她，轻轻摇头道："与你说过了，有些热闹不能离太近。"

程又雪眨眼，好像听懂了，可又忍不住辩解道："国公爷都说了没事的。"

"他自然是这么说。"叶渐青哼了一声，"不然这蠢事谁肯替他做？"

宁朝阳就算不公报私仇，也一定会在同样的事情上找回场子来。

"这个险别人可以去冒，你就老实待着吧。"

"为什么呀？"

"可能因为我明日想去你府上下定。"

程又雪嘴巴慢慢张大，震惊地看着他。

…………

别人的婚事都只半日便结束了，宁大人的婚事却活生生折腾到了黄昏。她疲惫地倒在满是桃花瓣的喜床上，扭头看着旁边的人道："我可算知道你为何执念如此了。"

"嗯？"李景乾伸手替她卸着钗环。

"这么累的事，我一定不会再做第二次，"宁朝阳道，"一次就够了。"

他眼里泛起光亮，轻柔地取下最后一根步摇，而后伸手握住了她的手。

指间传来一抹冰凉，宁朝阳吃力地抬头往下瞥了一眼。白玉指环，与他手上的样式差不多，套在她指间，素雅好看。

"定情信物？"她扬眉。

他点头："如此才算公平。"

宁朝阳收拢指尖，嗯了一声，眼皮止不住地往下沉。

朦胧间好像有人抱住了她，轻声与她道："宁大人是个好人，所有不好的事都不会再来找你。我会一直陪着你，直到你重新相信，这世间还有真心。"

再后头的话，她迷迷糊糊的，就听不清了。

烛光盈盈，院子外的许管家欣慰地合上了手里的话本："故事到这里就该结束了。"

从此两人过上了幸福的生活，帷幕从两边缓缓拉拢——

但是……等等！

宁朝阳一把掀开幕帘，愤怒道："青州人杰地灵，多出文臣。若强行征兵，岂不会埋没人才？"

…………

已经又是一日的朝会。

护国公拱手立在御前，正色道："多出文臣之处也不全是金榜之人，总有大字不识要从武的，各州征兵条例都是一样，为何青州要例外？若开这个先例，其他州也跟随，那今年的边境兵力该从何处增补？"

"国公难道不知有一词叫'因材施教'？"

"宁大人也该知道什么叫'一视同仁'！"

淮乐坐在高高的龙椅上，只觉得耳边全是嗡鸣声。她突然有些理解父皇当年为什么不喜欢听她和荣王争吵了。

手心手背都是肉，你帮哪个都不行。

更过分的是，这两个人只在朝堂上吵，一出宫门谁也不记仇，还能欢欢喜喜地一起去放风筝。

怎么想的？

淮乐连连摇头，觉得情爱这东西果然沾不得，谁沾谁蠢，她还是多花心思在国事上吧。

风筝随风而起，宁朝阳牵着细绳跑了两个来回，总算将它放上了天。

她欣喜地回头，正好撞上李景乾的目光。

这人没有看风筝，只定定地盯着她看，那眼里汹涌的情意就像卷过来的浪潮，拖着她就要往无边的海里沉。

宁朝阳怔然，而后不由得纳闷儿："国公爷，恕我直言，我当初那般折辱你，你怎么还会看得上我？"

李景乾闻言，轻哼了一声，道："我讨厌人养外室，极其讨厌。但我喜欢那个在我耳畔折花的人，一眼看见就喜欢。"

宁朝阳一怔，而后皱眉："学我说话敷衍我？"

"没有。"他将手枕在脑袋后面，眸光清澈地道，"你若不信，我明年再与你说一遍。"

宁朝阳清楚地知道，人是会变的。不管是多好听的山盟海誓，永远只在说出来的那一刻有效。斗转星移，情随事迁，没人可以始终如一。

所以，即便已经成亲，她也对李景乾保持着一定的警惕。可以真心相待，可以沉溺温情，可以好好珍惜两人在一起的每一刻，但还是要做好这人随时会离开的准备。

于是两人一合府，宁朝阳就单独给自己修了书房，避开李景乾办公事，并私藏一些机密公文。除了她，谁也不可以进去。

许管家有些为难地说道："这是不是太明显了些？"

以那位的性子，怕是又要闹一场。

然而李景乾路过看见那巍然耸立的书房，却只是笑了笑，道："栏杆上没必要捆那么多铁刺，你家大人经常忙得晕头转向的，万一磕上去就不好了。"

许管家含糊地道："大人特意让加的。"

就是为了不让他靠近。

李景乾收回目光，道："她不想让我进去，我就不会进去，撤了吧。"

哼，真想进去，这点东西也是拦不住他的。

许管家有些意外："国公爷不问为什么？"

"有什么好问的？"他哼笑，"总不能一点空隙都不给她。"

宁朝阳那个人，外表看着肆意又潇洒，实则常常惊惶不安，若这一处书房就能让她觉得稳妥，那何乐而不为呢？

淮乐是个十分勤政的帝王，早朝从不缺席，连带着下头的臣子们也鞠躬尽瘁，死而后已。

这样的压力之下，三省六部都叫苦不迭，但宁朝阳却很自在。

她不用像先前那般将心思都放在揣度圣意上，只要用心完成自己的公务和圣人交代的事即可。只是有时候忙起来，她几乎就睡在了书房里，与护国公隔三五日才能见上一面。

这日，她刚要离开尚书省，就听得檐下有几个小吏在谈笑。

"芙蓉园可是个好地方，有不少北漠来的舞女，那腰肢，那脸蛋，真真是勾人极了。"

"你竟跑去芙蓉园了？"

"那怎么了，上京里的王公贵族都爱去那地方，前两日，我还在听荷的房里看见护国公了呢。"

宁朝阳步伐一顿，眯了眯眼。她回府坐在院子里，等了一会儿，就见李景乾也回来了。

他一身白衣飘飘，眉目间带着些愉悦，坐下就道："忙完了？"

"嗯，"宁朝阳抬眼道，"我有话要问你。"

难得她语气这么严肃，李景乾挑眉坐直了身子："什么？"

"听荷是谁？"她径直开口。

李景乾一愣，眨眼看着她，接着笑意就溢了出来："是芙蓉园的一个琴女，生于北漠，幼时无依无靠，长大后为了钱财，更是铤而走险，谎称自己有了萧北望将军的骨肉。胡山认出了她，执意要去查探，我怕他笨手笨脚打草惊蛇，便自己去了芙蓉园一趟。"

说着，他拿出了誊抄的口供，又让人将自己那边的账册也捧上来，指着上头的开销，一项一项与她解释："这是入园的筹子钱，这是茶水钱，这是为了让她说实话而给的打赏钱。除此之外，再没有别的了。"

解释得清楚，证据也充足。

宁朝阳松了口气："下回要去这种地方，记得提前与我说。"

毕竟从别人嘴里听来的感受并不太好。

李景乾倾身凑近她些，略带叹息地道："大人，我冤枉。我也想提前说，但您已经四日没空见我了。"

宁朝阳轻轻拍了拍自己的额头，抿唇道："抱歉。"

"公务繁忙为什么要跟我道歉？"他抚了抚她的侧脸，"要道歉也是让陛下来道。"

"不要胡言，"她瞪他，"隔墙有耳。"

李景乾失笑，伸手将她整个人抱起来捂进自己怀里。

"做得很好，宁朝阳。"他低低地道，"许管家常教我有话要直说，但我没有学会。"

但凡他这么直接开口问，先前也就不会造成那么大的误会了。

宁朝阳伸手回抱住他，蹭了蹭他的脖颈。

的确有几日没见了，两人光是拥抱就腻歪了半个时辰，而后一起去东院给药材翻土。

"说来，"宁朝阳捏着小铲子抬眼，"你当初为何会去学医术？"

李景乾一边整理土壤，一边道："杀孽太重，便想学着救人。"

宁朝阳看了他一会儿，了然点头，接着帮他将已经成熟的党参收起来，放进了旁边的药篓里。

仁善堂重新开张，顶替悬壶堂成了上京最有名的医馆。不止因为里头坐诊的大夫医术高超，还因为他们不收诊金，连药材的价钱也比外头便宜。遇见穷苦人家，还会送饼送药。于是这里天天排起长队，还有其他州郡的人慕名而来。

华年纳闷儿地问宁朝阳："你不是向来不做赔本买卖吗？怎么还要将这药堂扩建？"

宁朝阳一边看着劳工们忙碌，一边道："谁告诉你这是赔本的买卖？"

"你这账本上写着呢！"

宁朝阳伸手将账本收了扔去桌上，道："不能光看钱财。"

她有日进斗金的钱庄和镖局，养一个药堂完全不在话下。

只是，有人能睡得越来越安稳，这比什么都重要。

华年不可置信地瞪大了眼,震惊片刻之后,又忍不住欣慰地笑起来。

人这一生的选择有很多,未必要身边有人才圆满。但对宁朝阳来说,肯接纳一个人,那便是也放过了自己。

院子里的药材刚铺开,天就下起了雨。李景乾脸色一垮:"完了。"

他好不容易才摆好的!

"愣着做什么,"宁朝阳一把将簸箕塞给他,"还不快收?"

两人一人一个簸箕,匆忙地把摆在各处的药材都收拢进去,宁朝阳的动作已经无比熟练,一扫就是十几根党参。

"我比你快。"她得意地哼哼。

"你连灰尘也一起扫进去了。"

"那也总比慢了被雨淋了好哇。"

话一出口,两人都怔了一瞬。

时光仿佛没有流动,她抬眼看过去,依旧能看见他白衣上微微泛起的涟漪。

"江大夫好呀!"

她在心里笑道。

这一回,她的好梦应该能成真了吧?

(正文完)

番外

公主的致青春

人是不可能只有一面的。杀人的凶手会救下街边快饿死的小猫，情深义重的将军也会在背地里欺压良民。

淮乐很清楚，萧北望绝不是一个十全十美的好人。

他一立功就骄傲自满，横行上京，撞伤了雍王不说，还敢出言顶撞圣人。

圣人对他颇有微词，但碍于正值用人之际，倒也没有责罚。

淮乐劝过他，武将最忌目中无人、刚愎自用。可萧北望不听，只蹭着她的手背，委屈地问："你是不是不喜欢我了？"

怎么会不喜欢？

平心而论，萧北望对旁人的态度都不好，对她却从未凶恶过。他在她面前甚至会露出旁人不知道的幼稚神情。

她不高兴，他就给她带醉仙斋的好酒。

她想他了，他就趁月而来，给她桌上放一枝春日里最好看的桃花。

她被宫里人暗算，他就偷摸地教她舞剑。

她犯错被父皇罚跪，他就寻着由头再顶撞圣人一次，而后陪她一起跪在玉阶下头。

淮乐当时都气笑了："你不要命了？"

萧北望梗着脖子就道："要命怎么还会喜欢你？"

她无言以对，垂头丧气地跪着，心里暗暗发誓以后绝不会再犯这样的错，也绝不要再连累他。她开始发奋用功，力求得到父皇的认可，好开口让父皇成全她与他的婚事。

萧北望也开始东征西伐，一两年才回来一次。

稚嫩的少女与张扬的少年在墙里墙外一起长大，再一次相见，两人眼里的情意已经遮盖不住。

"等我回来。"萧北望深情地看着她道，"再赢最后这一场仗，我就可以娶你了。"

淮乐点头，拿出自己缝制了许久的盔甲，认真地与他道："此去凶险，若君不归，我便穿嫁衣随君去。"

萧北望皱眉："你堂堂公主……"

"堂堂公主，一言九鼎。"她笃定地打断他。

萧北望无奈失笑，接过盔甲就披在了身上。

"我一定会回来。"他郑重地道。

心头暖意汹涌，淮乐目送他离开，觉得自己此生能遇见这样一个人，当真也是无憾了。

她开始日等夜盼，为他烧香祈福，为他长燃佛灯，连做梦都梦见两人相携余生，白头不离。

可是，好不容易等到他班师回朝的这一天，淮乐等来的消息却是萧北望想为自己的妻子请封诰命。

她不可置信，疯了一样往前堂跑。她穿过宫道，跑过月门，跑过回廊，气喘吁吁地站在大殿旁侧的耳房里，听见的却是萧北望冷漠的声音：

"回陛下，臣不愿。"

"不愿置发妻于死地，也不愿高攀淮乐殿下。"

"臣只求陛下高抬贵手，放我妻儿一条生路。"

妻儿？

淮乐脑袋里嗡的一声，扶住了门弦。

她想了许久也没有想明白，先前还信誓旦旦说要娶她的人，怎么出去几年回来就有妻儿了？

那她算什么？

眼前一片漆黑，淮乐都不知道自己是怎么回到寝宫的。

她浑浑噩噩了好多天，起不来床，也吃不下饭。直到外头有消息传来，说萧北望据守江州，要请圣人允他纳她为妾。

齐人之福，想得倒是挺美。

淮乐愤然起身，拿起剪刀，将一直备着的喜服剪了个稀碎，而后请命亲去江州。

萧北望一如既往地刚愎自用、目中无人，见她穿粉色的长裙来，便以为她是答应了要给他做妾。他激动地抱紧了她，喃喃地说着想她，说只要他能将这天地颠覆过来，就再也不会有人阻拦他们在一起。

淮乐一一应着，心里却冷笑连连。

她陪了他九日，慢慢让他放松了戒备，而后就在他的酒里下药，趁夜将人捆出了江州。

宁朝阳当时只是个小官，名不见经传。但她很聪明，在一众要保萧北望的声音之下，飞快地拟出了一份罪状呈给她。

淮乐接过来一看，才发现萧北望不止刚愎自用，还侵占田地，逼死数十贫农。

她是大盛朝的皇长女，是被大盛百姓用一粟一米养起来的人。她喜欢的郎君竟反过来在欺压百姓！

淮乐怅然失笑，咬着牙将罪状送进了宫里。

…………

萧北望死的那天，她去醉仙斋喝了一顿美酒。酒喝干了，年少轻狂时对于情爱的所有向往也就断干净了。

淮乐开始拼命夺权，她想坐在最高的位置上，想不再被任何事绊住脚步。

很久很久以后，她做到了。凤袍加身，大盛之内唯她独尊。

宁朝阳送来的淮王一党陷害萧北望的罪证她看了，很久之后，李景乾还将那个"北漠郡主"给带了回来，与她解释清楚了当初到底是怎么回事。

但淮乐已经不在乎了。

人是他要娶的，反是他要造的，罪也是他犯下的。郡主是怎么来的还重要吗？

当然了，为了祭奠自己逝去的豆蔻年华，淮乐还是让人掘了淮王的坟。之后，她该吃吃，该喝喝，该上朝上朝。

淮乐依旧会在旁人面前露出两分不知名的忧伤，让人猜测她这严厉的皮囊之下会有怎样的过往和故事。但她心里很清楚，这是装给别人看的，她并没有那么难过。

看看后宫的面首和男妃们一年比一年娇，她在想，谁离了谁过不下去呢？

有人说她宠爱宁朝阳太过，似乎不管宁朝阳做什么，她都不会生气。

淮乐哼笑，没有反驳。

从高高的龙座上看下去，她时常能看见宁朝阳嘴角的笑意。

她的首辅当得很好，让她这个做圣人的少了八成的烦心事。这样的臣子别说是偏宠，独宠都不过分。

想起当年在宁府，她红着眼"汪"那一声，淮乐还是会摇头。

真是跟她一模一样！

不过，宁朝阳有她没有的运气。她想守住她这份运气，让她就这么长长久久地过下去。

心想事成，功德圆满。

三个人的童年

沈晏明从小就因为相貌出众而深受小姑娘们的喜欢，幼时在太平村附近，十里八乡的孩童都爱与他玩耍，到了上京更是接连被人搭讪，甚至有人与他舅舅说想定娃娃亲。

被簇拥得多了，心气自然就傲了。沈晏明总着一身白衣，站在风口遗世独立，并且看不上任何主动接近他的人。

好死不死，隔壁住着的小姑娘这日端着一盘点心来找他了。

这小姑娘天生一双桃花眼，衣着却有些寒酸，走近了也不会说话，只盯着盘子里的点心瞧，看起来很害羞。

沈晏明当即就扭开了头："我不吃。"

那小姑娘一听，不仅不生气，反而笑了，跟着就将点心拿起来，囫囵塞进了自己的嘴里，鼓着腮帮子一顿嚼。

沈晏明震惊地看着她。

不是因为她把点心吃了，而是因为她竟然一口气将四块点心都吃了！

"你……"

他想问，你不觉得噎吗？

可话还没问出口，这小姑娘就被噎住了。

看着她噎得脸色发紫，沈晏明连忙朝后喊："浮玉，快拿水来！"

沈浮玉正打着陀螺玩，被打断很不高兴，但听兄长语气怪慌的，她还是打了一瓢水带出去。

那陌生的小姑娘大口喝下，缓了好一会儿才将东西咽下去。

她抬起桃花眼，朝他们兄妹二人颔首道："不客气。"

"不……嗯？"沈浮玉被抢了话，愕然道，"你该说的不是谢谢吗？"

小姑娘指了指沈晏明，说："我方才帮他吃了点心，他该谢谢我的。"

沈晏明气不打一处来："怎么就是帮我吃的了？"

这分明是她自己饿了吧？

小姑娘没有接话，似乎是完成了任务，端着空盘子就走了。

沈晏明看着她的背影，很是想不明白："那是宁大人府上的人吧？点心都买得起，怎么买不起新衣裳？"

沈浮玉哼笑道："你当人人都像咱们这般受宠？那是个没了娘的，日子能好过到哪儿去？"

要不说从小学医呢，沈晏明的心还是仁慈的，一听那小姑娘那么惨，他当即就道："那明日领了钱，我们凑一凑，给她买一身新衣裳。"

"才不要呢！"沈浮玉嘟嘴，"那人一看就不讨喜。"

若不是被家人逼着来跟他们套近乎，想必她都不会主动往这边走。

话是这么说，但第二天，那小姑娘提着水桶出门的时候，沈浮玉就捧着一件绣着小碎花的袄裙过去了。

"给我？"她不解。

"是啊，"沈浮玉没好气地道，"穿上跟我们一起玩，也就不丢我们的人了。"

"跟你们一起玩？"她更不解了。

沈浮玉跺脚："笨死了，怪不得你家爹爹不疼你！"

小姑娘若有所思："你好像跟我上的是同一个私塾？"

"是啊。"沈浮玉昂头。

"上回文试最后一名？"

哪壶不开提哪壶。

沈浮玉哭丧着脸扭头："哥，我就说不要跟她玩！"

沈晏明敲了一下她的脑袋："笨，有她在，你岂会怕巷子口那几个混世魔王？"

好像也有道理。

沈浮玉认真打量了一下面前这个小姑娘。

她瘦弱归瘦弱，但身上有股子狠劲，力气也十分大，那么小就能出去打水。

"那行吧，"沈浮玉道，"往后你就来保护我们吧。"

小姑娘想不明白为什么这两个人需要被保护，不过既然她父亲说了要跟他们多玩耍，她也就点了点头。

于是接下来的日子，小姑娘就与他们同出同进。有她在，先前欺负沈浮玉的那几个恶童远远地就退开了去。

沈浮玉觉得这衣裳送得值了。

沈晏明一开始只远远观望，发现这小姑娘对自己并不热切之后，莫名变得愿意与她接近了。两人一同走在回家的路上，他苦恼地说着被私塾里的姑娘缠得没法儿听课，旁边的小姑娘突然停下了脚步。

沈晏明摆摆手："你别吃味，我看不上她们的。"

小姑娘无语凝噎了一瞬，而后才指了指前头："有人找你。"

沈晏明转头一看，这才发现霍家小姐带着两个家丁在巷子口堵他。

"晏明，你不回我的信！"霍小姐很委屈，"我家今日摆了戏台子，有你最爱看的武戏。"

沈晏明皱眉就道："我爱看武戏不假，但我不爱去你家看。"

八九岁的小孩，正是有什么说什么的年纪，气得对面的霍小姐哇地就哭了。两个家丁见状，上来就想把沈晏明强行带去霍府。

沈晏明脸色发白，慌得直往旁边瞥，正想找一条逃跑的路，然后他就听得旁边的小姑娘问："真不想去？"

"废话，"他道，"肯定不想啊！"

小姑娘点头，将他往后一推，捡起路边的破木棍就朝两个家丁冲了上去。

小胳膊小腿的稚子，谁会放在眼里？两个家丁伸手就想钳住她。但下一瞬，木棍就猛地砸在了他们的腿骨上，力道之大，痛得他们喊都喊不出来，就倒地翻滚。

沈晏明看傻了眼。

面前的一切都放慢了，他看着那小姑娘身姿如风地朝自己冲过来，又张开手握拢了他的手腕。

而后她拉起他，穿过打滚儿的家丁和呆愣的霍小姐，飞快地往巷子里跑去。

风吹进嘴里，竟然有些莫名的香甜。

沈晏明缓了许久才回过神来，站在自家的后院里扶着膝盖喘气。

"你……"他问，"叫什么名字？"

三人都一起玩了半个月了，才想起来问她的名字？

小姑娘不太想答，但想起父亲的叮嘱，还是淡淡地开口："宁朝阳。"

她刚打倒了两个成年男子，竟丝毫不慌，甚至连粗气都没怎么喘。

比起台上浓妆艳抹的武将，她好像更好看些。

沈晏明盯着人家可劲儿看了好一会儿，小脸微红："旭日东升的那个宁朝阳？"

宁朝阳仔细想了想"旭日东升"这四个字哪一个和她的名字沾边，想了一会儿之后，她神色复杂地说："私塾里排第一的那个宁朝阳。"

她跟这倒数一二名的兄妹还真是很难聊到一起去啊。

她说完就走。

"哎，"沈晏明急急地道，"要不留下吃个饭？"

"改日吧，"她摆手，"我赶着回去干活。"

"好，"他想了想，扶着门道，"来日方长。"

他们还小，离长大还有很远，离分开也还有很久呢。

宁朝阳永远不会知道

宁朝阳永远不会知道，我见她的第一面不是在花明村外的桃花林，而是在宁府外的巷子口。

彼时，我刚打赢从军以来的第一场仗，正好血缘上的姐姐荣封皇后，我便被将军带着一起回了上京。

上京繁华又太平，与我同龄的便多是娇生惯养、软弱无能之辈。别说与我过招了，连站都站不太稳。

我嫌弃地拂开他们，骑马出了宫城，刚想感慨还是外头清净，就听见旁边有人在哭闹争执。

我侧头一看，没看见哭的人，倒先看见了一个瘦弱的小姑娘。

她站得很直，下盘看起来比旁边那个男童还稳些，应该是个习过武的。

更有趣的是，她脸上的表情乍一看在害怕，实则分明有些敷衍和不屑，眼尾往地上搁着木棍的方向瞥着，手已经提前伸出去了半寸。

但她面前那两个高大的家奴完全没有察觉，目光甚至没有落在她身上，而是先伸手去抓她旁边的那个男童。

好大的破绽！

我屏息凝神地看着，心里忍不住地喊：就是这个时候！

那小姑娘像是听见了我的心声一样，倏地就捡起木棍，猛地砸在了那两个家丁的膝盖上。她的动作干净利落，直取要害，桃花一样的眼尾飞起来，不但不害怕，反而有些兴奋，像一头初次捕猎的小狻猊。

我那一颗自回上京就十分暴躁的心，终于在这一刻得到了些许抚慰。

很好。上京的人不全是废物，也有人能做到我预期的事。

不过，这小姑娘都这么出其不意了，旁边那男童竟还呆呆的，一动不动，一看就没什么出息。

我越过他的头顶，继续看向那个骨骼清奇的小姑娘。

难得遇见这么好的人才，不招揽怎么行呢？我回去就让人整理了镇远军的募兵文卷，并誊抄了许多份，统统放进了那条巷子里。

纷纷扬扬的纸张，像下了一场雪。

小姑娘果然被吸引了，俯身就捡了一张起来，低头细看。

我期待地看着她，仿佛在看一位未来的镇远军名将。

可是她慢慢地看完了纸上的东西，不但没有扔，反而挨个儿地将散落的纸张全捡了起来。

我欣慰地点头，以为她定是被我精妙的招揽文辞说服了。然而下一瞬，这小姑娘就将收拢的纸张卷成一捆，卖给了巷子口收旧书的小贩！

…………

真有她的！

我气得想上前与她理论，可还没过去呢，有人跑过来道："您怎么还在这儿啊，娘娘等您许久了！"

被逼无奈，我只能先进宫。

我原以为还有回来继续说服她的机会，谁料在那之后，她再也没有出现。

后来回到边关，我也时常梦见她。有时候梦见她拿棍子打我的腿，有时候梦见她从那一堆被卖的文卷里抽出了一张来，偷偷塞进了自己的怀里，一梦就是好多年。

我想不明白，怎么会有习武之人不想纵横沙场、建功立业？

若以后还有机会遇见她，我一定要当面问出来——当初镇远军征兵，你怎么不去？

图书在版编目（CIP）数据

上京春事：全2册/白鹭成双著. -- 南京：江苏凤凰文艺出版社，2023.12
　　ISBN 978-7-5594-7961-7

Ⅰ.①上… Ⅱ.①白… Ⅲ.①长篇小说 - 中国 - 当代 Ⅳ.① I247.5

中国国家版本馆 CIP 数据核字 (2023) 第 159161 号

上京春事：全2册

白鹭成双　著

选题策划	小　狮
责任编辑	王昕宁
特约编辑	小　狮
出版发行	江苏凤凰文艺出版社
	南京市中央路 165 号，邮编：210009
网　　址	http://www.jswenyi.com
印　　刷	三河市嘉科万达彩色印刷有限公司
开　　本	787mm×1092mm　1/16
印　　张	37.5
字　　数	480 千字
版　　次	2023 年 12 月第 1 版
印　　次	2023 年 12 月第 1 次印刷
书　　号	ISBN 978-7-5594-7961-7
定　　价	85.00 元（全 2 册）

江苏凤凰文艺版图书凡印刷、装订错误，可向出版社调换，联系电话 025-83280257